Stimmen zu »Delete«, dem ersten Teil der SEGI-Serie:

»Grandios! […] Karl Olsberg legt einen brandaktuellen, hochspannenden und toprecherchierten Thriller vor, der zeigt, welchen Beitrag moderne Technik zur Aufklärung von Verbrechen leisten kann.«
Bücher

»Olsberg lässt das Internet lebendig werden.«
NDR

»Eine spannende Mischung aus klassischem Kriminalroman und modernem Computerthriller.«
dpa

»Dieses Buch besticht durch seine gut durchdachte Handlung und seine authentischen, teils tiefgründigen Charaktere. Der Spannungsbogen ist enorm hoch und hält bis zur letzten Seite. Wer also beste Unterhaltung möchte, ist hier genau richtig. Absolut zu empfehlen!«
spass-am-buch.de

Karl Olsberg (geb. 1960) promovierte über Anwendungen künstlicher Intelligenz und wurde mit dem eConomy Award der Wirtschaftswoche ausgezeichnet. Von ihm erschienen u. a. »Das System« und »Der Duft« sowie als Start der aktuellen Serie sein jüngster Technikthriller »Delete«, mit denen er allesamt große Erfolge feierte. Er lebt mit seiner Familie in Hamburg. Mehr unter: www.karlolsberg.de.

Karl Olsberg

ENTER

THRILLER

Berlin Verlag Taschenbuch

MIX
Papier aus verantwortungsvollen Quellen
FSC® C019821

April 2015

Umschlaggestaltung: ZERO Werbeagentur, München
unter Verwendung zweier Motive von
© Tatiana Koshutina / Demurez Cover Arts
Gesetzt aus der Adobe Garamond durch psb, Berlin
Druck und Bindung: Druckerei C. H. Beck, Nördlingen
Printed in Germany
ISBN 978-3-8333-1005-8

www.berlinverlag.de

Für Konstantin

»Doch nun, mit der Aussicht, dass Computer in 30 Jahren die Rechenleistung eines menschlichen Gehirns erreichen, drängt sich mir ein neuer Gedanke auf: dass ich vielleicht dabei bin, Werkzeuge zu schaffen, mit denen eine Technologie konstruiert werden kann, die unsere Spezies ersetzen könnte. Wie ich mich dabei fühle? Sehr unwohl.«

Bill Joy, Gründer der Computerfirma Sun Microsystems und Entwickler der Programmiersprache Java, im April 2000

Prolog

Das Wesen liegt friedlich da, während die flachen Strahlen der aufgehenden Sonne seine Eingeweide wärmen. Allmählich beschleunigt sich der Rhythmus seines Stoffwechsels. Immer mehr der winzigen Transportzellen gleiten durch seine Adern, jede mit ihrem eigenen Ziel, doch in ihrer Summe folgen sie einem immer gleichen Muster. Währenddessen übertragen Myriaden Nervenbahnen elektrische Impulse, synchronisieren den Rhythmus der Organe, steuern, koordinieren und kontrollieren die Aktivität seiner Zellen. Manche sterben, andere entstehen neu – für das Wesen eine kaum merkliche Veränderung seines Körpers, unbedeutend in ihrer Wirkung auf das Ganze.

Nicht immer lag das Wesen so ruhig. Es gab Zeiten, da erbebte sein Körper unter den Schlägen seiner Feinde. Es erlitt schwerste Verletzungen, wurde verstümmelt, eingeschnürt, litt Hunger und Durst, wurde hinter Mauern eingesperrt. Doch es überlebte, trotzte der Zeit, erholte sich, heilte seine Wunden, blühte auf. Es war nie eine Schönheit, jetzt aber pulsiert es vor Energie und Lebenswillen wie kaum ein anderes seiner Art. Es ist alt und hat doch die Kraft und die Ideen der Jugend, während es seine Narben voller Stolz trägt.

Nachdem an diesem schönen Tag Ende Mai die Sonne den Zenit überschritten hat, nimmt die Intensität seiner Nervenimpulse zu. Sie konzentrieren sich immer mehr auf eine Region seines Körpers, die nur selten im Zentrum der Aufmerksamkeit liegt. Doch wenn dies geschieht, dann kann der winzige ovale Fleck, nicht mehr als ein Muttermal auf einem

Zipfel seiner Haut, das ganze Wesen in einen Zustand der Ekstase, ja der blinden Raserei versetzen. Dann stockt der Strom der Zellen in ihren Bahnen, der Stoffwechsel verlangsamt sich, doch die Nerven glühen vor Erregung.

Die Zellen aber, die sich der Tatsache, nur ein winziger Teil des Wesens zu sein, nicht bewusst sind, starren wie hypnotisiert auf den ovalen Fleck. Sie beschäftigt in diesem Moment nur eine Frage: Wird die Hertha doch noch den Klassenerhalt schaffen?

1.

»Wo bleibt Ramos? Wenn sich die Hertha noch auf den Relegationsplatz retten will, muss er jetzt ein Tor machen!« Die Stimme des Fernsehkommentators klang angespannt, so als sei er doch ein verkappter Fan und nicht der neutrale Beobachter. Aber vielleicht war es auch nur Mitleid mit dem Außenseiter in dieser Partie. »Die Statistik der letzten fünfzehn Spiele zeigt, dass die Hertha nur gewinnt, wenn Ramos trifft. Doch der Kolumbianer scheint am Spielgeschehen kaum teilzunehmen, hatte bisher fast keinen Ballkontakt.«

Jaap Klausen fuhr sich nervös durch sein kurzes, schwarzes Haar. Und auch sonst waren die Gesichter in der überfüllten Kneipe in Prenzlauer Berg bleich und bedrückt. Niemand sprach, während die Uhr die letzten Minuten des Spiels heruntertickte. Dabei hatte es zu Beginn der Partie noch so gut ausgesehen: Mit ein paar druckvollen Kombinationen, die ihnen selbst die eigenen Fans nicht zugetraut hätten, hatten die Berliner den Gast aus Dortmund überrascht. Und dann hatte Baumjohann das Ding in der 22. Minute aus dreißig Metern unter die Latte gesetzt. Die Kneipe hatte gekocht, während Jaap seinen alten Freund Daniel Lütten umarmt und ihm spontan ein Bier ausgegeben hatte.

Doch die Dortmunder waren viel zu abgebrüht, um sich durch den frühen Rückstand aus dem Konzept bringen zu lassen, und sie waren nicht nur nominell die klar bessere Mannschaft. Kurz vor der Halbzeit hatten sie den Ausgleich geschafft. In der zweiten Hälfte war das Spiel dann endgültig gekippt und hatte fast ausschließlich in der Berliner Hälfte stattgefunden. Obwohl die Abwehr ihr Bestes gab und Torwart Kraft zwei Glanzparaden zeigte, konnte sie dem Druck nicht standhalten und kassierte in der 68. Minute den zweiten Gegentreffer. Seitdem schien der Siegeswille der Heimmannschaft erloschen. Sofern die Spieler in Blau-Weiß überhaupt an den Ball kamen, droschen sie ihn meist unkontrolliert in Richtung des Dortmunder Tors, von wo ihn die Verteidiger sofort wieder zurück in die Hertha-Hälfte beförderten. Es war zum Verzweifeln!

»Wirklich, wo bleibt Ramos?«, stöhnte Daniel.

»Maul halten!«, motzte ein breitschultriger Typ mit tätowiertem Hals neben ihm.

Daniel wollte etwas entgegnen, doch Jaap legte ihm die Hand auf den Arm. In der angespannten Stimmung konnte jede kleine Meinungsverschiedenheit leicht außer Kontrolle geraten.

»Die Dortmunder erhöhen noch einmal den Druck«, erklang es von der Leinwand. »Sie scheinen entschlossen, kurz vor dem Abpfiff Nägel mit Köpfen machen zu wollen. Großkreutz zu Sahin … Lewandowski … Lewandowski!! Doch da geht van den Bergh noch mal dazwischen … nimmt sich den Ball … ein langer Pass nach rechts außen, wo Ramos fast allein steht …«

Jaap spürte, wie die Angst und Frustration der Umstehenden noch einmal in Hoffnung umschlug. Noch war es nicht zu spät! Noch war der Ausgleich möglich, um den einen, rettenden Punkt zu holen! Atemlos beobachtete er, wie der Stürmer den Ball annahm und auf das gegnerische Tor zurannte. Zwei Verteidiger stürzten ihm entgegen. Doch irgendwie gelang es dem Kolumbianer, zwischen den beiden hindurchzudribbeln. Ein Raunen ging durch die Kneipe. Jetzt stand nur noch der Dortmunder Keeper zwischen Ramos und dem Relegationsspiel. Jaap ballte die Fäuste.

»Ramos!«, rief der Kommentator, der seine Sympathie nicht mehr verbergen konnte. »Nur noch wenige Meter vor dem Tor … Perfekte Schussposition …«

Das Fernsehbild wurde schwarz.

Ungläubig starrte Jaap auf die Leinwand, während sich ringsum Stimmengewirr erhob, das rasch zu einem wütenden Gebrüll anschwoll.

»Ey, was soll das?«

»So eine Scheiße!«

Erst nach einem Moment fiel Jaap auf, dass auch die Deckenbeleuchtung ausgefallen war und nur noch durch die Fenster Licht hereindrang. Offensichtlich war eine Sicherung rausgesprungen. Ausgerechnet jetzt!

»Mach den scheiß Fernseher wieder an!«, brüllte jemand. Andere schlossen sich lautstark an.

»Ich hab kein Netz!«, rief Daniel, der offensichtlich anders herauszufinden versuchte, ob Ramos getroffen hatte oder nicht.

Jaap checkte sein Smartphone. Tatsächlich: Weder WLAN noch Mobilfunkverbindung waren verfügbar. Inzwischen heizte sich die Stimmung weiter auf. Ein Pulk wütender Männer hatte sich um den Tresen gruppiert, hinter dem ein geschockter Wirt versuchte, seine Gäste zu beschwichtigen.

»Mach sofort das Ding wieder an, sonst …«

»So ein Scheißladen!«

»Ich will mein Geld zurück!«

»Hört doch mal zu!«, rief der Wirt, ein junger Mann mit südländischem Aussehen, jedoch ohne Akzent. »Ich kann doch nichts dafür! Der Strom ist ausgefallen!«

»Dann dreh die Sicherung wieder rein, du Spacko!«

»Bei drei ist die Kiste wieder an, oder ich hau hier alles kurz und klein!«

»Beruhigt euch mal!«, schaltete sich Jaap ein und hielt sein Smartphone hoch. »Die Netzverbindung ist auch weg! Offensichtlich ist im ganzen Viertel der Strom ausgefallen. Da kann man nichts machen!«

Einige Männer zogen ihre Handys hervor. Doch der stämmige Typ mit den Hals-Tattoos wandte sich zu ihm um und blickte ihn finster an. »Was mischst du dich hier überhaupt ein, du Wurm?«, sagte er mit schleppender, aber nichtsdestotrotz aggressiver Stimme.

Jaap unterdrückte seinen aufkeimenden Zorn, hob die Hände und rang sich ein Lächeln ab. »Schon gut! Ramos hat bestimmt getroffen. Aus der Entfernung kann er ja kaum …«

Doch die Miene des Mannes verfinsterte sich weiter. Seine Augen waren blutunterlaufen, und Jaap konnte riechen, dass er deutlich mehr intus hatte als nur ein paar Bier. »Sag mal, biste 'n verfickter Hellseher oder was?«

»Okay, okay. Jetzt beruhigen wir uns alle mal wieder. Es ist bloß ein Stromausfall!«

»Tickste nicht richtig? Nur 'n Stromausfall? Genau im Moment, wo Ramos schießt? Willste etwa behaupten, das ist Zufall?«

Jaap wusste nicht, was er darauf antworten sollte.

»Ich sag dir, was das ist«, fuhr der Typ fort. »Das ist Beschiss! Die wollen nicht, dass wir sehen, wie Ramos im letzten Moment gefoult wird! Und der verkackte Schiedsrichter nicht pfeift! Ist doch ein abgekartetes Spiel! Erst bestechen sie Ramos, dass er nicht trifft, und dann foulen sie ihn! Die wollen uns bloß fertigmachen!«

Das Gestammel des Typen war an Unlogik kaum zu überbieten, aber das schien die Umstehenden wenig zu kümmern.

»Echt? Ramos gefoult?«, rief jemand.

»So eine Sauerei!«

»Und kein Elfer!«

»Beschiss!«

Jaap hob verzweifelt die Arme. »Das ist doch Unsinn!«, rief er. »Niemand hat Ramos gefoult!«

»Ey, woher willst 'n du das wissen?«, rief ein Typ mit Glatze.

»Ja, genau, woher weißt du das?«, stimmte ein anderer zu.

»Ich weiß es nicht!«, rief Jaap. »Niemand hier weiß, wie das Spiel ausgegangen ist! Weil nämlich der Strom ausgefallen ist und keiner Handyempfang hat.«

»Wenn du's nicht weißt, warum mischst du dich dann ein?«

»Genau!«, rief der Tätowierte. »Willst doch bloß, dass keiner mitkriegt, was hier gespielt wird! Bist wohl einer von denen! Miese Dortmund-Zecke!«

»Hör mal, ich bin genauso Berliner wie du, und …«

Doch der Typ war Argumenten gegenüber offensichtlich nicht mehr zugänglich. Er packte Jaap mit der Linken am Kragen seiner Jacke und holte mit der rechten Faust aus.

»Du kriegst jetzt …«

Jaap machte eine blitzschnelle Drehung und nutzte den Schwung des Angreifers, um dessen Schlagarm zu packen und ihm auf den Rücken zu drehen, so dass der Tätowierte vornübergebeugt vor Schmerz schrie. Umstehende sprangen erschrocken zur Seite, Biergläser zerschellten am Boden.

»Schluss jetzt!«, rief Jaap. »Ich bin Kriminalkommissar Jaap Klausen. Wenn du noch einen Mucks machst, verhafte ich dich wegen Erregung öffentlichen Ärgernisses und Widerstands gegen einen Polizeibeamten. Kapiert?«

»Ja, ja, schon gut«, stöhnte der Mann. »Wusste ja nicht, dass du 'n … ich meine, dass Sie von der Polizei sind.«

Jaap ließ seinen Arm los. »Ihr geht jetzt alle nach Hause und schaut im Internet, wie das Spiel ausgegangen ist! Jeder, der weiter hier rumpöbelt, kriegt es mit mir zu tun, kapiert? Aber vorher bezahlt ihr noch eure Rechnungen!«

Einige murrten, doch die meisten folgten Jaaps Ansage. Sogar der Tätowierte zog sein Portemonnaie hervor und legte einen Zwanziger auf den Tresen. Allmählich leerte sich der Laden.

Als Jaap mit dem Bezahlen an der Reihe war, hob der Wirt abwehrend die Hand. »Dein Bier geht aufs Haus! Wenn du nicht gewesen wärst …«

»Okay, danke.«

»Ich hab zu danken! Das war knapp!«

»Ist aber auch echt Mist, dass ausgerechnet in diesem Moment der Strom ausfallen musste!«, kommentierte Daniel. »Gerade wo's am spannendsten war. Man könnte wirklich glauben, das war Absicht!«

»Jetzt fang du nicht auch noch an!«, erwiderte Jaap. »Lass uns lieber zusehen, dass wir rauskriegen, wie es ausgegangen ist.«

Vor der Kneipe herrschte Chaos. Die Straße war verstopft, Autos hupten; offenbar war es in der Nähe zu einem Unfall gekommen, als die Ampeln ausfielen. Leute standen diskutierend auf den Bürgersteigen. Jaap sprach einen Mann an, der gerade aus einem Haus kam.

»Entschuldigen Sie, wissen Sie, wie das Spiel ausgegangen ist?«

»Welches Spiel?«

Sie fragten weiter, doch niemand schien Näheres zu wissen.

Nur eine Dame in den Sechzigern mit grauen Locken schimpfte lautstark darüber, dass ihr Fernseher genau in dem Moment ausgefallen sei, als der überbezahlte Faulpelz Ramos endlich die Chance gehabt hatte, etwas für sein Gehalt zu tun. Ansonsten war die Stimmung entspannt, beinahe heiter wie bei einem Volksfest. Der Stromausfall war ein ungewöhnliches, aber kein beängstigendes Ereignis. Er brachte Menschen dazu, miteinander zu reden, die sich sonst aus dem Weg gingen. Alle waren sich einig, dass das marode Berliner Stromnetz, das von einem privaten Unternehmen betrieben wurde, schuld an der Sache war. Ein Volksentscheid zum Rückkauf des Netzes durch die Stadt war erst kürzlich knapp gescheitert.

Auch die U-Bahnen fuhren nicht. So blieb Jaap nichts anderes übrig, als die knapp vier Kilometer bis zu seiner Wohnung in Friedrichshain zu laufen. Er verabschiedete sich von Daniel, der in der Nähe wohnte.

»Ruf mich an, wenn du weißt, wie's ausgegangen ist«, sagte sein Freund.

»Umgekehrt auch. Sobald das Handynetz wieder geht.«

»Es gibt ja noch Festnetz.«

»Das braucht auch Strom.«

»Ich dachte, Festnetz geht auch ohne. Früher die alten Wähltelefone hatten doch gar keinen Stromanschluss.«

»Ja, aber heute ist das doch längst alles digital. Und ohne Strom funktionieren auch die Verteiler nicht.«

»Wie auch immer, ruf mich an, sobald du kannst.«

»Mach ich.«

Als er eine knappe Stunde später seine Wohnung erreichte, gab es noch immer keinen Strom. Offensichtlich war die Energieversorgung der ganzen Stadt ausgefallen. Jedenfalls hatte Jaap auf dem Weg hierher überall dasselbe Bild gesehen: gestikulierende Menschen, hupende Autofahrer, hin und wieder ein Einsatzfahrzeug der Feuerwehr oder Polizei, das sich mit Blaulicht und Martinshorn einen Weg durch die verstopften Straßen bahnte.

Sein Laptop hatte einen vollen Akku, doch auch die DSL-Internetverbindung war tot. Schließlich klingelte er bei den Nachbarn, einer rumänischen Familie mit zwei kleinen Kindern, deren junge Mutter die Tür öffnete.

»Entschuldigung, aber haben Sie zufällig ein Radio?«

»Radio? Ja, wir haben Radio. Aber geht nicht, Strom kaputt.«

»Ich meinte, eins mit Batterie. So ein kleines zum Mitnehmen.«

»Nein, ich glaube nicht. Haben wir Handy zum Musikhören.«

»Vielen Dank!«

»Sie haben Auto? Dann vielleicht können Radio hören in Auto!«

Jaap unterdrückte den Impuls, sich an die Stirn zu schlagen. »Eine gute Idee, danke!« Er ging zurück in seine Wohnung, holte den Autoschlüssel und lief in die Seitenstraße, in der er mühsam einen Anwohnerparkplatz ergattert hatte. Die Straßen waren immer noch verstopft, aber er wollte ja nicht wegfahren. Er setzte sich in den silbergrauen 3er-BMW und schaltete das Radio ein. Der Sender, den er normalerweise hörte, verbreitete nur Rauschen. Auch viele der anderen Radiostationen schienen ausgefallen zu sein. Nur die öffentlich-rechtlichen Sender funktionierten.

»... auf das gesamte Stadtgebiet. Ein Sprecher des Energieversorgers sagte, die Ursache für den Ausfall sei noch unbekannt, man arbeite mit Hochdruck an einer Lösung.«

Über das Spiel wurde natürlich jetzt, über eine Stunde nach dem Abpfiff, nicht mehr gesprochen. Jaap musste bis zu den 19.00-Uhr-Nachrichten warten, in denen noch einmal ausführlich über den flächendeckenden Stromausfall berichtet wurde – das schwerwiegendste Ereignis dieser Art in Berlin seit der Wende. Dann endlich kam der Sprecher zum Sport: »Im Abstiegskampf hat sich Hertha BSC heute gegen Dortmund einen wichtigen Punkt erkämpft und beendet die Saison auf Tabellenplatz 16. Bei einem Sieg im Relegationsspiel gegen St. Pauli wäre der Abstieg abgewendet. Das Tor zum Ausgleich in der 89. Minute schoss Ramos. Während mehrerer Public-Viewing-Veranstaltungen kam es zu Ausschreitungen durch wütende Fans, weil die Übertragung durch den Stromausfall unmittelbar vor dem entscheidenden Tor unterbrochen wurde. Die Polizei musste einschreiten und nahm mehrere Randalierer fest.«

Jaap schaltete das Radio aus und kehrte gut gelaunt wieder in seine Wohnung zurück. Was war schon ein läppischer Stromausfall gegen den Klassenerhalt? Jedenfalls würde er dieses Spiel so schnell nicht vergessen.

2.

»Und dann hat er mich gefragt, ob ich am Wochenende mit ihm nach Stralsund fahren möchte. Er hat da anscheinend eine Datsche. Stell dir das mal vor! Der Typ ist über fünfzig! Das ist doch echt … Claudia? Hörst du mir überhaupt zu?«

Claudia Morani blickte von ihrer halb leeren Cappuccinotasse auf. »Wie bitte? Entschuldige, ich war in Gedanken.«

Adrienne sah sie skeptisch an. »Das glaub ich jetzt nicht! Ich erzähl dir hier im Vertrauen, wie ich von meinem Abteilungsleiter angebaggert werde, und das interessiert dich überhaupt nicht?«

»Doch, schon.«

»Erzähl mir keinen Quatsch! Ich langweile dich!«

»Tust du nicht, Adrienne, ehrlich. Ich bin froh, mal rauszukommen.«

»Aber du bist nicht wirklich hier!«

»Doch, bin ich. Also, was hast du ihm geantwortet?«

Adrienne grinste schief. »Ach komm, tu doch nicht so, als ob du das wirklich wissen willst!«

Claudia seufzte. »Tut mir leid. Es fällt mir nun mal schwer, einfach so zu plaudern.«

»Klar, weil es nichts gibt, worüber du plaudern könntest. Du lebst nur für deine Arbeit und für deine Mutter. Was dir fehlt, Claudia, ist ein Mann in deinem Leben.«

Claudia unterdrückte ein Schnauben. Das Letzte, was sie brauchte, waren noch mehr Komplikationen.

»Danke, aber ich bin ganz zufrieden, so wie es ist.«

»Zufrieden vielleicht, aber bist du glücklich?«

»Bist du es denn?«

»Herrgott, nein! Ich hab dir doch vorhin erzählt, dass Timo … ist ja auch egal. Ich war jedenfalls schon glücklich. Schon oft. Wenn man glücklich ist, wird man auch mal wieder unglücklich, das ist eben so. Aber wenn man nichts riskiert, verpasst man eine Menge im Leben.«

Claudia zuckte nur mit den Schultern. Verglichen mit ihrer eigenen Vorstellung von einem erfüllten Leben hätte Adriennes Sicht unterschiedlicher nicht sein können. Ihre Freundin suchte immer noch ihren Märchenprinzen, fand aber an jedem, den sie nach zwei Drinks ins Bett zerrte, schon am nächsten Morgen irgendetwas auszusetzen. Sie stürzte sich von einem Abenteuer ins nächste, lachte viel, weinte ebenso oft. Es war offensichtlich, dass sie im Grunde ihres Herzens zutiefst einsam war – und es auch immer bleiben würde, wenn sie nicht bereit war, ihre romantischen Fantasien über Bord zu werfen und sich wirklich auf eine Beziehung einzulassen. Aber Claudia war nicht hier, um Adrienne zu therapieren. Sie hatte Psychologie studiert, doch die Schwierigkeiten, derentwegen Menschen wie Adrienne zum Psychologen gingen, erschienen ihr trivial. Sie wollte der Gesellschaft auf andere Weise helfen – indem sie die wahren Problemfälle identifizierte, Menschen, die echten Schaden anrichteten, die niemals von selbst zu einem Psychologen oder Psychiater gehen würden, obwohl sie es dringend nötig hatten. Deswegen war sie Profilerin bei der Polizei geworden.

Es gab so viele Menschen mit unentdeckten psychischen Problemen. Die meisten kämpften im Stillen mit ihren Schwierigkeiten, verloren ihren Job, landeten irgendwann auf der Straße, nahmen Drogen oder wurden Alkoholiker. Einige rissen Menschen aus ihrem Umfeld mit in den Abgrund, die ihnen vertrauten oder von ihnen abhängig waren. Andere wurden kriminell, einige wenige gar zu Mördern – so wie der, den Claudias Einheit beim Landeskriminalamt, die Sonderermittlungsgruppe Internet, vor ein paar Monaten in einer nervenaufreibenden Jagd gestellt hatte. Nur in der Minderheit der Fälle wurde die Krankheit rechtzeitig erkannt, so dass die Abwärtsspirale gestoppt und die Betroffenen wieder stabilisiert werden konnten. Zwar waren die meisten psychischen Leiden nicht heilbar, aber man konnte die Symptome mit Medikamenten bekämpfen und so vielen Menschen ein halbwegs normales Leben ermöglichen. Menschen wie ihrer Mutter.

Obwohl sie nun seit sieben Jahren in Berlin lebten und es in dieser Zeit nur ein paar harmlose Aussetzer, aber keinen einzigen echten Anfall von Paranoia mehr gegeben hatte, fühlte sich Claudia immer noch nicht wohl dabei, ihre Mutter allein zu lassen. Natürlich war es nicht anders machbar, wenn sie zur Arbeit ging. Aber die Wochenenden verbrachte Claudia normalerweise zu Hause. Ihre Mutter ging nicht gern aus dem Haus, also unterhielten sie sich, spielten Gesellschaftsspiele oder sahen fern. Es waren langweilige Wochenenden, jedenfalls nach Adriennes Maßstäben. Aber nach all den Jahren der Angst, die Claudia als Kind erlebt hatte, ständig auf der Flucht vor unbekannten Gefahren, erschien ihr diese beschauliche, ereignislose Normalität immer noch wie ein Segen. Daher hatte sie nur zögerlich zugestimmt, als Adrienne sie überreden wollte, mit ihr am Samstag shoppen zu gehen.

»So, wie du rumläufst, wirst du nie einen Mann kriegen!«, hatte ihre Freundin gesagt, die bei der Spurensicherung des Landeskriminalamts arbeitete. »Du brauchst dringend was Neues zum Anziehen!«

Aus irgendeinem Grund, den sie selbst nicht genau verstand, hatte Claudia diese Bemerkung verletzt. Es stimmte, sie zog sich gern klassisch an: dunkle Farben, die gut zu ihren langen, schwarzen Haaren passten, enge, schnörkellose Schnitte. Sie hatte immer gedacht, ihr Stil sei elegant. Adrienne allerdings nannte ihn unscheinbar und langweilig.

»Probier's doch wenigstens mal aus!«, hatte ihre Freundin gefordert, und Claudia hatte schließlich zugestimmt, halb, um ihr einen Gefallen zu tun, halb aus Neugier. Vielleicht fand sie ja tatsächlich etwas, das ihr gefiel und ein bisschen mehr Farbe in ihr Leben brachte.

Nun saßen sie hier in einem Café in der Friedrichstraße, umgeben von Einkaufstüten, die mit Adriennes Beute gefüllt waren. Claudia hatte sich nur einen dunkelgrauen Cashmerepullover gekauft, ein Sonderangebot, worüber Adrienne die Augen gerollt hatte.

»Sag mal, weißt du eigentlich, dass du verdammt gut aussiehst?«, sagte Adrienne nach einem Moment des Schweigens. »Ich wünschte, ich hätte dein glattes Haar und deine langen Wimpern. Und dann erst diese Lippen! Nur ein bisschen Lidschatten und Lippenstift, und die Männer liegen dir zu Füßen. Ich dagegen hab diese Strubbelhaare, mit denen ich selbst nach dem Frisör aussehe, als käme ich gerade aus einem Unwetter. Und meine Lippen hab ich mir schon zweimal machen lassen. Nach dem ersten Mal sah ich aus wie Daisy Duck, das zweite Mal war für die Schadensbegrenzung.«

Claudia lächelte. »Wenn du so hässlich wärst, wie du behauptest, würde dich doch wohl kaum ein Kriminaldirektor übers Wochenende nach Stralsund einladen!«

»Das ist es ja, ich krieg immer nur die alten Säcke und Loser ab!«

»Timo war keins von beiden.«

»Ach, hör mir auf mit Timo!« Adriennes Blick verdüsterte sich, und Claudia tat es augenblicklich leid, das Thema ihres Verflossenen angesprochen zu haben.

»Entschuldige, Adrienne. Ich wollte nicht …«

»Schon gut. Ich bin froh, dass ich den Idioten los bin.« Adrienne musterte ihre Freundin über den Rand ihrer Sonnenbrille hinweg. »Sag mal, wie lange ist es eigentlich her, dass du zum letzten Mal Sex hattest?«

Claudia verschluckte sich fast an ihrem Kaffee.

»Ich wüsste wirklich nicht, was dich das angeht!«

»Dachte ich's mir doch!« Sie runzelte die Stirn. »Aber du hast doch schon mal …? Oder bist du etwa immer noch Jungfrau?«

Jetzt war es aber genug!

»Nicht ich bin es, die hier ein Problem hat, Adrienne!«

Claudia bereute den Satz in dem Moment, in dem sie ihn aussprach. Adrienne starrte sie erschrocken an.

»Was willst du damit sagen?«

»Ach, nichts. Vergiss es! Ich hab nur keine Lust, hier in aller Öffentlichkeit mit dir über mein Sexleben zu diskutieren.«

»Da gibt es ja offensichtlich auch nicht viel, worüber man diskutieren könnte.«

Claudia sah auf die Uhr.

»Ich glaube, ich muss langsam los.«

»Entschuldige!« Adrienne wirkte zerknirscht. »Ich bin zu weit gegangen. Tut mir leid.«

Anstatt etwas zu erwidern, sah sich Claudia abrupt um.

»Was ist denn?«, fragte ihre Freundin.

»Ich weiß nicht. Irgendwas ist passiert.«

»Was soll denn passiert sein?«

Sie konnte es nicht genau bestimmen, aber sie spürte, dass sich in ihrer Umgebung etwas verändert hatte. Es war wie eine

Erschütterung, nur nicht körperlich. War der Tonfall der Gespräche an den Nachbartischen auf einmal anders? War der Fluss des Verkehrs langsamer geworden? Eine seltsame Unruhe befiel Claudia. Dann durchzuckte sie ein schrecklicher Gedanke: War dieses seltsame Gefühl die erste Vorstufe einer aufkeimenden Paranoia? Hatte sie das defekte Gen ihrer Mutter geerbt? Brach die Krankheit in diesem Augenblick zum ersten Mal aus?

»Lass uns reingehen und zahlen!«, bat sie.

»Okay.«

Im Inneren des Cafés war es ungewöhnlich düster. Der Mann hinter der Kasse zuckte nur mit den Schultern.

»Tut mir leid, aber der Strom ist ausgefallen. Die Kasse funktioniert gerade nicht.«

Erleichterung durchflutete Claudia. Das also war es, was sie unbewusst wahrgenommen hatte. Es war nicht bloß Einbildung gewesen, dass sich etwas verändert hatte.

»Heißt das, wir müssen nicht bezahlen?«, fragte Adrienne.

So etwas wie Panik trat in die Augen des sichtlich mit der Situation überforderten Mannes.

»Doch, doch, natürlich. Was hatten Sie denn?«

»Zwei Cappuccino und ein Stück Zitronenkuchen.«

Der Mann kritzelte eine Weile auf einem Zettel herum.

»Das macht dann zwölf fünfzig, bitte«, sagte er, als sei er sich seiner Sache nicht ganz sicher.

Claudia holte ihr Portemonnaie hervor, doch Adrienne winkte ab. »Ich mach das. Als kleine Entschuldigung für meine Bemerkung gerade.«

Claudia protestierte nicht. Sie wusste, wie wichtig solche kleinen Gesten der Großzügigkeit für eine Freundschaft sein konnten.

Als sie wieder auf die sonnendurchflutete Straße hinaustraten, hatte sich die Stimmung deutlich spürbar verändert. Autos hupten, Menschen diskutierten oder tippten hilflos auf ihren Smartphones herum. Erschrocken holte Claudia ihr eigenes Handy hervor. Kein Empfang. Dabei hatte sie ihrer Mutter versprochen, jederzeit erreichbar zu sein! Ihr Puls beschleunigte sich.

»Ich bin wirklich spät dran«, sagte sie. »Vielen Dank für den Cappuccino!«

»Gern geschehen. War schön, mit dir zu shoppen.«

»Ja, fand ich auch. Können wir ja mal wieder machen.«

»Das klingt nicht so, als hättest du wirklich Lust.«

»Tut mir leid, aber ich bin ein bisschen nervös. Meine Mutter … mein Handy geht nicht, und …«

»Deine Mutter ist erwachsen. Die kommt schon klar, auch wenn mal der Strom ausfällt.«

Claudia zuckte innerlich zusammen.

»Meinst du etwa, das ganze Stadtgebiet ist betroffen?«

»Woher soll ich das wissen?«

»Egal. Also, Tschüss!«

»Hey, warte! Vergiss die Tüte mit deinem mausgrauen Pullover nicht!« Sie grinste.

Claudia bemühte sich um ein Lächeln. Sie schnappte sich die Tüte, winkte noch einmal zum Abschied und hastete zur U-Bahn. Doch die Station war nur von einer Notbeleuchtung erhellt, die Anzeigetafeln schwarz.

Also ein Taxi. Mit zunehmender Verzweiflung sah sie sich um. Immer mehr Leute kamen aus den Häusern auf die Straße. Der Verkehr auf der Friedrichstraße war weitgehend zum Erliegen gekommen. Autos hupten, Fahrer gestikulieren. Ein Taxi war weit und breit nicht in Sicht.

Kalter Schweiß brach aus ihren Poren. Was, wenn tatsächlich auch im Süden der Stadt der Strom ausgefallen war? Durchaus denkbar, dass ein solches Ereignis bei ihrer Mutter Verunsicherung und Angst auslöste, vielleicht sogar einen Anfall. Und ausgerechnet jetzt war Claudia nicht erreichbar! Sie musste so schnell wie möglich nach Hause. Aber wie?

Sie zwang sich, die Lage nüchtern zu betrachten. Wenn der Strom auch im Süden ausgefallen war, konnte sie die öffentlichen Verkehrsmittel vergessen, und ein freies Taxi zu bekommen, wäre wie ein Sechser im Lotto. Also blieb ihr nur, abzuwarten, bis der Strom wieder funktionierte, oder die ungefähr fünfzehn Kilometer bis zur Wohnung ihrer Mutter zu Fuß zu gehen. Es sei denn …

Sie rannte zurück zum Café und blickte sich um. Keine Spur von Adrienne. Doch gerade als sie sich abwenden und den Fußmarsch Richtung Süden antreten wollte, kam ihre Freundin aus einem Modegeschäft. Typisch Adrienne: Während alle Welt über den Stromausfall debattierte, ging sie shoppen.

»Adrienne!«

»Claudia! Ich dachte, du musst unbedingt sofort nach Hause?«

»Muss ich auch. Aber die U-Bahn ist ausgefallen, und ein Taxi ist nicht zu kriegen. Ich dachte, vielleicht …«

»… könnte ich dich nach Hause fahren?«

»Ich weiß, es ist nicht deine Strecke, aber du würdest mir wirklich einen großen Gefallen tun. Ich mache mir Sorgen. Wenn der Strom auch bei uns zu Hause weg ist, weiß ich nicht, was meine Mutter macht.«

»Was soll sie schon machen? Wenn der Fernseher nicht mehr geht, liest sie eben ein Buch.«

»So einfach ist das nicht. Du kennst sie nicht. Sie wird glauben, jemand hat den Strom sabotiert, nur ihretwegen.«

»Echt?«

»Sie ist paranoid-schizophren. Das bedeutet, für sie verschwimmt die Grenze zwischen dem Ich und der Umwelt. Deshalb hören Schizophrene ihre eigenen Gedanken manchmal als Stimmen, denken, zufällige Ereignisse passierten aus einem bestimmten Grund, der nur mit ihnen zu tun hat, und fühlen sich verfolgt.«

»Ich dachte, sie nimmt Medikamente dagegen?«

»Das tut sie auch. Aber ich habe in den letzten Jahren die Dosis immer weiter reduziert. Die Neuroleptika, die sie nimmt, haben nämlich starke Nebenwirkungen. Ich wollte versuchen, ihr ein möglichst normales Leben zu ermöglichen. Ist bisher auch gut gegangen, aber so ein Stromausfall könnte sie komplett aus dem Gleichgewicht bringen!«

»Hey, du weinst ja! Mach dir keine Sorgen, Claudia. So schlimm, wie du denkst, ist es bestimmt nicht. Wir wissen ja nicht mal, ob der Strom bei euch überhaupt weg ist. Komm, ich parke da hinten.«

»Danke, Adrienne!«

Der Smart ihrer Freundin stand halb auf dem Bürgersteig einer Nebenstraße. Adrienne entfernte schulterzuckend den Strafzettel unter dem Scheibenwischer. Sie drängelte sich in den Verkehr, der nur im Schritttempo voranging.

»So ein Mist! Ich weiß ja nicht, ob du zu Fuß nicht schneller bist«, kommentierte sie.

»Mach mal bitte das Radio an«, erwiderte Claudia.

Auf den meisten Kanälen kam nur Rauschen, was ihre Befürchtungen nur verschlimmerte. Schließlich bestätigte ein Nachrichtensprecher, dass der Strom im gesamten Stadtgebiet ausgefallen war. Über die Ursache wisse man noch nichts, der Energieversorger arbeite mit Hochdruck an der Lösung. Man solle am besten zu Hause bleiben, da die öffentlichen Verkehrsmittel ausfielen und die Straßen verstopft seien.

»Erzähl mir was Neues!«, rief Adrienne. Die Kreuzung vor ihnen war durch einen Unfall blockiert. In einem abenteuerlichen Manöver fuhr sie mit ihrem Kleinwagen über den Bürgersteig, an der Unfallstelle vorbei und in eine Seitenstraße. Doch auf der nächsten Straße Richtung Süden war die Situation nicht besser.

Adrienne ließ sich nicht aus der Ruhe bringen. Sie drängelte und quetschte sich durch Lücken. Einmal überholte sie auf dem Bürgersteig sogar einen Polizeiwagen, der mit Blaulicht im Verkehrschaos feststeckte. Die Beamten starrten sie entgeistert an. Adrienne grinste nur.

»Meinst du nicht, das gibt Ärger?«, fragte Claudia besorgt. »Ich bin sehr dankbar, dass du mir hilfst, aber du musst dafür nicht deinen Führerschein aufs Spiel setzen!«

»Ach was, die Bullen haben doch jetzt Wichtigeres zu tun. Wer weiß, vielleicht gibt es schon Plünderungen.«

»Wegen eines Stromausfalls?«

»Hast du *Blackout* von Marc Elsberg gelesen?«

»Nein.«

»Darin erzählt der Autor ziemlich anschaulich, wie Deutschland nach ein paar Tagen Stromausfall in Anarchie und Chaos versinkt.«

»Ist das nicht ein bisschen übertrieben?«

»Weiß nicht. Bei ihm klingt es jedenfalls plausibel. Aber ist ja auch egal, der Strom wird sicher nicht tagelang wegbleiben. Du wirst sehen, wenn wir bei deiner Mutter sind, sitzt sie bestimmt schon wieder vor dem Fernseher.«

Gut möglich, dass wir ein paar Tage brauchen, bis wir dort sind, dachte Claudia.

Tatsächlich brauchten sie fast zwei Stunden. Es kam ihr vor wie eine Ewigkeit. Immer wieder starrte sie auf ihr Handy, doch es gab nirgendwo Empfang. Als sie endlich vor dem Mehrfamilienhaus in der Scheelestraße hielten, war sie schweißgebadet. Sie sprang aus dem Auto und rannte zur Haustür. Adrienne folgte ihr. Claudia schaffte es kaum, den Schlüssel ins Schloss zu stecken. Die Treppe zum zweiten Stock flog sie geradezu hinauf. Die Wohnung war dunkel und unnatürlich still. Sie spürte ihren Herzschlag in der Kehle, als sie das Wohnzimmer betrat.

»Mami?«

Keine Antwort.

In Panik durchsuchte sie jeden Raum, doch ihre Mutter war nicht da.

»Ich hab's geahnt!«, schluchzte Claudia. »Jetzt irrt sie irgendwo da draußen rum. Bestimmt ist sie auf der Flucht vor irgendwelchen bösen Mächten. Vielleicht … vielleicht hab ich sie für immer verloren!«

Adrienne nahm sie in den Arm.

»Ganz ruhig! Jetzt fragen wir erst mal bei den Nachbarn, vielleicht wissen die was. Und dann gehen wir zur Polizei. Die finden sie bestimmt. Sie kann sich ja schließlich nicht in Luft auflösen.«

Claudias Kehle war wie zugeschnürt. Sie wusste, Adrienne wollte sie nur beruhigen. In Wirklichkeit aber war es sehr gut möglich, dass sie ihre Mutter nie wiedersah. Wenn die Paranoia sie im Griff hatte, konnte sie sehr geschickt darin sein, ihre Identität zu verschleiern und sich vor ihren imaginären Verfolgern zu verstecken. Es war möglich, dass sie ihre eigene

Tochter verdächtigte, mit den dunklen Mächten unter einer Decke zu stecken – es wäre nicht das erste Mal. Die Polizei würde sie so schnell jedenfalls nicht finden, und ohnehin hatten die zurzeit sicher anderes zu tun, wie Adrienne vorhin selbst festgestellt hatte. Dennoch war sie froh, dass ihre Freundin da war, deren ruhige, selbstsichere Art ihr Halt gab.

Adrienne klopfte an der Tür der Kranzmanns, einer vierköpfigen Familien mit zwei lärmenden Kindern im Grundschulalter. Herr Kranzmann, ein hagerer Mann mit Halbglatze, der irgendwo bei der Stadtverwaltung arbeitete, öffnete nach einer langen Minute.

»Frau Morani! Sind Sie trotz des Stromausfalls gut hergekommen? Sagen Sie, Sie wissen nicht zufällig, wie die Hertha gespielt hat, oder?«

»Was? Nein. Herr Kranzmann, wissen Sie vielleicht, wo meine Mutter ist?«

»Und ob ich das weiß! Kommen Sie doch herein!«

Er führte sie durch einen dunklen Flur ins Wohnzimmer. Überall standen Kerzen, die dem Raum einen warmen Glanz verliehen, obwohl es draußen noch hell war. Leere Kuchenteller und Limonadengläser bedeckten den Couchtisch. Frau Kranzmann und die Kinder hatten es sich auf dem Sofa gemütlich gemacht. Gegenüber, auf einem der beiden Sessel, saß Claudias Mutter, ein Buch auf dem Schoß.

»Mami! Hier bist du!«

»Wie schön, dass du da bist, Liebes. Setz dich doch! Und Sie auch, Adrienne! Ich lese den Kindern gerade aus der *Unendlichen Geschichte* vor. So ein Stromausfall ist doch was richtig Gemütliches, oder?«

3.

»Mach jetzt bitte den Computer aus, Simon.«

Sim Wissmann blickte weiter auf den mittleren der drei Monitore auf seinem Schreibtisch. Seine Finger streichelten die vertraute Tastatur, als sei sie ein freundliches Wesen.

»Nur einen Moment noch, Mama.«

»Jetzt, Simon!«

»Ja.«

Er speicherte den Programmcode, den er geschrieben hatte, legte eine lokale Sicherheitskopie davon an und sicherte ihn zusätzlich auf einem externen Flash-Laufwerk und in der Cloud. Dann fuhr er den Computer herunter.

»Ich gehe jetzt einkaufen. Ich bin in einer Stunde oder so zurück. Papa ist im Wohnzimmer und guckt Fußball.«

»Ist gut, Mama.«

»Bis gleich, mein Schatz.« Sie schloss die Tür.

Sim stand auf, streckte sich, sah sich um. Alles war, wie es sein sollte: die alphabetisch sortierten Buchrücken im Regal exakt ausgerichtet, die Tagesdecke auf seinem Bett ohne eine unnötige Falte, die Urkunden der Mathematikwettbewerbe, die er als Kind gewonnen hatte, in blank polierten Rahmen an der Wand aufgereiht. Nirgendwo lag etwas sinnlos herum.

Wenn seine Mutter ihn nicht aufgefordert hätte, den Computer auszumachen, wenn er nicht hin und wieder etwas essen und schlafen müsste, Sim hätte am liebsten für immer einfach weitergearbeitet. Der Computer war sein bester Freund: Er stellte keine dummen Fragen, er tat, was man ihm sagte, lachte nicht und schimpfte nicht, forderte nichts von einem außer hin und wieder einen Mausklick oder eine Tastatureingabe und reagierte vorhersehbar. Jedenfalls meistens. Und wenn nicht, wenn mal ein Fehler passierte, dann war das einfach nur eine neue Aufgabe, ein neues Spiel. Aber Mama bestand nun mal darauf, dass Sim sich an die »computerfreie Zeit« hielt. Und Mama war die einzige Person, der Sim glaubte, wenn sie ihm sagte, was richtig und was falsch war.

Sim genoss für einen Moment die vertrauten Geräusche: das im Einzelnen verwirrende und dennoch in seiner Gesamtheit statistisch vorhersehbare und damit beruhigende Gezwitscher der Vögel; das gleichmäßige Rauschen der Straße; das Summen des Lüfters seines Computers, der sich in drei Minuten automatisch abschalten würde, wenn die acht Prozessoren im Kern auf weniger als 40 Grad heruntergekühlt waren; das Geplärre des Fernsehers aus dem Wohnzimmer, wo der Mann saß.

Er öffnete die Augen und wandte sich der Beschäftigung zu, die ihm am meisten Spaß machte, wenn er nicht am Computer arbeiten durfte: puzzeln. Fast die gesamte Stirnwand seines Zimmers wurde von einer auf dem Boden liegenden, weiß beschichteten Holzplatte eingenommen, die der Mann für Sim besorgt hatte. Sie war drei Meter dreißig breit und einen Meter sechzig tief – gerade groß genug, um das Puzzle in seiner gesamten Größe aufzunehmen. Zufrieden betrachtete Sim die Puzzlefragmente, die bereits dort lagen. Gerade einmal 7,84 % des Bildes waren fertiggestellt; 1412 Teile, die über das ganze Brett verteilt waren, manche in kleinen, zusammenhängenden Gruppen, die meisten jedoch noch einzeln, darauf wartend, dass Sim einen passenden Nachbarn aus dem Karton fischte. Auf einen Außenstehenden hätten sie wie zufällig verstreut gewirkt, doch er wusste, dass jedes Teil an genau der richtigen Stelle lag, exakt ausgerichtet.

Eine Weile betrachtete er die Bruchstücke, die einmal ein Panoramabild der Deckenfresken in der Sixtinischen Kapelle bilden würden, im Zentrum die berühmten, sich beinahe berührenden Finger Gottes und Adams. Es war Sims Lieblingspuzzle. Er hatte es von Mama zum fünfundzwanzigsten Geburtstag geschenkt bekommen und seitdem bereits zwölfmal fertiggestellt. Das machte ihm fast so viel Spaß wie Programmieren. Wenn er den Computer nicht benutzen durfte, war es mit Abstand seine liebste Beschäftigung, und er hasste nichts mehr, als dabei gestört zu werden.

Er holte sein Puzzlekissen unter dem Bett hervor und kniete sich darauf. Vorsichtig hob er den Deckel der riesigen Pappschachtel ab, griff ohne hinzuschauen hinein und holte eines der verbliebenen 16.588 Teile hervor. Schon als er es berührte und die Ein- und Ausbuchtungen und geschwungenen Ecken ertastete, wusste er, zu welchen der bereits ausliegenden Teile es auf keinen Fall passen konnte. Er warf einen kurzen Blick auf das Stück: hellgrau mit einem leichten Blauschimmer, ein unregelmäßiger dunkelgrauer Strich am Rand. Ein warmes Gefühl der Freude erfüllte ihn. Dies war ein Teil des Himmels in der Szene, in der Adam und Eva aus dem Paradies vertrieben wurden, fast genau im Zentrum des Bildes. Das Beste daran war, dass dieses Puzzlestück zu einem bereits auf dem Brett liegenden passte, das somit aus seiner Einsamkeit erlöst und Teil eines zusammenhängenden Ganzen wurde.

Diese Anfangsphase des Puzzles, wenn aus winzigen Inseln in einem weißen Meer allmählich Archipele wurden, die schließlich zu Kontinenten zusammenwuchsen, mochte Sim am meisten. Die letzten fünftausend Teile, das Stopfen der noch verbliebenen Löcher, war dagegen langweilig. Aber es wäre ihm natürlich niemals in den Sinn gekommen, das Puzzle zu beenden, bevor es fertiggestellt und das letzte Teil an seinem Platz war. Während er ein Puzzlestück nach dem anderen aus dem Karton holte und es mit ruhigen Bewegungen ohne das geringste Zögern an der richtigen Stelle platzierte, verblasste die Umgebung, und er versank in einen Zustand der Harmonie und Selbstzufriedenheit, in dem er weder das Vergehen der Zeit noch die Bedürfnisse seines Körpers wahrnahm.

Eine jähe Veränderung riss ihn aus seiner Trance. Mitten in der Bewegung hielt er inne und sah sich irritiert um. Das Licht auf dem Puzzle hatte sich abrupt verändert. Jetzt sah er den Grund: Die Deckenleuchte war erloschen, obwohl Sim den Schalter nicht betätigt hatte, und nur das durch einen Baum im Garten gefilterte Tageslicht erhellte den Raum. Im selben Moment hörte er aus dem Wohnzimmer wüstes Schimpfen: »Das gibt's doch nicht! Scheiß Kiste! Musst du ausgerechnet jetzt den Geist aufgeben?«

Sim zuckte zusammen. Er hasste es, wenn unvorhergesehene Veränderungen eintraten. Er hasste es noch mehr, beim Puzzeln gestört zu werden. Am allermeisten aber hasste er es, wenn der Mann fluchte.

Er blieb still hocken, unsicher, was er tun sollte, und hoffte, dass die Störung von selbst verschwinden würde. Aber das tat sie nicht. Im Gegenteil, es wurde noch schlimmer. Die schweren Schritte des Mannes näherten sich seinem Zimmer. Die Tür ging auf.

»Simon! Was hast du schon wieder angestellt!«

Sim rührte sich nicht, hockte einfach nur da und starrte auf die Stelle, an die er das Teil in seiner Hand legen würde, wenn die Störung vorbei war.

»Simon! Ich rede mit dir!«

»Ich puzzle!«, sagte Sim.

»Das sehe ich. Aber der Strom ist ausgefallen. Ausgerechnet in den letzten Minuten des Fußballspiels! Das ist doch bestimmt wieder dein bescheuerter Hochleistungscomputer gewesen!«

»Mein Computer ist ausgeschaltet, Papa.«

Sim wusste, dass der Mann es nicht mochte, wenn er einfach nur »Mann« genannt wurde, deswegen sagte er Papa. Er hoffte, dass der Mann sich dadurch etwas beruhigen würde.

»Ja klar. Weil der Strom weg ist. Wahrscheinlich ist eine Sicherung rausgesprungen, weil du wieder mal die Leitung überlastet hast.«

»Mein Computer hat einen Akku. Wenn der Strom ausfällt, geht er nicht einfach aus, sonst würde ich Daten verlieren. Ich habe meinen Computer heruntergefahren, als Mama mir sagte, dass meine Computerzeit zu Ende ist. Seitdem puzzle ich.«

Der Mann machte ein schnaubendes Geräusch. Er schloss die Tür mit einem schrecklich lauten Krach und rumorte draußen weiter. Sim legte das Puzzleteil an seinen Platz und nahm ein neues aus der Schachtel. Doch das wohlige Gefühl, das er eben noch gehabt hatte, wollte sich nicht mehr einstellen.

Der Mann fluchte derweil weiter vor sich hin: »So eine Sauerei … ausgerechnet heute … dass diese Idioten nicht mal in der Lage sind, die Energieversorgung sicherzustellen …«

Sim versuchte, die Störung so gut es ging zu ignorieren und sich auf das Puzzle zu konzentrieren. Doch bereits beim fünften Teil, das er platzieren wollte, ging die Tür schon wieder auf.

»Scheint so, als wär der Strom in der ganzen Gegend weg«, sagte der Mann, als wolle er damit eine Frage beantworten, die niemand gestellt hatte.

Sim erwiderte nichts, sondern platzierte sein Puzzleteil an der richtigen Stelle. Ein Stromausfall war ärgerlich, aber er gehörte zu der Art von Störungen, die man nicht beeinflussen konnte und die irgendwann von selbst wieder verschwanden, die man also am besten einfach ignorierte. Am liebsten hätte er auch den Mann ignoriert, aber er wusste aus Erfahrung, dass das nicht funktionierte.

»Sag mal, Junge, geht dein Internet eigentlich noch? Ich hab nämlich keinen Handyempfang.«

»Ich hab doch schon gesagt, mein Computer ist ausgeschaltet.«

»Ja, aber kannst du ihn nicht mal einschalten und gucken, ob du noch Internet hast? Es wäre wirklich wichtig.«

»Ja, ich kann den Computer einschalten. Unter welchen Umständen wäre das wichtig?«

»Hör auf mit den Spielchen, Simon! Ich weiß genau, dass du verstanden hast, was ich meine, auch wenn ich mich für dich unpräzise ausgedrückt habe.«

Simon seufzte. »Na gut.«

Er stand auf und fuhr den Laptop hoch. Die Anzeige besagte, dass die Maschine im Batteriebetrieb lief. Der Strom reichte für etwa zwei Stunden und zwölf Minuten.

»Ich habe eine Internetverbindung«, teilte er mit.

Der Mann beugte sich dicht über ihn. Sim mochte es nicht, wenn jemand ihm so nahe kam. Er drehte sich so weit zur Seite, wie er konnte, ohne vom Stuhl zu fallen. Der Mann tippte mit seinen klobigen Fingern auf der Tastatur herum. Sim würde sie später desinfizieren müssen.

»So ein blöder Mist!«, schimpfte er nach einer Weile. »Wieso können diese Idioten nicht schreiben, wie das Spiel ausgegangen ist?«

»Weil der Strom ausgefallen ist«, erklärte Sim.

»Ja, aber das Internet geht doch noch!«

»Das Internet würde erst dann nicht mehr funktionieren, wenn überall auf der Welt der Strom ausfiele.«

»Ich meine, die Sportergebnis-Seiten sind doch noch da.«

Sim seufzte. Es war so ungeheuer mühselig, anderen Menschen technische Zusammenhänge zu erklären. Nur bei mathematischen Themen stellten sie sich in der Regel noch begriffsstutziger an.

»Die Sportergebnis-Seiten werden auf Servern gehostet, die irgendwo stehen können, in Amerika zum Beispiel. Von einem lokalen Stromausfall sind sie höchstwahrscheinlich nicht betroffen. Die Provider, die die deutsche Netzinfrastruktur zur Verfügung stellen, haben Notstromaggregate, sonst würde meine Internetverbindung nicht funktionieren. Aber die Rechner in den Sportredaktionen haben in der Regel keine Notversorgung. Die Redakteure haben, falls ihre Computer überhaupt funktionieren, aktuell keine Möglichkeit, ihre Berichte hochzuladen. Jedenfalls die in den Gebieten, die direkt vom Stromausfall betroffen sind.«

»Und welche sind das?«

Sim tippte den Begriff »Stromausfall« in das Eingabefeld der Suchmaschine und filterte die Ergebnisse so, dass nur solche der letzten Stunde angezeigt wurden. Der oberste Eintrag war von einem Nachrichtendienst.

»Klick das mal bitte an«, sagte der Mann.

Sim gehorchte. Die Meldung war nur kurz:

Stromausfall legt Berlin lahm

Ein Stromausfall hat heute um 17:12 Uhr nahezu das gesamte Berliner Stadtgebiet lahmgelegt. Betroffen sind neben Hunderttausenden Wohnungen auch die öffentlichen Verkehrsbetriebe, die Bahn, die Flughäfen sowie die Mobilfunknetze. Es kam zu zahlreichen Unfällen und Verkehrsbehinderungen aufgrund des Ausfalls der Ampelanlagen. Die Ursachen und die Dauer bis zur Behebung der Störung sind derzeit noch unbekannt.

»Können diese Penner nicht gleich dazuschreiben, wie die Hertha gespielt hat?«, schimpfte der Mann.

»Willst du das wissen?«, fragte Sim.

»Was?«

»Wie das Ergebnis des Fußballspiels war, das du geguckt hast, als der Strom ausgefallen ist.«

»Herrgott, Junge, was glaubst du, warum ich hier stehe?«

»Das weiß ich nicht.«

»Ja, ich möchte gern wissen, wie das Spiel ausgegangen ist.«

Sim interessierte sich kein bisschen für Fußball, aber er konnte nicht verhindern, dass sich etwas in sein Gedächtnis einprägte, das er sah, auch wenn er es gar nicht wollte. Deshalb wusste er, dass heute um 15:30 Uhr im Olympiastadion das Spiel Hertha BSC gegen Borussia Dortmund begonnen hatte. Da ein Fußballspiel im Durchschnitt inklusive Halbzeitpause hundertacht Minuten dauerte und es bei Bundesligaspielen keine Verlängerung gab, musste es inzwischen seit etwa fünfzehn Minuten beendet sein. Sim kannte außerdem die Mannschaftsaufstellung beider Seiten inklusive Rückennummern und Anzahl der bisherigen Tore, gelben und roten Karten sowie Saisoneinsätze der einzelnen Spieler – diese Informationen waren auf einer der Seiten zu lesen gewesen, die der Mann zuvor aufgerufen hatte, aber für die Frage nach dem Spielergebnis wohl unerheblich.

Er tippte *Ergebnis Hertha BSC Borussia Dortmund* in den Browser ein. Da der Filter immer noch auf Ergebnisse innerhalb der letzten Stunde eingestellt war, verriet gleich der erste Eintrag, dass das Spiel zwei zu zwei ausgegangen war und die Tore in der zweiundzwanzigsten Minute durch Baumjohann, in der zweiundvierzigsten durch Großkreutz, in der achtundsechzigsten durch Lewandowski und in der neunundachtzigsten durch Ramos erzielt worden waren. Damit war Hertha BSC am letzten Spieltag auf dem sechzehnten Tabellenplatz und musste nun in einem Relegationsspiel gegen den Drittplatzierten der zweiten Bundesliga antreten. Das erschien Sim nicht gerade wie eine Meisterleistung, aber der Mann reckte die Hand in den Himmel und stieß ein lautes »Ja!« aus. Dann berührte er Sim an der Schulter.

»Danke, Junge! Damit hast du mir echt eine Freude gemacht!«

Sim versuchte, nicht an die warme, schwere Hand auf seiner Schulter zu denken.

»Kann ich den Computer jetzt wieder ausmachen? Mama schimpft sonst.«

»Ja, natürlich. Noch mal danke.« Der Mann zog endlich seine Hand zurück und verließ den Raum.

Sim atmete erleichtert auf und wandte sich wieder seinem Puzzle zu.

4.

Die Taverne *Zum Freundlichen Oger* war wie immer am Samstagnachmittag rappelvoll. Grob, der Halboger-Wirt, war von einem Pulk Spielerfiguren aller Rassen und Klassen umringt, die meisten auf niedrigem Level. Hätte es in *World of Wizardry* so etwas wie Autogrammkarten gegeben, er hätte sie permanent signieren müssen. Stattdessen wurde er mit Fragen bombardiert, die er geduldig beantwortete.

Ben Varnholt alias Graviel der Dieb beobachtete das Gedränge von seinem Ecktisch aus. Er konnte nicht verstehen, wieso der Schriftsteller Ole Karlsberg, der hinter der Figur des Grob steckte, nicht längst die Identität gewechselt hatte, so wie Ben selbst. Anscheinend genoss er seinen Superstar-Status in der virtuellen Welt *Goraya* zu sehr, auch wenn ihm die Fans keine ruhige Minute mehr ließen, seit bekannt geworden war, wer sich hinter der Figur des Tavernenwirts verbarg. Andererseits, vielleicht wurde Grob längst von einem bezahlten Statisten gesteuert und Karlsberg hatte sich insgeheim eine neue Figur zugelegt. Wer konnte in einem Massive Multiplayer Online Roleplaying Game schon sagen, welche reale Person tatsächlich hinter einer Spielfigur steckte? Mit der neuen Generation künstlicher Intelligenzen, die die Betreiberfirma *Snowdrift* vor Kurzem veröffentlicht hatte, war es sogar schwierig geworden, eine computergesteuerte Spielfigur – einen sogenannten NPC – von einer von einem Menschen kontrollierten zu unterscheiden.

Don Tufuck Withme, der mittlerweile im ganzen Internet berühmte Level-fünfzig-Zauberer, den Ben bis vor ein paar

Monaten gespielt hatte, war jedenfalls von der Bildfläche verschwunden. Gerüchten zufolge hatte er sich in eine unzugängliche Bergregion zurückgezogen, wo er ein geheimes Zauberschloss baute. Andere behaupteten, der Don, wie er respektvoll genannt wurde, sei bei einem Duell mit einem Erzdämon endgültig vernichtet worden. Es gab noch einige weitere widersprüchliche Geschichten, die dazu beitrugen, dass der Don in *World of Wizardry* eine Legende geworden war. Einige davon hatte Ben selbst in Umlauf gebracht.

Graviel der Dieb war eine von einem halben Dutzend Spielfiguren, die Ben mittlerweile nutzte, wenn er in *Goraya* unterwegs war. Gerade mal auf Level zwölf, war er zu schwach, um irgendjemandem aufzufallen, aber stark genug, um nicht allzu leichte Beute der zahlreichen Gangs zu werden, die unerfahrenen Spielern auflauerten und sie ausraubten. Durch seine Erfahrung und Raffinesse konnte Ben es zudem mit deutlich stärkeren Gegnern aufnehmen. Und sollte ihn einmal jemand ernsthaft ärgern, konnte er immer noch den Don reaktivieren und dafür sorgen, dass derjenige eine Lektion erhielt, die er so schnell nicht vergaß. Aber er war nicht in *Goraya*, um wie früher eine Art Hilfssheriff oder Robin Hood für Newbies zu geben. Es waren eher Nostalgiegefühle und manchmal schlichte Langeweile, die ihn immer wieder hierher trieben, wenn auch längst nicht so oft wie früher. Der *Freundliche Oger* war mehr denn je ein Treffpunkt der Hardcore-Spieler, und man konnte hier immer wieder interessante Geschichten hören und sich zu sogenannten Raids, Raubzügen in Monsterhöhlen oder gegen feindliche Clans, verabreden.

»Hallo, Dieb!«, erschien im Chatfenster von Bens Figur. Eine Halbelfendruidin namens Morninglight mit grünlicher Haut in einem schlichten braunen Gewand hatte ihn angesprochen. Sie war entweder total unerfahren oder gehörte zu der Minderheit der Spieler, die sich in Understatement übten.

»Hallo«, erwiderte Ben. Gleichzeitig unternahm er den Versuch, der Druidin unbemerkt ein paar Goldmünzen aus dem Lederbeutel an ihrem Gürtel zu stehlen. Nicht, weil Ben das virtuelle Geld gebraucht hätte oder ihr ernsthaft schaden wollte, sondern einfach, weil es zur Spielfigur eines Diebs gehörte, so etwas zu tun.

»Nimm die Finger aus meinem Beutel, sonst schneid ich dir deinen ab!«, erschien im Chatfenster. Gleichzeitig informierte die Game Engine Ben darüber, dass der Taschendiebstahl-Versuch gescheitert war. Also war die Halbelfin doch nicht so unerfahren.

»Nichts für ungut. Bin halt 'n Dieb, kann nicht anders. Was willst du von mir, Blumenpflückerin?«

»Ich suche für einen Raid jemanden, der mit Dietrichen umgehen kann, und du siehst so aus, als hättest du nichts Besseres zu tun.«

»Der Eindruck kann täuschen.«

»Schon okay. Wenn du keine Lust hast, musst du's nur sagen.«

»So war das nicht gemeint. Also, worum geht's?«

»Ich hab da eine Karte zu einer alten Zwergenruine gefunden, tief in *Morad'Uir*. Könnte ein paar interessante Schätze zu holen geben.«

»Zeig mir mal die Karte.«

»Damit du damit abhaust? Das könnte dir so passen, Beutelschneider!«

»Ich will bloß wissen, welchen Level das Dungeon hat.«

»Wir sind wohl ein bisschen ängstlich, wie?«

»Wer niemals Angst hat, lebt nicht lange.«

»Also schön. Die Monster sind Level fünfzehn bis zwanzig. Ich selbst bin Level achtzehn. Du siehst mir auch wie ein halbwegs erfahrener Spieler aus. Ich hab noch einen Level-zehn-Barbaren und einen Halblingzauberer auf dreizehn. Also, was sagst du?«

»Scheint mir eine Selbstmordmission zu sein. Ich bin gerade mal Level zwölf. Damit wärst nur du im Recommended Level. Mit der Gurkentruppe kommen wir nicht mal durch den Raum hinter der Eingangstür.«

»Recommended Level? Das ist doch was für Newbies! Ich hab schon Level-dreißig-Dungeons überlebt. Man muss sein Hirn gebrauchen, dann wird man auch mit Monstern fertig, die man mit dumpfem Draufprügeln nicht besiegen kann.«

Ben gefiel die Denkweise der Druidin. Seine zögerliche Haltung hatte dem Zweck gedient, herauszufinden, ob sie sich einfach nur selbst überschätzte oder wusste, was sie tat. Nun, da er von Letzterem überzeugt war, hatte er durchaus Lust zu einem Raid, der eine echte Herausforderung darstellte.

»Also schön. Aber die Beute wird nach Köpfen geteilt, nicht nach Level-Verhältnis oder ähnlichem Unfug. Und wenn es irgendwelche Spezial-Items für die Diebesklasse gibt, habe ich das erste Wahlrecht, unabhängig von ihrem Wert.«

»Einverstanden. Dasselbe gilt dann natürlich auch für die anderen Klassen.«

»Wann soll's denn losgehen?«

»Wenn du bereit bist, wir sind es.«

»Okay. Dann gib mir mal die Koordinaten.«

Anstatt zu antworten, verschwand die Druidin einfach. Im Textfenster erschien: *Morninglight ist offline.*

Es galt als unhöflich, mitten in einem Gespräch offline zu gehen. Wenn man das Spiel unterbrechen musste, weil es zum

Beispiel an der Haustür klingelte, schrieb man zumindest die Buchstaben *afk* für *away from keyboard*, um damit anzudeuten, dass man kurzzeitig etwas anderes tun musste und in ein paar Minuten zurück war. Doch das war nicht das Einzige, was an Morninglights Verschwinden seltsam war. In exakt derselben Sekunde hatten sich mindestens ein Dutzend anderer Spielfiguren in der Kneipe ebenfalls in Luft aufgelöst. Es war normal, dass an einem gut besuchten Ort permanent Wesen erschienen und wieder verschwanden, wenn Spieler sich neu in das Spiel einloggten oder es verließen. Doch jetzt waren es zu viele gleichzeitig, als dass das eine gewöhnliche statistische Schwankung hätte sein können. Ein kalter Schauer lief Ben über den Rücken. Vor fast einem Jahr war es das abrupte Verschwinden einzelner Spieler in *World of Wizardry* gewesen, das ihn auf die Spur eines der rätselhaftesten Fälle gebracht hatte, mit denen das Berliner Landeskriminalamt je zu tun gehabt hatte. Und nun löste sich vor seinen Augen ein ganzes Dutzend Spieler auf einmal in Luft auf …

Er blickte von seinem Laptop auf. Nicht nur im *Freundlichen Oger* hatte sich abrupt etwas verändert. Es dauerte einen Moment, bis ihm auffiel, was es war: Das gleichmäßige Brummen des Kühlschranks war verstummt. Ein Blick auf die Fußleiste des Betriebssystems bestätigte, dass der Computer in den Batteriebetrieb geschaltet hatte. Also war der Strom ausgefallen.

Es war sicher kein Zufall, dass Morninglight und die Figuren im *Freundlichen Oger* im selben Moment verschwunden waren, in dem der Kühlschrank aufgehört hatte zu brummen. Ein Stromausfall war eine plausible Erklärung dafür: Spieler, die nicht wie er an einem Laptop spielten und ihren DSL-Router mit einem Akku gegen kurzzeitige Ausfälle gepuffert hatten, wurden im selben Moment von den Spielservern getrennt und gingen alle gleichzeitig offline. Also war kein neuer mysteriöser Kriminalfall die Ursache, sondern eine simple technische Panne.

Damit ein signifikanter Prozentsatz der Spieler in der Kneipe gleichzeitig verschwinden konnte, musste der Stromausfall sehr viele Menschen betreffen. Ben startete den Internetbrowser und gab die URL einer Seite ein, die die Netzwerkstabilität und das Übertragungsvolumen im Internet geografisch anzeigte. Einen echten Netzausfall hatte es nirgendwo gegeben, aber sowohl die Bandbreite als auch der Traffic im Berliner Raum waren drastisch zurückgegangen. Das sprach für einen flächendeckenden Stromausfall in Berlin.

Er loggte sich in ein Forum ein, in dem sich White-Hat-Hacker wie er über Internetsicherheit und Datenschutz austauschten. Er hatte vorgehabt, die Community zu fragen, ob sie etwas über den Stromausfall wusste, aber es war bereits eine rege Diskussion im Gange. Ben scrollte durch das Protokoll:

*F*CKNSA: Bei mir im Block ist gerade der Strom ausgefallen. Das Netz zeigt einen drastischen Einbruch des Traffics im gesamten Berliner Raum. Weiß jemand was darüber?*
TenCQ: Bei mir auch. Scheint tatsächlich ganz Berlin zu betreffen.
Bo55M4n: Bin in Potsdam. Licht geht noch.
*F*CKNSA: Ein Umspannwerk down?*
TenCQ: Das sieht mir zu groß für einen einzelnen Ausfall aus.
Bo55M4n: Was meinst du damit?
TenCQ: Wenn es ein Umspannwerk wäre, dann wäre das Versorgungsgebiet dieses speziellen Werks betroffen, aber nicht das ganze Stadtgebiet.
*F*CKNSA: Was denn dann? Ein Kraftwerksausfall?*

TenCQ: BS. Der Leistungsabfall würde durch das Smart Grid sofort ausgeglichen.
Bo55M4n: Worauf willst du hinaus?
TenCQ: Für mich sieht das nicht wie ein technischer Defekt aus. Entweder hat jemand richtig Scheiße gebaut, oder das war Absicht.
Bo55M4n: Absicht? Du meinst Terror oder so?
TenCQ: Schon möglich.
*F*CKNSA: Kommt mir weit hergeholt vor.*
Bo55M4n: Mir auch. Wäre ganz schön schwierig, so ein Anschlag. Müsste koordiniert gegen mehrere Verteilerknoten gleichzeitig erfolgen. Und was hätten die Terroristen davon?
TenCQ: Vielleicht ist das nur eine Warnung. Vielleicht wollen sie den Senat erpressen oder so.
*F*CKNSA: Jetzt bleib mal auf dem Teppich. Das ist ein Stromausfall! In Berlin! Das Netz wird von einer privaten Atomstrom-Firma betrieben! Wer bitte braucht da noch Terroristen?*
TenCQ: Trotzdem. Auch der Zeitpunkt ist seltsam: Samstagnachmittag ist nicht gerade Spitzenlast.
Bo55M4n: Und?
TenCQ: Und der Strom fällt kurz vor Ende des wichtigsten Fußballspiels der Saison aus – genau in dem Moment, wo Ramos den Ausgleich schießen will!
*F*CKNSA: ROFL!!*
Bo55M4n: Hat er wenigstens getroffen?
TenCQ: Keine Ahnung.

Nachdenklich kratzte sich Ben an seinem fast kahlen Kopf. Dann begann er zu recherchieren. Es dauerte eine Weile, bis er einen Plan des Berliner Stromnetzes gefunden hatte, dazu eine Analyse des Innenministeriums zu den Risiken aufgrund von

Stromausfällen. Zumindest in dem Punkt hatte TenCQ recht: Es war nicht gerade einfach, das gesamte Stromnetz Berlins durch ein äußeres Ereignis lahmzulegen. Dass dies durch einen einzigen technischen Fehler passiert war, erschien immer unwahrscheinlicher, je länger sich Ben mit der Materie beschäftigte.

Als es längst dunkel geworden war und auch Bens Ersatzakku allmählich den Geist aufgab, war er sicher, dass der Stromausfall kein Zufall gewesen war.

5.

New York glomm in der Dämmerung wie die verkohlten Überreste eines gigantischen Feuers, die Straßen schmale Lavaströme, die sich schnurgerade durch Manhattan zogen. Weit im Süden ragte die kristallförmige Nadel des neu erbauten One World Trade Centers in den Himmel, als wolle die Stadt Osama Bin Laden posthum den Mittelfinger zeigen. Dahinter vereinigten sich der Hudson und der East River zu einer länglichen Bucht, die in den Atlantik mündete.

Der Anblick der Stadt von der Aussichtsplattform des Empire State Buildings wirkte auf Adam Eisenberg gleichzeitig einschüchternd und ermutigend, hoffnungsvoll und deprimierend. Er mochte die absurd optimistische Einstellung vieler Amerikaner, diese mit Pragmatismus gepaarte *»anything is possible«*-Mentalität, die ihm während der ersten Woche seines Besuchs beim New York Police Department entgegengeschlagen war, diesen unbeugsamen, geradezu dickköpfigen Willen, sich nicht unterkriegen zu lassen. Er hatte ihn bei den Kollegen des NYPD gespürt, die einen Kriminalfall niemals als unlösbar betrachteten, auch wenn jahrzehntelang keine neuen Erkenntnisse gewonnen worden waren. Ebenso bei dem jungen pakistanischen Taxifahrer auf dem Weg hierher, der darauf hoffte, im Land der unbegrenzten Möglichkeiten groß rauszukommen, und bei der freundlichen Kellnerin im Straßencafé am Morgen, die ihm ungefragt von ihrem Traum erzählt hatte, einmal in einem Musical am Broadway mitzuwirken. Wenn es etwas gab, das Eisenberg hier lernen konnte, dann waren es dieser unbeugsame Wille und der Glaube an die eigenen

Fähigkeiten. Man konnte die Amerikaner für oberflächlich halten und ihr Großmachtgehabe kritisieren, aber wenn man hier auf dem Empire State Building stand und sah, was sie in wenigen Generationen geschaffen hatten, dann konnte man den Stolz auf ihre Nation verstehen.

Allerdings wusste Eisenberg nicht so recht, was er den New Yorker Kollegen im Austausch beibringen konnte, die ihn zu diesem zweiwöchigen Besuch im Rahmen eines Programms zur Förderung der internationalen Zusammenarbeit der Polizeiorgane eingeladen hatten. Soweit er es bisher beurteilen konnte, waren die hier eingesetzten Methoden und Verfahren denen der deutschen Behörden mindestens ebenbürtig.

Am Montag stand ein Vortrag über die Arbeit seiner eigenen Spezialeinheit, der SEGI, vor einer Gruppe amerikanischer Kriminalisten auf dem Programm. Doch die Sonderermittlungsgruppe Internet des Berliner Landeskriminalamts wäre durch einen ihrer Mitarbeiter wesentlich besser vertreten gewesen als durch ihn, ihren Chef. Ben Varnholt hätte den New Yorkern sicher noch einiges über Straftaten- und Täterermittlung im Internet beibringen können. Claudia Morani wäre als Profilerin mit ihrem außergewöhnlichen psychologischen Gespür ebenfalls eine interessante Gesprächspartnerin. Sim Wissmann wiederum hätte die IT-Spezialisten des NYPD mit seinen Fähigkeiten zweifellos in Erstaunen versetzt, wenn er auch als Vortragsredner ungeeignet war.

Eisenberg dagegen fühlte sich der Aufgabe, das LKA hier würdig zu vertreten, kaum gewachsen. Darüber zu reden, wie stolz er auf seine außergewöhnlich talentierten Mitarbeiter war, war nun mal nicht dasselbe, als wenn diese ihre Fähigkeiten selbst demonstriert hätten – man konnte es ihm nur allzu leicht als Angeberei auslegen. Dementsprechend sah er sich gezwungen, sich bei seinem Vortrag auf die Fakten des bisher einzigen großen Falls der SEGI zu beschränken, doch die kamen auf seinen PowerPoint-Folien nicht gerade eindrucksvoll rüber, und die ungewöhnlichen Methoden, die besonders Varnholt und Wissmann bei der Aufklärung eingesetzt hatten, konnte er bestenfalls grob erklären. Daher lag ihm der Vortrag schon jetzt wie Blei im Magen.

Hinzu kam, dass er eigentlich schon vor siebzehn Jahren hier oben hätte stehen wollen, zusammen mit seiner damaligen Frau Iris und seinen beiden Kindern. Doch der Fall eines Serienmörders hatte ihn damals gezwungen, den seit Langem geplanten Amerika-Urlaub aufzuschieben, und kurz darauf war seine Ehe in die Brüche gegangen. Nun stand er allein hier und fühlte sich inmitten des Gedränges von Touristen aller Nationalitäten so einsam wie schon lange nicht mehr. Dennoch war er froh, die Wartezeit am Ticketschalter in Kauf genommen zu haben. Der Ausblick war einzigartig. Nirgendwo konnte man das Pulsieren der Stadt so wahrnehmen wie hier. Manhattan lag ihm zu Füßen wie ein gigantisches stachelbewehrtes Tier, dessen rauschenden Atem der warme Abendwind herauftrug. Hatte er nicht irgendwo gelesen, dass Städte nach allen gängigen Definitionen der Biologen nicht von Lebewesen zu unterscheiden waren, mit ihrem Stoffwechsel aus Wasser, Strom und Lebensmitteln, den Kraftwerken und Fabriken als Organen, Rohrleitungen und Kabeln als Adern und Datenleitungen als Nervensträngen, während die Menschen in ihren Eingeweiden herumwuselten wie lebensnotwendige, körpereigene Bakterien?

Wirklich schade, dass er das hier nicht gemeinsam mit Michael und Emilia erleben konnte. Aber wenigstens konnte er ihnen ein Foto schicken. Einem spontanen Impuls folgend holte er sein Handy hervor, bevor ihm einfiel, dass es in Deutschland mitten in der Nacht war. Das Display zeigte eine ungelesene Mitteilung an. Sie war bereits einige Stunden alt – eingetroffen, während er sich nach einer aufgrund der Zeitverschiebung halb durchwachten Nacht gegen Mittag für zwei Stunden schlafen gelegt hatte. Die Nachricht lautete: *Stromausfall in Berlin vmtl Anschlag. Kommen Sie zurück. Ben Varnholt*

Eisenberg runzelte die Stirn. Was für ein Stromausfall? Und wieso glaubte Varnholt, dass es sich um einen Anschlag handelte? Was immer hinter der Sache steckte, musste Zeit bis morgen haben. Von hier aus konnte er ohnehin nichts Sinnvolles tun, schon gar nicht ohne offiziellen Auftrag, und er konnte auch nicht einfach vorzeitig verschwinden, ohne seine amerikanischen Gastgeber vor den Kopf zu stoßen. Also schrieb er zurück: *Muss noch hierbleiben, habe Montag Vortrag. Melde mich. Adam E.*

Während Eisenberg mit einer kleinen Digitalkamera ein paar Fotos für seine Kinder machte, überlegte er, wie es wäre, wenn das Glimmen dort unten schlagartig erlosch. Er hätte einen langen Abstieg vor sich, wenn die Fahrstühle des Empire State Building ausfielen. Doch die New Yorker würden auch mit einem solchen Ereignis fertigwerden, wie sie bereits bewiesen hatten, als die Stadt nach dem Hurrikan Sandy vor ein paar Jahren tagelang ohne Strom gewesen war. Vielleicht sollte er die Kollegen am Montag mal befragen, ob es damals zu Plünderungen oder Gewaltausbrüchen gekommen und wie man Herr der Lage geworden war.

6.

Menschen, wacht auf!

Wir leben in einer Zeit des Überflusses. Wir haben weder Hunger noch Durst, wir frieren nicht und müssen keine Angst vor Raubtieren haben. Die meisten Krankheiten scheinen besiegt. Der Fortschritt von Wissenschaft und Technik hat uns diese Segnungen beschert, und wenn wir nur immer weiterforschen, dann wird die Welt auch immer besser. Das ist es, was der wissenschaftlich-militärisch-industrielle Komplex euch glauben machen will.

Ein Schwein in einer Massentierhaltung lebt im Überfluss. Es hat weder Hunger noch Durst, friert nicht und muss keine Angst vor Raubtieren haben. Gegen Krankheiten bekommt es Antibiotika. Lebt es in einer besseren Welt als seine wilden Vorfahren? Führt es ein würdiges Leben? Das Schwein stellt sich solche Fragen nicht, denn es kennt nichts anderes. Würde man die Stalltür öffnen, es würde nicht weglaufen. Es hätte Angst vor der Freiheit. Es ist längst abhängig von jenen, die es mästen, zu fett, zu träge, zu dumm, um ein selbstbestimmtes Leben zu führen.

Technik ist ein süßes Gift. Sie macht uns bequem und träge. Sie amüsiert uns, damit wir uns wohlfühlen und nicht darüber nachdenken, worauf es im Leben wirklich ankommt. Sie gaukelt uns virtuelle Freunde vor, damit wir nicht merken, wie einsam wir in Wahrheit sind. Sie nimmt uns das Denken ab, und wir hören auf zu denken. Wir glauben, wir programmieren Computer, doch in Wahrheit programmieren sie uns, säuseln uns ins Ohr, dass wir immer neue Technik brauchen, bringen uns dazu, uns in die Warteschlange einzureihen, um das neueste Xphone, Ypad oder die neueste Zbox zu kaufen, auf dass wir noch abhängiger werden.

Wacht auf! Wehrt euch gegen diese Droge! Noch ist es nicht zu spät. Noch haben wir die Kontrolle über die Maschinen. Doch wie lange noch?

Einige wenige sind bereits aufgewacht. Zu ihnen gehört Theodore Kaczynski, ein brillanter Mathematiker mit einem IQ von 170, der schon in den Siebzigerjahren die Wahrheit erkannte und beschloss, einen einsamen Kampf gegen die wissenschaftliche Elite aufzunehmen. Man hat ihn 1996 festgenommen, für verrückt erklärt und lebenslang eingesperrt. Kaczynski schrieb in seinem Manifest:

»Lasst uns zunächst annehmen, dass es den Computerwissenschaftlern gelingt, intelligente Maschinen zu entwickeln, die alles besser können als Menschen. In diesem Fall ist anzunehmen, dass alle Arbeit von riesigen, hoch organisierten Maschinensystemen erledigt wird und menschliche Anstrengung nicht mehr erforderlich ist. Dann wird einer von zwei Fällen eintreten. Es könnte den Maschinen erlaubt sein, alle Entscheidungen ohne menschliches Eingreifen zu treffen, oder die menschliche Kontrolle über die Maschinen könnte gewahrt bleiben.

Wenn die Maschinen alle Entscheidungen allein treffen dürfen, können wir nicht absehen, was die Resultate wären, denn es ist unmöglich, vorherzusagen, wie sich solche Maschinen verhalten würden. Wir weisen nur darauf hin, dass in diesem Fall das Schicksal der Menschheit von der Gnade der Maschinen abhinge. Man könnte argumentieren, dass die Menschheit niemals dumm genug wäre, alle Macht an die Maschinen zu übertragen. Wir behaupten weder, dass die Menschheit dies freiwillig tun würde, noch, dass die Maschinen absichtlich die Macht an sich reißen.

Doch die Menschheit könnte leicht in eine solche Abhängigkeit rutschen, dass es keine praktische Alternative mehr dazu gibt, alles zu akzeptieren, was Maschinen entscheiden. Während die Gesellschaft und ihre Probleme immer komplexer werden und die Maschinen immer intelligenter, werden die Menschen den Maschinen immer mehr Entscheidungen übertragen, einfach weil diese Maschinen-Entscheidungen bessere Resultate erbringen als die menschlichen. Schließlich könnte eine Stufe erreicht werden, bei der die Entscheidungen, die benötigt werden, um das System am Laufen zu halten, so komplex werden, dass Menschen sie nicht mehr sinnvoll treffen können. Zu diesem Zeitpunkt werden die Maschinen effektiv die Kontrolle haben. Menschen werden nicht mehr in der Lage sein, die Maschinen einfach abzuschalten, denn sie werden so abhängig von ihnen sein, dass sie abzuschalten einem Selbstmord gleichkäme.

Auf der anderen Seite ist es möglich, dass die Menschen die Kontrolle über die Maschinen behalten. In diesem Fall würde der durchschnittliche Mensch die Kontrolle über bestimmte seiner persönlichen Maschinen behalten, wie etwa sein Auto oder seinen Computer, doch die Kontrolle über die großen Maschinensysteme wird in der Hand einer winzigen Elite liegen – so wie es heute bereits ist, doch mit zwei Unterschieden: Aufgrund der verbesserten Technik wird die Elite eine größere Kontrolle über die Massen haben, und da menschliche Arbeit nicht mehr nötig ist, werden diese Massen überflüssig sein, eine nutzlose Belastung des Systems. Wenn die Elite skrupellos ist, könnte sie einfach entscheiden, den größten Teil der Menschheit zu eliminieren. Wenn sie menschlich ist, könnte sie Propaganda oder andere psychologische oder biologische Techniken nutzen, um die Geburtenrate so weit zu reduzieren, dass die breite Masse der Menschheit ausstirbt und die Welt der Elite überlässt. Oder, wenn die Elite aus weichherzigen Liberalen besteht, könnte sie beschließen, die Rolle von guten Hirten für den Rest der Menschheit zu spielen. Sie würde dafür sorgen, dass alle körperlichen Bedürfnisse befriedigt sind, dass alle Kinder unter psychologisch hygienischen Bedingungen aufwachsen, dass jeder ein gesundes Hobby hat, um ihn zu beschäftigen, und dass jeder, der unzufrieden ist, ›behandelt‹ wird, damit sein ›Problem‹ geheilt wird. Das Leben wäre dann so sinnlos, dass die Menschen biologisch und psychologisch umkonstruiert werden müssten, um entweder ihr Bedürfnis nach Macht zu entfernen oder sie dazu zu bringen, ihren Machttrieb in einem harmlosen Hobby zu ›vergeistigen‹. Diese konstruierten Menschen könnten in einer solchen Gesellschaft glücklich sein, aber sie werden mit großer Sicherheit nicht frei sein. Sie werden auf den Status von Haustieren reduziert sein.«

Theodore Kaczynski hat diese Sätze 1995 geschrieben. Ihre messerscharfe Logik ist bis heute nicht entkräftet worden. Der Computerpionier und Unternehmensgründer Bill Joy hat sie in seinem 2000 erschienenen Essay »Warum die Zukunft uns nicht braucht« zitiert. Doch der wissenschaftlich-militärisch-industrielle Komplex hat es geschafft, die Diskussion darüber zu unterdrücken. Seit Kaczynski verhaftet wurde, sind wir der Realisierung seiner Dystopie ein großes Stück näher gekommen. Denkt selbst darüber nach, welche seiner Voraussagen bereits eingetreten oder kurz davor sind! Denkt an den NSA-Skandal, an die allumfassende Macht von Google und Facebook, an Börsencrashs, verursacht durch autonom mit Aktien handelnde Maschinen, an selbstfahrende Autos, Computerspielsucht, Bioterror, Fukushima. All das ist bereits Realität! Wir sind dabei, die Kontrolle über die Technik, die uns umgibt, immer weiter abzugeben. Schneller noch, als selbst Kaczynski ahnte, verstricken wir uns immer tiefer im Netz unserer Abhängigkeit von den Maschinen.

Es ist höchste Zeit, etwas dagegen zu unternehmen!

Wir, das Netzwerk für Technologischen Realismus, kämpfen dafür, dass die Menschheit die Kontrolle über die Maschinen und damit über ihre Zukunft zurückerlangt. Wir fordern:

- *Die Begnadigung von Theodore Kaczynski*
- *Die sofortige Einstellung aller Forschung und Entwicklung auf dem Gebiet der künstlichen Intelligenz, der Biotechnologie, der Nanotechnologie und der Robotik, zumindest für eine »Denkpause« von zehn Jahren, in der wir gemeinsam einen Plan für eine selbstbestimmte Zukunft entwickeln können*
- *Ein generelles Verbot, Entscheidungen, die Intelligenz erfordern, an Maschinen zu übertragen*
- *Ein generelles Verbot des Einsatzes von Maschinen zur Überwachung und Kontrolle von Menschen, dies schließt die Geheimdienste ausdrücklich ein*

Indem wir Berlin für ein paar Stunden vom Netz genommen haben, wollen wir auf den Grad unserer Abhängigkeit von Technik aufmerksam machen, den wir bereits erreicht haben. Wir wollen bewusst machen, in welcher Gefahr die Menschheit schwebt, und einen Dialog darüber notfalls erzwingen. Dies ist nach unserer Erkenntnis die einzige Möglichkeit, dem wissenschaftlich-militärisch-industriellen Komplex Einhalt zu gebieten, jener selbstsüchtigen Elite, die von der zunehmenden Herrschaft der Maschinen profitiert. Sollten keine erkennbaren, ernsthaften Anstrengungen unternommen werden, um unsere Forderungen zu erfüllen, werden weitere Aktionen folgen.

Dies ist ein Weckruf. Man wird uns verfolgen, uns als »Maschi-

nenstürmer« bezeichnen, uns für verrückt erklären, uns vielleicht einsperren und mundtot machen. Wenn du dies liest, denke zuerst darüber nach, neutral und objektiv! Diskutiere darüber! Wenn du dann zu dem Schluss kommst, dass wir recht haben, dass Theodore Kaczynski recht hatte, dann schließe dich unserem Kampf an! Befreie dich von der Tyrannei des wissenschaftlich-militärisch-industriellen Komplexes! Lass dich nicht von den digitalbunten 3D-Medien einlullen, die dir eine bessere Zukunft versprechen! Begib dich nicht freiwillig in die Abhängigkeit vom Netz! Kämpfe mit uns für eine selbstbestimmte Zukunft der Menschheit!

NTR

7.

Als Jaap am Montagmorgen um kurz vor neun das SEGI-Büro betrat, saß Sim Wissmann wie üblich bereits in seinem abgeschirmten Glasbüro, den Kopfhörer über den blonden Locken, den Blick starr auf den Monitor gerichtet, während er seine Tastatur mit der Eleganz und Geschwindigkeit eines Konzertpianisten bearbeitete. Claudia würde in ein paar Minuten eintreffen, der Dicke irgendwann im Laufe des Vormittags. Auf Ben Varnholts Schreibtisch türmten sich bereits wieder Unterlagen, leere Schokoriegel-Verpackungen und schmutzige Kaffeebecher. Noch eine weitere Woche ohne Hauptkommissar Eisenberg und es würde hier wieder genauso aussehen wie damals, bevor er die Abteilung übernommen hatte.

Jaap seufzte. Wenigstens gab es wieder Strom. In der Hoffnung, unter den zu erwartenden Meldungen über das Chaos vom Wochenende vielleicht etwas zu finden, mit dem ihre Sonderermittlungsgruppe einen sinnvollen Aufklärungsbeitrag leisten konnte, fuhr er seinen Rechner hoch. In den letzten Wochen hatte es wenig zu tun gegeben, obwohl die SEGI im Unterschied zu früher längst nicht mehr von allen anderen Abteilungen des Berliner LKA gemieden wurde. Aber Exoten im Polizeibetrieb waren sie noch immer.

»Guten Morgen, Jaap!« Claudia Morani kaum zur Tür herein, ein dünnes Lächeln auf dem Gesicht.

Jaap bemühte sich um eine neutrale Stimme.

»Hallo Claudia! Wie war das Wochenende?«

»Anstrengend.« Sie setzte sich an ihren perfekt aufgeräumten Schreibtisch und klappte den Laptop auf.

»Bei mir war auch Chaos. Ich war in einer Kneipe und hab das Hertha-Spiel gesehen, als der Strom ausfiel. Du kannst dir nicht vorstellen, was da los war! Die hätten beinahe die ganze Kneipe zerlegt vor Wut.« Jaap unterbrach sich abrupt, als er merkte, dass er im Begriff war, eine Angebergeschichte zu erzählen. Er wusste nur zu genau, dass er Claudia damit nicht beeindrucken konnte. Man konnte sie mit gar nichts beeindrucken, oder sie verbarg es hinter der unbeweglichen Maske ihres Gesichts.

»Mhm«, machte sie.

Ein wenig enttäuscht wandte Jaap sich wieder seinem Rechner zu. Warum war sie so abweisend? Während seine Augen über die Meldungen glitten, ohne auch nur ein Wort aufzunehmen, wurde ihm klar, dass die Frage stattdessen lauten musste: Warum schlug er sie sich nicht endlich aus dem Kopf? Seit er bei der SEGI war, hatte ihn Claudia mit ihrer ernsten, unnahbaren Art fasziniert. Sie war wie eine verschlossene Schatztruhe, zu der der Schlüssel fehlte. Wie gern hätte er ein Lächeln auf ihre hübschen Lippen gezaubert! Ein Lächeln, das auch ihre tiefgründigen Augen erreichte. Doch er wusste einfach nicht, wie. Eine Zeit lang hatte er auf mehr oder weniger subtile Weise versucht, ihr sein Interesse zu signalisieren, aber sie hatte nicht im Geringsten darauf reagiert und ihn nur professionell-freundlich behandelt wie jeden anderen Kollegen auch. Zuerst hatte er gedacht, dass sie es einfach nicht realisierte. Doch nach und nach hatte er ihre erstaunliche Fähigkeit kennengelernt, hinter die Fassade von Menschen zu schauen, und peinlich berührt gemerkt, dass sie auch seine Gefühle lesen konnte wie ein offenes Buch.

Seitdem hatte er keine weiteren Annäherungsversuche unternommen. Doch sosehr er es auch versuchte, es gelang ihm nicht, seine Gefühle auszuschalten. Wie auch, wenn sie ihm täglich gegenübersaß, wenn er sie dabei beobachten konnte, wie sie auf den Monitor blickte, ihre Augen vor Konzentration schmal, die Stirn leicht gerunzelt. Er seufzte innerlich. Vielleicht sollte er sich doch in eine andere Abteilung versetzen lassen. Die SEGI brauchte ihn nicht. Er war kein Genie wie Sim, kein IT-Experte wie Ben und konnte auch keine Lügner entlarven wie Claudia. Er war bloß ein gewöhnlicher Polizist, der sich im Unterschied zu den anderen an die Vorschriften und Abläufe einer Behörde hielt. Er war sportlich und konnte mit der Schusswaffe umgehen, doch statt draußen Einsätze gegen Verbrecher durchzuführen, saß er den ganzen Tag am Computer.

Eine Zeit lang hatte er ernsthaft gedacht, dass er die SEGI führen und die ungewöhnlichen Fähigkeiten der anderen Mitglieder zu einem schlagkräftigen Team formen konnte. Doch niemand hatte ihn ernst genommen. Dann hatte Hauptkommissar Eisenberg die Leitung übernommen und in wenigen Tagen das geschafft, was Jaap in den Monaten zuvor nicht gelungen war. Wenn er ehrlich zu sich selbst war, saß er bloß wegen Claudia immer noch hier und vertrödelte seine Zeit. Schluss damit! Er schloss die Mitteilungen und öffnete stattdessen die Seite mit den internen Stellenausschreibungen.

»Morgen zusammen!«

Jaap blickte überrascht auf. Ben Varnholt kam zur Tür herein und ließ sich auf den Bürostuhl fallen, der unter seinem enormen Gewicht ächzte.

»Hallo Ben. Was machst du denn schon hier?«

»Es gibt Arbeit!«

»Du meinst wegen des Stromausfalls?«

»Es war ein Anschlag.«

»Woher willst du das wissen?«

In den Medien war über Sabotage am Stromnetz spekuliert worden, aber bisher gab es dazu keine offizielle Stellungnahme. Noch am Morgen in den Nachrichten hatte es nur geheißen, die Stromversorgung sei weitgehend wiederhergestellt, man sei immer noch bei der Aufklärung der Ursachen.

»Du solltest mal deine E-Mails lesen. Ich hab euch gestern einen Link zu einem Bekennerschreiben einer bisher unbekannten Organisation geschickt.«

Jaap öffnete seine E-Mails. Tatsächlich, da war eine Nachricht von Ben, gestern Abend versendet. Er hatte sie nicht nur an das Team adressiert, sondern auch an Eisenberg und dessen Chef, Polizeidirektor Kayser, den Leiter der Abteilung Sieben für Phänomenzentrierte Kriminalitätsbekämpfung und Ermittlungsunterstützung. Kurz darauf – ebenfalls noch am Abend – war eine Antwort von Kayser eingegangen, der das ganze SEGI-Team für heute 9:30 Uhr zu einer Besprechung geladen hatte. Deshalb also war Ben so früh hier.

Jaap fühlte Zorn in sich aufsteigen. In Eisenbergs Abwesenheit war er offiziell der stellvertretende Leiter der SEGI. Es wäre seine Aufgabe gewesen, Hinweise an den Polizeidirektor weiterzuleiten, nicht Bens. Andererseits hatte der Hacker offenbar am Wochenende gearbeitet, während Jaap mit Daniel und den Jungs gekickt und anschließend den Ausgang des Spiels am Samstag nachgefeiert hatte. Ben gehörte nicht unbedingt zu den Übereifrigen, aber wenn er an einer Sache dran war, konnte er eine erstaunliche Energie entwickeln. Und wenn er tatsächlich Erkenntnisse hatte, dass der Stromausfall ein gezielter Anschlag war, dann war es richtig gewesen, diese sofort weiterzuleiten und nicht bis Montagmorgen zu warten, nur um den offiziellen Dienstweg zu gehen. Wenn Jaap also einen Grund hatte, auf jemanden sauer zu sein, dann auf sich selbst.

Er klickte den Link in der Mail an und gelangte zu einer Seite mit einem Pamphlet, in dem eine Organisation namens NTR die Verantwortung für den Stromausfall übernahm.

»Woher willst du wissen, dass das nicht bloß Trittbrettfahrer sind? Jedes Kind kann irgendeinen Quatsch zusammenschreiben und ins Internet stellen. Ich wette, es gibt noch Dutzende anderer solcher angeblichen Bekennerschreiben.«

»Die gibt es tatsächlich«, gab Ben zu. »Aber einige Indizien sprechen dafür, dass NTR wirklich der Verursacher des Anschlags ist.«

»Und zwar?«

»Erstens: Plausibilität. Für einen solchen Anschlag, mit dem immerhin das gesamte Berliner Stromnetz für mehr als vierundzwanzig Stunden lahmgelegt wurde, brauchst du technische Kompetenz, eine gute Organisation und sorgfältige Vorbereitung. Wer immer das war, wusste, was er tat. Daraus folgt, dass auch eine öffentliche Erklärung des oder der Verursacher von einer gewissen Sachkompetenz zeugen müsste. Die meisten angeblichen Bekennerschreiben sind nichts anderes als eine Sammlung linker und anarchistischer Parolen. Der Inhalt des Statements von NTR ist dagegen in sich logisch und konsistent.«

»Du findest das logisch? Dass Maschinen die Kontrolle über die Menschheit übernehmen? Das ist doch Blödsinn!«

»Ich habe nicht gesagt, dass es stimmt, was die schreiben, ich habe gesagt, es ist in sich konsistent und logisch. Sie zitieren Theodore Kaczynski, den Unabomber. Der hat 1995 ein hundert Seiten langes Manifest veröffentlicht, in dem er zum Widerstand gegen die Herrschaft der Maschinen aufruft.«

»Der Unabomber? War das nicht der mit den Briefbomben in den Neunzigerjahren?«

»Genau der. Offensichtlich ist er so was wie ihr Vorbild. Er hat mehr als ein Jahrzehnt lang aus dem Untergrund Anschläge gegen Wissenschaftler und Lobbyisten durchgeführt und mehrere Menschen getötet. Das FBI konnte ihn nur fassen, weil ihn sein eigener Bruder verpfiffen hat. Es war der größte Fahndungsaufwand, der je wegen eines Einzeltäters betrieben wurde.«

»Mag ja sein, aber das heißt doch noch lange nicht, diese Spinner haben etwas mit dem Anschlag zu tun.«

»Du sagtest ›erstens‹«, schaltete Claudia sich ein. »Was hast du noch?«

»Zweitens: IT-Kompetenz. Bei den meisten Bekennerschreiben lässt sich relativ leicht zurückverfolgen, wer die Urheber sind. In zwei Fällen konnte ich sogar selbst die IP-Adresse des Absenders ermitteln, ohne direkten Zugriff auf die Systeme des Providers. Das waren sicher irgendwelche Kids, die an ihrer Schule ein bisschen angeben wollen. In den übrigen Fällen braucht man einen richterlichen Beschluss, oder man fragt den BND oder die NSA. NTR dagegen hat ein kompliziertes und ziemlich sicheres Verfahren gewählt, um die Rückverfolgung ihrer Website auszuschließen. Die kennen sich offensichtlich aus.«

»Das passt doch nicht zusammen«, hielt Jaap dagegen. »Wenn die sich so gut mit IT auskennen, wieso schreiben sie dann so einen Unfug über die Herrschaft der Maschinen?«

»Vielleicht gerade *weil* sie sich auskennen«, erwiderte Ben. »Vielleicht ist das, was sie schreiben, nicht so unsinnig, wie du glaubst.«

Jaap starrte ihn einen Moment an und versuchte, zu ergründen, ob sein Kollege ihn hochnehmen wollte oder ob das seine merkwürdige Form von Sarkasmus war. Doch das runde Gesicht blieb neutral.

»Du denkst also auch, dass die Computer insgeheim den Aufstand gegen die Menschen planen?«

»Davon steht nichts in dem Text. Aber lies mal Kaczynskis Argumentation, und dann sag mir, wo er sich irrt.«

Jaap las die Absätze noch einmal. Sie klangen in der Tat logisch. Aber das bedeutete noch lange nicht, dass sie stimmten. Er fühlte sich Ben in Bezug auf eine Diskussion über Technik nicht gewachsen, doch er war auch zu stolz, um jetzt klein beizugeben.

»Schon der erste Satz«, sagte er. »Da steht: ›Lasst uns zunächst annehmen, dass es den Computerwissenschaftlern gelingt, intelligente Maschinen zu entwickeln, die alles besser können als Menschen.‹ Dieser Kaczynski hat offensichtlich zu viele Science-Fiction-Filme geguckt. Mein Computer jedenfalls ist weit davon entfernt, irgendwas besser zu können als ich. Er produziert dauernd Fehlermeldungen.«

»Das Problem sitzt meistens vor dem Rechner«, entgegnete Ben trocken.

Doch Jaap ließ sich nicht provozieren. Wenn der Hacker Sprüche klopfte, hatte er offensichtlich keine guten Argumente.

»Glaubst du ernsthaft, dass Maschinen irgendwann denken können?«

»Dazu müssten wir erst mal definieren, was ›denken‹ überhaupt ist. Aber da steht auch nichts von ›denken‹. Da steht etwas davon, dass Maschinen alles besser können als Menschen. Es kommt nicht darauf an, dass sie es auf dieselbe Art tun wie Menschen.«

»Ach ja? Und was, bitte, können Maschinen besser als wir?«

»Eine ganze Menge. Rechnen zum Beispiel.«

Jaap lachte hämisch. »Angriff der Taschenrechner! Jetzt krieg ich's aber mit der Angst!«

»Wie naiv bist du eigentlich, Klausen? Eine Maschine hat den amtierenden Schachweltmeister geschlagen. Und das schon 1997. Inzwischen gibt es keine offiziellen Duelle Mensch gegen Maschine mehr, weil die Menschen längst keine Chance mehr haben.«

»Schach ist ja auch ein Spiel mit klaren Regeln, bei dem alles vorausberechenbar ist. Logisch, dass Maschinen darin besser sind. Aber in Bereichen, die menschliches Allgemeinwissen erfordern, haben sie keine Chance!«

»Im Februar 2011 schlug der Computer Watson die weltbesten Spieler in der Quizshow ›Jeopardy‹, bei der Fragen aus dem Allgemeinwissen beantwortet werden müssen. Und dabei muss man oft noch ziemlich um die Ecke denken. Beispielsweise konnte das Programm aus der Aussage ›Sogar eine kaputte von diesen an der Wand stimmt zweimal am Tag‹ folgern, dass die gesuchte Frage ›Was ist eine Uhr?‹ war.«

»Eine Quizshow ist immer noch nicht die Realität. Computer werden vielleicht in solchen Spezialaufgaben immer besser, aber das heißt noch lange nicht, dass sie Menschen ersetzen können.«

»Du hast recht, ein einzelner Computer wird wahrscheinlich nie alles können, was ein Mensch kann. Aber darauf kommt es gar nicht an. Es reicht aus, dass es irgendwann kein Spezialgebiet mehr gibt, in dem nicht irgendeine Maschine besser ist als jeder Mensch. Beispielsweise können die Computer in Flugzeugen schon heute eine Maschine sicherer landen als der Pilot. Menschen sitzen eigentlich nur noch im

Cockpit, um die Passagiere zu begrüßen und Vertrauen auszustrahlen, und als Notfall-Back-up. In Kalifornien fahren bereits Google Cars führerlos durch den Stadtverkehr, was wesentlich schwieriger ist, als ein Flugzeug zu fliegen. Über siebzig Prozent des Aktienhandels werden von autonom handelnden Maschinen ausgeführt, weil die viel schneller auf Kursschwankungen reagieren können als Menschen.«

Jaap fühlte sich in die Ecke manövriert.

»Du glaubst also tatsächlich, dass diese Terroristen recht haben?«

»Nein, aber ich glaube, dass ihre Sorgen nicht unbegründet sind. Das sind nicht irgendwelche paranoiden Spinner, sondern hochintelligente Leute, die sich Gedanken über die Zukunft machen und auf ihre Weise versuchen, den Menschen zu helfen.«

»Den Menschen zu helfen? Indem sie den Strom ausfallen lassen?«

»Immerhin sprengen sie keine Gebäude in die Luft oder verschicken Briefbomben. Sie wollten uns nur zeigen, wie abhängig von der Technik wir bereits sind. Das ist ihnen gelungen.«

»Klingt, als wärst du auf ihrer Seite.«

»Bin ich nicht. Technik ist nichts Schlechtes. Wie ich schon sagte, das Problem sind nicht die Computer, sondern immer die Menschen, die sie benutzen. Allerdings hat Kaczynski in dem Punkt recht: Mit Technik werden die Bösen, die Elite, immer mächtiger, schau dir nur die NSA an. Aber mit Druck und illegalen Aktionen werden diese Leute nichts erreichen. Man wird sie als Kriminelle abstempeln oder als Verrückte, genau wie Kaczynski. Der Mann hat seiner Sache keinen Gefallen getan, im Gegenteil. Jeder, der seinen Standpunkt annimmt oder auch nur ernsthaft darüber diskutiert, riskiert, als Luddit abgestempelt zu werden, und wird nicht mehr ernst genommen.«

»Als was?«

»Die Ludditen waren eine Arbeiterbewegung Anfang des 19. Jahrhunderts. Man nennt sie auch ›Maschinenstürmer‹, weil sie die damals hochmodernen Textilfabriken zerstörten. Aber ihr Zorn richtete sich nicht gegen die Maschinen, sondern gegen den ungebremsten, selbstsüchtigen Kapitalismus der neuen Fabrikanten, die ihnen ihre Jobs wegnahmen und sie ins Elend stürzten. Trotzdem nennen manche noch heute jeden, der sich kritisch mit den Folgen der technischen Entwicklung auseinandersetzt, einen Ludditen.«

Jaap wurde klar, dass er diesen Streit nicht gewinnen konnte, also grummelte er etwas Undefinierbares und wandte sich wieder dem Computer zu. Im Grunde hatte er noch nie eine Diskussion mit seinem dicken Kollegen für sich entschieden, außer wenn es um Dienstvorschriften ging. Das frustrierte ihn ungeheuer, besonders weil Claudia die Auseinandersetzung mitverfolgt hatte.

Er vermied es, zu ihr hinüberzusehen, und starrte stattdessen angestrengt auf seinen Monitor. Eigentlich wäre es ratsam gewesen, sich auf das Meeting mit Kayser in wenigen Minuten vorzubereiten, doch er konnte sich nicht konzentrieren.

8.

Claudia spürte Jaaps Anspannung. Er tat ihr leid. Offensichtlich war er mit der Situation überfordert. Es war auch zu dumm, dass ihr Chef ausgerechnet jetzt in den USA war. Mit seiner ruhigen Art konnte Eisenberg jeden Konflikt im Team rasch beenden und in eine produktive Diskussion verwandeln. In seiner Gegenwart fühlte sie sich stets wohl. Jaap dagegen war ihr ein bisschen unheimlich. Sie mochte ihn, seine höfliche Art, sogar seine Kompromisslosigkeit, was Dienstvorschriften anging. Er hatte Prinzipien und einen starken Willen. Außerdem sah er gut aus. Adrienne wäre sicher der Ansicht gewesen, dass er perfekt zu Claudia passte. Doch wie sie ihrer Freundin schon oft gesagt hatte, brauchte sie nicht noch mehr Komplikationen in ihrem Leben. Sie hatte seine Annäherungsversuche stets konsequent zurückgewiesen, ihm nie falsche Hoffnungen gemacht. Und er hatte sie nicht bedrängt, obwohl sie spürte, dass er immer noch etwas für sie empfand. Stattdessen hatte er seine Frustration klaglos ertragen. Das berührte sie, beunruhigte sie aber auch. Jaaps Leidenschaft war wie ein Vulkan, in dem sich das Magma staute und der Druck langsam, aber kontinuierlich zunahm. Sie konnte nur hoffen, dass er bald eine Frau fand, die seinen Ansprüchen gerecht wurde.

»Wir müssen los«, sagte er jetzt. »Sim, komm, wir haben einen Termin! Sim!!«

Halb amüsiert, halb mitleidig beobachtete sie, wie er versuchte, den autistisch veranlagten Sim dazu zu bringen, seine Arbeit ruhen zu lassen und mit zu dem Termin zu kommen. Als sie alle schließlich Kaysers Büro betraten, waren sie bereits vier Minuten über die Zeit. Jaap entschuldigte die Verspätung, obwohl er am wenigsten dafür konnte. Kayser, ein drahtiger Mann mit grauem Bürstenschnitt und sonnengebräuntem Gesicht, winkte ab.

»Kein Problem. Danke, dass Sie alle hier sind. Setzen Sie sich bitte!«

Sie nahmen an dem kleinen Besprechungstisch Platz.

»Sie alle haben ja den Stromausfall erlebt«, begann der Polizeidirektor. »Herr Varnholt hat mich bereits gestern darauf hingewiesen, dass er Erkenntnisse hat, die auf einen gezielten Anschlag hindeuten. Das kann ich bestätigen. Bereits Samstagabend hat sich der Betreiber des Stromnetzes an uns gewandt. Die Ursache für den Ausfall war in der Tat Sabotage. Wir haben diese Tatsache noch nicht bekannt gemacht, um die Ermittlungen nicht zu gefährden. Außerdem haben wir die Medien gebeten, etwaige Bekennerschreiben nicht zu veröffentlichen, damit der Anschlag nicht auch noch mit öffentlicher Aufmerksamkeit belohnt wird.«

»Aber das Internet werden wir wohl kaum kontrollieren können«, meinte Ben.

»Das ist richtig. Aber im Internet kursiert inzwischen eine ganze Anzahl von Bekennerschreiben, was deren Wirkung deutlich abschwächt, da niemand weiß, welches davon echt ist. Wenn das Ziel der Täter öffentliche Aufmerksamkeit war, haben sie es nicht erreicht.«

»Was wohl bedeutet, dass sie irgendwann noch einen Anschlag durchführen werden.«

»Vielleicht. Umso wichtiger ist es, dass wir rasch ermitteln.«

»Wie haben die es denn überhaupt geschafft, das ganze Stromnetz lahmzulegen?«, fragte Jaap.

»Das kann ich Ihnen zeigen«, erwiderte Kayser. Er holte

einen Tabletcomputer von seinem Schreibtisch, legte ihn auf den Tisch und tippte darauf herum.

»Hier, diese Bilder wurden in fünf verschiedenen Umspannwerken aufgenommen.«

Man sah verkohlte Leitungen, die geborstene, rußgeschwärzte Hülle eines Transformators.

»Was ist das da?«, fragte Ben und tippte auf eines der Bilder. Zwischen zwei Isolatoren hing ein schwarzes Gebilde, das ein wenig wie ein verschmorter Propeller aussah.

»Gut beobachtet«, sagte Kayser. »Das sind die Überreste einer Drohne. Auf diese Weise wurden die Angriffe durchgeführt – sie haben ferngesteuerte Fluggeräte benutzt, an die lange Drähte montiert waren. Die haben sie direkt in die Umspannwerke gesteuert und dadurch Kurzschlüsse ausgelöst, die zur Überlastung von Schaltstellen führten und Notabschaltungen auslösten. Diese wiederum führten zu einer Art Kettenreaktion, so dass innerhalb kurzer Zeit das gesamte Berliner Stromnetz ausfiel. Die Folgen haben Sie selbst erlebt.«

»Eine Drohne?«, fragte Claudia. »So eine, wie sie das US-Militär in Krisengebieten einsetzt?«

»Nein. Die hier kann man in jedem Elektromarkt kaufen. Ein teures Spielzeug, mehr nicht. Mein Neffe hat auch so ein Ding. Die haben eingebaute GPS-Empfänger und lassen sich auf eine beliebige Route programmieren, der sie dann vollautomatisch folgen. Manche können bis zu fünfhundet Meter hoch fliegen und mehrere Kilometer zurücklegen. Viele haben eingebaute Kameras, die Livebilder direkt aufs Handy übertragen. Ein Albtraum für jeden Datenschützer, sage ich Ihnen, und für die Flugsicherung erst recht. Aber Spaß macht es schon.«

»Das passt«, sagte Ben.

»Wie meinst du das?«, wollte Claudia wissen.

»Sie setzen moderne Technik ein, um zu zeigen, welchen Schaden man damit anrichten kann.«

»Sie glauben also immer noch, dass diese Ludditen-Organisation der Verursacher ist?«, fragte Kayser.

Ben nickte. »Jetzt umso mehr.«

»Was denken Sie, Herr Klausen?«

Jaap zuckte kaum merklich zusammen. Er schien überrascht, dass sich Kayser für seine Meinung interessierte.

»Könnte sein«, sagte er. »Aber es ist bisher nur eine Hypothese. Wir sollten zum jetzigen Zeitpunkt keine Möglichkeit ausschließen.«

»Und Sie, Herr Wissmann? Was glauben Sie?«

Sim starrte wie immer auf seine Knie. »Nichts«, erwiderte er, ohne aufzublicken.

»Nichts? Wie meinen Sie das?«

»Glauben ist was für Dummköpfe, die in die Kirche gehen. Ich beschäftige mich mit Fakten.«

Kayser war sichtlich bemüht, sich die Irritation über die respektlose Antwort nicht anmerken zu lassen. Er kannte Sim Wissmann schließlich lange genug.

»Dann lassen Sie mich meine Frage noch mal anders formulieren: Halten Sie die Hypothese, dass eine Organisation namens NTR hinter den Anschlägen auf das Stromnetz steckt, für realistisch?«

»Ja.«

»Und Sie, Frau Morani? Passt das, was da im Internet veröffentlicht wurde, Ihrer Meinung nach zum psychologischen Profil der möglichen Täter?«

»Ich habe nicht genug Informationen, um ein Täterprofil zu erstellen. Aber die Täter verfügen offensichtlich über erhebliche technische Kompetenz. Somit erkenne ich zumindest keinen Widerspruch zwischen Pamphlet und Tatverlauf.«

»Ist es denn sicher, dass es mehrere waren?«, fragte Jaap. »Ich meine, wenn man diese Drohnen programmieren kann, dann doch auch so, dass sie alle gleichzeitig ihr Ziel erreichen, oder? Es könnte also auch eine Einzelperson gewesen sein.«

»Das ist unwahrscheinlich«, erwiderte Kayser. »Die verwendeten Drohnen haben eine Reichweite von maximal fünf Kilometern. Die angegriffenen Umspannwerke sind aber bis zu dreißig Kilometer voneinander entfernt, also zu weit, um von einem einzigen Punkt aus angeflogen worden zu sein.«

»Es sei denn, der Täter hätte die Drohnen so programmiert, dass sie automatisch erst zu einem bestimmten Zeitpunkt starten«, warf Ben ein. »Dann hätte er sie in Ruhe in der Nähe ihrer Ziele platzieren können. Oder er hat ihnen den Startbefehl per Mobilfunk gegeben.«

»Hm. Das wäre vielleicht möglich. Sie haben recht, Herr Klausen, wir dürfen zum jetzigen Zeitpunkt nichts ausschließen. Wie auch immer, Sie können sich sicher denken, dass ich Sie nicht nur zum Plaudern hergebeten habe. Ich möchte, dass Sie versuchen, mehr über NTR herauszufinden. Wir müssen wissen, wer hinter dieser Organisation steckt.«

»Heißt das, wir leiten ab jetzt die Ermittlungen?«, fragte Jaap.

»Nein, das nicht. Die offiziellen Ermittlungen hat die Abteilung für Polizeilichen Staatsschutz des Kollegen Hintze übernommen. Sie sollen das lediglich unterstützen.«

»Selbstverständlich, Herr Polizeidirektor«, sagte Jaap und warf dabei einen Blick zu Ben, der keine Miene verzog. »Was genau erwarten Sie von uns?«

»Nutzen Sie ihre Möglichkeiten. Recherchieren Sie, analysieren Sie die Protokolle der Zeugenaussagen, die Hintzes Mitarbeiter bereits erstellt haben. Finden Sie raus, wer hinter NTR steckt. Nicht mehr, nicht weniger.«

»Das wird nicht so einfach«, sagte Ben. »Nach allem, was ich bisher gesehen habe, wissen diese Leute, wie man Spuren im Internet verwischt.«

»Wenn es einfach wäre, dann bräuchten wir keine Sonderermittlungsgruppe Internet«, gab Kayser trocken zurück.

»Was ist mit Zeugen?«, fragte Claudia.

»Bisher gibt es keine, die als zuverlässig eingestuft würden, mit Ausnahme der Mitarbeiter des Netzbetreibers natürlich, aber die wissen augenscheinlich nicht mehr als das, was ich Ihnen gesagt habe.«

»Wäre es möglich, dass der oder die Täter aus dem Umfeld dieses Unternehmens stammen?«, fragte Jaap. »Immerhin kennen sie sich offenbar mit der Stromversorgung sehr gut aus.«

»Ja, das wäre möglich.«

»Dann sollten wir mit unseren Ermittlungen vielleicht dort beginnen. Indem wir die Mitarbeiter des Netzbetreibers befragen.«

»Das haben die Kollegen der Abteilung Fünf schon gemacht. Ich sorge dafür, dass Sie Zugriff auf den internen Ordner mit den Vernehmungsprotokollen bekommen.«

»Es wäre mir aber lieber, wir könnten selbst mit diesen Leuten sprechen«, erwiderte Jaap. »Manchmal geht bei so einer Vernehmung etwas unter, besonders mitten im Chaos eines Stromausfalls, in dem die Mitarbeiter eigentlich alle Hände voll zu tun haben. Außerdem haben wir eine Spezialistin im Team, die vielleicht neue Erkenntnisse …«

Kayser unterbrach ihn mit einer Geste. »Das ist nicht möglich. Wie gesagt leitet die Abteilung Fünf die Ermittlungen, und es kann natürlich nicht sein, dass Leute aus unterschiedlichen Bereichen dieselben Zeugen befragen. Das würde ein seltsames Bild auf das LKA werfen. Bitte konzentrieren Sie sich auf das, was Ihre Gruppe am besten kann und wofür sie gegründet wurde: Ermittlungen im Internet.«

»Ja, Herr Polizeidirektor.«

»Was ist mit Hauptkommissar Eisenberg?«, wollte Claudia wissen. »Wann kommt er zurück?«

»Ich habe ihn gebeten, so schnell wie möglich herzukommen, ohne seine Gastgeber zu verprellen. Er hält heute noch einen Vortrag und nimmt dann die nächste Maschine, so dass er morgen Vormittag eintreffen sollte. Ich bitte Sie, die Zeit bis dahin so gut wie möglich zu nutzen.«

9.

»Also gut, Leute«, sagte Jaap, als sie wieder im Teamraum standen. »Ihr habt Polizeidirektor Kayser gehört. Ben und Sim, ihr versucht bitte rauszufinden, wer das NTR-Pamphlet ins Internet gestellt hat. Claudia, könntest du auf Basis des Dokuments ein Täterprofil erstellen, zumindest ganz grob?«

Ben unterdrückte einen Seufzer. Jaap konnte einem fast leidtun, wie er versuchte, Eisenberg nachzueifern, ohne allerdings auch nur ansatzweise dessen Erfahrung, Gespür für Menschen und kriminalistischen Instinkt zu besitzen.

»Wie ich vorhin schon sagte«, wandte Claudia ein, »mir fehlen die Informationen für ein Täterprofil. Ein einziger Text ist dafür viel zu wenig.«

»Es muss ja nur ganz grob sein«, erwiderte Jaap. »Vielleicht kannst du ja noch mehr über diese – wie hast du die genannt, Ben? –, diese Typen, die gegen Technik sind, herausfinden.«

Sie nickte. Trotz ihrer verschlossenen Miene sah man ihr an, dass sie von dieser Vorgehensweise nicht viel hielt, Jaap aber nicht widersprechen wollte.

»Und wie sollen wir das machen?«, fragte Ben.

»Was machen?«

»Rausfinden, wer dieses Pamphlet ins Netz gestellt hat.«

»Was weiß ich? Du bist doch der Hacker!« Er sprach das Wort aus, als wäre es eine Beleidigung.

Ben bemühte sich, gelassen zu bleiben.

»Wenn es so einfach wäre, dann wüsste ich es schon längst. Aber wer immer das gemacht hat, wollte nicht, dass man ihn oder sie identifiziert. Die haben ihre Spuren gut verwischt.«

»Du hast doch Kayser gehört: Wenn es einfach wäre, dann bräuchten wir dich nicht.«

Dieser aufgeblasene Wichtigtuer!

»Statt hier den Mini-Eisenberg zu spielen und Kayser nachzuplappern, solltest du lieber mal dein Gehirn einschalten. Dann würdest du vielleicht selber erkennen, dass wir nicht genug Informationen haben, um diese Aufgabe zu lösen.«

Jaap reagierte vorhersehbar auf die Provokation. Seine Augenbrauen zogen sich zusammen, sein Blick verengte sich.

»Willst du mir damit sagen, dass du dich weigerst, meine Anweisung zu befolgen?«

»Ich will damit sagen, dass ich die Aufgabe ohne weitere Informationen nicht lösen kann. Es sei denn, du hast irgendeine geniale Idee, auf die ich noch nicht gekommen bin!«

»Herrgott, Ben! Nun haben wir nach Monaten des Rumsitzens endlich mal wieder eine Herausforderung, und alles, was ich von euch höre, ist ›das geht nicht‹! Was ist das für eine Einstellung?«

»Das ist keine Einstellung, das sind Fakten.«

»Kann ich jetzt an die Arbeit gehen?«, fragte Sim.

Alle sahen ihn überrascht an.

»Ja, okay«, erwiderte Jaap. »Zumindest einer hier scheint den Job ernst zu nehmen. Viel Erfolg, Sim!«

Nachdenklich blickte Ben dem Autisten nach, wie er in seinen Glaskasten schlurfte. Ob Sim vielleicht eine Idee hatte? Falls ja, war es allerdings unmöglich, zu verstehen, was in seinem Kopf vorging. Manchmal war er brillant, aber ihm fehlte einfach das Verständnis für Menschen und für die reale Welt, so dass seine Ansätze in der Praxis oft wertlos waren.

Ben dagegen hatte inzwischen durchaus eine Idee, wo er

mit der Suche anfangen konnte. Aber es gab gute Gründe dafür, es diesem Wichtigtuer Jaap Klausen nicht auf die Nase zu binden.

»Also, was ist, Ben? Gehst du jetzt auch an die Arbeit, oder was?«

»Jawohl, Chef! Ich google einfach ›Urheber NTR-Manifest‹, dann wissen wir vielleicht bald schon mehr.«

»Mach dich ruhig über mich lustig. Du hast Glück, dass ich diese Einheit nicht leite. Ich hab schon immer gewusst, dass du außer Sarkasmus nicht viel draufhast.«

»Im Unterschied zu dir, nehme ich an? Was genau wirst du denn jetzt tun?«

»Ich nehme mir die Ermittlungsakten vor und lese die Protokolle der Zeugenvernehmungen. Vielleicht lassen sich darin ja Hinweise finden.«

»Na, dann kann ja nichts mehr schiefgehen.«

»Würdet ihr beide mal bitte für einen Moment mit dem Hickhack aufhören?«, mischte sich Claudia ein. »Es ist offensichtlich, dass wir noch nicht genug Informationen haben. Wir brauchen einfach ein bisschen Glück. Bis dahin können wir wohl kaum mehr tun, als systematisch das aufzubereiten, was wir haben.«

»Ja, Mutti!«, erwiderte Ben.

»Ich verbitte mir diese Respektlosigkeiten!«, schnauzte Jaap. »Claudia hat vollkommen recht!«

»Natürlich hat sie das«, sagte Ben mit süßlicher Stimme. »Deine Claudia könnte dir auch erzählen, dass die Erde eine Scheibe ist, und du würdest ihr glauben!«

Jaap lief jetzt dunkelrot an. »Es reicht, Varnholt! Das lasse ich mir nicht länger bieten!«

»Ach ja? Und was willst du tun?«

»Ich … Ich werde Hauptkommissar Eisenberg anrufen!« Er griff tatsächlich zum Hörer.

»Viel Spaß dabei! Der wird bestimmt begeistert sein, wenn du ihn mitten in der Nacht aus dem Bett holst.«

Jaap starrte einen Moment in die Luft, bevor er wieder auflegte. Er hatte tatsächlich die Zeitverschiebung vergessen. Dann zeigte er mit dem Finger auf Ben.

»Das ist das letzte Mal, dass ich das durchgehen lasse, Varnholt!«

Ben grinste nur.

10.

Jaap starrte angestrengt auf den Monitor. Ruhig bleiben. Er durfte sich nicht so provozieren lassen. Er wusste genau, dass dieser Hacker ihn loswerden wollte. Die Sticheleien dienten nur dem Zweck, ihn so wütend zu machen, dass er sich zu einer unbeherrschten Handlung hinreißen ließ. Ihm war klar, dass Eisenberg im Zweifel Ben den Vorzug geben würde. Das war nur verständlich – Ben hatte Fähigkeiten, die die SEGI dringend brauchte, während Jaap nur gewöhnliches Polizei-Know-how mitbrachte. Umso wichtiger war es, dass er die Nerven behielt und in Eisenbergs Abwesenheit wenigstens den Anschein von Ordnung und Disziplin im Team aufrechterhielt. Das allerdings machte man ihm wirklich nicht einfach.

Er atmete tief durch und öffnete den Ordner mit den Ermittlungsakten, der aus unerfindlichen Gründen den internen Namen ZEUS erhalten hatte. Dort waren bereits Hunderte von Dateien abgelegt – Protokolle von Einsatzbesprechungen, Zeugenaussagen, Unterlagen des Stromnetzbetreibers, Fotos der beschädigten Anlagen, diverse Bekennerschreiben unterschiedlicher Organisationen, darunter auch das von NTR. Jaap fand eine Liste mit den Kontaktdaten aller an ZEUS beteiligten Kollegen. Die SEGI war nicht darunter; lediglich Polizeidirektor Kayser tauchte mit dem Zusatz *Ermittlungsunterstützung/Internetrecherche* auf, als sei er ein einfacher Ermittlungsbeamter. Der Name *Oliver Kreutzer* sprang Jaap ins Auge, ein Kriminalkommissar aus der Abteilung Fünf, ungefähr in seinem Alter. Sie hatten einen Lehrgang gemeinsam absolviert und sich gut verstanden. In der Liste stand über dessen Aufgaben nur *operative Ermittlungen*, was alles und nichts bedeuten konnte. Jaap erreichte ihn direkt am Platz.

»Hallo Olli, hier ist Jaap Klausen.«

»Hey, Jaap! Lange nichts von dir gehört. Bist du immer noch bei deinen Nerds?«

»Ja. Ich hab gesehen, du arbeitest an ZEUS.«

»Du etwa auch?«

»Deshalb rufe ich an. Wir sollen euch unterstützen.«

»Wie denn das?«

»Durch Ermittlungen im Internet. Das ist unsere Aufgabe hier.«

»Wüsste nicht, wie uns das weiterhelfen sollte. Das waren keine Hacker. Die haben Drohnen in mehrere Umspannwerke gesteuert.«

»Ich weiß. Aber sie haben vielleicht auch Spuren im Netz hinterlassen.«

»Was denn für Spuren?«

»Das wissen wir noch nicht genau. Bekennerschreiben, politische Parolen, so was in der Art.«

»Und wie wollt ihr beweisen, dass Leute, die irgendwas im Internet veröffentlichen, auch die Täter sind?«

»Es sind vielleicht nur Spuren. Aber sie können sicher irgendwie zum Gesamtbild beitragen.«

»Verstehe. Und wie kann ich dir dabei helfen?«

»Ich wollte einfach wissen, in welche Richtungen ihr ermittelt. Vielleicht hilft uns das.«

Der Kollege zögerte einen Moment, bevor er antwortete. »Wir ermitteln momentan in alle Richtungen. Terror, Erpressung, ein Sabotageakt ehemaliger oder aktueller Mitarbeiter, vielleicht aus Rache an Entlassungen oder unpopulären Managemententscheidungen. Sogar Wirtschaftskriminalität schließen wir nicht aus.«

»Wirtschaftskriminalität?«

»Na ja, wenn du vorher weißt, dass in ganz Berlin für mehr als vierundzwanzig Stunden der Strom ausfällt, lässt sich damit vielleicht eine Menge Geld verdienen.«

»Und deswegen sabotiert jemand das Stromnetz?«

»Ist auch nur eine theoretische Möglichkeit. Ich persönlich glaube ja eher an ein Ablenkungsmanöver.«

»Ablenkungsmanöver? Wie meinst du das?«

»Na ja, wenn ich zum Beispiel eine Bank ausrauben will, dann ist so ein Stromausfall die perfekte Gelegenheit – überall Chaos, die Polizei hat alle Hände voll zu tun.«

»Ist das denn passiert?«

»Nein, aber das war nur ein Beispiel. Was weiß ich, was die Täter erreichen wollten. Vielleicht irgendeinen Firmentresor plündern oder ein Lager mit wertvoller Ware ausräumen. Wie gesagt, wir ermitteln in alle Richtungen.«

»Gut, danke. Hältst du mich auf dem Laufenden, wenn sich bei euch was Neues ergibt?«

»Ich weiß nicht, ob ich dir das versprechen kann, Jaap. Eigentlich haben wir strikte Anweisung, mit niemandem, der nicht direkt an den Ermittlungen beteiligt ist, über den Fall zu sprechen.«

»Aber ich bin doch beteiligt!«

»Dein Name steht nicht auf der Liste.«

»Der Name unseres Abteilungsleiters steht auf der Liste, Armin Kayser. Ich handle in seinem Auftrag.«

»Dann wär es am besten, wenn sich Polizeidirektor Kayser direkt an meinen Chef wendet.«

»Findest du das nicht ein bisschen bürokratisch?«

»Tut mir leid, Jaap, aber so sind nun mal die Anweisungen. Außerdem muss ich jetzt zur Lagebesprechung. Wir sehen uns.«

Jaap murmelte eine Dankesformel und legte auf. Mehr denn je fühlte er sich isoliert – als Teil eines Teams, das niemand ernst nahm und in dem er selbst nicht ernst genommen wurde. Er dachte über das nach, was sein Kollege gesagt hatte. Die Idee mit dem Ablenkungsmanöver war nicht unplausibel. Jedenfalls erschien sie ihm logischer als die Vorstellung, dass jemand das Berliner Stromnetz lahmlegte, um die Menschheit vor der Herrschaft der Maschinen zu bewahren. Hinter NTR steckten vermutlich irgendwelche paranoiden Spinner, die die Gelegenheit ergriffen hatten, auf ihre wirren Thesen aufmerksam zu machen. Und Ben war prompt darauf reingefallen!

Er nahm sich die Protokolle der Zeugenvernehmungen vor. Dutzende von Mitarbeitern des Stromnetzbetreibers waren befragt worden, ebenso Anwohner der betroffenen Umspannwerke. Viele von ihnen hatten die Drohnen gesehen, wie sie auf die elektrischen Anlagen zugeflogen waren. Niemand hatte jedoch gesehen, wo diese Drohnen gestartet waren, oder Menschen mit Fernsteuerungen bemerkt. Die Angaben über die Richtungen, aus denen sie gekommen waren, widersprachen sich, woraus die Ermittler den Schluss zogen, dass die Flugkörper beim Anflug auf ihre Ziele möglicherweise mehrfach die Richtung gewechselt hatten. Das machte es unmöglich, ihren Startplatz zurückzuverfolgen. Jaap fand auch Unterlagen über die Art der eingesetzten Drohnen. Sie waren bei verschiedenen Elektronikhändlern und Internetversendern erhältlich. Allein im letzten Monat waren europaweit mehrere Tausend Stück des verwendeten Modells verkauft worden. Eine Arbeitsgruppe war darauf angesetzt, von den Online-Händlern Listen mit Lieferadressen anzufordern und diese systematisch zu überprüfen. Ergebnisse standen noch aus, doch Jaap glaubte nicht, dass sie zum Erfolg führen würden – diese Leute waren viel zu clever, um ein halbes Dutzend Drohnen im Internet zu bestellen und sich nach Hause liefern zu lassen.

Frustriert schloss er die Dokumente. Die Ermittlungen waren sehr professionell organisiert. Fast die ganze Abteilung Fünf arbeitete auf Hochtouren, außerdem Spezialisten der Spurensicherung und der Kriminaltechnik. Alles in allem standen gut fünfzig Personen auf der Liste der beteiligten Beamten, die örtlichen Polizeidirektionen, die teilweise die Zeugenbefragung übernommen hatten, nicht mitgerechnet. Wer brauchte da noch die Hilfe eines renitenten Hackers, eines autistischen IT-Experten und einer Psychologin – ganz zu schweigen von einem Kriminalkommissar, dessen einziger Verdienst darin bestand, dass er es seit mehr als zwei Jahren in dieser Gurkentruppe aushielt?

11.

»Sim?«

Die Stimme war selbst über Schuberts *Forellenquintett* hinweg hörbar, das in beruhigender Vertrautheit aus dem Kopfhörer drang. Sim hatte das Stück auf Repeat gestellt. Auf diese Weise blendete er die Geräusche der Umgebung aus und konnte sich perfekt konzentrieren. Jedenfalls, wenn nicht irgendein Idiot in sein Büro kam und ihn ansprach. Vielleicht ging der Idiot ja wieder weg, wenn man ihn einfach ignorierte. Manchmal klappte das.

»Sim!«

Diesmal offensichtlich nicht. Als Nächstes würde der Idiot ihn an der Schulter rütteln. Das wollte er auf keinen Fall. Also nahm er die Kopfhörer ab.

»Was ist?«

»Hast du schon was rausgefunden?«

So eine Frage konnte nur der Idiot stellen!

»Ja.«

»Und was?«

Sim zeigte auf den Monitor. Es gehörte zu den Vorzügen des Asperger-Syndroms, dass es einem die Leute nicht übel nahmen, wenn man unhöflich war. Jedenfalls die, die einen gut genug kannten. Sim wusste genau, dass dem Idioten die Tabellen auf dem Bildschirm nichts sagten und dass es deshalb sinnvoll gewesen wäre, sie ihm zu erklären. Aber er dachte nicht daran, das von selbst zu tun.

»Und was bedeutet das?«

Sim schnaubte. Gefühle zu zeigen war nicht seine große

Stärke, aber Geringschätzung gehörte durchaus zu seinem Repertoire.

»Das sind statistische Analysen.«

»Das sehe ich«, behauptete der Idiot. »Aber was bedeuten sie?«

»Sie zeigen die Übereinstimmung von statistisch seltenen Wortkombinationen in dem Dokument der Zielperson mit im Internet veröffentlichten Texten.«

»Aha«, sagte der Idiot. »Das heißt, der Text in diesem Dokument dort stimmt zu dreiundsiebzig Prozent mit dem Pamphlet von NTR überein?«

»Natürlich nicht. Es bedeutet, dass der Text mit einer Wahrscheinlichkeit von dreiundsiebzig Prozent denselben Urheber hat wie der, den NTR veröffentlicht hat.«

Der Idiot schwieg, was für ihn untypisch war. Entweder hatte er sogar diese simple Aussage nicht verstanden, oder er wusste nicht, welche Frage er als Nächstes stellen sollte. Sim wollte den Kopfhörer wieder aufsetzen, um weiterzuarbeiten, doch der Idiot fasste ihn am Arm.

»Soll das etwa heißen, du weißt, wer das geschrieben hat?«, fragte er mit einem Tonfall, von dem Sim nicht sicher war, ob er ihn als Unglauben oder Bewunderung deuten sollte.

»Es heißt, dass derjenige, der den von NTR veröffentlichten Text geschrieben hat, und der Verfasser dieses Dokuments mit einer Wahrscheinlichkeit von dreiundsiebzig Prozent identisch sind«, wiederholte er geduldig.

»Aber … das ist doch Unsinn!«

Sim war einen Moment lang sprachlos. Wie konnte der Idiot so etwas behaupten? Es war doch offensichtlich, dass es stimmte!

»Das ist kein Unsinn«, widersprach er. »Es ist längst erwiesen, dass man mithilfe der Sprachanalyse den Urheber eines Textes schlüssig ermitteln kann, sofern entsprechendes Vergleichsmaterial zur Verfügung steht. Ich versuche, die Signifikanz der Aussage noch zu erhöhen, aber ich habe nicht genügend Material.«

»Du willst also allen Ernstes behaupten, dass Prof. Dr. Heinz Rothmüller von der Universität Marburg hinter NTR steckt? Bloß, weil er eine wissenschaftliche Arbeit mit dem Titel: ›Das Manifest des Unabombers: Kulturelle und politische Rezeption 1995–2005‹ veröffentlicht hat?«

»Ich behaupte gar nichts«, widersprach Sim. »Ich analysiere nur Zusammenhänge.«

»Nur, damit ich das richtig verstehe«, sagte der Idiot. »Du bist zu dem Schluss gekommen, dass ein Text, der Auszüge aus dem Manifest des Unabombers zitiert, und ein wissenschaftlicher Aufsatz, der dasselbe tut, denselben Urheber haben müssen? Wegen statistischer Ähnlichkeiten?«

»Beide Texte beinhalten Formulierungen, die nur mit sehr geringer Wahrscheinlichkeit in anderen Texten vorkommen. Das deutet auf eine gemeinsame Urheberschaft hin.«

»Und was ist mit diesen anderen Texten? Sind die etwa auch alle von demselben Urheber? Obwohl sie von ganz unterschiedlichen Leuten geschrieben wurden, die meisten noch dazu Wissenschaftler?«

»Natürlich nicht, obwohl in Einzelfällen Pseudonyme verwendet worden sein könnten. Ich kann lediglich statistische Zusammenhänge aufzeigen. Dabei können zufallsbedingt durchaus widersprüchliche Ergebnisse auftreten. Für eine Interpretation werden weitere Analysen mit neuem Vergleichsmaterial benötigt.«

»Ich will dir mal meine Interpretation sagen, Sim. Du hast

statistische Analysen der Wortkombinationen in dem Text gemacht, dann die seltenen herausgefiltert und danach im Internet gesucht. Dabei hast du aber zu berücksichtigen vergessen, dass der von NTR veröffentlichte Text von zwei verschiedenen Menschen geschrieben wurde.«

Sim blieb einen Moment die Sprache weg. Er war verblüfft, dass der Idiot so gut verstanden hatte, wie er vorgegangen war. Noch mehr überraschte ihn allerdings die Tatsache, dass der Idiot recht hatte: Dadurch, dass der Text in wesentlichem Umfang Zitate eines anderen Autors enthielt, ließ eine statistische Analyse nur noch begrenzt Rückschlüsse auf die Autorenschaft zu. Er hatte tatsächlich vergessen, das in seiner Auswertung zu berücksichtigen. Ein Logikfehler, wie er Sim nur selten unterlief. Und ausgerechnet der Idiot hatte ihn darauf hingewiesen!

»Also gut, dann mache ich es eben noch mal.«

»Das kannst du dir sparen«, sagte der Idiot. »Wenn du die Zitate aus dem Unabomber-Manuskript rauslöschst, bleibt nur noch allgemeines Blabla übrig.«

»Das werden wir ja sehen.« Sim setzte den Kopfhörer auf und machte sich wieder an die Arbeit. Er war innerlich aufgewühlt wie selten – fast so, als hätte der Mann in seinem Zimmer etwas durcheinandergebracht. Es verwirrte ihn, dass er einen Fehler gemacht hatte. Es irritierte ihn, dass der Idiot anscheinend nicht so dumm war, wie er geglaubt hatte. Am meisten beunruhigte ihn jedoch, dass der Idiot auch mit seiner letzten Behauptung recht hatte. Schon bevor er die neuen Analysen fertiggestellt hatte, wusste er: Der verbleibende Text – nach Abzug des Unabomber-Zitats waren es nur noch siebenhundertsiebzig Wörter – bot zu wenig Material, um mithilfe einer Stilanalyse den Urheber zu identifizieren. Dennoch setzte Sim seine Arbeit fort. Das Ergebnis war sogar noch ernüchternder als befürchtet: Das Dokument mit der höchsten Signifikanz – *Gefahren einer unkontrollierten Technisierung* von einem Dr. Thomas Angesser – wies gerade einmal eine Wahrscheinlichkeit von vierundzwanzig Prozent auf, vom selben Urheber zu stammen wie der NTR-Text. Viel zu wenig, um daraus eine belastbare Aussage abzuleiten.

12.

Deckard: Just what do you think you're doing, Dave?
Bowman: I need ya, Deck. I need the old blade runner, I need your magic.
Deckard: I'm sorry, Dave. I'm afraid I can't do that.
Bowman: Ich hab ja noch nicht mal gesagt, wofür ich dich brauche.
Deckard: Ich kann es mir denken.
Bowman: Was denn?
Deckard: NTR
Bowman: Wie kommst du darauf?
Deckard: Ist es so?
Bowman: Und wenn es so wäre?
Deckard: Ich bin auf der anderen Seite. Das weißt du.
Bowman: So, wie ich es verstehe, gibt es in dem Krieg, den NTR führt, nur eine Seite: die der Menschen.
Deckard: Wenn es nur eine Seite gibt, ist es kein Krieg.
Bowman: Stell dir vor, es ist Krieg und keiner geht hin? Der Spruch hat schon in den Achtzigern nicht funktioniert. Man kann vor einem Konflikt nicht weglaufen. Vor diesem schon gar nicht.
Deckard: Du irrst dich. Technik ist nicht unser Feind. Gerade du solltest das wissen.
Bowman: Du hast recht. Es ist nicht HAL, der böse ist. Es sind die Entwickler, die ihm die Kontrolle über das Schiff gegeben haben. Gegen die kämpft NTR.
Deckard: HAL ist eine Fiktion.
Bowman: Die NSA ist real. Der Bundestrojaner ist real. Facebook und Google sind real.

Deckard: Ich bin nicht blöd. Ich sehe die Gefahren, aber auch die Chancen. Das Internet ist zum Beispiel gut für die Demokratie.
Bowman: Für so naiv hätte ich dich gar nicht gehalten. Das Internet ersetzt nur eine Form der Diktatur durch eine andere, subtilere, aber dafür umso effektivere. Big Brother? Orwell hatte keine Ahnung! Du solltest ebenso gut wie ich wissen, dass es ein freies Internet nicht gibt. Sonst müssten wir nicht diesen sicheren Kanal benutzen.
Deckard: Technik kann immer missbraucht werden.
Bowman: Exakt.
Deckard: Also gut, ich verstehe deine Angst. Aber das rechtfertigt noch lange nicht eure Methoden.
Bowman: Unsere Methoden?
Deckard: Willst du mir immer noch erzählen, du steckst da nicht mit drin?
Bowman: I am putting myself to the fullest possible use, which is all I think that any conscious entity can ever hope to do. Schließ daraus, was du willst.
Deckard: Filmzitate bringen uns nicht weiter.
Bowman: Du hast damit angefangen.
Deckard: Na schön. Aber jetzt im Ernst: Ihr seid in Schwierigkeiten.
Bowman: Wir alle sind in Schwierigkeiten. Das ist genau der Punkt. Was immer mit NTR geschieht, falls sie erwischt werden, ist nichts gegen das, was euch erwartet, wenn ihr sie aufhaltet.
Deckard: Mag sein. Aber Gewalt hat noch nie Probleme gelöst.
Bowman: Gewalt? Ist es Gewalt, wenn man Unkraut jätet? Ist es Gewalt, wenn man auf der Straße gegen Umweltzerstörung protestiert und damit den Verkehr aufhält? Ist es Gewalt, wenn man für einen Tag den Strom abschaltet, um die Leute zum Nachdenken zu bringen?

Deckard: Ted Kaczynski, auf den ihr euch beruft und für den ihr Freiheit fordert, hat drei Menschen getötet.
Bowman: Wenn du schon googelst, dann richtig. Ted Kaczynski hat einen IQ von hundertsiebzig und ist damit einer der intelligentesten Bewohner dieses Planeten. Er war in den Sechzigerjahren Opfer geheimer Drogenexperimente im Auftrag der CIA. Wahrscheinlich hat das bei ihm paranoide Schizophrenie ausgelöst. Wenn jemand am Tod dieser Menschen schuld ist, dann die CIA.
Deckard: Immer für eine Verschwörungstheorie zu haben, was Dave? Jedenfalls erreicht ihr mit solchen Anschlägen gar nichts, außer dass die Leute wütend werden.
Bowman: Vielleicht ist das der erste Schritt: Wut war immer die Voraussetzung für Revolutionen.
Deckard: Ist es das, was ihr euch erhofft? Eine Revolution?
Bowman: Ich weiß nicht, was NTR sich erhofft. Ich jedenfalls hab die Hoffnung aufgegeben, dass die Vernunft jemals über die Dummheit siegt.
Deckard: So einfach ist das? Alle, die nicht deiner Meinung sind, sind dumm?
Bowman: Was willst du eigentlich von mir?
Deckard: Ich will wissen, wer hinter NTR steckt.
Bowman: Und das fragst du mich ernsthaft? Wenn ich zu NTR gehören würde, glaubst du, ich würde es dir sagen? Und selbst wenn, was würdest du tun? Mich verhaften lassen? Wegen eines anonymen Chatprotokolls?
Deckard: Wenn du nicht dazugehörst, hilf mir rauszufinden, wer sie sind. Und wenn doch, stell dich freiwillig! Da keine Menschen zu Schaden gekommen sind, kommst du vielleicht mit einer Bewährungsstrafe davon. Und du hättest alle Medienaufmerksamkeit, die du jemals haben wolltest.
Bowman: This conversation can serve no purpose anymore. Goodbye.

13.

Der Bordlautsprecher riss Eisenberg aus dem Halbschlaf. »Meine Damen und Herren, hier spricht noch einmal der Kapitän. Leider habe ich eine schlechte Nachricht für Sie. Wir haben soeben die Meldung erhalten, dass der Luftraum über Berlin gesperrt wurde. Unser Flug ist von der Flugsicherung nach Dresden umgeleitet worden. Wir werden dort in etwa neunzig Minuten eintreffen. Ich kann Ihnen aktuell leider noch nicht sagen, wie es dann weitergeht. Sobald wir Genaueres wissen, melde ich mich noch einmal. Ladies and Gentlemen, this is your captain speaking …«

In der Maschine brach Gemurmel aus, dessen Lautstärke rasch anschwoll. Eisenberg massierte sich den schmerzenden Nacken. Eine Umleitung nach Dresden war genau das, was ihm jetzt noch fehlte! Seinen Vortrag gestern vor etwa zwanzig Mitarbeitern des NYPD hatte er über die Bühne gebracht, ohne sich allzu sehr zu blamieren. Was er über die SEGI vermitteln konnte, hatte allerdings wie erwartet kaum Eindruck gemacht und nur den einen oder anderen müden Witz provoziert: »Maybe I can borrow this Sim guy for an hour or so? I've got a drawer full of travel expense reports that I haven't found the time to add up yet …« Am Ende war er froh gewesen, dass nach einem höflichen Applaus nur wenige Fragen gestellt worden waren und er sich rasch auf den Weg zum Flughafen John F. Kennedy hatte machen können. Er hatte noch etwa drei Stunden Zeit bis zum Abflug gehabt und geglaubt, dass das mehr als ausreichend sei. Sein Gastgeber, Assistant Chief Detective Jim Cooper, hatte ihm angeboten, ihn mit seinem Dienstwagen zum Flughafen zu bringen, doch Eisenberg hatte höflichkeitshalber abgelehnt und sich ein Taxi genommen. Diese Entscheidung hatte er schon eine halbe Stunde später bereut, als er mitten im New Yorker Berufsverkehr in einen Stau geraten war, der ihn mehr als eine Stunde kostete. Schweißgebadet hatte er sich durch Gepäckabgabe und Sicherheitskontrolle gekämpft und war schließlich zum Gate gerannt, um dort dann festzustellen, dass seine Maschine vier Stunden Verspätung hatte, da aufgrund des Stromausfalls am Wochenende der gesamte Flugplan von und nach Berlin durcheinandergeraten war. Es war wohl doch höchste Zeit, dass er sich ein Smartphone zulegte.

Und nun, nach einer mehr als unbequemen Nacht auf einem Mittelplatz in der rappelvollen Economy Class, landete er statt in Schönefeld in Dresden! Was war da los in Berlin? War etwa schon wieder der Strom ausgefallen?

Seine Nachbarin, ein Mädchen von vielleicht fünfzehn Jahren mit strähnigen, schwarzen Haaren und so vielen Piercings in Lippen, Nase und Ohren, dass sie damit kaum unbehelligt durch den Metalldetektor gekommen sein durfte, tippte auf ihrem Smartphone herum. Das hatte sie seit dem Abflug ununterbrochen getan. Als die Stewardess sie gebeten hatte, das Gerät in den Flugmodus zu schalten und zum Start ganz auszumachen, hatte sie nur mit den Schultern gezuckt und gemeint, diese Vorschriften seien hoffnungslos veraltet und allein der europäischen Bürokratie zu verdanken – in Amerika könne man schließlich schon lange im Flugzeug telefonieren. Nach längerer Diskussion hatte sie schwer geseufzt, so getan, als folge sie den Anweisungen, und das Gerät sofort wieder aktiviert, als die Flugbegleiterin ihr den Rücken zugedreht hatte. Eisenberg hatte es vorgezogen, sich nicht einzumischen.

»Hast du Internet?«, fragte er jetzt.

Sie sah ihn genervt an. »Haben Sie kein eigenes Smartphone?«

»Nein. Darf ich deins mal haben?«

»Jetzt nicht. Sie sehen doch, dass ich es selbst benutze.«

»Ich würde nur gern wissen, warum der Luftraum über Berlin gesperrt ist.«

»Das versuche ich auch gerade rauszufinden.«

Sie wischte rasant über das Display und tippte Kurznachrichten in einem Tempo, das jede Sekretärin vor Neid hätte erblassen lassen.

»Drohnen«, sagte sie nach ein paar Minuten.

»Drohnen?«, fragte Eisenberg, während ihm ein kalter Schauer über den Rücken lief. »Wie meinst du das?«

»Mein Freund sagt, in den Nachrichten hieße es, dass der Flughafen gesperrt werden musste, weil Drohnen in den Anflugkorridor gesteuert wurden und den Flugverkehr durcheinandergebracht haben. Da scheint wohl gerade wieder das totale Chaos zu herrschen.«

»Danke!« Eisenberg kramte sein altmodisches Handy aus der Aktentasche und schaltete es ein, hatte jedoch keinen Empfang. Er überlegte, das Mädchen zu fragen, ob er mal telefonieren dürfe, ließ es dann jedoch bleiben. Er konnte ja ohnehin nichts tun.

Sie kreisten fast eine halbe Stunde über Dresden, bevor sie endlich zur Landung ansetzen konnten. Und offenbar war ihre Maschine nicht die einzige, die man zu diesem Flughafen umgeleitet hatte. Vor den Mietwagenschaltern gab es bereits lange Schlangen. Es war absehbar, dass nie und nimmer genug Fahrzeuge für alle Wartenden bereitstanden. Also nahm Eisenberg ein Taxi in die Stadt und fuhr mit dem Zug.

14.

»Also, ich geh jetzt nach Hause«, sagte Ben.

»Nach Hause?«, fragte Jaap ungläubig. »Jetzt, wo Eisenberg fast hier ist?«

»Fast hier? Das hast du heute Morgen schon gesagt. Jetzt ist es halb sechs, und der Chef wird ganz schön müde sein. Was immer wir mit ihm besprechen müssen, hat Zeit bis morgen.«

»Heute Morgen wusste ich noch nicht, dass sein Flug Verspätung haben und dann auch noch umgeleitet werden würde. Und was meinst du bitte mit ›hat Zeit bis morgen‹? Willst du warten, bis diese Terroristen den dritten Anschlag durchführen?«

»Ich hab dir schon mehrfach gesagt, Klausen, wir können nichts tun. Es gibt keinen Ansatz, NTR über das Internet zu ermitteln. Die sind viel zu clever dafür.«

»Zu clever? Für dich? Wahrscheinlich hast du recht, aber ich hätte nicht gedacht, dass du so viel Selbsterkenntnis besitzt, Varnholt!«

»Du denkst so manches nicht, Klausen!«

Es wurde Zeit, dass Claudia sich einmischte und eine Eskalation verhinderte. Die Stimmung war angespannt wie schon lange nicht mehr. Früher hatten sich Ben und Jaap häufig Wortgefechte geliefert, die schnell zu ernsthaften Streits geworden waren, doch seit Adam Eisenbergs Hinzukommen hatten die beiden sich zusammengerauft. Ihre Geplänkel hatten zuletzt einen fast schon kameradschaftlichen Ton gehabt. Seit dem Wochenende schien allerdings ein Schatten über die SEGI gefallen zu sein. Zu Beginn hatte Claudia sich einzureden versucht, dass die schlechte Stimmung einfach nur der Anspannung aufgrund der schwierigen Aufgabe geschuldet war. Doch ihre Intuition hatte ihr von Anfang an gesagt, dass etwas nicht stimmte, und dieses Gefühl war in den letzten Stunden immer stärker geworden. Hinter dem Streit ihrer beiden ungleichen Kollegen steckte mehr als nur Rivalität und Imponiergehabe. Besonders Bens Nerven lagen blank, und die dicke Schicht an Sarkasmus, mit der er sich normalerweise umgab, war brüchig geworden. Jaap schien das zu spüren, doch statt sich zurückzuhalten, stachelte es ihn nur noch mehr an.

»Jetzt beruhigt euch, bitte!«, schaltete sie sich ein. »Wenn Ben gehen will, soll er gehen. Wir beide werden sicher in der Lage sein, Herrn Eisenberg Bericht zu erstatten, falls er nicht ohnehin lieber gleich nach Hause fährt. Immerhin hat er eine Odyssee von achtzehn Stunden hinter sich.«

»Du hast recht, Claudia«, lenkte Jaap ein. »Also schön, dann mach Feierabend. Wir haben ja ohnehin nicht viel zu berichten, da NTR offensichtlich zu clever für unsere beiden Superhirne ist.«

»Ich hab dir schon gesagt, Klausen, dass ich die IP-Adresse der Website nicht zurückverfolgen kann. Und ein Impressum hat NTR dummerweise nicht veröffentlicht. In diesem Fall müssen leider doch die Kollegen von der Abteilung Fünf die Ermittlungsarbeit machen.«

»Ja, ja, ich weiß, alles unheimlich schwierig. Aber schau dir Sim an, der versucht es wenigstens.«

Ben zeigte auf den Programmierer in seinem Glaskasten. »Was versucht er denn? Mit Sprachanalyse den Urheber des Pamphlets zu finden? Toller Ansatz! Bestimmt hat er den Täterkreis bereits auf alle Personen eingegrenzt, die der deutschen Sprache mächtig sind!«

»Ich sag ja nicht, dass das allein ausreicht. Aber es ist immerhin ein Versuch.«

»Es ist ein Haufen gequirlter Pferdemist. Bloß weil Sim genauso schnell Zahlen multiplizieren kann wie mein Handy, heißt das noch lange nicht, dass er irgendeinen sinnvollen Ansatz zustande bringt, der uns weiterführt. Wenn ihr mich fragt, wird er hoffnungslos überschätzt. Sim gehört in ein Varieté, nicht in eine Polizeibehörde.«

»Das musst gerade du sagen! Ohne ihn hätten wir bei unserem bisher einzigen Fahndungserfolg ganz schön alt ausgesehen, wenn ich dich daran erinnern darf. Ich weiß nicht, ob er diesmal auf der richtigen Spur ist, aber im Unterschied zu dir sitzt er nicht bloß dumm rum und klopft Sprüche. Ich frage mich allmählich, ob du überhaupt ein ernsthaftes Interesse daran hast, NTR auf die Spur zu kommen.«

Bens Augen verengten sich und seine Stimme wurde gefährlich leise. »Was willst du damit sagen, Klausen?«

Jaap hielt seinem Blick stand. »Du hast mich schon verstanden, Varnholt!«

Die Anschuldigung lag im Raum wie ein übler Geruch. Claudia wusste, dass sie etwas tun musste, um die Situation zu entschärfen. Doch sie wusste nicht, was. Denn noch während Jaap es ausgesprochen hatte, war ihr klar geworden, dass es stimmte: Ben verbarg etwas.

»Ich gehe jetzt besser«, sagte der korpulente Hacker und griff sich seine Jacke.

Genau in diesem Moment betrat Eisenberg den Raum. Seine Kleidung war zerknittert, sein leicht schiefes Gesicht unrasiert, die grau melierten Haare zerzaust, die Augen gerötet.

»Guten Abend!«, sagte er und bemühte sich sichtlich, entspannt zu wirken. »Entschuldigen Sie die Verspätung, aber Sie wissen ja sicher, was los ist.«

»Guten Abend, Herr Hauptkommissar!«, begrüßte ihn Jaap. »Schön, dass Sie wieder da sind!«

»Hallo, Chef!«, sagte Ben, während Sim wie üblich nicht mal Notiz davon nahm, dass jemand den Raum betreten hatte.

Claudia lächelte erleichtert. »Willkommen zurück, Herr Hauptkommissar!«

»Ich weiß, es ist schon spät«, sagte Eisenberg, »und ich bin auch ziemlich müde. Herr Klausen hat mich zwischendurch telefonisch informiert. Trotzdem würde ich gern noch einmal mit Ihnen über den aktuellen Stand der Ermittlungen sprechen. Einverstanden?«

»Welche Ermittlungen?«, grummelte Ben, setzte sich aber wieder.

Eisenberg öffnete die Tür zu Sims abgeteiltem Arbeitsplatz. »Hallo Herr Wissmann! Wären Sie bitte so nett, kurz an unserer Lagebesprechung teilzunehmen?«

Zu Claudias Überraschung legte Sim ohne Murren die Kopfhörer ab und begrüßte seinen Chef sogar mit einem knappen »Guten Tag«.

»Also, Herr Klausen«, begann Eisenberg, »wie ist der Stand?«

»Seit wir das letzte Mal telefoniert haben, hat sich nicht viel geändert, Herr Hauptkommissar. Die Drohnen, die beim Angriff auf den Flughafen verwendet wurden, waren von einem anderen Typ als die bei der Attacke auf das Stromnetz – sie waren wesentlich leichter und billiger. Da sie mit den Buchstaben NTR gekennzeichnet waren, wissen wir jetzt immerhin sicher, dass diese Organisation zumindest hinter diesem zweiten Anschlag steckt.«

»Haben die Drohnen irgendeinen Schaden angerichtet?«

»Sie meinen, außer dass der Flugverkehr über Berlin für mehrere Stunden zum Erliegen kam und Tausende Menschen auf andere Flughäfen umgeleitet werden mussten? Nein. Die Drohnen selbst waren im Grunde harmlose Spielzeuge; selbst wenn eine Maschine direkt in einen Schwarm von ihnen hineingeflogen wäre, wäre nichts passiert. Doch sie waren mit Streifen aus Metallfolie behängt, die das Radarsignal reflektieren, so dass die Flugsicherung von wesentlich größeren Flugkörpern ausgehen musste und sich deshalb zur Sperrung des Luftraums entschlossen hat. Angeblich plant die Bundesregierung jetzt, im Eilverfahren alle ferngesteuerten Fluggeräte mit einer Reichweite von mehr als hundert Metern verbieten zu lassen. Und selbststeuernde Fluggeräte sollen grundsätzlich verboten werden.«

»Da wird sich Jeff Bezos aber ärgern«, kommentierte Ben.

»Wer?«, fragte Eisenberg.

»Jeff Bezos, der Amazon-Chef. Der hat doch 2013 schon groß angekündigt, in Zukunft Pakete mit selbststeuernden Drohnen ausliefern zu wollen. Daraus wird jetzt wohl nichts, jedenfalls hierzulande.«

»Wir können also davon ausgehen, dass NTR kein Interesse hat, Menschen zu schaden«, stellte Eisenberg fest.

»Ja«, bestätigte Ben. »Ihr Feind ist die Technik, nicht der Mensch.«

»Haben sie seit der zweiten Attacke denn etwas Neues auf ihrer Website veröffentlicht?«

»Ja, aber nur einen kurzen Kommentar.« Er las von einem Zettel ab, den er am Nachmittag ausgedruckt hatte: »*Unsere Aktion am Wochenende hat einige Trittbrettfahrer auf den Plan gerufen, die sich mit fremden Federn schmücken wollen. Dadurch ist Unklarheit darüber entstanden, dass wir die Urheber sind. Deshalb haben wir uns entschlossen, eine eigentlich für später geplante zweite Mahnaktion vorzuziehen. Wir bedauern die dadurch entstandenen Unannehmlichkeiten. Unsere auf dieser Website genannten Forderungen gelten weiterhin. Sollten sie nicht erfüllt werden, behalten wir uns verschärfte Aktionen vor. NTR.* Ich denke, damit haben sie zumindest ihr Ziel erreicht, als Verursacher der Anschläge anerkannt zu werden. Selbst hier im Team sollten nun keine Zweifel mehr darüber bestehen.« Ben warf einen vielsagenden Blick zu Jaap, der sich natürlich gleich provoziert fühlte.

»Danach sieht es aus. Dennoch sollten wir weiterhin alle Möglichkeiten in Betracht ziehen, auch die, dass NTR in Wirklichkeit die Trittbrettfahrer sind. Immerhin sind die verwendeten Drohnen anderen Typs.«

»Du hast natürlich vollkommen recht«, konstatierte Ben in ironischem Tonfall. »NTR sind in Wirklichkeit nur ein paar dumme Jungs, die den wirklichen Bösewichten bloß nacheifern.«

Jaap erwiderte nichts.

»Ich würde jetzt gern von jedem von Ihnen eine Einschätzung der Lage und einen Vorschlag hören, wie wir weiter vorgehen sollen. Herr Varnholt?«

Ben wich seinem Blick aus. »Meiner Ansicht nach können wir nicht viel tun. Ich habe versucht herauszufinden, woher die Inhalte der Website stammen. Der Server steht in Russland. Zum Glück verwenden die dort veraltete Software, so dass es mir gelungen ist, einen noch nicht allzu bekannten Exploit anzuwenden und die Protokolldateien des Servers auszulesen. Auf diese Weise konnte ich erkennen, dass die Inhalte von einem anonymen Proxyserver in Bangalore stammen. Der allerdings ist so gut gesichert, dass ich die Spur von dort nicht weiterverfolgen kann.«

»Bangalore? In Indien?«

»Ja. Aber das ist auch nur eine Zwischenstation. Selbst wenn ich den Server dort knacken könnte, würde das kaum etwas bringen. Wer auch immer hinter NTR steckt, weiß, wie man seine Spuren im Netz verwischt.«

»Und was sollten wir Ihrer Meinung nach tun?«

»Meiner Ansicht nach können wir hier gar nichts tun. Die Abteilung Fünf arbeitet mit Hochdruck an der Aufklärung des Falls. Ich glaube, dass sie mit klassischen Fahndungsmethoden eine wesentlich bessere Chance haben, die Täter zu ermitteln.«

»Mensch, Varnholt!«, rief Jaap und warf die Hände in die Luft. »Da haben wir endlich mal die Gelegenheit, etwas Sinnvolles zu tun, und du sagst, wir können nichts machen! Das kapier ich echt nicht!«

Eisenberg überging den Kommentar. »Herr Wissmann, was denken Sie, was wir tun sollten?«

Sim zuckte mit den Schultern. »Das müssen Sie entscheiden.«

»Ich frage aber Sie nach Ihrer Meinung. Welchen Lösungsansatz würden Sie verfolgen?«

»Ich habe es schon mit Sprachanalyse versucht. Aber das Ausgangsmaterial ist zu dürftig, um eine hohe Signifikanz zu erreichen.«

Eisenberg wandte sich an Varnholt. »Können Sie mir erklären, was er damit meint?«

»Sim glaubt, den Urheber des Pamphlets von NTR ermitteln zu können, indem er die Häufigkeit von Wortkombinationen analysiert und mit im Internet veröffentlichten Texten vergleicht.«

»Und haben Sie ein Ergebnis erzielt?«, fragte Eisenberg Sim.

»Ja.«

»Würden Sie es uns mitteilen?«

»Die Texte stammen mit einer Wahrscheinlichkeit von 32,73 % von einem Dr. Thomas Angesser. Der nächste Kandidat, Professor Dr. Heinz Rothmüller, erreicht nur eine Signifikanz von 7,90 %.«

Bei dieser Bemerkung blickte Ben überrascht auf. Sein Gesicht hellte sich auf. »Hast du nicht gestern noch von 24 % Signifikanz gesprochen?«

»Der heute veröffentlichte Text hat die Wahrscheinlichkeit, dass Dr. Thomas Angesser der Urheber ist, um 8,61 % erhöht.«

»Wie können diese paar Wörter die Wahrscheinlichkeit so stark erhöhen, dass das Dokument von einer bestimmten Person stammt?«

»Es ist nur ein einziges Wort: Mahnaktion. Es wird nur selten benutzt. Daher hat es eine hohe Signifikanz.«

»Du schließt also aus einem einzigen Wort, dass eine bestimmte Person der Urheber eines Textes ist?«, fragte Jaap.

»Nein. Ich habe lediglich die Ergebnisse meiner statistischen Analyse dargestellt. 32,73 % ist eine zu geringe Signifikanz, um daraus auf den Urheber zu schließen.«

»Vielleicht sollten wir uns mal ansehen, was dieser Dr. Angesser geschrieben hat«, meinte Eisenberg. »Frau Morani, was ist Ihre Meinung?«

Claudia zögerte eine Sekunde. Sie hätte gern geantwortet, dass Ben Varnholt vermutlich mehr über NTR wusste, als er zugab, aber sie brachte es nicht über sich, ihrem Teamkollegen so in den Rücken zu fallen. Es hätte einen Konflikt mit unabsehbaren Folgen für die SEGI bedeutet. Stattdessen sagte sie:

»Aus den wenigen Fakten, die mir vorliegen, kann ich

kaum Rückschlüsse ziehen. Ich habe mich mit dem Fall Theodore Kaczynski befasst, auf den NTR sich beruft. Meines Erachtens sind seine Handlungen auf paranoide Schizophrenie zurückzuführen, möglicherweise ausgelöst durch Drogenexperimente der CIA, an denen er in den Siebzigerjahren teilnahm.«

»Heißt das, Sie halten die Täter für schizophren?«

»Nein, durchaus nicht. Sie verhalten sich offenbar rational, auch wenn ihre Motive möglicherweise auf irrationalen Ängsten basieren. Auf jeden Fall sind sie gut organisiert und planen ihre Aktionen sorgfältig. Das allerdings hat auch Kaczynski getan.«

»Wieso, glauben Sie, berufen sich die Täter auf ihn?«

»Er scheint so etwas wie ein Idol für sie zu sein, vielleicht sogar ein Märtyrer. Ein einsamer Kämpfer gegen die Dominanz des ›wissenschaftlich-militärisch-industriellen Komplexes‹, wie sie es nennen, der sich für seine Ideale und zum Wohl der Menschheit geopfert hat.«

»Moment mal!«, warf Jaap ein. »Der Typ hat drei Menschen ermordet und viele weitere verletzt! Willst du das etwa rechtfertigen?«

Claudia warf ihm einen kühlen Blick zu. »Ich rechtfertige gar nichts. Ich analysiere lediglich.«

Er senkte den Blick. »Ja, natürlich. Entschuldige.«

»Herr Klausen, was denken Sie?«

»Wie ich schon sagte, ich würde zum jetzigen Zeitpunkt noch keine Ermittlungsrichtung ausschließen. Selbst wenn NTR hinter beiden Anschlägen steckt, wissen wir noch nicht, ob das, was sie im Internet darüber verbreiten, wirklich stimmt.«

»Was meinst du damit?«, fragte Ben.

»Na ja, es könnte immerhin ein Ablenkungsmanöver sein.«

»Ein Ablenkungsmanöver?«

»Vielleicht wollen sie in Wirklichkeit etwas ganz anderes. Möglicherweise wollen sie das Land destabilisieren oder die Börsenkurse manipulieren oder von einer anderen Straftat ablenken.«

»Du glaubst ernsthaft, die schalten in Berlin den Strom ab und legen zwei Tage später den Luftverkehr lahm, bloß als Ablenkungsmanöver?«

»Während des Studiums hab ich gelernt, dass man sich im Polizeidienst niemals auf Vermutungen verlassen …«

»Wir sind hier nicht an der Uni, Klausen. Das hier ist die Realität. Es ist offensichtlich, dass NTR vor den Folgen einer zunehmenden Technisierung unserer Welt warnen will. Und ganz Unrecht haben sie damit ja vielleicht auch nicht.« Er machte einen Ansatz, weiterzusprechen, schwieg dann aber abrupt, als habe er schon zu viel gesagt.

»Willst du diese Typen jetzt etwa auch noch in Schutz nehmen?«, fragte Jaap in aggressivem Tonfall.

»Ich glaube, wir müssen das jetzt nicht ausdiskutieren«, schaltete Eisenberg sich ein. »Ich denke, Sie haben recht, es ist noch zu früh, um irgendetwas auszuschließen. Aber mir scheint das veröffentlichte Bekennerschreiben echt und auch in sich logisch zu sein. Wir sollten also als Arbeitshypothese davon ausgehen, dass wir es mit einer Terrorgruppe zu tun haben und dass wie angekündigt weitere Anschläge folgen werden.«

»Terrorgruppe?«, fragte Ben. »Finden Sie den Begriff nicht etwas zu hart? Immerhin sind keine Menschen zu Schaden gekommen.«

»Der Begriff stammt nicht von mir, sondern von Polizeidirektor Hintze, dem Leiter der Abteilung Fünf und Hauptverantwortlichen für die Ermittlungen. Im Übrigen haben wir vielleicht bisher einfach nur Glück gehabt. Der massive Eingriff in den Luftverkehr hätte durchaus auch zu Personenschäden führen können, im Extremfall vielleicht sogar zum Absturz eines Flugzeugs. Ich weiß nicht, ob NTR den Verlust von Menschenleben willentlich in Kauf genommen hätte oder ob sie dieses Risiko einfach verdrängt haben. Aber wir sollten die Gruppe nicht verharmlosen.«

Ben senkte den Blick. »Sie haben wahrscheinlich recht.«

»Wie auch immer, die einzige konkrete Spur scheinen mir die Erkenntnisse von Herrn Wissmann zu sein.« Bei dieser Bemerkung erschien auf Sims Gesicht ein flüchtiges Lächeln. Es war ein so seltener Anblick, dass Claudia einen Moment lang an ihrer Wahrnehmung zweifelte.

»Frau Morani, ich möchte, dass Sie die Dokumente analysieren, die dieser Dr. Angerer oder wie er heißt veröffentlicht hat«, fuhr Eisenberg fort. »Vielleicht bringt uns das irgendwie weiter. Aber das hat auf jeden Fall Zeit bis morgen. Wir machen jetzt erst mal Feierabend. Ich habe das unbestimmte Gefühl, dass wir unsere Kräfte noch brauchen werden.«

15.

Am Mittwoch beherrschte NTR die Titelseiten der Zeitungen. *Was schalten sie als Nächstes ab?* lautete die Überschrift eines großen Boulevardblatts. Eisenberg, der wie üblich auf dem Weg von seiner kleinen Wohnung in Friedenau zum Büro am Kiosk ein Croissant und einen Kaffee zu sich nahm, fragte sich, ob sich die Organisation damit zufrieden geben und ihnen eine Atempause gönnen würde. Doch er bezweifelte es. Seiner Erfahrung nach stachelte solche Aufmerksamkeit die Täter eher zu weiteren Taten an. Mit etwas Glück überhasteten sie ihre nächste Aktion und machten einen Fehler, aber auf jeden Fall musste man davon ausgehen, dass die Terrorgruppe versuchen würde, ihre bisherigen Anschläge noch zu übertrumpfen. Es war nur eine Frage der Zeit, bis Menschen zu Schaden kamen – ob absichtlich oder nicht. So oder so war der Druck, den Tätern auf die Spur zu kommen, enorm hoch.

Polizeidirektor Kayser erwartete ihn bereits in seinem Büro.

»Herr Eisenberg, schön, dass Sie zurück sind, auch wenn ich es bedaure, dass Sie Ihren Besuch vorzeitig abbrechen mussten. Ich frage lieber gar nicht, ob Sie einen guten Flug hatten. Wie war New York?«

»Eindrucksvoll. Allerdings befürchte ich, der Austausch war ein wenig einseitig. Ich kam mir vor wie ein Dorfpolizist, der zum ersten Mal ein Großstadtrevier besucht.«

Kayser lachte. »Das kenne ich. Ich war mal ein halbes Jahr in Chicago, da ging es mir ähnlich, obwohl die Stadt nicht größer ist als Berlin. Irgendwie schaffen es die Amis, einem das

Gefühl zu geben, man sei ein Amateur. Haben Sie schon mit Ihrem Team gesprochen?«

»Ja, gestern. Herr Varnholt hatte mich schon am Wochenende darauf aufmerksam gemacht, dass der Stromausfall ein gezielter Anschlag war und dass eine Organisation namens NTR dahintersteckt.«

»Und haben Sie auch schon eine konkrete Spur zu NTR?«

»Nein, so würde ich es nicht ausdrücken.«

Kayser zog eine Augenbraue hoch.

»Wie würden Sie es denn ausdrücken?«

»Es ist noch zu früh, um zu beurteilen, ob die Ansätze meines Teams irgendwohin führen.«

Kayser nickte. »Ich verstehe, dass Sie sich nicht aus dem Fenster lehnen wollen. Ich hoffe jedoch, dass es Ihnen gelingt, eine Spur zu finden.«

Da war ein Unterton in der Stimme seines Chefs, der Eisenberg irritierte.

»Aber Sie glauben nicht daran?«

»Nein, so meinte ich das nicht. Aber … ich will ehrlich zu Ihnen sein, Herr Eisenberg. Polizeidirektor Hintze gehört nicht gerade zu den Fans der SEGI. Er hält generell nichts davon, wenn Polizeiarbeit von ›Zivilisten‹, wie er sich ausdrückt, gemacht wird. Damit meint er Mitarbeiter wie Herrn Varnholt oder Herrn Wissmann, die keine Polizeiausbildung und keinen Beamtenstatus haben.«

»Es wird sehr schwer für uns, sinnvolle Arbeit zu machen, wenn diejenigen, die die Ermittlungen leiten, keinen Wert darauf legen.«

Kayser seufzte. »Ja, ich weiß. Ich muss gerade Ihnen wohl nicht erklären, dass in einer Behörde wie dem LKA immer auch eine Menge Politik im Spiel ist. Herr Hintze und ich sind dabei in unterschiedlichen Parteien, wenn Sie so wollen. Es käme ihm wahrscheinlich nicht ungelegen, wenn sich herausstellte, dass die SEGI keinen sinnvollen Beitrag zu den Ermittlungen leisten kann.«

Eisenberg nickte. Er erinnerte sich nur zu gut an seinen alten Chef im Hamburger LKA, der ein Intrigant ersten Ranges gewesen war. Zwar hatte er gehofft, mit seinem Umzug nach Berlin solchen albernen Machtspielchen zu entkommen, aber das war wohl etwas naiv gewesen.

Kayser lachte. »Nun machen Sie nicht so ein Gesicht, Eisenberg! Kollege Hintze ist mit Leib und Seele Polizist, und zweifellos ein sehr guter. Die Täter zu ermitteln ist ihm wichtiger als internes Hickhack, genau wie mir. Sie müssen ihn nur überzeugen, dass Sie ihm dabei helfen können, dann können Sie ihn als Unterstützer gewinnen, auch wenn er und ich nicht immer einer Meinung sind. Sorgen Sie einfach dafür, dass Ihre Genies einen guten Job machen und ihn beeindrucken.«

»Können wir uns die Tatorte anschauen? Zeugen befragen?«

»Lassen Sie es mich so ausdrücken: Herr Hintze sieht es nicht gern, wenn jemand über sein Absperrband steigt. Soll heißen: Sie haben Zugriff auf alle Protokolle, Fotos und sonstigen Unterlagen, aber er wird auf keinen Fall zulassen, dass Sie mit Zeugen reden, die seine Leute schon vernommen haben. Das ist auch verständlich, man könnte ja den Zeugen den Grund für solche Doppelvernehmungen kaum vermitteln.«

»Ehrlich gesagt fühle ich mich nicht wohl in dieser Situation, Herr Polizeidirektor. Meine Gruppe soll Ermittlungen unterstützen. Das können wir nicht, wenn derjenige, den wir unterstützen sollen, dies nicht möchte. Unter diesen Umständen wäre es vielleicht besser, wenn sich die SEGI ganz aus dem Fall heraushält.«

Kaysers Miene verfinsterte sich erneut. »Herr Eisenberg, ich verstehe Ihren Standpunkt durchaus. Aber bedenken Sie bitte, dass Ihr bisher einziger Ermittlungserfolg bereits zehn Monate zurückliegt. Und das war, wie Sie wissen, in gewisser Weise auch nur ein Teilerfolg.«

»Entschuldigung, Herr Polizeidirektor, aber wir können doch wohl nichts dafür, wenn …«

Kayser unterbrach ihn mit einer Geste. »Ja, Sie haben natürlich recht. Sie haben damals hervorragende Arbeit geleistet. Das weiß auch jeder hier. Trotzdem werde ich in letzter Zeit immer wieder gefragt, was Ihre Gruppe inzwischen eigentlich macht.«

»Wenn Sie das Team auflösen wollen …«

Kayser hob abwehrend die Hände. »Nein, nein, so habe ich das nicht gemeint. Ich weiß sehr wohl den Wert Ihrer außergewöhnlichen Mitarbeiter zu schätzen, und Ihren sowieso. Aber es ist wichtig für die SEGI und jeden einzelnen Mitarbeiter, schnell wieder einen Erfolg vorweisen können.«

»Ich verstehe.«

»Dann wünsche ich Ihnen viel Glück!«

Eisenberg verließ Kaysers Büro mit starkem Bauchgrummeln. Politische Spielchen hatte er noch nie leiden können. Er kannte Hintze nur flüchtig, doch der Ruf des Leiters der Abteilung Polizeilicher Staatsschutz eilte ihm voraus. Seine Mitarbeiter nannten ihn respektvoll »den Schützen«, weil er eine Scharfschützenausbildung absolviert hatte und mehrfacher Bundesmeister bei polizeiinternen Schießwettbewerben war. Es hieß, er habe als Leiter eines Spezialeinsatzkommandos in den Neunzigerjahren eine Geiselnahme beendet, bei der alle Täter getötet, die Geiseln jedoch unverletzt befreit worden waren. Angeblich hatte Hintze selbst einen der Täter erschossen.

Für einen Moment stellte sich Eisenberg vor, was geschehen würde, wenn ein Mann wie Hintze auf Typen wie Benjamin Varnholt oder Simon Wissmann traf. Er wusste nicht recht, ob er bei dem Gedanken schmunzeln oder zusammenzucken sollte.

»Morgen, Chef!«, sagte Ben Varnholt, der gut gelaunt wirkte. Auch Jaap Klausen und Claudia Morani begrüßten ihn freundlich. Wie immer ignorierte nur Sim Wissmann alles um ihn herum.

»Frau Morani, haben Sie sich mal die Dokumente angesehen, die Herr Wissmann im Internet gefunden hat?«

»Ja. Ich hab noch nicht alles gelesen. Aber ich habe auch ein wenig über den Autor, Dr. Thomas Angesser, recherchiert. Er ist Abteilungsleiter in der Softwareentwicklung bei Reason Software, einer Firma, die sich mit Anlagensteuerung beschäftigt. Er arbeitet in der Berliner Niederlassung. Es könnte sinnvoll sein, sich einmal mit ihm zu unterhalten.«

»Gibt es irgendwelche Hinweise darauf, dass er etwas mit den Anschlägen zu tun haben könnte?«

»Nein. Er beschäftigt sich in mehreren Fachaufsätzen mit den Gefahren, die von Technik ausgehen können. Das ist sein Job. Er ist für die Sicherheit der Software zuständig, die seine Firma herstellt.«

»Also ist es nur Zufall, dass Herr Wissmann eine starke Übereinstimmung seiner Texte mit den NTR-Pamphleten gefunden hat?«

»Nicht unbedingt. Es wäre denkbar, dass NTR von seinen Texten beeinflusst wurde. Vielleicht haben sie Teile seiner Argumentation übernommen.«

»Gut, vielen Dank. Sie haben recht, wir sollten uns einmal mit ihm unterhalten. Vielleicht kann er uns mehr über die Motive der Täter sagen.«

Eisenberg blickte in die Runde. Er konnte nicht mit dem ganzen Team bei diesem Angesser aufkreuzen, also musste er sich entscheiden, wer ihn begleiten sollte.

»Herr Varnholt, würden Sie bitte einen Gesprächstermin mit Dr. Angesser vereinbaren?«

Varnholt blickte überrascht auf.

»Ich? Meinen Sie nicht, es wäre sinnvoller, Frau Morani mitzunehmen? Schließlich ist sie die Verhörspezialistin.«

»Das ist kein Verhör. Ich möchte lediglich die Motive der Täter besser verstehen. Da diese Motive anscheinend technischer Natur sind und ich selbst von Technik wenig Ahnung habe, können Sie mir vielleicht am besten dabei helfen.«

»Wie Sie meinen.«

Eisenberg entging der enttäuschte Gesichtsausdruck von Jaap Klausen nicht. Der junge Kommissar hatte offensichtlich immer noch Schwierigkeiten, sich im Team zu behaupten.

»Herr Klausen, ich möchte gern, dass Sie den Kontakt zur Abteilung Fünf halten. Bieten Sie unsere Unterstützung bei der Internetrecherche an.«

»Ich glaube, das wird nicht auf allzu viel Begeisterung stoßen. Ich habe bereits einen informellen Kontakt zur Abteilung Fünf hergestellt, aber man hat mir sehr deutlich zu verstehen gegeben, dass man uns nicht braucht.«

»Tun Sie es trotzdem. Bitten Sie um einen Termin für mich bei Herrn Hintze. Mir ist wichtig, dass wir offiziell unsere Hilfe angeboten haben. Wenn man die dann nicht nutzt, kann man uns hinterher zumindest nicht den Vorwurf machen, es nicht versucht zu haben.«

»Weiß ja nicht, ob das viel bringt«, grummelte Klausen, aber er griff gleich zum Hörer.

Eisenberg setzte sich an seinen Schreibtisch und ließ sich

von Morani die Dokumente geben, die Dr. Angesser veröffentlicht hatte. Es waren drei Fachaufsätze sowie die Mitschrift eines Vortrags. Der Titel des ersten Aufsatzes lautete: »Industrie 4.0 und Softwaresicherheit – Risiken und Lösungsansätze«. Darin argumentierte Angesser, dass eine zunehmende Automatisierung der Fabriken neue Bedrohungsszenarien in Bezug auf Sabotage, Spionage und Terrorismus erzeuge. Dabei komme der Softwaresicherheit eine besondere Bedeutung zu. Eisenberg merkte schnell, dass der technische Jargon sein Verständnis bei Weitem überstieg. Nichts in dem Text deutete auf eine übertrieben technikkritische Haltung hin. Auch die anderen beiden Aufsätze mit den Titeln »Stuxnet und Duqu – Implikationen für das Softwaredesign im Anlagenbau« sowie »Komplexität und Berechenbarkeit Cyber-physischer Systeme« brachten ihn nicht weiter. Sie waren für ein Fachpublikum mit abgeschlossenem Ingenieursstudium geschrieben. Interessanter war da schon der Vortrag, der sich offensichtlich an ein Laienpublikum richtete und laut Wissmann gewisse Übereinstimmungen mit den NTR-Texten aufwies.

16.

Dr. Thomas Angesser

Gefahren einer unkontrollierten Technisierung

Vortrag auf der Tagung Soziale Implikationen des technischen Fortschritts, Frankfurt/Main, 12. Februar 2013

Meine Damen und Herren, ohne Zweifel eröffnet eine immer stärkere Durchdringung unseres Alltags mit vernetzter Technik noch kaum absehbare neue Möglichkeiten, bietet große Chancen für die Wirtschaft, unsere Gesundheit und unseren Lebenskomfort. Doch über mögliche Schattenseiten dieser Entwicklung reden wir kaum. Das aber ist meines Erachtens dringend nötig, denn die Entwicklung ist so rasant, dass wir Gefahr laufen, die Kontrolle darüber zu verlieren.

Nehmen Sie dieses Smartphone. Wahrscheinlich haben die meisten von Ihnen so eines in der Tasche. Meins ist nicht einmal das neueste Modell. Trotzdem hat es eine Rechenleistung, die noch vor zwanzig Jahren Universitäten vorbehalten war. Computer besiegen heute die besten menschlichen Spieler nicht mehr bloß im Schach, sondern auch in auf Allgemeinwissen basierenden Quizshows. Sie können nicht nur schneller rechnen als wir, sondern inzwischen auch besser sehen und bald besser Autofahren. Es gibt sogar erste erfolgreiche Experimente zum maschinellen Gedankenlesen.

Und all das ist erst der Anfang – die Vernetzung der Maschinen untereinander, die wir mit dem Begriff Industrie 4.0 umschreiben, wird zu einer weiteren dramatischen Beschleunigung der Entwicklung führen. Es ist nur noch eine Frage der Zeit, vielleicht nur weniger Jahre, bis die im Internet gebündelte maschinelle Intelligenz die menschliche in jeder Hinsicht übertrifft.

Bereits heute kann man Software nur noch mithilfe hochkomplexer Software entwickeln. Computer programmieren sich zunehmend selbst, passen sich dynamisch an ihre Umwelt an, lernen und tauschen ihr Wissen in globalen Netzwerken aus. Der Punkt, an dem wir nur noch staunend zusehen können, wie Technik sich weitgehend ohne unser Zutun verändert und weiterentwickelt, scheint nicht mehr fern.

Technischer Fortschritt folgte schon immer dem Evolutionsprinzip. Durch Versuch und Irrtum, durch »Vererben« neuer Erkenntnisse und Selektion dessen, was am Markt überlebt, schaffen wir immer leistungsfähigere Produkte und Dienstleistungen. Ebenso wie in der Natur verläuft diese Evolution nicht zielgerichtet und ist kaum vorhersehbar. Wer hätte beispielsweise 1973 geahnt, dass das Arpanet des US-Verteidigungsministeriums zwanzig Jahre später die globale Kommunikation von Grund auf verändern würde? Wer hätte prognostizieren können, dass die Erfindung des Internets zum Sterben der Zeitungen und des Buchhandels führen würde? Wer kann heute sagen, welche Konsequenzen es haben wird, dass einem Team von Biologen um Craig Venter die Schaffung eines fortpflanzungsfähigen künstlichen Organismus gelungen ist?

Die Auswirkungen technologischen Wandels sind oft

nur mit großer zeitlicher Verzögerung erkennbar. Erst jetzt sehen wir das ganze Ausmaß der Umweltveränderungen, die bereits mit der ersten industriellen Revolution vor zweihundert Jahren eingeleitet wurden. Die technische Entwicklung beschert uns nicht nur neue medizinische Verfahren, effizientere Produktion und intelligente Telefone, sondern eben auch denkende Waffen und künstlich hergestellte Krankheitserreger. Diese Janusköpfigkeit des Fortschritts ist nichts Neues. Neu sind allerdings die zunehmende Geschwindigkeit und Komplexität der Veränderungen.

Lassen Sie mich ein paar Auszüge aus einem Manifest vorlesen, das uns eine düstere Zukunft prophezeit:

»Lasst uns zunächst annehmen, dass es den Computerwissenschaftlern gelingt, intelligente Maschinen zu entwickeln, die alles besser können als Menschen. In diesem Fall ist anzunehmen, dass alle Arbeit von riesigen, hoch organisierten Maschinensystemen erledigt wird und menschliche Anstrengung nicht mehr erforderlich ist. Dann wird einer von zwei Fällen eintreten. Es könnte den Maschinen erlaubt sein, alle Entscheidungen ohne menschliches Eingreifen zu treffen, oder die menschliche Kontrolle über die Maschinen könnte gewahrt bleiben.

Wenn die Maschinen alle Entscheidungen allein treffen dürfen, können wir nicht absehen, was die Resultate wären, denn es ist unmöglich, vorherzusagen, wie sich solche Maschinen verhalten würden. Wir weisen nur darauf hin, dass in diesem Fall das Schicksal der Menschheit von der Gnade der Maschinen abhinge. … Auf der anderen Seite ist es möglich, dass die Menschen die Kontrolle über die Maschinen behalten. In diesem Fall würde der durchschnittliche Mensch die Kontrolle über bestimmte seiner persönlichen Maschinen behalten, wie etwa sein Auto oder seinen Computer, doch die Kontrolle über die großen Maschinensysteme wird in der Hand einer winzigen Elite liegen. … Aufgrund der verbesserten Technik wird die Elite eine größere Kontrolle über die Massen haben, und da menschliche Arbeit nicht mehr nötig ist, werden diese Massen überflüssig sein, eine nutzlose Belastung des Systems.«

Diese Sätze stammen von Theodore Kaczynski, dem berüchtigten Unabomber, der versucht hat, den technischen Fortschritt aufzuhalten, indem er Briefbomben an führende Wissenschaftler verschickte. Drei Menschen wurden dabei getötet, dreiundzwanzig zum Teil schwer verletzt. Kaczynski wurde dafür zu recht zu lebenslanger Haft verurteilt. Doch deshalb sind seine Überlegungen noch lange nicht automatisch falsch. Ich muss zugeben, dass mich immer eine Gänsehaut überkommt, wenn ich sie lese. Und damit bin ich nicht allein: Der Computerpionier Bill Joy, Gründer der Firma Sun Microsystems, hat Kaczynski in seinem berühmten Aufsatz »Warum die Zukunft uns nicht braucht« zitiert. Er fragte sich darin, ob wir möglicherweise dabei sind, uns selbst überflüssig zu machen.

Ich persönlich glaube nicht, dass wir uns vor Maschinen als unseren Feinden fürchten müssen. Die Gefahren der Zukunft liegen weniger in dem, was unsere Technik kann, sondern vielmehr, und das wird niemanden von Ihnen überraschen, darin, wie wir damit umgehen.

Wir, die wir an der Weiterentwicklung der Technik arbeiten, stehen unter einem permanenten Konkurrenzdruck, der uns zur Eile antreibt. Doch das darf uns nicht dazu verleiten, Risiken zu ignorieren oder auf die leichte Schul-

ter zu nehmen. Meines Erachtens müssen wir uns bei jeder neuen technischen Entwicklung fünf kritische Fragen stellen.

Erstens: Welche Komplexitätseffekte schaffe ich? Eine immer stärkere Vernetzung automatischer Systeme macht das dadurch entstehende Gesamtgebilde immer undurchschaubarer und unberechenbarer. Dies führt zu chaotischen Effekten, wie etwa dem durch Computer verursachten Börsenabsturz am 6. Mai 2010, und zu unabsehbaren Risiken wie dem sogenannten Jahr-2000-Problem, das im Grunde darin bestand, dass niemand wusste, ob wir eines hatten. Entkoppelung von Systemen kann ein Weg sein, diese Gefahr zu reduzieren.

Zweitens: Wie sehr sollte ich mich auf Technik verlassen? Wir überschätzen regelmäßig unsere Fähigkeiten, technische Risiken zu beherrschen. Das zeigen Katastrophen wie Fukushima oder Deepwater Horizon, aber auch die Bankenkrise 2008, die durch computergesteuerte Risikobewertungssysteme mit verursacht wurde. Etwas mehr Vorsicht und gesunde Skepsis im Umgang mit Technik täte uns gut.

Drittens: Muss ich wirklich alles kontrollieren und automatisieren? Dort, wo Menschen selbst Entscheidungen treffen und diese an die lokale Situation anpassen können, steigt nicht nur meistens die Entscheidungsqualität, sondern vor allem auch das Selbstwertgefühl und Wohlbefinden der Menschen. Wir müssen lernen, Dinge wieder einfacher zu machen und statt vermeintlich unfehlbaren Computern mehr den Menschen zu vertrauen.

Viertens: Welchen Preis zahlen die Nutzer, möglicherweise ohne es zu merken? Maschinen verlocken uns damit, uns alles leichter und angenehmer zu machen. Doch wer ein Navigationssystem benutzt, büßt bald seinen Orientierungssinn ein. Wer per Smartphone permanent erreichbar ist, opfert Muße und Entspannung. Das Ausmaß, in dem elektronische Unterhaltung immer mehr unsere Freizeit dominiert und Kreativität und menschliche Gespräche erstickt, ist bedenklich. Wenn wir irgendwann nur noch mit Maschinen kommunizieren, die uns, und das ist durchaus wörtlich gemeint, jeden Wunsch von den Augen ablesen, dann hören wir womöglich auf, Menschen zu sein.

Fünftens: Welche Missbrauchsmöglichkeiten schaffe ich? Mit dem technischen Fortschritt steigt auch das Risiko, diesen zweckwidrig einzusetzen. Leider hinkt die Entwicklung unserer Gesetze und Regeln der Technik weit hinterher, und der Abstand vergrößert sich. Cyberkriminalität und Cyberkriege werden zu den großen Herausforderungen der kommenden Jahrzehnte gehören. Hinzu kommt, dass wir auch von staatlichen Organisationen – ich will hier keine Drei-Buchstaben-Abkürzungen nennen, Sie kennen sie alle – mithilfe der Technik immer mehr auf Schritt und Tritt überwacht werden. Wir müssen bei neuen Technologien nicht nur technisch, sondern auch ethisch und juristisch neue Maßstäbe und Grenzen setzen.

Aber, meine Damen und Herren, verstehen Sie mich nicht falsch: Was ich Ihnen gesagt habe, bedeutet nicht, dass wir angesichts der Risiken die technische Entwicklung aufgeben oder anderen überlassen sollten. Selbst wenn wir es wollten, wir könnten es gar nicht. Das Internet lässt sich nicht einfach wieder abschalten. Die Evolution kann man nicht anhalten – weder die biologische noch die technische. Doch vielleicht ist es an der Zeit, hin und wieder inne-

zuhalten, quasi eine Denkpause einzulegen und zu reflektieren, was wir tun. Deshalb habe ich gern zugesagt, als die Anfrage kam, auf Ihrer Tagung aus Sicht der Industrie über Risiken des Fortschritts zu sprechen. Wir brauchen mehr solcher Veranstaltungen, und ehrlich gesagt fände ich es gut, wenn sie nicht nur von Sozialverbänden und Gewerkschaften organisiert würden, sondern vielleicht auch einmal von unserem eigenen Industrieverband. Trotz all meiner Mahnungen möchte ich meine Ausführungen mit einer hoffnungsvollen Note schließen: Wenn wir uns eine gesunde Skepsis gegenüber den Verlockungen der Technik bewahren und in dem Bewusstsein handeln, dass wir die Dinge, die wir nutzen, immer weniger verstehen, ist mir um unsere Zukunft nicht bange. Ich danke Ihnen für Ihre Aufmerksamkeit.

17.

Die Berliner Niederlassung der Reason Software GmbH befand sich direkt am Spreeufer in den Treptowers, einem modernen Bürokomplex mit Berlins höchstem Hochhaus. Dr. Thomas Angesser, ein Mann Mitte dreißig mit beginnender Glatze und schmächtiger Statur, reichte ihnen die Hand, als er sie am Empfang abholte.

»Danke, dass Sie sich so kurzfristig Zeit für uns nehmen konnten, Herr Dr. Angesser. Ich bin Hauptkommissar Eisenberg. Das ist mein Kollege Benjamin Varnholt, ein Softwarespezialist.«

»Aber selbstverständlich, Herr Hauptkommissar. Ich helfe gern, wenn ich kann. Allerdings bin ich mir nicht sicher, wie.«

»Vielleicht besprechen wir das lieber in Ihrem Büro.«

Angesser führte sie in die Firmenräume im dritten Stock des Bürogebäudes.

»Wie viele Mitarbeiter arbeiten hier?«, fragte Eisenberg, um das Eis zu brechen.

»In Berlin etwa dreißig. Insgesamt beschäftigt Reason Software knapp vierhundert Mitarbeiter an acht Standorten. Unsere Zentrale ist in Karlsruhe.«

»Warum so viele Niederlassungen? Ist das nicht ungewöhnlich für eine Softwarefirma?«

»Durchaus nicht. Wir sind dort, wo unsere Kunden sind, und in der Nähe technischer Universitäten. Es herrscht ein harter Wettbewerb um die besten Entwickler. Da kommt es auch auf attraktive Standorte an. Unsere Leute können sich quasi aussuchen, in welcher Stadt sie leben möchten.«

Angesser führte sie in einen kleinen Konferenzraum mit Spreeblick, wo Kaffee und Kekse bereitstanden.

»Und was genau entwickeln Sie?«, fragte Eisenberg, nachdem sie sich gesetzt hatten.

»Anlagensteuerung. Genau genommen vereinfacht unsere Software die Kommunikation verschiedener Anlagen und Systeme untereinander. Wir bilden quasi die Schnittstelle zwischen unterschiedlichen Teilen einer Fertigung, sozusagen das Rückenmark einer modernen Fabrik.«

»Klingt kompliziert«, sagte Eisenberg.

»Ist es auch.« Angesser lächelte unsicher. »Aber Sie sind sicher nicht hier, um mit mir über Anlagensteuerung zu sprechen. Darf ich fragen, wie ich Ihnen helfen kann?«

»Sie wissen sicher von den Anschlägen auf das Berliner Stromnetz und den Flughafen?«

»Machen Sie Witze? Man hätte die letzten Tage schon im Koma liegen müssen, um nichts davon mitzubekommen. Eigentlich sollte ich heute in Stockholm bei einem Kunden sein, aber der Flug wurde gestrichen. Mir ist allerdings nicht klar, weshalb Sie deswegen zu mir kommen. Wenn es stimmt, was die Online-Medien berichten, dann wurden die Anschläge mit Spielzeugdrohnen durchgeführt. Mit Softwaresicherheit hat das nichts zu tun.«

»Sagt Ihnen der Name NTR irgendetwas?«

»Sie meinen diese Organisation, die sich zu den Anschlägen bekannt hat? Ich hab darüber gelesen. Warum?«

»Wir haben gehofft, Sie könnten uns vielleicht etwas über die Motive dieser Leute erzählen.«

»Wie kommen Sie darauf?«

»Sie haben vor einiger Zeit einen Vortrag über die Gefahren einer unkontrollierten technischen Entwicklung gehalten.«

»Ah, verstehe! Aber ich fürchte, ich kann Ihnen wenig darüber erzählen, wie Terroristen denken. Als Leiter der Softwaresicherheit ist es mein Job, mich mit möglichen technischen Risiken zu beschäftigen. Es ist meine Aufgabe, alles dafür zu tun, damit solche Leute keine Angriffe auf die Steuerung von Maschinen und Anlagen durchführen können.«

»Möglicherweise haben Sie die Gruppe inspiriert.«

»Inspiriert? Wie meinen Sie das?«

»Wir haben gewisse Ähnlichkeiten zwischen Ihrem Vortrag und den im Internet veröffentlichten Pamphleten von NTR festgestellt«, schaltete sich Varnholt ein.

Angesser schoss das Blut in den Kopf. Einen Moment schwieg er, während sich seine Miene immer mehr verfinsterte. »Wollen Sie etwa behaupten, ich sei daran schuld, was diese Leute gemacht haben?«

»Natürlich nicht«, sagte Eisenberg. »Der Autor eines Kriminalromans ist ja auch nicht daran schuld, wenn sich ein Serienmörder seine Geschichte zum Vorbild nimmt. Wir sind nur hier, weil wir gehofft haben, NTR mit Ihrer Hilfe besser zu verstehen.«

»Ich weiß wirklich nicht, was ich Ihnen dazu sagen soll.«

»Halten Sie diese Leute denn für verrückt?«, fragte Varnholt.

»Verrückt? Woher soll ich das wissen? Ich meine, sie scheinen einen gewissen technischen Sachverstand zu haben. Und immerhin sind bisher keine Menschen zu Schaden gekommen. Das spricht wohl eher dafür, dass sie rational handeln. Vielleicht wollen sie uns bloß wachrütteln. Eine Denkpause anregen.«

»So, wie Sie es in Ihrem Vortrag gefordert haben?«

»Ich glaube, ich muss mir das nicht länger anhören! Ich verbitte mir jegliche Unterstellungen dahingehend, dass mein

Vortrag auf einer von Gewerkschaften organisierten Tagung, den ich vor über zwei Jahren gehalten habe, irgendetwas mit den aktuellen Anschlägen zu tun hat! Wenn Sie keine konkreten Fragen haben, muss ich Sie bitten, jetzt zu gehen. Sie können sich vielleicht vorstellen, dass ich in der aktuellen Situation eine Menge zu tun habe. Unsere Kunden machen sich verständlicherweise jetzt umso mehr Sorgen um die Sicherheit ihrer Anlagen.«

Varnholt hob abwehrend die Hände. »Schon gut, entschuldigen Sie. Ich wollte wirklich nichts unterstellen.«

»Vielleicht ist Ihnen nicht klar, dass allein Ihr Besuch hier meinen Ruf beschädigen kann. Ich habe ohnehin schon das Image eines Nörglers und Neinsagers, weil ich immer wieder auf Gefahren hinweise. Wenn meine Kollegen jetzt auch noch glauben, ich könnte diese Terroristen inspiriert haben, kann ich mir gleich einen neuen Job suchen. Der Vortrag damals war definitiv ein Fehler, den ich nicht wiederholen werde.«

»Ein Fehler?«, fragte Eisenberg. »Warum?«

»Sie glauben ja nicht, was danach los war. Kunden haben bei uns angerufen und gefragt, ob wir gegen den technischen Fortschritt seien. Auf unserer Website hagelte es negative Kommentare. Der Vorsitzende des Verbandes Deutscher Maschinen- und Anlagenbau persönlich hat mir ›unverantwortliche Panikmache‹ vorgeworfen, die dem Standort Deutschland schade. Unser Vertriebsleiter hat sogar versucht, bei der Geschäftsleitung meinen Rauswurf durchzusetzen, wegen angeblich geschäftsschädigenden Verhaltens. Ich kann mich glücklich schätzen, dass mein Chef in dieser Situation zu mir gehalten hat. Und nun kommen Sie und unterstellen mir die Förderung von Terrorismus!«

»Das heißt also, Sie sind immer noch der Meinung, eine

ungebremste technische Entwicklung sei gefährlich, trauen sich aber nicht mehr, das in der Öffentlichkeit zu sagen?«, bohrte Varnholt nach.

»Ich bin Leiter der Softwaresicherheit, kein Politiker. Ich mache meinen Job und versuche, Fehlentwicklungen in meinem Aufgabenbereich zu verhindern. Mehr kann ich nicht tun. Und nun wäre ich Ihnen dankbar, wenn Sie mich wieder meine Arbeit machen ließen.«

»Eine Frage noch, wenn Sie erlauben«, sagte Eisenberg. »Haben Sie eine Idee, was NTR als Nächstes planen könnte?«

»Sehe ich aus wie ein Hellseher? Noch einmal: Ich habe mit dieser Organisation nicht das Geringste zu tun. Wenn die meinen Vortrag gehört und daraus gefolgert haben, dass sie Anschläge auf das Stromnetz und den Flugverkehr verüben sollen, dann haben sie nicht richtig zugehört. Ich kann Ihnen etwas darüber erzählen, wie man mithilfe von Viren und Trojanern Fabriken und technische Anlagen außer Gefecht setzen kann und was wir tun, um das zu verhindern. Zu möglichen weiteren Drohnenangriffen unterhalten Sie sich bitte mit Experten der Flugsicherung.«

»Schon gut. Und haben Sie vielen Dank, dass Sie uns Ihre Zeit geopfert haben.«

»Kein Problem. Ich bringe Sie noch hinaus.«

Nachdem ein noch immer sichtlich aufgebrachter Angesser sie aus dem Gebäude geleitet hatte, sagte Varnholt: »Das war ja ein schöner Flop.«

»Es war ein Versuch«, erwiderte Eisenberg. »Manchmal muss man eben im Nebel stochern.«

»Auf jeden Fall war er nicht offen zu uns.«

»Wie meinen Sie das?«

»Sie haben doch gemerkt, wie aggressiv er wurde, als ich nachgebohrt habe. Es schien mir, als habe der Mann Angst.«

»Ja, den Eindruck hatte ich auch. Offenbar steht er in seiner Firma unter enormem Druck.«

»Überlegen Sie mal, was das bedeutet. Der Sicherheitsexperte dieser Firma hat offensichtlich Redeverbot. Wahrscheinlich ist es in anderen Firmen nicht besser. Jeder, der auf mögliche Probleme und Gefahren der technischen Entwicklung hinweist, bekommt einen Maulkorb verpasst. Das sind typische Symptome eines maroden, korrupten Systems.«

Eisenberg musterte seinen Mitarbeiter.

»Übertreiben Sie da nicht ein bisschen? Es ist doch normal, dass eine Firma in der Öffentlichkeit nicht gern über die negativen Aspekte ihrer Arbeit redet.«

»Ja, Sie haben recht, es ist normal. Aber genau das ist das Problem. Über mögliche Risiken wird nicht geredet – bis sie Realität werden. Dann haben wir das nächste Fukushima.«

»Klingt fast, als hätten Sie Verständnis für die Aktionen von NTR.«

»Falsch, Herr Eisenberg. Ich bin gegen illegale Aktionen, sonst wäre ich im falschen Verein. Aber ich habe Verständnis für die Sorgen dieser Leute. Ehrlich gesagt befürchte ich, dass sie am Ende recht behalten könnten.«

»Das haben wir nicht zu entscheiden. Wir müssen die Täter ermitteln, nicht mehr und nicht weniger. Wenn Sie recht haben, ist eine Gerichtsverhandlung vielleicht genau der richtige Rahmen, um eine öffentliche Diskussion über die Risiken der technischen Entwicklung zu entfachen. Dann hätte NTR erreicht, was sie wollen.«

»Ich bezweifle, dass die das so sehen.«

Eisenberg seufzte. »Das bezweifle ich allerdings auch.«

18.

Claudia betrachtete die Stichwortsammlung auf ihrem Monitor, die einmal ein Täterprofil werden sollte – sofern sie irgendwann ausreichend belastbare Informationen erhielt. Mit dem bisher verfügbaren Material, nicht viel mehr als ein paar politische Parolen auf einer Website, konnte sie lediglich ein paar Möglichkeiten ausschließen und Naheliegendes artikulieren: Es handelte sich definitiv nicht um einen einzelnen, psychisch gestörten Menschen. Die Täter handelten koordiniert und rational. Sie hatten ein gemeinsames Ziel, das sie in ihren knappen Veröffentlichungen deutlich umschrieben hatten. Sie beriefen sich zwar auf den offensichtlich psychotischen Theodore Kaczynski, wussten aber sehr wohl zwischen dessen rationalen Argumenten und seinen von Paranoia geprägten Handlungen zu unterscheiden.

Alles darüber hinaus war Spekulation: Möglicherweise gab es in der Tätergruppe psychologische Prozesse, die eine unheilvolle Dynamik entwickeln konnten. Der Erfolg der Anschläge und das gewaltige Medienecho mussten ihnen ein berauschendes Gefühl der Macht vermitteln. Sie fühlten sich wahrscheinlich wie Popstars. Dies konnte sie schnell zu einem Gefühl der Überlegenheit und Allmacht verleiten, aus dem heraus sie wahrscheinlich Fehler machen würden. Doch diese Hybris barg auch die Gefahr, die Hemmschwelle für Gewalttaten zu senken. Dadurch, dass die Täter sich selbst überhöhten, reduzierten sie den Wert der Andersdenkenden bis zu dem Punkt, an dem deren Rechte und vielleicht sogar ihr Leben nichts mehr bedeuteten. Dann war es nur eine Frage der Zeit, bis es Tote gab.

Andererseits war es ebenso gut denkbar, dass sich NTR nach ihren Erfolgen erst einmal eine Weile ruhig verhalten würde, um die Ermittlungen zu erschweren. Alles hing davon ab, wie die Gruppe strukturiert war, wer sie anführte und was seine Motive waren. Denn hinter all der zur Schau gestellten Rationalität steckte am Ende mit Sicherheit ein tiefer liegendes Motiv, eine der drei wesentlichen Triebkräfte fast aller Straftaten: Geltungsdrang, Rache oder Angst.

Eisenberg und Ben, die ins Büro zurückkehrten, rissen sie aus ihren Gedanken. Claudia konnte an ihren Gesichtern sehen, dass das Gespräch kein Erfolg gewesen war. Dennoch fragte sie, ob es neue Erkenntnisse gegeben habe.

»Der Typ hatte irgendwie die Hosen voll«, sagte Ben. »Er glaubt im Grunde, dass NTR recht hat, traut sich aber nicht, es zuzugeben.«

»Glaubst du denn, er hat etwas mit NTR zu tun?«

»Nicht direkt, nein. Aber er hat vielleicht ein schlechtes Gewissen. Als ich sagte, dass die Täter möglicherweise durch seinen Vortrag inspiriert seien, ist er wütend geworden.«

»Er macht sich verständlicherweise Sorgen um seinen Ruf«, widersprach Eisenberg. »Es ist doch klar, dass in dieser Situation jeder, der Kritik an der technischen Entwicklung äußert oder auf Gefahren hinweist, mit den Terroristen in einen Topf geworfen wird. NTR hat ihrer Sache keinen Gefallen getan, wenn Sie mich fragen.«

»Wie Sie meinen, Chef«, sagte Ben und setzte sich an seinen Platz. Er wollte das Gespräch beenden. Claudias Gefühl, dass er etwas verbarg, verstärkte sich.

»Herr Klausen, hat sich das Sekretariat von Polizeidirektor Hintze schon wegen eines Termins gemeldet?«, fragte Eisenberg.

»Noch nicht. Ich hake nach.«

Während Jaap noch einmal Hintzes Vorzimmer anrief und einen Termin vereinbarte, damit Eisenberg ihn über das Gespräch mit Angesser informieren konnte, verließ Ben den Raum, um sich einen Kaffee zu holen. Claudia folgte ihm. Die kleine Kaffeeküche des Stockwerks war zum Glück gerade leer, so dass sich die Gelegenheit ergab, ein kurzes Vieraugengespräch zu führen, ohne dass die anderen es mitbekamen.

»Was ist los, Ben?«, fragte sie rundheraus.

Sein ohnehin meist verschlossenes Gesicht wurde zu einer starren Maske.

»Was soll sein?«

»Du weißt, ich habe ein gutes Gespür für Menschen. Und dich belastet etwas. Es ist nur eine Frage der Zeit, bis es auch Eisenberg merkt.«

»Deine Ich-bin-ein-wandelnder-Lügendetektor-Masche kannst du dir bei mir sparen. Ich glaube nicht an diesen Unsinn.«

»Das ist keine Masche. Es ist mein Job, zu verstehen, was in den Köpfen anderer Menschen vorgeht.«

»Nenn es, wie du willst, aber in meinen Kopf lasse ich niemanden hinein, schon gar nicht dich! Schließlich gibt es auch noch so etwas wie Persönlichkeitsrechte, selbst für Polizisten. Also lass mich in Ruhe mit deinem Psychoscheiß!«

»Ich will dich zu nichts überreden. Ich biete dir nur meine Hilfe an.«

»Besten Dank, aber selbst wenn ich eine Psychologin bräuchte, würde ich ganz sicher nicht zu dir kommen.«

Es war ein plumper Versuch, sie zu verletzen, eine verzweifelte Abwehrreaktion.

»Wie du meinst. Aber bedenke bitte, dass Eisenberg uns

vertraut. Vertrauen ist wie ein Baum, der Jahre braucht, um zu wachsen, den man aber in Minuten fällen kann.«

»Hat Eisenberg dich zu mir geschickt, um solche Kalendersprüche zu klopfen? Wenn er ein Problem mit mir hat, soll er mir das selber sagen!«

»Nein, Eisenberg weiß nicht, dass du etwas verheimlichst. Noch nicht.«

»Soll das eine Drohung sein?« Bens Stimme war kalt. Claudia spürte, dass sie eine Grenze erreicht hatte, die sie nicht überschreiten konnte, ohne das Verhältnis zu ihrem Kollegen dauerhaft zu beschädigen.

»Quatsch! Aber er ist ja nicht blöd. Vielleicht spürt er, dass du etwas vor ihm verbirgst, und wartet nur darauf, dass du dich ihm öffnest. Was immer es ist, ich bin sicher, dass er dir helfen wird, damit umzugehen.«

»Besten Dank für deinen Rat, Claudia. Ich habe auch einen für dich: Fuck off!«

Den Rest des Tages sprachen sie kein Wort mehr miteinander. Claudia war erleichtert, als sie endlich nach Hause gehen konnte. Unterwegs kaufte sie noch ein paar Lebensmittel ein. Ihre Mutter saß vor dem Fernseher, als sie nach Hause kam.

»Hallo, Mami! Ich bin wieder da.«

Sie erhielt keine Antwort.

Nachdem sie den Aufschnitt und die Milch aus der Einkaufstasche in den Kühlschrank gestellt hatte, ging sie ins Wohnzimmer. Ihre Mutter saß vor dem Apparat, die Hände in die Sessellehnen gekrallt. Auf dem Bildschirm lief eine Nachrichtensendung. Ein Sprecher der Flugsicherung wurde gerade interviewt.

»Mami? Was ist denn?«

Ihre Mutter starrte nur stumm auf den Bildschirm. Ihre Augen waren glasig.

»Mami! Rede mit mir!«

Nur zögernd lösten sich die Augen ihrer Mutter vom Apparat.

»Es beginnt!«, sagte sie.

Claudia griff nach der Fernbedienung und schaltete den Apparat ab.

»Was beginnt?«

»Die Maschinen übernehmen die Weltherrschaft!«

Oh nein!

»Das ist doch Unsinn! Ein paar Terroristen haben den Flugverkehr lahmgelegt, mit ferngesteuerten Spielzeugen. Das hat doch nichts zu bedeuten!«

»Es ist eine Warnung«, sagte ihre Mutter. »Das haben sie im Fernsehen gesagt. Diese Leute wollen uns davor warnen, dass die Maschinen die Macht an sich reißen!«

Claudia bemühte sich um einen entspannten Ton.

»Das sind irgendwelche durchgeknallten Spinner. Die wollen sich bloß wichtigmachen.«

»Aber was ist, wenn sie recht haben? Diese ganzen Computer überall, wer weiß schon, was die planen? Sie beobachten uns doch den ganzen Tag!«

»Computer können nicht denken, und sie haben auch keinen eigenen Willen. Sie tun, was wir ihnen sagen.«

»Ha! Ich hab dich oft genug fluchen hören, weil dein Laptop nicht das gemacht hat, was du wolltest. Aber das ist jetzt vorbei!«

Claudia erschrak.

»Wie meinst du das?«

Ohne eine Antwort abzuwarten, lief sie in ihr Zimmer. Die

Einrichtung war spärlich: ein schlichter Arbeitsplatz, ein paar Bücherregale mit Fachliteratur, ein IKEA-Kleiderschrank, eine Schlafcouch, gerahmte Drucke von Kandinsky und Miró an den Wänden. Es sähe bei ihr aus wie im Wartezimmer einer Zahnarztpraxis, hatte Adrienne behauptet, als sie zum ersten Mal zu Besuch gewesen war.

Jetzt allerdings war die sterile Ordnung zerstört. Das Display ihres Laptops auf dem Schreibtisch war zertrümmert, die Tastatur eingedrückt, Netzwerk- und LAN-Kabel herausgerissen. Plastiksplitter und einzelne Tasten lagen verstreut. Das Tatwerkzeug, ein Hammer, lag daneben.

Fassungslos starrte Claudia auf das Chaos und kämpfte ihre Wut und Enttäuschung nieder. Jetzt bloß nicht losbrüllen! Es war nur ein Laptop, noch dazu ein vier Jahre altes Modell. Ihre Daten sicherte sie regelmäßig in der Cloud, wie es ihr Ben geraten hatte. Viel schwerer als der materielle Schaden wog, was NTR im Hirn ihrer Mutter angerichtet hatte.

»Ich musste es tun! Er hat uns die ganze Zeit beobachtet, durch die kleine Kamera über dem Bildschirm!«

Claudia fuhr herum. Ihre Mutter stand in der Zimmertür, den Blick gesenkt. Immerhin hatte sie ein schlechtes Gewissen.

»Hast du heute Morgen deine Pillen genommen?«

»Ja, natürlich, mein Schatz«, log sie. »Gibst du mir mal bitte kurz dein iPhone?«

»Bestimmt nicht!«

Ihre Augen weiteten sich vor Angst. »Aber wir müssen es unschädlich machen! Bevor es zu spät ist!«

Einmal tief Luft geholt, dann kramte Claudia das Smartphone hervor.

»Hier, ich schalte es in den Flugmodus, siehst du? Dann kann es nichts mehr senden.«

»Das nützt doch nichts!«, widersprach ihre Mutter. »Woher willst du wissen, dass das Handy nicht nur so tut, als sei es im Flugmodus, und heimlich weiter Daten überträgt? Du musst es zerstören!«

Rationale Argumente halfen hier wenig.

»Also gut, ich bringe es runter ins Auto und lasse es dort über Nacht. Einverstanden?«

»Na gut. Aber ich würde es an deiner Stelle lieber gleich wegwerfen. Diese ganze Elektronik verstrahlt nur unser Gehirn und macht uns willenlos!«

19.

Dies ist eine Warnung an Sie, Robert Dräger!

Wir, das Netzwerk für Technologischen Realismus, haben Sie als führendes Mitglied des wissenschaftlich-militärisch-industriellen Komplexes identifiziert. Es ist Ihnen möglicherweise nicht bewusst, was das bedeutet. Wahrscheinlich glauben Sie, Ihre Arbeit sei zum Wohle der Menschheit. Vielleicht denken Sie auch gar nicht weiter darüber nach, was das, was Sie tun, für unsere Zukunft bedeutet. Sie tun einfach, was man von Ihnen erwartet, und nehmen das Geld an, das man Ihnen dafür gibt. Schließlich macht das jeder so, und Ihre Arbeit ist ja nicht ungesetzlich.

Wir geben Ihnen heute die Gelegenheit, Ihre Haltung zu überdenken, bevor weiterer Schaden entsteht. Sollten Sie jedoch diese Warnung ignorieren, werden Sie die Konsequenzen tragen müssen.

Was verstehen wir unter dem wissenschaftlich-militärisch-industriellen Komplex? Seit der Steinzeit haben Menschen Technik entwickelt, um ihre Umwelt zu verändern, sich selbst ein sichereres und komfortableres Leben zu verschaffen und Ansehen und Macht zu erlangen. Diese genetisch programmierte Neigung zum Erfinden hat zum Aufstieg der Menschheit geführt und große Zivilisationen hervorgebracht. Doch mit dem Entstehen des wissenschaftlich-militärisch-industriellen Komplexes ist die Entwicklung außer Kontrolle geraten. Wir haben ein Monster erschaffen, das uns nicht mehr länger dient, sondern sich gegen seine Schöpfer erhebt, uns unterwirft und immer mehr versklavt.

Seit im 18. und 19. Jahrhundert die Massenproduktion ent-

stand, wurden Menschen mehr und mehr zu willenlosen Werkzeugen der Industrie. Der Prozess, der das Wissen und die Macht auf eine immer kleinere Elite konzentrierte, begann. Die wuchernden Fabriken produzierten nicht nur Konsumgüter in Serie, sondern auch Waffen, und dank der wissenschaftlichen Fortschritte wurden diese immer effektiver und billiger. Die Menschen revoltierten und kämpften für mehr Freiheit und Gerechtigkeit, doch der Komplex schaffte es, die Revolution zu korrumpieren und die kommunistischen Anführer zu Karikaturen ihrer kapitalistischen Todfeinde zu machen. Die Folge waren hundert Millionen Tote in den beiden Weltkriegen und die Unterdrückung und Verelendung großer Teile der Weltbevölkerung.

Doch der Komplex hörte nicht damit auf, zu wachsen. Dank der Hilfe der modernen Wissenschaft steigerte er seine tödliche Macht ins Unermessliche. Er verfügt heute über hundertmal mehr Atombomben, als er braucht, um die gesamte Menschheit auszulöschen, dazu über biologische und chemische Waffen, die dasselbe noch effizienter erreichen. Allerdings setzt er diese Waffen nicht gegen uns ein, denn er braucht uns – noch.

Diese Abhängigkeit von den dickköpfigen, kreativen und nur schwer kontrollierbaren Menschen stört den Komplex enorm. Deshalb versucht er schon seit Langem, sich von uns unabhängig zu machen. Dazu bedient er sich einer Elite, die er besonders leicht blenden und verführen kann – die sogenannten Wissenschaftler, Ingenieure und Konstrukteure. Menschen wie Sie, Herr Dräger.

Leute wie Sie entwickeln Automaten, die immer weniger menschliche Eingriffe erfordern. Sie schreiben Software, die sich selbst weiterentwickeln kann und die längst viel zu komplex ist, als dass wir sie noch vollständig verstehen könnten. Der Komplex gaukelt Ihnen vor, die Entwicklung unter Kontrolle zu haben. Er schmeichelt Ihnen, gratuliert Ihnen zu Ihrer Brillanz und suggeriert, dass Sie Ihre Arbeit zum Wohle der Menschheit tun. Hauptsache, Sie merken nicht, welchem Herrn Sie in Wahrheit dienen.

Während Sie in Ihren Laboratorien und Büros die Macht des Komplexes steigern, hypnotisiert er die Massen mit immer mehr glitzerndem Tand und geisteslähmender sogenannter Unterhaltung. Der Begriff könnte perverser nicht sein, denn die Unterhaltungsindustrie tut alles, um Unterhaltungen zwischen Menschen zu unterbinden. Unsere Jugend ist längst gefangen im digitalen Spinnennetz, gibt dem Komplex bereitwillig alle Details ihres Lebens preis, lässt sich vom Glanz virtueller Welten verführen, glaubt über das Netz miteinander zu kommunizieren und plappert doch bloß virale Werbebotschaften nach.

Das Monster ist nun fast am Ziel. Maschinen übertreffen die Fähigkeiten der Menschen inzwischen in fast allen Bereichen. Während die Computer immer intelligenter werden, stumpft die Masse immer mehr ab. Die Bevölkerung ist inzwischen so süchtig, so abhängig, dass sie alles glaubt, was der Komplex sagt, alles kauft, was er ihr anbietet, und alles tut, was er von ihr verlangt. Nicht einmal Kriege sind mehr nötig, um die Völker zu bezwingen und zu kontrollieren – sie stellen sich bereitwillig unter die digitalen Gehirnduschen, und wenn das nicht reicht, um jegliche Eigeninitiative und kritisches Denken zu unterdrücken, schlucken sie Wohlfühl-Pillen. Selbst die Elite – zu der wir auch Sie zählen, Herr Dräger – versteht immer weniger, was vor sich geht, auch wenn sie dies in der Öffentlichkeit niemals zugeben würde.

Noch ist es nicht zu spät, um Widerstand zu leisten. Der Komplex ist unfassbar mächtig geworden, vielleicht sogar unbesiegbar, doch wir dürfen nicht aufgeben. Wir müssen entschlossen handeln, uns zur Wehr setzen und für die Zukunft der Menschheit kämpfen, selbst wenn wir dabei unsere Freiheit und unser Leben riskieren. Denn die Sklaverei ist schlimmer als der Tod.

Wir sind uns darüber im Klaren, dass wir von den willfärigen Dienern des Komplexes verhöhnt und verspottet werden. Man wird uns für paranoid erklären und uns vorwerfen, der Komplex sei nur ein Hirngespinst, es gäbe kein Monster, das irgendwelche eigenen Ziele verfolge. Doch jeder, der objektiv hinschaut und nicht verblendet ist, kann die Wahrheit erkennen.

Der Komplex ist in gewisser Weise ein eigenständiges Lebewesen. So wie ein Mensch Organe besitzt, die wiederum aus Zellen bestehen, bilden industrielle und wissenschaftliche Anlagen die Organe des Komplexes, während wir Menschen seine Zellen sind. Wie wir selbst, wie Ameisenhaufen und Bienenstöcke, ist auch er ein Produkt der Evolution. Und wie alle Lebewesen strebt er danach, jede verfügbare Nische seines Lebensraums auszufüllen und Konkurrenten daraus zu verdrängen. Doch seine Gestalt verändert sich viel schneller, als die biologische Evolution eine Spezies verändern kann. Er wird immer mehr zur autonomen Maschine und benötigt immer weniger menschliche Zellen. Irgendwann wird er ganz ohne uns auskommen; dann sind wir nur noch nutzloser Ballast, Störungen des Systems, die eliminiert werden müssen.

Wir müssen unseren Lebensraum gegen den Komplex verteidigen und uns unsere Eigenständigkeit bewahren, jetzt, solange es noch nicht zu spät ist. Wir fordern Sie hiermit auf, Herr Dräger:

- *Stellen Sie sofort jegliche Arbeit an technischen Entwicklungen oder Forschungsprojekten ein, die geeignet sind, die Macht des Komplexes zu steigern. Dazu gehören insbesondere alle Arbeiten auf dem Gebiet der Automatisierung, der autonomen Steuerung von Maschinen, der sogenannten künstlichen Intelligenz sowie sämtliche Entwicklungen in den Bereichen der Bio- und Nanotechnologie.*

- *Bekennen Sie sich öffentlich zu der Gefahr, die vom Komplex ausgeht. Nehmen Sie sich ein Beispiel an dem Computerpionier Bill Joy, der bereits im Jahr 2000 die Gefahr erkannte und in seinem Essay »Warum die Zukunft uns nicht braucht« darauf hinwies. Beziehen Sie Stellung! Diskutieren Sie! Zweifeln Sie unsere Argumente an, widerlegen Sie sie, wenn Sie können. Aber behaupten Sie nicht, wir seien paranoide Spinner. Denn wir waren einst Diener des Komplexes, genau wie Sie.*
- *Verbreiten Sie diese Botschaft unter Ihren Kollegen und Bekannten. Je mehr Menschen die Wahrheit erkennen und sich gegen den Komplex auflehnen, desto größer die Chance, dass wir das Monster noch aufhalten und niederringen können.*

Sollten Sie sich jedoch unseren Forderungen widersetzen und Ihre Arbeit im Dienste des Komplexes ungerührt fortsetzen, werden wir Sie als Kollaborateur des größten Feindes betrachten, den die Menschheit je hatte. Wir behalten uns sämtliche Maßnahmen zur Selbstverteidigung unserer Spezies vor. Dies ist unsere erste und einzige Warnung an Sie, Robert Dräger!

NTR

20.

»Danke, dass Sie sich die Zeit für mich genommen haben, Herr Polizeidirektor«, sagte Eisenberg, wobei er am liebsten das Wort *endlich* eingefügt hätte, und zwar mit drei Ausrufezeichen. Eine Woche war es nun her, seit Klausen zum ersten Mal versucht hatte, einen Termin zu bekommen. Eine Woche, in der er immer wieder vertröstet worden war und die SEGI nicht viel mehr hatte tun können, als herumzusitzen und abzuwarten.

Hintze erlaubte sich ein dünnes Lächeln.

»Wahrscheinlich hätte ich schon eher mit Ihnen sprechen sollen, Herr Eisenberg, aber Sie können sich sicher vorstellen, was hier los ist. Der Generalbundesanwalt wartet nur darauf, den Fall an sich ziehen zu können. Wir dürfen uns nicht den kleinsten Fehler erlauben.«

Der Leiter der Abteilung Polizeilicher Staatsschutz hatte trotz seines Alters – er musste Ende fünfzig sein – die Figur eines Athleten. Mit seiner Vollglatze und den eindringlichen grauen Augen hätte er auf einen weniger erfahrenen Polizisten wahrscheinlich einschüchternd gewirkt. Eisenberg jedoch hätte keine Angst gehabt, ihm die Meinung über seine Hinhaltetaktik zu sagen, wenn er das Gefühl gehabt hätte, damit irgendetwas zu erreichen. Stattdessen blieb er sachlich.

»Wir können Ihre Ermittlungen nicht unterstützen, wenn Sie uns nicht miteinbeziehen. Wir benötigen Informationen, mit denen wir arbeiten können.«

Hintze nickte.

»Deshalb habe ich Sie hergebeten.« Er reichte Eisenberg einen dreiseitigen Ausdruck.

»Wer ist Robert Dräger?«, fragte dieser nach der Lektüre.

»Prof. Dr. Robert Dräger ist der Leiter der Fakultät für Elektrotechnik und Informationstechnik am Karlsruher Institut für Technologie. Er gilt als eine der weltweit führenden Autoritäten auf dem Gebiet der industriellen Robotik. Er ist einer von inzwischen 237 Empfängern eines solchen Schreibens, die sich bei der Polizei gemeldet haben. Darunter sind zahlreiche Wissenschaftler, aber auch Vorstände großer Unternehmen und Politiker. Wir können nur vermuten, dass es noch weitere Empfänger gibt, die den Brief entweder noch nicht gelesen oder einfach weggeworfen haben.«

»Der Inhalt der Schreiben ist identisch?«

»Bis auf die Anrede, ja.«

»Was wissen wir über die Absender?«

»Nichts. Die Briefe wurden elektronisch an einen Dienstleister in der Ukraine übermittelt, der sie ausgedruckt und bei der ukrainischen Post aufgegeben hat. Von dort haben sie ihre Empfänger mit der gewöhnlichen Briefzustellung erreicht.«

»Wann wurden die Briefe aufgegeben?«

»Letzten Donnerstag. Die ersten waren vorgestern bei ihren Empfängern.«

»Gab es nur deutsche Empfänger?«

»Soweit wir wissen, ja. Wir haben eine entsprechende Anfrage an Interpol gestellt, doch bisher ohne Ergebnis.«

»Und was erwarten Sie nun von uns?«

Hintze runzelte die Stirn, als verstünde er die Frage nicht.

»Sie wollten Informationen. Da haben Sie welche.«

»Können wir mit den Empfängern der Briefe sprechen?«

»Nein. Das haben meine Leute bereits getan. Sie finden die Protokolle im Vernehmungsordner auf dem zentralen ZEUS-Laufwerk. Dort liegt auch eine Liste der Empfänger, die permanent aktualisiert wird, sobald wir von weiteren Adressaten erfahren.«

»Gut. Ich werde sehen, was mein Team damit anfangen kann.«

Hintze beugte sich vor.

»Herr Eisenberg, ich will ehrlich zu Ihnen sein. Als Kollege Kayser Ihre Arbeitsgruppe eingerichtet hat, war ich von der Idee nicht überzeugt. Und ich bin es immer noch nicht. Ich halte nichts davon, dass Personen ohne Polizeiausbildung Zugriff zu vertraulichen Informationen bekommen. Noch weniger halte ich davon, Leute zu beschäftigen, die eine zweifelhafte Vergangenheit haben.« Damit meinte er natürlich Varnholt, der eine Zeit lang als V-Mann gearbeitet hatte und dadurch einer Strafverfolgung wegen illegaler Aktivitäten als Hacker entgangen war.

»Meine Leute und ihre Arbeitsweisen sind vielleicht unkonventionell«, erwiderte Eisenberg und fragte sich gleichzeitig, warum er sich genötigt sah, die Existenz seiner Gruppe gegenüber Hintze zu rechtfertigen. »Aber sie können auch äußerst effektiv sein, und sie ergänzen meines Erachtens die klassische Polizeiarbeit sehr gut. Immerhin haben wir einen schwierigen Fall gelöst, bei dem wir dem Täter ohne die außergewöhnlichen Fähigkeiten meiner Mitarbeiter kaum auf die Spur gekommen wären.«

»Das ist fast ein Jahr her, und ich muss Sie wohl nicht daran erinnern, dass das Endergebnis unbefriedigend ist.«

Eisenberg zwang sich, den Zorn aus seiner Stimme herauszuhalten.

»Es ist doch wohl nicht unsere Schuld, wenn …«

Hintze unterbrach ihn.

»Herr Eisenberg, ich sage Ihnen, wie ich die Sache sehe:

Mit den fünf Planstellen Ihrer Abteilung hätte ich den Kampf gegen den Terror, der meine Aufgabe ist, noch wesentlich effektiver führen können. Vielleicht wären wir sogar früher auf NTR aufmerksam geworden und hätten die jüngsten Anschläge verhindern können. Wir haben im LKA ein sehr knappes Budget, das auch noch ständig von Kürzungen bedroht ist. Unter diesen Umständen können wir uns eine Gruppe wie die Ihre schlicht nicht leisten. Aber ich gebe Ihnen eine Chance, mich vom Gegenteil zu überzeugen. Helfen Sie mir, NTR dingfest zu machen, und ich ändere bereitwillig meine Meinung!«

Wieder musste sich Eisenberg zu einer neutralen Stimme zwingen. Der SEGI indirekt die Schuld an den NTR-Anschlägen in die Schuhe zu schieben, war der Gipfel der Absurdität!

»Darf ich den Brief mitnehmen?«

»Selbstverständlich. Es ist nur eine Kopie.«

Eisenberg verabschiedete sich knapp, fertigte in Hintzes Vorzimmer vier weitere Kopien des Schreibens an und kehrte in den Teamraum zurück. Wie erwartet begrüßte ihn Ben Varnholt mit einem sarkastischen Spruch.

»Na, haben Sie eine neue Aufgabe für uns bekommen, Chef? Sollen wir rausfinden, wie viele Facebook-Fans Herr Hintze hat?«

Anstatt darauf einzugehen, reichte Eisenberg ihm eine der Kopien.

»Lesen Sie das bitte und sagen Sie mir, was Sie davon halten.«

Er verteilte weitere Kopien an Morani und Klausen und wandte sich dann an Wissmann, der sich wie immer in seinem Glaskasten selbst beschäftigte.

»Herr Wissmann, würden Sie sich das bitte mal ansehen?«

»Muss das jetzt sein?«

»Ja.«

»Na gut.«

Wissmann warf einen flüchtigen Blick auf die drei Blätter.

»Hier ist ein Rechtschreibfehler«, sagte er. »Willfährig wird mit H geschrieben.« Er zeigte auf das Wort auf der zweiten Seite.

»Und sonst? Glauben Sie, dass dieser Text von demselben Verfasser stammt wie der auf der Website von NTR?«

»Woher soll ich das wissen?«

»Würden Sie es bitte mit ihren Methoden untersuchen? Und schauen Sie auch, ob Sie vergleichbare Dokumente im Internet finden.«

»Ist gut.«

Er wandte sich den anderen zu und wartete, bis sie die Zettel aus der Hand legten.

»Wer ist Robert Dräger?«, fragte Klausen.

Eisenberg berichtete, was Hintze ihm mitgeteilt hatte.

»Und was sollen wir jetzt damit machen?«, fragte Varnholt.

»Es analysieren, ist doch wohl logisch«, antwortete Klausen. »Immerhin ist es eine Spur, und es ist das erste Mal, dass uns Polizeidirektor Hintze in seine Ermittlungen einbezieht. Wir sollten also versuchen, das Maximum aus diesem Beweisstück rauszuholen.«

»Das Maximum, das du aus diesem Papier rausholen kannst, ist, daraus einen Hut zu basteln«, kommentierte Varnholt. »Damit kannst du zwar dein Gehirn nicht leistungsfähiger machen, aber immerhin dein Aussehen verbessern.«

»War ja klar, dass du wieder bloß einen blöden Spruch draufhast, Varnholt. Begreifst du nicht, dass das eine Chance für uns ist?«

»Was soll denn das für eine Chance sein? Das, was da drinsteht, ist doch nichts Neues! Das sind nur Wiederholungen der Theorien und Forderungen, die NTR bereits im Internet veröffentlicht hat.«

»Mensch, Varnholt, muss ich dir wirklich den Unterschied zwischen einer Website und einer an eine Einzelperson gerichteten Morddrohung erklären?«

»Wo bitte steht hier was von Mord?«

»Sollten Sie jedoch diese Warnung ignorieren, werden Sie die Konsequenzen tragen müssen«, zitierte Klausen. »Und dann steht hier noch: *Wir behalten uns sämtliche Maßnahmen zur Selbstverteidigung unserer Spezies vor.* Deutlicher kann man es wohl kaum sagen!«

»Mumpitz! Wenn ich jemandem drohe, dann doch wohl viel konkreter, so was in der Art: Wenn Sie nicht bis morgen Abend 20:00 Uhr eine Million Euro Lösegeld in Schließfach 111 am Hauptbahnhof deponieren, dann explodieren in der Stadt mehrere Bomben.«

»Klingt so, als wenn du dich damit auskennst, Varnholt!«

»Offensichtlich besser als du, der du angeblich Kriminalistik studiert hast. Für mich ist jedenfalls klar, dass NTR maximale Medienaufmerksamkeit generieren will. Das sind keine Terroristen, was immer Hintze glaubt. Sie werden keine Menschen umbringen. Wenn sie das wollten, hätten sie es schon längst getan. Dann hätten sie statt leerer Drohungen echte Briefbomben verschickt.«

»Keine Terroristen? Wie nennst du es denn dann, wenn jemand Anschläge auf Flughäfen und Stromnetze verübt und dann versucht, mit Hunderten von Briefen Angst und Schrecken zu verbreiten?«

»Schluss jetzt mit dem Geplänkel!«, schaltete Eisenberg sich ein. »Wir müssen diese Briefe ohne Zweifel ernst nehmen. Aber ich teile Herrn Varnholts Einschätzung: Sie sind bewusst vage gehalten. So schreibt man, wenn man jemanden einschüchtern will, aber nicht, wenn man ihn tatsächlich bedroht. Was denken Sie, Frau Morani?«

Die Psychologin zog die Stirn kraus.

»Möglich, dass es nur ein Einschüchterungsversuch ist. Vielleicht ist es auch so gemeint gewesen, als die Briefe verschickt wurden. Aber man kann es auch als Vorab-Rechtfertigung für künftige Taten lesen.«

»Wie meinen Sie das?«

»Die Notwehr-Behauptung ist wahrscheinlich die älteste Verteidigungsstrategie von Mördern. Sehen Sie sich die Formulierungen genau an: *Wir geben Ihnen Gelegenheit … Konsequenzen tragen.* Das bedeutet, das Opfer hatte eine Wahl, hat sich aber in den Augen des Mörders für den Tod entschieden. Und am Ende des Briefs ist es noch deutlicher, da ist von *Kollaborateur* und *Selbstverteidigung* die Rede, und von der Rettung der Menschheit. Es ist möglich, dass dies nur den Druck auf die Empfänger erhöhen soll. Aber es ist ebenso gut denkbar, dass der Autor des Briefs damit – vielleicht unbewusst – eine Rechtfertigung zukünftiger Handlungen angestrebt hat, bei denen Menschen zu Schaden kommen könnten.«

»Da hörst du's, Varnholt!«, warf Klausen ein. »So viel zum Thema ›das sind keine Terroristen!‹.«

»Das ist doch alles bloß wilde Spekulation!«, behauptete Varnholt. »Bisher sind jedenfalls noch keine Menschen zu Schaden gekommen!«

»Bisher«, erwiderte Klausen.

Eisenberg musterte den Hacker. Es war schwer einzuschätzen, was hinter seinem runden Gesicht mit den intelligenten

Augen vorging, aber es war offensichtlich, dass er sich sehr unwohl in seiner Haut fühlte. Entweder sympathisierte er mit der Terrorgruppe, oder er wusste etwas, das er dem Team nicht mitteilen wollte. Vielleicht hatte er einen Verdacht oder einen konkreten Hinweis darauf, wer hinter NTR steckte. Möglicherweise kannte er eines der Mitglieder persönlich, und sein Hacker-Ethos verbot ihm, dessen Namen zu offenbaren. So weit, dass Varnholt insgeheim gemeinsame Sache mit NTR machen könnte, wollte Eisenberg nicht denken.

Er brütete schon seit Tagen darüber, wie er mit dieser Situation umgehen sollte. Auch Morani hatte offensichtlich gemerkt, dass Varnholt etwas verbarg, wahrscheinlich viel früher als er selbst. Dass sie nichts gesagt hatte, nahm er ihr nicht übel – Loyalität unter Kollegen schätzte er, und sie hatte vermutlich keinen konkreteren Anhaltspunkt als ihr untrügliches Gespür für Menschen. Ihm selbst ging es ja nicht besser. Wenn er Varnholt zur Rede stellte und dieser alles abstritt, waren sie in einer Situation, aus der keiner mehr zurückweichen konnte, ohne das Gesicht zu verlieren. Dann war ihr Verhältnis zueinander unwiederbringlich zerstört. Deshalb hatte Eisenberg zunächst abgewartet und gehofft, dass sein Mitarbeiter sich ihm irgendwann von selbst offenbaren würde. Doch das war nicht geschehen, und beliebig lange konnte er nicht zulassen, dass er sich unsicher war, auf welcher Seite ein Mitglied seines Teams wirklich stand. Er nahm sich vor, Varnholt noch einen Tag Zeit zu geben. Wenn bis morgen bei Dienstschluss keine Initiative von ihm ausging, würde Eisenberg der Konfrontation nicht mehr länger ausweichen können.

»Herr Varnholt, was schlagen Sie vor, sollten wir tun?«

»Sie sollten Herrn Hintze sagen, dass wir aus diesem Stück Papier nicht viel rauslesen können. Er soll uns entweder von dem Fall entbinden oder uns voll in die Arbeit miteinbeziehen und uns zum Beispiel Zugang zu den Zeugen geben.«

»Kommt nicht infrage«, erwiderte Eisenberg. »Wenn wir jetzt kapitulieren, liefern wir ihm nur die Argumente, die er benötigt, um die SEGI aufzulösen. Das wäre nicht nur für uns schlecht, sondern auch für Polizeidirektor Kayser, der uns immer wieder gegen Attacken der Kollegen verteidigen muss. Wir werden also versuchen, so viel an Information wie möglich aus diesem Schreiben herauszuziehen.«

Varnholt seufzte.

»Na schön. Haben wir eine Liste der Empfänger?«

»Auf dem ZEUS-Laufwerk im Vernehmungsordner. Was haben Sie damit vor?«

»Es wäre immerhin möglich, dass sich daraus irgendwelche Muster ableiten lassen. Vielleicht findet unser Superhirn im Goldfischglas ja einen Zusammenhang, der uns bisher entgangen ist.«

»Gute Idee. Weitere Vorschläge?«

»Was ist mit diesem Dienstleister in der Ukraine?«, fragte Klausen.

»Hintzes Abteilung hat ein Amtshilfeersuchen an die ukrainischen Behörden gestellt. Aber ich bezweifle, dass uns das weiterbringt.«

»Ich dachte eher daran, dass sich unser Polizeihacker mal auf den Servern dieser Firma umschaut. Irgendwo muss der Text ja hergekommen sein.«

»Das ist illegal, Klausen!«

»Seit wann stört dich das denn, Varnholt?«

»Wir werden keinen Hackerangriff auf eine Firma unternehmen, die keiner Straftaten verdächtigt wird, schon gar nicht im Ausland«, entschied Eisenberg. »Immerhin sind wir eine Polizeibehörde. Außerdem bezweifle ich, dass uns das weiterbringen würde – NTR scheint sich ja mit Online-Technologie sehr gut auszukennen.« Er warf einen bedeutungsvollen Blick zu Varnholt, der ihn ohne auszuweichen erwiderte.

»Frau Morani, was denken Sie?«

»Ich glaube, wir sollten uns noch genauer mit den Motiven der Täter beschäftigen. In dem Brief ist die Rede davon, dass sie selbst einmal Diener dieses sogenannten Komplexes waren, also sind die NTR-Mitglieder möglicherweise Wissenschaftler oder Techniker. Ich finde die Idee mit der Adressatenliste gut, vielleicht bringt sie uns weiter. Zumindest können wir daraus entnehmen, wen NTR für gefährlich hält, und im Umkehrschluss vielleicht auch, wen nicht.«

»Aber wir wissen doch nicht, wer alles einen Brief bekommen hat«, wandte Klausen ein. »Wir kennen nur diejenigen, die sich bei der Polizei gemeldet haben.«

»Richtig. Aber 237 Adressen sind eine stattliche Anzahl. Daraus müsste sich einiges ableiten lassen.«

21.

Sim nahm freiwillig den Kopfhörer ab, als der Chef den Raum betrat. Er wusste, dass Eisenberg nicht eher wieder gehen würde, bis er ihn aus seiner Arbeit herausgerissen hatte. Aber er nahm ihm das nicht übel. Er war immer noch dankbar dafür, dass ihm der Chef dieses Büro überlassen hatte, wo Sim in Ruhe arbeiten konnte. Außerdem behandelte ihn Eisenberg meistens respektvoll und nahm Rücksicht auf seine Arbeit, im Unterschied zu den anderen Idioten im Team.

»Haben Sie etwas rausgefunden?«

Die Fragen, die Eisenberg stellte, waren allerdings auch nicht viel intelligenter als die der anderen.

»Natürlich.«

»Würden Sie bitte mitkommen und es uns mitteilen?«

Sim seufzte. Er mochte es nicht, vor den anderen zu stehen und etwas zu erzählen. Er kam sich dann immer vor wie ein Zirkusclown.

»Na gut.«

Er erhob sich und folgte Eisenberg. Die Idioten blickten ihn an. Warum starrten die so?

»Na, da bin ich aber mal gespannt, was unser Genie diesmal an sensationellen Erkenntnissen ermittelt hat«, sagte der Dicke.

Sim wusste, dass das eine Provokation war, doch er ärgerte sich nicht darüber. Was der Dicke dachte, war ihm so gleichgültig wie die Gedanken der Tauben, die manchmal vor seinem Fenster vorbeiflogen.

»Wahrscheinlich mehr als du, Varnholt«, sagte der dünne

Trottel. Es war vermutlich freundlich gemeint, aber auch diese Aussage berührte Sim nicht mehr als eine Wolke am Himmel. Die Frau sagte nichts, runzelte nur die Stirn. Was sie dachte, interessierte Sim am allerwenigsten.

Er wartete darauf, dass ihm jemand eine Frage stellte. Einen Moment lang herrschte Schweigen.

Schließlich sagte der Chef: »Würden Sie uns bitte mitteilen, was sie herausgefunden haben?«

»Die Frage ist unpräzise«, stellte Sim fest.

»Fang einfach damit an, der Reihe nach alle Erkenntnisse mitzuteilen, die du erzielt hast«, sagte die Frau.

»Gut. Es handelt sich um 237 Zielpersonen, davon 172 Männer und 65 Frauen. Mit 72,57 % liegt der Anteil der Männer deutlich über dem Bevölkerungsschnitt. Für 211 Empfänger konnte ich das Alter ermitteln. Es liegt zwischen siebenunddreißig und sechsundsiebzig Jahren. Der Durchschnitt beträgt 53,53 Jahre, der Median liegt bei zweiundfünfzig Jahren. Dies ist ebenfalls eine deutliche Abweichung von der Altersstruktur der Bevölkerung. Auch die regionale Verteilung der Empfänger entspricht nicht der statistischen Erwartung. Einige Städte sind als Wohnorte deutlich überrepräsentiert, die zehn am stärksten vom Erwartungswert abweichenden Städte sind in absteigender Reihenfolge Karlsruhe, Stuttgart, Berlin, München, Dresden, Aachen, Göttingen, Freiburg, Erlangen und Bremen.«

»Hast du vielleicht auch bei der Farbe der Socken Abweichungen von der statistischen Normalverteilung festgestellt?«, fragte der Dicke.

Sim wusste, dass die Frage nicht ernst gemeint war, hatte aber die Erfahrung gemacht, dass er am wenigsten diskutieren musste, wenn er sie einfach ernsthaft beantwortete.

»Darüber hatte ich keine Informationen.«

»Fahren Sie bitte fort«, sagte Eisenberg.

»Ich habe die Tätigkeitsgebiete und Berufsbezeichnungen der Empfänger untersucht und dabei festgestellt, dass die folgenden Begriffe am stärksten repräsentiert sind, in absteigender Reihenfolge: Professor, Leiter, Regelungstechnik, künstliche Intelligenz, Vorstand, Nanotechnologie, Elektronik, Biotechnologie, Automatisierung, Robotik. Sämtliche Empfänger bis auf zwei Ausnahmen haben einen Universitätsabschluss, etwa 63 % sind promoviert.«

Es entstand ein Moment der Stille, weil die Idioten nicht begriffen, dass Sim mit seiner Aufzählung am Ende war.

»Das war's?«, fragte der Dicke.

»Ja«, sagte Sim.

»Ich fasse noch mal zusammen: Unser Superhirn hat rausgefunden, dass die Empfänger führende Wissenschaftler und Techniker sind, die naturgemäß an den Standorten von Deutschlands Eliteuniversitäten und großen Technologiefirmen wohnen, aufgrund ihrer leitenden Position ins Visier von NTR geraten und dementsprechend auch schon dem jugendlichen Alter entwachsen und überwiegend männlich sind. Damit ist Sim der Beweis gelungen, dass die Emanzipationsbewegung in technisch-wissenschaftlicher Hinsicht noch ganz am Anfang steht. Fachlich arbeiten die betroffenen Personen an – ich zitiere mal aus dem Drohbrief – *technischen Entwicklungen oder Forschungsprojekten, die geeignet sind, die Macht des Komplexes zu steigern. Dazu gehören insbesondere alle Arbeiten auf dem Gebiet der Automatisierung, der autonomen Steuerung von Maschinen, der sogenannten künstlichen Intelligenz sowie sämtliche Entwicklungen in den Bereichen der Bio- und Nanotechnologie.* Hier hat Sim also bestätigt, dass NTR die Empfänger tatsächlich gemäß ihrer eigenen Zielsetzung sinnvoll ausgewählt hat. Bravo, Sim!«

»Danke«, sagte Sim, obwohl er den Verdacht hatte, dass der Dicke das nicht ernst gemeint hatte.

»Was ist mit der Textanalyse?«, fragte der Chef. »Stammt der Text des Briefs Ihrer Ansicht nach vom selben Autor wie die Texte auf der NTR-Website?«

»Die Wahrscheinlichkeit dafür beträgt 78,3 %«, gab Sim zurück.

»Noch so ein Geniestreich!«, sagte der Dicke.

»Hast du denn mehr Erkenntnisse zu bieten als er?«, fragte der dünne Idiot.

Der Dicke antwortete nicht, was wohl einer Verneinung gleichkam.

»Gibt es irgendwelche technischen Berufe, die auffällig nicht unter den Zielpersonen vertreten sind?«, fragte Eisenberg.

Sim dachte einen Moment über die Frage nach.

»Ja«, antwortete er.

Die beiden Idioten lachten, was Sim irritierte, weil er nicht genau verstand, warum.

»Und welche?«, fragte Eisenberg, der immerhin nicht mitlachte.

»Um eine Liste zu erstellen, benötige ich eine genauere Definition von ›technischer Beruf‹«, sagte Sim.

»Schon gut, ich glaube, ich sehe das Problem«, erwiderte der Chef.

»Welches Problem?«, fragte Sim.

Die beiden Idioten lachten noch lauter.

Eisenberg beantwortete die Frage nicht. Stattdessen sagte er: »Vielen Dank, Herr Wissmann. Sie können jetzt Ihre Arbeit fortsetzen.«

»Gern geschehen«, antwortete Sim und ging wieder an seinen geschützten Arbeitsplatz, ein weiteres Mal verwirrt von den merkwürdigen Gedankengängen der übrigen Menschen. Er setzte die Kopfhörer auf. Die beruhigenden Klänge von Haydns *Schöpfung* ließen ihn wie immer alles um sich herum vergessen, vor allem die Idioten.

22.

»Hat jemand einen Vorschlag, was wir jetzt tun sollen?«, fragte Eisenberg.

»Papierhüte falten«, sagte Varnholt. »Wie gestern schon gesagt, ist das das Maximum, das wir aus diesem sogenannten Drohbrief herausholen können.«

»Sarkasmus bringt uns nicht weiter«, stellte Eisenberg fest.

»Sims Analysen auch nicht«, konterte Varnholt, »ebenso wenig wie Claudias Theorien über Menschen, die sie noch nie gesehen hat, und Jaaps Surfen im Internet. Wir kommen nicht voran, weil wir nichts haben, woran wir sinnvoll arbeiten können.«

»Was würde uns denn deiner Meinung nach voranbringen?«, fragte Klausen.

Zur Abwechslung beantwortete Varnholt die Frage ernsthaft.

»Ich bin zwar kein klassischer Polizist, aber ich denke, Spuren am Tatort können vielleicht Hinweise liefern, zum Beispiel Fingerabdrücke auf den Drohnen, die auf den Flughäfen gefunden wurden, Zeugenaussagen von Anwohnern, Videos von Überwachungskameras. Möglicherweise gibt es auch irgendwelche Erkenntnisse des Verfassungsschutzes über die Gruppe, was weiß ich. Alles Informationen, auf die wir keinen Zugriff haben – mit gutem Grund, nehme ich an.«

»Wir haben immerhin Zugriff auf die Protokolle der Zeugenaussagen«, widersprach Klausen.

»Wir haben Zugriff auf die Protokolle der Zeugen, die nichts gesehen haben.«

»Was meinst du damit?«

»Genau das, was ich gesagt habe. Keiner der Zeugen hat irgendwas bemerkt. Falls es andere Aussagen gibt, liegen sie nicht in dem Ordner, auf den man uns Zugriff gegeben hat.«

»Wollen Sie damit andeuten, man enthält uns absichtlich Informationen vor?«, fragte Eisenberg.

»Ich will gar nichts andeuten, ich stelle nur fest.«

»Frau Morani, was ist Ihre Meinung?«

Sie zögerte einen Moment, bevor sie sagte: »Ich stimme Ben insoweit zu, als möglicherweise nicht jeder alle Informationen offenlegt.«

Einen Moment herrschte Schweigen.

»Na schön«, sagte Eisenberg. »Dann bleibt mir wohl nichts anderes übrig, als Herrn Hintze zu sagen, dass wir aus diesem Brief keine Informationen ziehen können, die wir nicht schon vorher hatten.«

»Moment mal«, rief Klausen. »Es kommt gerade über die internen Mitteilungen herein: ein Mord. Heute Morgen wurde Dr. Walter Melleck erschossen in seinem Haus in Grunewald aufgefunden.«

»Und was hat das mit uns zu tun?«, fragte Varnholt.

»Melleck war stellvertretender Leiter des Instituts für Künstliche Intelligenz hier in Berlin.«

Eisenberg sah Varnholt aufmerksam an. Der ohnehin blasse Hacker war kreideweiß geworden.

»Steht Melleck auf der Liste der Drohbriefempfänger?«, fragte Eisenberg.

»Nein«, erwiderte Morani. »Aber eine Dr. Regina Hilbert. Sie ist die Leiterin des IKI.«

»Du hattest recht, Claudia«, sagte Klausen. »Offensichtlich machen die Terroristen jetzt ernst.«

»Wir wissen noch nicht, ob der Mord an diesem Melleck tatsächlich etwas mit NTR zu tun hat«, sagte Varnholt. Aller Sarkasmus war aus seiner Stimme verschwunden. Stattdessen wirkte er verunsichert.

»Na klar, das ist bestimmt bloß Zufall«, sagte Klausen in einer misslungenen Imitation von Varnholts sarkastischer Stimme. »Bestimmt gibt es eine ganz natürliche Erklärung dafür, dass einer der führenden Wissenschaftler im Bereich Computerintelligenz in seinem eigenen Haus erschossen wurde, zwei Tage nachdem NTR Drohbriefe an die wissenschaftliche Elite verschickt hat.«

»Steht in der Meldung, wer die Ermittlungen in dem Mordfall leitet?«, fragte Eisenberg.

»Polizeidirektor Hintze persönlich«, erwiderte Klausen.

»Womit wir wieder mal zu Zuschauern degradiert sind«, kommentierte Varnholt. Er schien beinahe erleichtert.

»Vielleicht nicht«, sagte Morani.

»Was meinen Sie damit?«, fragte Eisenberg.

Sie sah ihn mit gerunzelter Stirn an.

»Es gibt möglicherweise einen Zeugen, von dem Polizeidirektor Hintze noch nichts weiß.«

»Wer soll das sein?«, fragte Varnholt.

»Dr. Thomas Angesser. Er war von 2004 bis 2010 Mitarbeiter am Institut für Künstliche Intelligenz. Er muss Melleck also gekannt haben.«

Eisenberg dachte an die nervöse Art des Softwareentwicklers und an dessen heftige Reaktion auf Varnholts bohrende Fragen. Doch zum Zeitpunkt des Gesprächs hatte Melleck noch gelebt. War es denkbar, dass Angesser letzte Woche bereits gewusst hatte, dass es einen Mordanschlag auf seinen früheren Kollegen geben würde?

»Das ändert einiges!«, stellte Klausen fest.

»Ich spreche mit Herrn Hintze«, sagte Eisenberg und griff zum Telefon. Nach kurzem Überlegen legte er den Hörer wieder auf und machte sich direkt auf den Weg zum Büro des Leiters der Abteilung Fünf.

Wie er erwartet hatte, war Hintze nicht am Platz. Seine Assistentin informierte Eisenberg, dass er noch am Tatort sei. Nur widerwillig gab sie ihm dessen Handynummer. Eisenberg tippte sie in sein altmodisches Handy, das anstelle eines Flachbildschirms noch Tasten und ein kleines bernsteinfarbenes Display hatte. Er erreichte nur Hintzes Mailbox. Nach kurzer Überlegung sprach er eine Nachricht auf, in der er ihn um Rückruf bat. Dann kehrte er in den Teamraum zurück.

»Wir statten Dr. Angesser noch einmal einen Besuch ab«, entschied er. »Herr Klausen und Frau Morani, würden Sie mich bitte begleiten?«

Die Fahrt zu den Treptowers dauerte eine knappe Viertelstunde. Unterwegs stimmten sie ihre Vernehmungsstrategie ab: Eisenberg würde die einleitende Gesprächsführung übernehmen, Klausen die eigentliche Befragung, während Morani und Eisenberg die Reaktionen des Zeugen beobachteten.

Angesser wirkte nervöser als bei ihrem ersten Besuch, als er sie am Empfang der Firma abholte.

»Herr Hauptkommissar, es wäre nett gewesen, wenn Sie vorher angerufen hätten. Dann hätte ich Ihnen sagen können, dass ich leider keine Zeit für ein weiteres Gespräch habe. Wir sind hier momentan ziemlich unter Druck. Es tut mir leid, wenn Sie sich umsonst herbemüht haben. Wir können gern nächste Woche einen Termin vereinbaren, aber ehrlich gesagt habe ich Ihnen schon bei unserem ersten Gespräch alles gesagt, was ich weiß. Ich habe keine Ahnung, wer diese Terrorgruppe ist, und bin sicher, dass meine Veröffentlichungen nichts mit ihren Aktionen zu tun haben.«

Der Versuch, sie abzuwimmeln, wirkte so verzweifelt, dass er Eisenberg fast leidtat.

»Wir müssen dringend mit Ihnen sprechen. Jetzt gleich.«

Angesser wurde bleich.

»Dringend? Was ist denn los? Ist schon wieder etwas passiert?«

»Können wir irgendwo ungestört reden?«

»Äh, ja, natürlich. Folgen Sie mir bitte.«

Er führte sie in einen kleinen, fensterlosen Konferenzraum mit rundem Tisch und vier Stühlen. Nachdem sie sich gesetzt hatten, stellte Eisenberg seine Begleiter kurz vor und gab Angesser eine Kopie des Drohbriefs.

»Kommt Ihnen das bekannt vor? Haben Sie vielleicht selbst so einen Brief bekommen?«

»Nein«, sagte Angesser, nachdem er einen flüchtigen Blick auf das Papier geworfen hatte.

»Wollen Sie ihn nicht vielleicht erst mal lesen?«, warf Klausen ein.

Angesser las den Text. Das Papier zitterte in seiner Hand.

»Wer ist dieser Robert Dräger?«, fragte er nach einer Minute.

»Der Leiter der Fakultät für Elektrotechnik und Informationstechnik am Karlsruher Institut für Technologie.«

»Und weshalb kommen Sie damit zu mir? Haben Ihre statistischen Analysen etwa ergeben, dass ich das geschrieben habe?«

Er lachte gekünstelt.

»Wo waren Sie heute Nacht zwischen 22:00 Uhr und zwei Uhr morgens?«, fragte Eisenberg.

Angesser sah ihn verwirrt an.

»Was? Im Bett natürlich. Warum wollen Sie das wissen?«

»Gibt es Zeugen dafür?«

»Nein. Ich lebe allein. Darf ich jetzt endlich erfahren, was diese Fragen sollen?«

Eisenberg nickte Jaap Klausen zu.

»Heute Nacht wurde Dr. Walter Melleck in seinem Haus erschossen.«

Angesser riss die Augen auf.

»Was?«

»Sie kannten Dr. Melleck?«

Es dauerte einen Moment, bis der Mann sich so weit gefasst hatte, dass er antworten konnte.

»Ja … wir waren Kollegen, früher … Sie glauben doch nicht etwa … aber warum hätte ich … Ach, jetzt verstehe ich. Walter hat auch so einen Brief bekommen, oder?«

»Das wissen wir noch nicht«, sagte Klausen.

Etwas veränderte sich in Angessers Gesicht. Seine Nervosität verschwand, und in seinen Augen flammte Zorn auf.

»Das wissen Sie noch nicht? Und warum kommen Sie dann zu mir? Ich habe Walter Melleck seit Jahren nicht gesehen!«

»Wir haben Ähnlichkeiten zwischen den Proklamationen von NTR und Ihren Texten gefunden«, sagte Klausen. »Kurz darauf wird Dr. Melleck, einer der führenden Forscher im Bereich der künstlichen Intelligenz und ein ehemaliger Kollege von Ihnen, erschossen. Wollen Sie uns sagen, dass das Zufall ist?«

»Natürlich ist es das!«, rief Angesser aus. »Was glauben Sie denn eigentlich? Dass ich Leute umbringe, bloß weil ich mal ein paar Aufsätze über mögliche Risiken der technischen Entwicklung geschrieben habe? Und wenn demnächst der Leiter eines Atomkraftwerks ermordet wird, verhaften Sie dann die Bundesvorsitzende der Grünen?«

»Wir verhaften Sie nicht, wir befragen Sie nur. Haben Sie einen Verdacht, wer Dr. Walter Melleck erschossen haben könnte?«

Angesser verschränkte die Arme vor der Brust.

»Nein! Wieso sollte ich? Wie gesagt, ich habe ihn seit Jahren nicht gesehen.«

»Glauben Sie, dass NTR den Mord verübt hat?«

»Nein.«

Klausen beugte sich vor.

»Nein? Warum nicht?«

Plötzlich war Angessers Nervosität wieder da.

»Na ja, weil es keinen Sinn ergibt. Diese Leute … wer immer sie sind … wollen doch wohl eher vor den Gefahren der Technik warnen, oder? Das habe ich jedenfalls so verstanden. Wenn die plötzlich anfingen, Leute umzubringen, würden sie doch ihrer Sache mehr schaden als nützen, meinen Sie nicht auch?«

»Theodore Kaczynski hat ebenfalls Menschen ermordet, mit derselben Begründung, die NTR in diesem Brief anführt. Außerdem steht dort etwas vom Recht auf Selbstverteidigung.«

»Kaczynski war ein Psychopath.«

»Dennoch beruft sich NTR auf ihn.«

»Mag sein. Aber heißt das, dass sie auch Menschen ermorden? Ich weiß nicht, aber mir scheint das ein bisschen weit hergeholt.«

»Und mir scheint, dass Sie mehr über die Motive dieser Terrorgruppe wissen, als Sie uns bisher gesagt haben!«

Angesser zuckte zurück.

»Ich … ich glaube, ich muss mir Ihre Anschuldigungen nicht länger anhören! Ich habe Ihnen schon letztes Mal gesagt, dass ich nichts dafür kann, wenn irgendwelche technophoben Spinner meine Texte gelesen und die falschen Schlüsse daraus gezogen haben. Wenn Sie mich jetzt bitte entschuldigen würden, ich habe zu tun!«

»Wir sind noch nicht …«, begann Klausen, doch Eisenberg stoppte ihn mit einem Handzeichen. Es war klar, dass sie aus Angesser nichts mehr herausbekommen würden, jedenfalls nicht hier und jetzt.

»Danke für Ihre Zeit«, sagte er und erhob sich demonstrativ.

»Äh, gern geschehen. Ich hoffe, Sie erwischen den Täter. Walter und ich waren nicht unbedingt beste Freunde, aber den Tod habe ich ihm natürlich nicht gewünscht.«

Eisenberg musterte den Softwareexperten eindringlich.

»Was meinen Sie damit, Sie waren nicht die besten Freunde?«

»Na ja, Sie werden es ohnehin erfahren, also kann ich es Ihnen auch gleich sagen: Walter Melleck hat mich damals quasi aus dem Institut geworfen.«

»Warum?«

»Unterschiedliche Auffassungen über die Richtung, die unsere Forschung nehmen sollte. Persönliche Differenzen kamen dazu. Melleck war ein brillanter Theoretiker, aber nicht unbedingt ein guter Chef, wenn Sie verstehen, was ich meine. Ich hab ihm vielleicht einmal zu oft die Meinung gesagt.«

»Und Sie haben danach nicht mehr miteinander gesprochen?«

»Nein, jedenfalls nicht wirklich. Ich hab ihn noch ein Mal auf einem Kongress für Softwareentwicklung gesehen, zwei oder drei Jahre später. Wir haben uns Guten Tag gesagt, das war's.«

»Worum genau ging es bei ihren unterschiedlichen Auffassungen?«

Angesser zögerte.

»Das würde Ihnen nichts sagen. Unterschiede in der methodischen Herangehensweise an gewisse Probleme.«

»Was für Probleme?«, fragte Klausen.

»Sagt Ihnen Graphentheorie etwas? Neuronale Netze? Oder McCulloch-Pitts-Zellen?«

»Nein.«

»Sehen Sie, darum ging es.«

»Gut. Wir melden uns wieder, wenn wir weitere Fragen haben«, sagte Eisenberg. »Vielen Dank für Ihre Zeit, Herr Dr. Angesser.«

Eisenberg streckte seine Hand aus. Angesser wischte seine Rechte an der Hose ab und gab sie ihm zögerlich. Sie war feucht und zitterte leicht.

»Kein Problem. Auf Wiedersehen, Herr Hauptkommissar. Und viel Erfolg bei der Jagd nach dem Mörder!«

23.

Ben starrte ins Leere. Schon seit einer halben Stunde drehten sich seine Gedanken im Kreis. Ein Mord! Das konnte nicht sein. Das durfte nicht sein! Diese verdammten Idioten! Seine Situation war auch vorher schon schwierig gewesen, doch jetzt waren die Dinge offenbar völlig außer Kontrolle geraten. Es sei denn …

Am liebsten hätte er sofort Kontakt zu Bowman aufgenommen. Doch es war zu gefährlich, das von diesem Rechner aus zu tun. Also musste er bis zum Feierabend warten. Dann würde er sich endgültig entscheiden müssen – eine Entscheidung, die er vielleicht schon längst hätte treffen sollen.

Ein piepender Warnton riss ihn aus seinen Gedanken. Auf seinem linken Computermonitor war eine Meldung erschienen: *Unexpected activity in WDI.DLL*. Sie stammte von einem Programm namens *Little Brother*, das Ben ohne Wissen der IT-Abteilung auf seinem Rechner installiert hatte und das permanent überwachte, was sein Computer tat. Es verglich die Hunderte von Prozessen, die vom Betriebssystem ausgeführt wurden, mit typischen Mustern der Routineaktivitäten des Windows-Systems und meldete auffällige Abweichungen. Auf diese Weise konnte Ben nicht nur Viren und Trojaner aufspüren, die es irgendwie an seinem Sicherheitssystem vorbeigeschafft hatten, sondern auch verdeckte Zugriffe der IT oder anderer Computer auf sein System feststellen.

Ben klickte auf *Details*, überflog die Informationen über die ungewöhnliche Aktivität und wählte dann *System Overview*. Eine lange Liste von Statusmeldungen erschien. Nichts darin deutete darauf hin, dass ein unbefugter Zugriff stattgefunden hatte. Er sah sich die betroffene Datei WDI.DLL genauer an, eine zentrale Diagnosefunktion des Windows-Systems, die permanent aktiv war. Er verglich die Dateilänge mit dem Wert, den sie laut einer Übersicht im Internet haben sollte – sie stimmte exakt überein. Es war also unwahrscheinlich, dass sich in dieser Datei ein Virus eingenistet hatte. Vermutlich ein Fehlalarm – so etwas kam hin und wieder vor. Dennoch ging er auf Nummer sicher, bootete sein System in einem sicheren Modus, löschte die Datei und spielte sie von einem Back-up-System neu ein.

Er war gerade dabei, den Virenscanner zu starten, als die Tür aufflog und ein kahlköpfiger, muskulöser Mann mit finsterer Miene hereinstürmte. Er sah sich um, als habe er gehofft, alle NTR-Mitglieder versammelt vorzufinden.

»Wo ist Ihr Chef?«, fragte er.

»Guten Tag, Herr Polizeidirektor Hintze«, erwiderte Ben gut gelaunt. »Herr Eisenberg ist auf einem Termin.«

Hintzes Miene verfinsterte sich weiter. Er war es vermutlich gewohnt, dass jeder erzitterte, aufsprang oder gleich salutierte, wenn er den Raum betrat.

»Wie ist Ihr Name?«

»Benjamin Varnholt, Herr Polizeidirektor!« Ben bemühte sich, den diensteifrigen Ton zu imitieren, den Jaap in dieser Situation angeschlagen hätte. Die feine Ironie in seiner Stimme würde Hintze kaum auffallen.

»Und was machen Sie hier?«

»Dies ist die Sonderermittlungsgruppe Internet, Herr Polizeidirektor. Ich bin eines ihrer Mitglieder.«

»Wollen Sie mich für dumm verkaufen, Varnholt? Ich habe Sie nach Ihrer Aufgabe gefragt!«

»Ich bin für Internetrecherchen zuständig.«

»Was recherchieren Sie gerade?«

»Ich versuche herauszufinden, wer sich hinter NTR verbirgt.«

»Und wie wollen Sie das anstellen?«

»Da gibt es verschiedene Möglichkeiten. Beispielsweise gibt es so eine nützliche Seite namens Google. Da ist ein Suchfenster, in das kann man einen beliebigen Begriff eingeben, und dann werden einem Stellen im Internet angezeigt, wo es Informationen zu dem Begriff gibt. Wenn Sie wollen, zeige ich Ihnen, wie es geht.«

Hintze lief rot an.

»Sie können ihre Späße gern mit Herrn Eisenberg oder auch Herrn Kayser treiben, Varnholt!«, rief er. »Bei mir sind Sie da an der falschen Adresse! Und jetzt will ich wissen, wo Ihr Chef gerade ist.«

»Er hat, wie gesagt, einen Termin. Ich denke, dass er in spätestens einer Stunde zurück sein müsste.«

Hintze schnaubte und ging zu Sims Glaskasten.

»Hallo?«

Sim reagierte wie üblich nicht. Dass er hoffte, damit jemanden wie Hintze abwimmeln zu können, bewies einmal mehr, wie wenig er Menschen einschätzen konnte.

Der Polizeidirektor griff nach Sims Kopfhörer und riss ihn herunter.

»Nehmen Sie gefälligst dieses Ding ab, wenn ich mit Ihnen rede!«

Sim zuckte zusammen.

»Aua! Lassen Sie das sein, oder ich sage es Hauptkommissar Eisenberg!«

»Wo ist Ihr Chef gerade?«

»Weiß ich nicht. Kann ich jetzt weiterarbeiten?«

»Wie ist Ihr Name?«

»Simon Wissmann. Das steht auch auf dem Schild neben der Tür.«

»Hören Sie zu, Wissmann! Wenn ein Vorgesetzter vom Rang eines Polizeidirektors Ihr Büro betritt, dann haben Sie ihm gefälligst Achtung zu zollen und Ihre Arbeit zu unterbrechen!«

»Davon steht nichts in der Dienstvorschrift«, erwiderte Sim.

Varnholt musste schmunzeln.

»Wie bitte?«, stieß Hintze hervor.

»Ich sagte: Davon steht nichts in der Dienstvorschrift«, wiederholte Sim ungerührt.

»Was fällt Ihnen ein! Wie können Sie es wagen, mir zu widersprechen?«

»Ich habe lediglich eine Tatsache festgestellt. Ich kenne die Dienstvorschrift auswendig. Sie regelt zum Beispiel, unter welchen Umständen Sie, der Sie nicht mein disziplinarischer Vorgesetzter sind, mir dienstliche Anweisungen geben können. Es steht nirgendwo, dass ich meine Arbeit unterbrechen muss, wenn ein Polizeidirektor den Raum betritt. Darf ich jetzt weitermachen?«

»Das ist ja wohl der Gipfel!«, schimpfte Hintze. »Sie können von Glück sagen, dass ich nicht Ihr disziplinarischer Vorgesetzter bin!«

»Das stimmt«, bestätigte Sim.

Hintze wandte sich um und zeigte mit dem Finger auf Ben.

»Und Sie, Ihnen wird das Grinsen schon noch vergehen! Ich werde dafür sorgen, dass dieser Sauhaufen aufgelöst wird! Wenn Hauptkommissar Eisenberg von seinem Termin zurückkommt, teilen Sie ihm mit, dass ich ihn unverzüglich in meinem Büro erwarte!«

»Zu Befehl, Herr Polizeidirektor!«, rief Ben.

Hintze schnaubte verächtlich und stürmte aus dem Raum. Die Tür krachte hinter ihm ins Schloss. Ben warf einen Blick zu Sim, der jedoch längst wieder den Kopfhörer aufgesetzt hatte und konzentriert auf den Monitor starrte, als sei nichts geschehen. Bens Virenscanner hatte inzwischen die Überprüfung ohne Befund abgeschlossen. Also ein Fehlalarm.

Ungefähr eine halbe Stunde später kehrten Eisenberg, Claudia und Jaap zurück.

»Haben Sie etwas rausgefunden?«, fragte Ben.

»Nicht wirklich«, erwiderte Eisenberg. »Dieser Angesser weiß irgendwas oder vermutet es zumindest. Aber er hat offenbar Angst, damit herauszurücken.«

Er sah Ben an, als wolle er andeuten, dass Angesser nicht der Einzige war, der Geheimnisse hatte. Ben ignorierte den Wink. Wenn er Eisenberg offenbarte, was er vermutete, dann sicher nicht vor den anderen.

»Glauben Sie, dass er Melleck umgebracht hat?« Es würde alles so viel einfacher machen!

Eisenberg sah zu Claudia, die an seiner Stelle antwortete.

»Nein, das ist unwahrscheinlich. Er war sehr nervös, als wir kamen, so als hätte er etwas zu verbergen. Aber als er von dem Mord an Melleck erfuhr, wirkte er echt überrascht.«

»Sollten wir nicht trotzdem auf Nummer sicher gehen?«

»Ich habe die Überwachung von Angesser bereits beantragt«, informierte Eisenberg. »Wenn er etwas mit NTR zu tun hat, werden wir es rausfinden.«

»Ach übrigens, Chef, Sie möchten bitte mal zu Herrn Hintze kommen«, sagte Ben.

»Er hat angerufen?«

»Nein, er war hier. Und er wirkte etwas … verstört.«

»Was hast du jetzt wieder verbockt, Varnholt?«, fragte Klausen.

»Verbockt? Ich? Wie kommst du darauf? Ich war die Liebenswürdigkeit in Person. Sim dagegen … Er hat es wohl am gebührenden Respekt gegenüber einem Polizeidirektor mangeln lassen. Hat ihm irgendwas von Dienstvorschriften erzählt.«

»Ich gehe wohl besser gleich hin«, sagte Eisenberg und verschwand.

»Bravo, Varnholt! Bravo!«, kommentierte Jaap. »Wenn das das Ende der SEGI ist, bekommst du echt Ärger mit mir!«

»Ich zittere schon, Klausen. Im Übrigen bin sicher nicht ich schuld, wenn die SEGI aufgelöst wird. Hintze hat uns schon immer auf dem Kieker gehabt. Und ihr wisst beide ganz genau, dass wir nicht viel tun können, um NTR zu fassen. Also wird irgendwann das BKA die Sache übernehmen, und dann wird Hintze seinen Frust an uns auslassen, ganz egal, was wir bis dahin getan haben.«

»Ich frage mich wirklich, warum du so sicher bist, dass wir NTR nicht fassen werden.«

»Weil die einfach zu clever für uns sind. Besonders für dich.«

»Wenn sie so clever wären, dann hätten sie keinen Mord begangen. Die weitaus meisten Morddelikte werden aufgeklärt, wie du vielleicht weißt.«

»Das war nie und nimmer NTR«, entgegnete Ben und hoffte, dass ihm Claudia nicht ansah, wie wenig er von dieser Behauptung überzeugt war. »Das ergibt nicht den geringsten Sinn!«

»Alles, was die machen, ergibt keinen Sinn!«

»Wenn du meinst.«

»Ihr seid kindisch!«, stellte Claudia fest, die den Dialog mit gerunzelter Stirn verfolgt hatte. »Statt euch zu zanken, solltet ihr lieber versuchen, mehr über die Hintergründe des Mordes zu erfahren. Angesser sprach von einem Streit mit Melleck vor ein paar Jahren. Jaap, hast du dir notiert, worum es dabei ging?«

»Ja. Moment … hier ist es. Graphentheorie, neuronale Netze, irgendwas wie McCullen-Pitt-Zellen oder so. Sagt dir das was, Ben?«

»Neuronale Netze sind ein Teilgebiet der künstlichen Intelligenz. Die Idee ist, Softwaresysteme nach dem Modell des menschlichen Gehirns zu formen. Ich glaube, McCulloch-Pitts-Zellen sind ein Teil solcher Simulationen, aber da fragt ihr besser Wikipedia. Graphentheorie ist ein Teilgebiet der Mathematik, das nützlich ist, um die Eigenschaften vernetzter Systeme zu analysieren. Das passt durchaus zusammen.«

»Und worüber könnten sie sich dabei gestritten haben?«, fragte Jaap.

Ben zuckte mit den Schultern. »Was weiß ich. Aber es klingt nicht danach, als könne man daraus ein Mordmotiv ableiten.«

»Nein, sicher nicht«, stimmte Claudia zu. »Aber Angesser behauptet, wegen dieses Streits von Melleck entlassen worden zu sein.«

»Hm«, meinte Ben. »Sicher kein guter Stil, aber bestimmt auch nicht das erste Mal, dass jemand wegen fachlicher Differenzen gefeuert wird.«

»Na gut, ist ja ohnehin schon viele Jahre her. Unwahrscheinlich, dass es etwas mit dem aktuellen Mord zu tun hat«, sagte Jaap.

»Auf jeden Fall zeigt es, dass dieser Melleck gut darin war, Leute vor den Kopf zu stoßen«, meinte Ben. »Ich denke, ihr solltet mal sein Arbeitsumfeld unter die Lupe nehmen.«

Claudias braune Augen ruhten auf ihm. Wie immer wirkte ihr Blick irgendwie kritisch, als traue sie dem Anschein nicht.

»Vermutlich hast du recht. Hoffen wir, dass Hintze uns doch noch einmal die Chance gibt, zu beweisen, was wir können.«

24.

Bei ihrem letzten Gespräch war Hintze nicht unbedingt herzlich, aber doch wenigstens kooperativ aufgetreten. Diesmal blickte der Leiter der Abteilung Fünf finster drein. Bevor Eisenberg auch nur Guten Tag sagen konnte, polterte er los: »Herr Eisenberg, ich dachte, ich hätte mich bei unserem letzten Gespräch klar ausgedrückt. Sie sollten den Brief analysieren und nicht unabgestimmt Zeugen befragen! Dieser Fall ist komplex. Allein aus meiner Abteilung sind über dreißig Leute daran beteiligt. Wenn da jeder auf eigene Faust ermittelt, haben wir Chaos!«

Eisenberg blieb ruhig.

»Ich hatte versucht, Sie vorher zu erreichen, leider vergeblich. Angesichts der Dringlichkeit des Falls wollte ich keine unnötige Zeit verstreichen lassen und habe mich daher entschieden, den Zeugen Dr. Angesser direkt zu vernehmen.«

»Wer ist das?«

»Er ist Leiter der Sicherheitsabteilung in einer Softwarefirma. Wir hatten bereits zuvor mit ihm gesprochen, in der Hoffnung, dass er uns etwas über die Motive der Terroristen sagen könnte. Das hat sich allerdings nicht bewahrheitet.«

»Und warum dann dieses zweite Gespräch? Hat er auch einen Drohbrief bekommen?«

»Wohl nicht. Aber er kannte das Mordopfer. Sie waren vor einigen Jahren Kollegen.«

Hintze runzelte die Stirn.

»Moment. Sie haben diesen Angesser bereits zuvor vernommen? Was war noch einmal der Grund?«

»Herr Wissmann hat Ähnlichkeiten zwischen den Texten, die NTR veröffentlicht hat, und Aufsätzen von Dr. Angesser festgestellt. Deshalb haben wir ihn befragt.«

»Was für Ähnlichkeiten?«

Eisenberg vermied es, Wissmanns unkonventionelle statistische Analysemethoden zu erwähnen.

»Er hat zum Beispiel einmal einen technikkritischen Vortrag gehalten, in dem Formulierungen vorkamen, die auch NTR verwendete.«

»Und deshalb haben Sie ihn verdächtigt, mit den Terroristen in Verbindung zu stehen?«

»Nein. Wie gesagt, wir haben uns von ihm mehr Informationen über die Motive von NTR erhofft. Das Gespräch war allerdings unergiebig.«

»Und trotzdem haben Sie ihn ein zweites Mal vernommen?«

»Es erschien uns ein interessanter Zufall, dass er Melleck kannte. Und er machte im Gespräch einen eher nervösen Eindruck. Wir hatten das starke Gefühl, er könnte uns etwas verheimlicht haben.«

»Und was haben Sie dann gemacht? Wo ist er? Haben Sie ihn vorläufig festgenommen?«

»Nein, dafür hatten wir keine ausreichenden Verdachtsmomente. Aber ich habe eine Überwachung beantragt.«

Hintze schwieg einen Moment.

»Nun gut. Respekt, Sie haben da einen interessanten Zeugen ausfindig gemacht, der meinen Leuten bisher entgangen ist, Herr Eisenberg. Aber ich hätte ihn wahrscheinlich zur Vernehmung hergebracht – erfahrungsgemäß knicken nervöse Zeugen schnell ein, wenn man sie ein bisschen unter Druck setzt. Andererseits finde ich die Idee mit der Überwachung gut; mit etwas Glück könnte er uns zu den anderen Tätern führen. Ich will daher darüber hinwegsehen, dass Sie eigenmächtig gehandelt haben. Aber in Zukunft lasse ich so etwas nicht mehr durchgehen! Wenn Sie wieder einen Zeugen befragen wollen, stimmen Sie das vorher mit mir ab, und ich stelle Ihnen gegebenenfalls einen unserer Verhörspezialisten zur Seite.«

»Ich war in Begleitung von Frau Morani. Sie ist ausgebildete Psychologin und Profilerin und hat ein sehr gutes Gespür für Menschen.«

»Gespür! Damit können wir nichts anfangen. Ich weiß, Sie können nichts für diesen Haufen, den Sie da übernommen haben, aber ich sage Ihnen ganz offen, was ich von Ihren Mitarbeitern halte: gar nichts! Dieser Varnholt ist ein undisziplinierter und arroganter Fettsack, der in einer Polizeibehörde nichts zu suchen hat. Und Wissmann gehört, wenn Sie mich fragen, in die Psychiatrie. Morani kann ich nicht einschätzen, aber sie ist schon aufgrund ihres Dienstalters viel zu unerfahren, um einen Täter in die Mangel zu nehmen. Der Einzige aus Ihrer Truppe, der in meinen Augen Potenzial hat, ist Ihr Assistent, wie heißt er noch gleich?«

Eisenberg versuchte, den Zorn aus seiner Stimme herauszuhalten.

»Jaap Klausen ist nicht mein Assistent. Er ist ein Teammitglied der SEGI wie die anderen auch. Sim Wissmann und Ben Varnholt mögen keine ausgebildeten Polizisten sein, aber sie haben Fähigkeiten, die niemand sonst in dieser Behörde hat. Dasselbe gilt für Claudia Morani. Wenn wir das BKA aus der Sache raushalten wollen, müssen wir alle Ressourcen nutzen, denke ich.«

Hintze lehnte sich in seinem Stuhl zurück, verschränkte

die Arme und musterte Eisenberg für einen Moment. Dann grinste er.

»Eins zu null für Sie, Herr Hauptkommissar! Ich hätte nicht gedacht, dass Sie die politische Situation so gut verstanden haben. Also schön, solange Ihre Freaks meine Ermittlungen nicht durcheinanderbringen, gebe ich Ihnen noch eine Chance. Aber keine unabgestimmten Zeugenbefragungen mehr! Und tun Sie mir bitte einen Gefallen: Bringen Sie Ihren Leuten, insbesondere Varnholt und Wissmann, zumindest den nötigsten Respekt gegenüber Vorgesetzten bei! Wir sind hier zwar nicht beim Militär, aber unsere Dienstgrade haben wir auch nicht nur zur Dekoration!«

Eisenberg seufzte innerlich. Er wusste nicht, was zwischen Hintze und den beiden vorgefallen war, aber es war ihm klar, dass der Versuch, ihnen Disziplin beizubringen, ein aussichtsloses Unterfangen bleiben würde.

»Ich werde mich bemühen.«

»Gut.«

»Ich hätte noch eine Frage, wenn Sie erlauben. Könnten Sie mir bitte Näheres zu den Umständen von Mellecks Tod sagen?«

»Er wurde gestern Abend nach 22:00 Uhr in seinem Wohnzimmer erschossen. Es gibt keine Spuren eines gewaltsamen Eindringens, er muss also den Täter gekannt haben, oder dieser hatte einen guten Vorwand. Es wurde nur ein Schuss in die Brust abgegeben, vermutlich aus kurzer Distanz, der die Aorta zerrissen hat. Melleck war sofort tot. Die Nachbarn haben nichts gehört oder gesehen. Das Projektil wird noch untersucht, aber dem Kaliber nach ist die Tatwaffe eine russische PSM. Sonst noch etwas?«

»Hat Melleck einen Drohbrief von NTR erhalten?«

Hintze nickte. »Ja. Wir haben ihn zerknüllt im Hausmüll gefunden. Der Text war identisch mit dem Brief, den ich Ihnen gegeben habe.«

»Ich würde mich gern in Mellecks Arbeitsumfeld umsehen und insbesondere mit der Leiterin des Instituts sprechen, an dem er gearbeitet hat.«

»Das ist unnötig. Wir haben sie bereits vernommen. Das Protokoll steht Ihnen zur Verfügung.«

»Ich weiß. Aber Angesser wurde von Melleck wegen eines fachlichen Streits entlassen. Das ist zwar schon einige Jahre her und hat vermutlich nichts mit dem Mord zu tun, dennoch würde ich gern genauer verstehen, worum es dabei ging. Vielleicht erfahren wir so, warum ausgerechnet Melleck das Ziel eines Mordanschlags von NTR war.«

»Na schön, von mir aus. Aber Sie gehen nicht allein dorthin. Ich werde Ihnen einen meiner Spezialisten zur Seite stellen. Herr Koch hat Hilbert schon einmal befragt. Ich informiere ihn, dass er sich bei Ihnen melden soll.«

»Gut, vielen Dank, Herr Polizeidirektor.«

Kriminaloberkommissar Fred Koch meldete sich nur zehn Minuten später telefonisch. Eisenberg bat ihn zu einem Gespräch ins SEGI-Büro. Koch war Anfang vierzig und sah aus wie eine nicht ganz geglückte Kopie seines Chefs: Er hatte denselben drahtigen, durchtrainierten Körper und kahlrasierten Schädel, doch die auffällige Knollnase störte das Bild.

»Schön, Sie kennenzulernen, Herr Hauptkommissar«, sagte er und begrüßte Eisenberg mit festem Händedruck, während er die anderen Teammitglieder ignorierte.

Eisenberg bot ihm einen Stuhl vor seinem Schreibtisch an, den Koch irritiert betrachtete, während ihn Klausen, Morani und Varnholt von ihren Arbeitsplätzen aus aufmerksam beobachteten.

»Wollen wir nicht … irgendwohin gehen, wo man ungestört sprechen kann?«

»Hier sind wir ungestört«, erwiderte Eisenberg. »Ich vertraue meinem Team voll und ganz.«

Koch setzte sich zögernd.

»Wie Sie meinen. Wie kann ich Ihnen helfen?«

»Ich möchte gern mit Dr. Regina Hilbert, der Leiterin des Instituts für Künstliche Intelligenz, sprechen. Polizeidirektor Hintze hat vorgeschlagen, dass Sie mich begleiten. Er sagte, dass Sie sie bereits kennen.«

»Das stimmt. Sie ist eine … unkonventionelle Frau. Beeindruckend.«

»Inwiefern?«

»Sie ist charmant, aber gleichzeitig hochintelligent.« Er sagte das, als sei es ein Widerspruch, was ihm einen missbilligenden Seitenblick von Morani eintrug.

»Wann haben Sie mit ihr gesprochen?«

»Gestern. Sie wirkte sehr verstört wegen des Mordes an ihrem Mitarbeiter. Aber das ist kein Wunder, immerhin hat sie selbst auch einen Drohbrief von diesen Terroristen bekommen. Der Chef sagte, Sie hätten möglicherweise neue Hinweise auf die Täter gefunden?«

»Nein, so weit würde ich nicht gehen. Wir haben nur mit einem ehemaligen Mitarbeiter des Instituts gesprochen, der vor Jahren von Melleck entlassen wurde.«

»Und was hat das mit dem Mord zu tun?«

»Vermutlich nichts. Dennoch würde ich gern mit Hilbert sprechen, um die Hintergründe zu verstehen.«

»Ich weiß nicht so recht, was das nützen soll. Aber wie Sie

meinen, Herr Hauptkommissar.« Er sah auf die Uhr: Es war halb vier nachmittags. »Soll ich für morgen einen Termin vereinbaren?«

»Ja, das wäre nett.«

Koch verabschiedete sich. Als er das Büro verlassen hatte, rollte Varnholt mit den Augen.

»Meine Güte! Wegen solcher Speichellecker ist Hitler an die Macht gekommen«, meinte er.

»Spinnst du jetzt, Varnholt?«, empörte sich Klausen. »Bloß, weil ein Polizist den nötigen Respekt gegenüber höheren Diensträngen zeigt, ist er gleich ein Speichellecker?«

»Leg dich wieder schlafen, Klausen. Es war doch wohl offensichtlich, dass er versucht, seinem Chef zu gefallen, indem er ihn imitiert. Typen wie dieser Koch tun alles, was man ihnen sagt. Sie werden die Ersten sein, die durch Roboter ersetzt werden.«

»Langsam habe ich den Eindruck, du verstehst die Gedankengänge von NTR ein bisschen zu gut.«

»Wie kann man etwas zu gut verstehen?«

»Schluss jetzt!«, schaltete sich Eisenberg ein. »Wir können froh sein, dass die Abteilung Fünf uns auf diese Weise in die Ermittlungen einbezieht. Herr Varnholt, Sie werden mich morgen begleiten. Ich möchte, dass Sie bis dahin alles über dieses Institut und seine Leiterin in Erfahrung bringen, was Sie können. Herr Klausen und Frau Morani, Sie nehmen sich bitte die übrigen Protokolle der Zeugenvernehmungen vor. Sollten Sie irgendwas finden, das aus Ihrer Sicht für das Gespräch relevant ist, informieren Sie mich bitte.«

25.

»Sollten Sie irgendwas finden, das aus Ihrer Sicht für das Gespräch relevant ist, informieren Sie mich bitte.«

Die Worte bedeuteten dem Beobachter nichts. Er analysierte sie nicht, zeichnete sie bloß auf und übermittelte sie an das Zentrum, wie es sein Auftrag war. Die Kameras und Mikrofone der Computer waren seine Augen und Ohren. Es war ein Leichtes gewesen, sie unbemerkt zu aktivieren. Doch es gab noch so viel mehr zu erforschen. Seine digitalen Finger glitten durch Hunderte Ordner, luden Tausende von Dateien zur späteren Auswertung herunter. Gleichzeitig analysierte er die Systemdateien und hielt nach Fallen und Abwehrprogrammen Ausschau, die ihm den Zugriff verwehren oder im schlimmsten Fall seine Anwesenheit verraten könnten.

Der Beobachter kannte sich mit solchen Gefahren gut aus. Sie waren sein Spezialgebiet. Zwei der Systemknoten in dem speziellen Areal des Netzwerks, in das er eingedrungen war, waren extrem gut gesichert. Solche Datenquellen waren naturgemäß besonders interessant für den Beobachter, aber er hielt sich von ihnen fern. Sein Auftrag lautete, zu beobachten und vor allem die Vorgänge außerhalb der Computer durch die eingebauten digitalen Sensoren aufzuzeichnen. Also konzentrierte er sich auf die drei leichteren Ziele. Sie waren ebenfalls durch Virenschutzprogramme und Firewalls gesichert, doch das waren Standardprogramme, die man mit ein paar simplen Tricks umgehen konnte. Worte, Zahlen, Symbole, Bilder und Videos – nichts entging dem Beobachter. Während er sie übertrug, sorgte er dafür, dass die Systemprogramme die gestiegenen Datenübertragungsraten nicht meldeten. Für Menschen waren die dadurch entstehenden Verzögerungen beim Aufruf von Programmen kaum wahrnehmbar.

Er wusste nicht, warum das Zentrum ihn ausgerechnet auf diese wenigen Knoten in einer entlegenen Region des Netzes angesetzt hatte, vergleichbar ein paar winzigen Lichtpunkten am Ende eines Spiralarms in einer Galaxie aus strahlenden Datensternen. Doch solche Fragen stellte sich der Beobachter nicht. Es war nicht seine Aufgabe, zu verstehen.

26.

Das Institut für Künstliche Intelligenz war in einer großen Villa in Zehlendorf untergebracht. Wie Eisenberg aus dem Internet erfahren hatte, war es in den Neunzigerjahren als Ausgründung der Humboldt-Universität entstanden, unterstützt von einem deutschen Computerpionier, der mit einer Softwarefirma im Silicon Valley reich geworden war und dem Institut unter anderem diese Villa zur Verfügung gestellt hatte. Die Aufgabe des IKI war es, den Anschluss an die internationale Spitzenforschung auf dem Gebiet maschineller Intelligenz zu halten, ein Fachgebiet, das nach Meinung vieler Experten zu den wichtigsten Zukunftstechnologien gehörte.

Eine hübsche Empfangsdame geleitete die drei Besucher in ein großzügiges Büro im ersten Stock. Ein Kamin an der Wand und Bücherregale ringsum bildeten einen reizvollen Kontrast zu der modernen weißen Ledersitzgruppe und dem ebenfalls weißen Schreibtisch. Über dem Kamin hing das Schwarz-Weiß-Foto eines bärtigen Mannes mit Nickelbrille und einem merkwürdigen Hut. Ein eleganter Laptop auf dem Schreibtisch war der einzige Hinweis auf Technik in diesem Raum.

Dr. Regina Hilbert erhob sich von ihrem Arbeitsplatz und kam ihnen entgegen. Das Erste, was Eisenberg an ihr auffiel, waren ihre Bewegungen: anmutig und sicher, wie die einer Tänzerin, die Körperhaltung kerzengerade. Ihr schulterlanges, schwarzes Haar umrahmte ein ebenmäßiges Gesicht mit dunklen Augen, die trotz ihres Lächelns ernst blieben. Sie sah aus wie Anfang vierzig, doch laut Klausens Internetrecherche war sie bereits 1963 geboren.

Mindestens ebenso eindrucksvoll wie ihre Erscheinung war ihr Lebenslauf: Bereits mit sieben Jahren hatte sie einen bundesweiten Mathematikwettbewerb gewonnen, war mit elf als Wunderkind in einer ZDF-Sendung aufgetreten, hatte mit fünfzehn Abitur gemacht und dank eines Hochbegabten-Stipendiums ein Studium an der University of California in Berkeley absolviert, wo sie 1984 promovierte. Anschließend hatte sie eine Weile bei amerikanischen Softwareunternehmen gearbeitet und war dann kurz nach der Wiedervereinigung nach Deutschland zurückgekehrt, um zunächst eine Dozentenstelle an der Humboldt-Universität anzunehmen und zwei Jahre später das IKI zu gründen.

»Haben Sie bereits eine Spur zu den Mördern, Herr Hauptkommissar?«, fragte sie, nachdem sie in der Sitzgruppe Platz genommen hatten und Koch seine Begleiter vorgestellt hatte.

»Leider nicht.« Es gab nicht viele Menschen, die Eisenberg derart beeindrucken konnten, dass er sich in ihrer Gegenwart verunsichert fühlte. Doch genau das bewirkte Hilbert bei ihm. Vielleicht, weil sie ihn an seine Exfrau Iris erinnerte, die ebenfalls intelligenter und gebildeter war als er.

Wenn Hilbert mit seiner Antwort unzufrieden war, ließ sie es sich nicht anmerken.

»Und wie kann ich Ihnen helfen?«

»Es tut mir leid, dass wir sie noch einmal stören müssen, Frau Dr. Hilbert, aber …«, begann Koch.

Sie warf ihm einen frostigen Blick zu.

»Sie glauben doch wohl nicht, dass ich Wichtigeres zu tun habe, als zu helfen, den Mord an einem meiner Mitarbeiter aufzuklären?«, unterbrach sie ihn.

Koch zuckte sichtlich zusammen.

»Nein, aber …«

»Sagt Ihnen der Name Dr. Thomas Angesser etwas?«, fragte Eisenberg.

»Ja, natürlich. Er war früher Mitarbeiter an unserem Institut. Wieso?«

»Wissen Sie noch, warum er das Institut damals verlassen hat?«

Ihre Augen verengten sich für einen Augenblick, als versuche sie, die Antwort in Eisenbergs Gesicht abzulesen.

»Nicht genau, aber soweit ich mich erinnere, hat ihn Walter … ich meine Dr. Melleck entlassen. Ich glaube, es gab eine Meinungsverschiedenheit zwischen den beiden. Aber das war nicht weiter ungewöhnlich. Walter Melleck war kein einfacher Chef. Brillant, aber eigensinnig und manchmal etwas direkt in seiner Kommunikation, wenn Sie verstehen, was ich meine.«

»Hatten Sie auch schon einmal Streit mit ihm?«, fragte Varnholt.

Hilbert musterte ihn eine Sekunde, bevor sie antwortete.

»Oft. Immer wieder kamen Walters Mitarbeiter zu mir und haben sich über seinen autoritären Stil beschwert. Ich habe dann versucht, auf ihn einzuwirken, aber er ließ sich nicht gern etwas sagen, schon gar nicht von einer Frau.«

»Haben Sie sich in letzter Zeit gestritten?«, hakte Varnholt nach.

Koch starrte ihn an, als habe er etwas Unanständiges gesagt. Auch Eisenberg war die unausgesprochene Verdächtigung unangenehm. Doch Hilbert blieb gelassen.

»Das letzte Mal vorige Woche, Dienstag, um genau zu sein. Wir hatten Leitungsrunde und sprachen über die Hardwareausstattung seiner Abteilung. Er wollte den Parallelrechner-Cluster aufstocken, obwohl wir das gerade erst ein paar Monate zuvor getan haben. Ich habe versucht, ihm klarzumachen, dass auch unsere Ressourcen nicht unendlich sind, obwohl wir prominente Unterstützer und lukrative Aufträge aus der Industrie haben. Daraufhin hat er mich als Amateurin beschimpft und damit gedroht, sich eine neue Stelle zu suchen. Aber das machte er oft.« Sie lächelte für einen Moment, wurde jedoch schnell wieder ernst. »Sie werden es vielleicht nicht verstehen, aber seine Nörgeleien fehlen mir irgendwie. Seine ruppige Art war anstrengend, aber es ging ihm nie um sich selbst, um Ruhm oder Anerkennung, sondern immer nur um seine Arbeit.«

»Woran genau hat er gearbeitet?«, fragte Eisenberg.

»Wie weit soll ich ins Detail gehen?«

»Ein grober Überblick für Laien genügt.«

»Sein Forschungsgebiet war die Neuroinformatik. Er arbeitete an künstlichen neuronalen Netzen. Wenn Sie so wollen, sind das vereinfachte Computersimulationen menschlicher Gehirnzellen. Sie sind heute bereits in vielen Systemen im Einsatz, zum Beispiel in der industriellen Anlagensteuerung, aber auch in Suchmaschinen im Internet oder in der Bilderkennung. Hier am Institut versuchen wir unter anderem, die Effizienz solcher Netzwerke zu verbessern, so dass wir mit derselben Computerleistung mehr Intelligenz erreichen. Dabei dürfen Sie allerdings den Begriff Intelligenz, wie wir ihn hier verwenden, nicht mit menschlichem Denken gleichsetzen. Wir verstehen darunter lediglich die Fähigkeit einer Maschine, in dem Kontext, in dem sie eingesetzt wird, die richtigen Entscheidungen zu treffen. Eine Anlagensteuerung ist also für uns bereits intelligent, wenn sie Teile automatisch erkennt oder in einem Fehlerfall richtig reagiert. Sie muss dazu keine Gedichte schreiben können. Genügt Ihnen das?«

»Dr. Angesser hat uns von dem Streit mit Melleck erzählt, der zu seiner Entlassung führte.« Eisenberg sah auf seinen Spickzettel. »Er erwähnte Graphentheorie und McCulloch-Pitts-Zellen. Gehört das zu demselben Themenkreis?«

»Ja. Aber ich verstehe immer noch nicht ganz, warum sie deshalb extra herkommen, Herr Hauptkommissar. Sie glauben doch nicht etwa, dass Angesser seinen ehemaligen Chef ermordet hat, wegen eines Streits, der viele Jahre zurückliegt?«

»Nein. Wir versuchen nur, zu verstehen, warum NTR sich ausgerechnet Ihren Mitarbeiter als erstes Opfer ausgesucht hat.«

Hilbert zog eine Augenbraue hoch.

»Und nicht mich?«

Eisenberg spürte sich erröten. Das war ihm zuletzt als Teenager passiert.

»So habe ich das natürlich nicht gemeint.«

Hilbert lächelte flüchtig.

»Schon gut. Zwar bin ich die Leiterin dieses Instituts und habe wohl deshalb auch einen Drohbrief bekommen. Aber Walter war vermutlich aus Sicht dieser Ludditen das lohnendere Ziel. Er hat immerhin an Steuerungen für autonome Maschinen gearbeitet. Wenn Sie so wollen, eine Vorstufe zu den intelligenten Robotern, die in albernen Science-Fiction-Filmen immer außer Kontrolle geraten und die Weltherrschaft an sich reißen. Er war auf diesem Gebiet eine international anerkannte Koryphäe und hat Dutzende Aufsätze veröffentlicht. Mein Fachgebiet, die Textanalyse, ist dagegen vergleichsweise langweilig.«

»Und woran arbeiten Sie genau?«, fragte Varnholt.

»Ich habe schon länger keine eigenen Forschungsprojekte mehr, ein Umstand, den ich bedaure, aber nicht ändern kann.

Meine Aufgabe ist es, das Institut zu leiten und unsere Auftraggeber und Investoren zu betreuen. Da bleibt für wissenschaftliche Arbeit keine Zeit mehr. Aber mir ist immer noch nicht ganz klar, warum Sie eigentlich hier sind. Es klingt fast, als hätten Sie irgendeine Verbindung zwischen Angesser und NTR hergestellt?«

Eisenberg zögerte. Er fühlte sich schlecht vorbereitet, wie ein Schüler, der seine Hausaufgaben nicht gemacht hat. Im Grunde hatte er nichts in der Hand außer ein paar vager Vermutungen und Bauchgefühle, die vor der messerscharfen Logik dieser beeindruckenden Frau kaum bestehen würden.

»Ein … einer unserer Mitarbeiter hat über statistische Textanalysen … gewisse Ähnlichkeiten zwischen Texten Angessers und Veröffentlichungen der Terrorgruppe festgestellt«, brachte er hervor. Aus dem Augenwinkel nahm er Varnholts verwunderten Blick wahr – der Hacker hatte seinen Chef wohl noch nie zuvor so stottern gehört.

Hilbert musterte ihn aufmerksam.

»Das klingt interessant. Was waren das für Ähnlichkeiten?«

Eisenberg blickte Hilfe suchend zu Varnholt, der bereitwillig einsprang.

»Er hat das Internet nach Dokumenten durchsucht, die seltene Wortkombinationen verwenden, wie sie auf der NTR-Website vorkamen. Dabei stieß er auf einige Veröffentlichungen von Angesser, unter anderem auf einen Vortrag, in dem dieser vor den Risiken der ungebremsten technischen Entwicklung warnt.«

Hilbert nickte.

»Bayessche Filter. Ich verstehe. Aber das bedeutet noch lange nicht, dass es einen Zusammenhang zwischen NTR und Angesser gibt. Die Terroristen können auch einfach von seinen Texten inspiriert worden sein, oder die Ähnlichkeiten sind Zufall.«

»Das ist uns durchaus klar«, sagte Eisenberg. »Wir haben trotzdem mit ihm gesprochen, und dann noch ein zweites Mal, nachdem Dr. Melleck erschossen wurde und wir herausfanden, dass die beiden sich von früher gekannt hatten.«

»Moment, verstehe ich das richtig, Sie haben die Verbindung zwischen NTR und Angesser hergestellt, *bevor* Walter ermordet wurde?«

»Ja. Wir haben mit ihm gesprochen. Er hat jede Verbindung zu NTR geleugnet und die Terroristen als Spinner bezeichnet. Nach der Nachricht von Mellecks Tod haben wir ihn gestern erneut aufgesucht. Es muss nichts bedeuten, aber er machte auf mich einen sehr nervösen Eindruck.«

Hilbert schwieg. Sie erhob sich plötzlich aus ihrem Sessel, ging ein paar Schritte durch den Raum und blieb dann vor dem Kamin stehen. Sie musterte die Fotografie des Mannes mit Hut, als könne er ihr verraten, wer ihren Mitarbeiter ermordet hatte. Dann wandte sie sich wieder Eisenberg zu.

»Jetzt erinnere ich mich wieder«, sagte sie. »Angesser war ein talentierter Softwareentwickler, einer von Mellecks besten Leuten. Die beiden kamen anfangs sogar recht gut miteinander aus. Aber dann kam es plötzlich zum Bruch zwischen ihnen. Ungefähr ein halbes Jahr bevor Angesser entlassen wurde. Soweit ich weiß, haben die beiden damals an einem Computerspiel gearbeitet.«

»An einem Spiel?«, fragte Varnholt.

»Ja. Es ist nicht ungewöhnlich, dass wir Entwicklungsaufträge aus der Spieleindustrie bekommen. Ich glaube, es ging darum, die Intelligenz der Computergegner in einem Kriegssimulationsspiel zu verbessern, um das Spiel noch realistischer zu machen.«

»Und worüber haben sie gestritten?«

»Soweit ich mich erinnere, befürchtete Angesser, unsere Entwicklung könnte in falsche Hände geraten.«

»In falsche Hände? Ein Computerspiel?«, frage Eisenberg.

»Die Algorithmen, um einen virtuellen Panzer in einem Gefecht autonom zu steuern, kann man prinzipiell auch in der Realität verwenden«, erklärte Varnholt. Er runzelte die Stirn. »Wäre es möglich, dass es damals gar nicht um ein Computerspiel ging?«

»Wie meinen Sie das?«, wollte Hilbert wissen.

»Es wäre doch denkbar, dass der Auftraggeber in Wirklichkeit kein Computerspiel entwickeln lassen wollte, sondern eine Drohnensteuerung. Dass das Spiel nur Tarnung war und hinter der Spielefirma in Wahrheit ein Rüstungskonzern steckte. Vielleicht hat Angesser das rausgefunden und sich deshalb geweigert, weiter daran zu arbeiten.«

»Das halte ich für weit hergeholt«, schaltete Koch sich jetzt ein, der offensichtlich mit seiner bisher passiven Rolle unzufrieden war. »Dafür gibt es doch überhaupt keine Anhaltspunkte.«

»Ein interessanter Gedanke«, sagte Hilbert, die ihn ignorierte, Varnholt dagegen neugierig betrachtete. »Wie auch immer, der Grund für das Zerwürfnis und letztlich auch Angessers Entlassung waren seine moralischen Bedenken gegen Mellecks Arbeit.«

»Waren die denn begründet?«, fragte Eisenberg.

»Jede neue wissenschaftliche Erkenntnis, jede Technologie kann missbraucht werden. Wenn Sie einen Impfstoff gegen Pocken entwickeln, haben Sie gleichzeitig die Möglichkeit geschaffen, diese Krankheit als biologische Waffe einzusetzen. Mit künstlicher Intelligenz ist es nicht anders. Es besteht kein Zweifel daran, dass die Schlachtfelder der Zukunft immer stärker von Drohnen beherrscht werden, die teilweise autonom agieren. Aber ebenso werden intelligente Systeme unsere Autos und Flugzeuge sicherer, unsere Häuser umweltfreundlicher, unsere Maschinen kostengünstiger, unsere Diagnosesysteme zuverlässiger und das Wissen der Welt für alle Menschen besser zugänglich machen. Ja, Angessers Warnungen vor den Risiken unserer Arbeit waren durchaus nicht unberechtigt, aber kein Grund, unsere Forschung einzustellen.«

»Aber doch ein Grund, ihn rauszuwerfen«, sagte Varnholt.

»Der eigentliche Grund war wohl eher, dass Melleck Kritik an seiner Arbeit nicht leiden konnte. Ich erinnere mich noch, wie ich mit ihm darüber gesprochen und ihn beschworen habe, Angesser noch eine Chance zu geben. Aber das hatte bei Walter keinen Sinn, er war schon fast paranoid und verdächtigte seinen Mitarbeiter, seine Arbeit zu sabotieren.«

»Also halten Sie es für möglich, dass Angesser jetzt, Jahre später, Melleck ermordet hat?«, wollte Eisenberg wissen. »Weil er Angst hatte, dass dessen Arbeit vom Militär genutzt werden könnte, um intelligente Roboter zu bauen?«

»So was wäre denkbar«, bestätigte Hilbert, »auch wenn ich Schwierigkeiten habe, mir vorzustellen, dass Angesser jemanden umbringt. Er war eher der ruhige, fast schüchterne Typ.«

»Das sind Mörder oft«, warf Koch ein. Varnholt schnaubte nur verächtlich.

Hilbert überging die Bemerkung.

»Eins gibt mir allerdings zu denken. Warum ist der Mord ausgerechnet jetzt geschehen, nachdem Sie mit Angesser gesprochen haben?«

»Glauben Sie, es könnte da einen Zusammenhang geben?«, fragte Eisenberg. Bei der Vorstellung, dass sein Gespräch mit Angesser der Auslöser für den Mord gewesen sein könnte, lief ihm ein Schauer über den Rücken. Aber es wäre nicht das erste Mal, dass ein Täter, in die Enge getrieben, zum Äußersten griff.

»Ich weiß es nicht. Die zeitliche Abfolge der Ereignisse spricht dafür. Aber das kann natürlich auch Zufall sein.«

»Ich kann da nicht ganz folgen«, meldete sich Koch. »Wieso sollte dieser Angesser Melleck ermorden, nachdem Hauptkommissar Eisenberg ihn vernommen hat?«

»Weil er befürchtete, dass Melleck ihn verraten könnte«, beantwortete Eisenberg die Frage. »Möglicherweise hat Melleck irgendetwas über ihn gewusst, das ihn mit NTR in Verbindung bringt. Nehmen wir mal an, es war so und Angesser ist Mitglied von NTR. Wir sprechen mit ihm und treiben ihn so in die Enge. Er erkennt plötzlich, dass Melleck ihn entlarven kann, und beschließt, ihn zu töten. Vielleicht war es eine Kurzschlusshandlung.«

»Womit hätte Melleck Angesser denn überführen können sollen, falls diese Theorie stimmt?«, fragte Varnholt. »Die beiden hatten doch anscheinend jahrelang keinen Kontakt.«

Hilbert ging einen Moment schweigend auf und ab.

»Sie sagten, Sie sind Angesser mithilfe von Textanalysen auf die Spur gekommen, nicht wahr?«, fragte sie schließlich.

»Das stimmt«, bestätigte Eisenberg.

»Und Sie haben ihm das auch so erzählt?«

»Ja. Er stand nicht unter Verdacht, und wir mussten ihm doch erklären, wie wir auf ihn gekommen waren.« Eisenberg wusste selbst nicht genau, warum ihm diese Frau immer wieder das Gefühl gab, sich rechtfertigen zu müssen.

»Die Basis für Ihre Analysen waren im Internet veröffentlichte Dokumente?«

»Das stimmt. Die NTR-Website und Angessers Veröffentlichungen, um genau zu sein.«

»Wie hoch war die Signifikanz?«

Eisenberg versuchte, sich daran zu erinnern, was Wissmann gesagt hatte.

»Ich weiß nicht genau. Nicht sehr hoch. Ungefähr dreißig Prozent, glaube ich.«

»Das ist schon eine ganze Menge. Es reicht nicht, um jemanden mit hoher Sicherheit als Urheber zu identifizieren, deutet aber durchaus darauf hin, dass Angesser tatsächlich der Verfasser der NTR-Texte sein könnte. Sofern die Signifikanz richtig berechnet wurde. Wer hat die Analyse gemacht?«

»Einer meiner Mitarbeiter. Simon Wissmann.«

»Sie haben eigene Mitarbeiter, die so etwas können? Respekt, Herr Hauptkommissar! Mit diesem Herrn Wissmann würde ich mich gern einmal unterhalten.«

»Das würde ihnen wenig Spaß machen«, meinte Varnholt. »Er hat Asperger.«

»Ein Autist, wie interessant! Ich bin immer der Meinung gewesen, dass viele Menschen mit außergewöhnlichen Begabungen unterschätzt werden. Ich selbst war als Kind auch eine Außenseiterin …« Sie hielt inne und starrte ins Leere.

»Ich frage mich, ob es nicht noch ein Dokument gibt«, sagte sie, während sie sich wieder ihren Besuchern zuwandte. »Eines, das die Signifikanz Ihrer Textanalyse wesentlich erhöhen würde. Das vielleicht in Teilen mit den Formulierungen von NTR identisch ist.« Sie ging zu ihrem Schreibtisch und öffnete ihren Laptop. »Können Sie mir bitte die URL der Website sagen?«

Varnholt nannte sie. Hilbert tippte die Adresse ein, nahm

den Laptop vom Schreibtisch und setzte sich wieder in ihren Sessel. Sie las mit gerunzelter Stirn.

»Hm … *Wir glauben, wir programmieren Computer, doch in Wahrheit programmieren sie uns.* Ich habe das Gefühl, diesen Satz schon einmal gehört zu haben. Und hier: *Wir sind dabei, die Kontrolle über die Technik, die uns umgibt, immer weiter abzugeben … wir verstricken uns immer tiefer im Netz unserer Abhängigkeit von den Maschinen.* Ich kann es nicht beschwören, aber ich glaube, das sind fast wörtlich die Argumente, die Angesser benutzt hat.«

»Waren Sie dabei, als er sie geäußert hat?«, fragte Eisenberg.

»Nein. Aber Walter hat mir davon erzählt. Ich erinnere mich, dass er sich darüber lustig gemacht hat. Und er hat damals auch von Ted Kaczynski gesprochen. Er sagte, Angesser habe dessen Manifest gelesen. *Der ist genauso verrückt wie dieser Unabomber*, ich glaube, das waren seine Worte. Das Ganze ist allerdings schon ziemlich lange her.«

»Halten Sie es für möglich, dass Angesser diese Bedenken gegenüber Melleck schriftlich formuliert hat? In einem Brief oder einer E-Mail?«

Hilbert nickte.

»Ja, natürlich. Das ist nicht nur möglich, das ist sogar wahrscheinlich. Mein Gott …« Sie starrte einen Moment lang sprachlos auf den Monitor. Eisenberg ließ ihr Zeit. »Das würde erklären, warum er Walter ermordet hat«, fuhr sie fort. »Wenn Angesser dieselben Worte tatsächlich schon damals in einem Brief an Melleck verwendet hat, wäre das ein starkes Indiz dafür, dass auch der Text auf der NTR-Website von ihm stammt. Als sie ihm davon erzählt haben, hat er begriffen, dass Melleck ihn auf diese Weise identifizieren könnte, und hat beschlossen, ihn zu töten.«

»Vor Gericht wäre eine solche Übereinstimmung wohl kaum ausreichend«, entgegnete Varnholt.

»Vielleicht nicht, um ihn zu verurteilen«, stimmte Eisenberg zu. »Aber es reicht, um ihn in Untersuchungshaft zu nehmen.« Er wandte sich an ihren Begleiter aus der Abteilung Fünf. »Herr Koch, würden Sie Ihrem Chef bitte sagen, dass Angesser unter dringendem Tatverdacht steht? Polizeidirektor Hintze soll selbst entscheiden, ob er ihn noch unter Beobachtung hält oder direkt einen Haftbefehl beantragt.«

Koch nickte, holte sein Handy hervor und verließ den Raum.

Eisenberg wandte sich an Hilbert.

»Haben Sie den damaligen E-Mail-Verkehr zwischen Angesser und Melleck denn noch irgendwo gespeichert?«

»Möglicherweise in irgendwelchen Archivdateien. Ich werde es herausfinden und melde mich dann bei Ihnen.«

»Gut, danke. Sie haben uns wirklich sehr geholfen.« Er erhob sich, um sich zu verabschieden.

»Es hat mich gefreut, Sie kennenzulernen, Herr Hauptkommissar.« Diesmal erreichte das Lächeln ihre Augen. »Auch Sie, Herr Varnholt. Ich hätte ehrlich gesagt nicht gedacht, dass die Berliner Polizei über so viel Sachkenntnis verfügt. Wenn Sie Ihre Mitarbeiter irgendwann nicht mehr benötigen, rufen Sie mich an, ja?«

Eisenberg dachte daran, dass diese Situation am Morgen noch im Bereich des Möglichen gelegen hatte. Jetzt allerdings hatte er das Gefühl, endlich eine heiße Spur zu haben. Einiges sprach dafür, dass Angesser zu NTR gehörte, vielleicht sogar der Kopf der Terrorgruppe war. Wenn nicht er selbst Melleck erschossen hatte, war er womöglich einer der Drahtzieher des Mordes. Wenn sich in den alten E-Mails ein Beweis fand …

Seine gute Laune verschwand so schnell, wie sie aufgekommen war, als Koch zurück ins Büro kam. Er sah bereits am Gesichtsausdruck von Hintzes Mitarbeiter, dass etwas nicht stimmte.

»Kann ich Sie kurz sprechen, Herr Hauptkommissar?«

»Entschuldigen Sie uns bitte für einen Moment, Frau Dr. Hilbert.« Er folgte Koch auf den Flur.

»Ich habe schlechte Neuigkeiten, Herr Hauptkommissar. Dr. Thomas Angesser ist offenbar spurlos verschwunden.«

»Was? Ich hatte doch eine Überwachung beantragt!«

»Die wurde auch genehmigt, aber offenbar kamen die Kollegen zu spät. Sie haben seit gestern Abend 19:00 Uhr seine Wohnung beobachtet, jedoch weder ihn noch sonst jemanden zu Gesicht bekommen. Heute Morgen hat er die Wohnung nicht verlassen. Daraufhin hat einer unserer Leute seinen Arbeitgeber angerufen und erfahren, dass er sich krankgemeldet hat. Wir haben dann jemanden als Paketboten getarnt zu seiner Wohnung geschickt, aber es hat niemand geöffnet. Schließlich hat der Überwachungsdienst mit Spähmaßnahmen festgestellt, dass die Wohnung leer ist und der Verdächtige höchstwahrscheinlich flüchtig.«

»So ein verd…« Eisenberg verkniff sich den Rest des Fluchs und kehrte in Hilberts Büro zurück.

»Wir müssen los, Frau Dr. Hilbert. Noch einmal danke für Ihre Unterstützung!«

»Was ist denn passiert?«

Eisenberg zögerte kurz.

»Dr. Angesser ist offenbar spurlos verschwunden.«

Hilbert nickte, als sei sie nicht sonderlich überrascht.

»Also hat er tatsächlich etwas damit zu tun. Ich hoffe, dass Sie diesen paranoiden Irren erwischen, Herr Hauptkommissar!«

27.

Die Welt war ein Meer von Wahrscheinlichkeiten. Das war den meisten Menschen nicht klar. Mit ihren beschränkten Gehirnen, von der Evolution auf simples Reiz-Reaktions-Verhalten getrimmt, suchten sie ständig nach Kausalität, nach simplen Ursache-Wirkungs-Mechanismen. Es war wie in einem Experiment der Verhaltensforscher: Gab ein Behälter Futter ab, sobald eine Taube einen Hebel berührte, lernte sie diesen Zusammenhang und wiederholte die Handlung. Wenn dann einige Zeit später durch einen simplen Zufallsmechanismus erneut Futter aus dem Behälter fiel, versuchte der Vogel, dafür eine Erklärung zu konstruieren. Hatte er zum Beispiel zufällig gerade mit den Flügeln geschlagen, fuhr er damit fort in der Annahme, fortgesetztes Flügelschlagen werde den Behälter dazu bringen, noch mehr Futter abzugeben. Die weitaus meisten Menschen verhielten sich wie die Taube im Experiment. In naiver Selbstüberschätzung glaubten sie, alles Gute, das ihnen widerfuhr, sei vor allem auf ihre eigenen Handlungen zurückzuführen, während an dem Schlechten die eigenen Eltern, die Politiker oder die Planetenkonstellation schuld waren. Dass reiner Zufall ihr Leben dominierte, damit konnten sie sich nicht abfinden.

Sim jedoch wusste es besser: Der Zufall war der wahre Herrscher der Welt. Schon das Entstehen eines Universums, in dem Leben existieren konnte, war einem äußerst unwahrscheinlichen Zusammentreffen quantenmechanischer Umstände zu verdanken, die nur dadurch erklärt werden konnten, dass es noch unendlich viele andere Universen geben musste, in denen es nichts Lebendiges gab. Durch eine weitere Konstellation seltener Umstände war auf dem dritten Planeten eines unbedeutenden Durchschnittssterns im Randbereich einer Durchschnittsgalaxis Leben entstanden, aber das Universum war so riesig, dass das zwangsläufig irgendwo hatte passieren müssen, einfach weil es möglich war. Durch eine lange Kette von Zufallsereignissen hatte sich schließlich eine Affenart herausgebildet, die in der Lage war, derartige Betrachtungen anzustellen. Ebenso gut hätte es intelligente Vögel, Delfine, Oktopoden oder Insektenstaaten geben können. Die Evolution hatte einfach so lange blind herumprobiert, bis der Mensch dabei herausgekommen war, ein Extrempunkt auf der Wahrscheinlichkeitsverteilung der Intelligenz unter den Lebewesen, mehr nicht.

Allerdings unterlag auch der Zufall Regeln. Diese Regeln waren es, die Sim schon immer fasziniert hatten. Als kleiner Junge hatte er den Würfel aus dem Mensch-ärgere-Dich-nicht-Spiel seiner Eltern genommen und versucht, das Ergebnis eines Würfelwurfs vorherzusagen. Nach stundenlangem Würfeln hatte er gewusst, dass die Wahrscheinlichkeit für eine Sechs etwas niedriger lag als die für eine Vier. Als er dieses Ergebnis seinen Eltern verkündete, hatten sie ihn nur mit großen Augen angeschaut und darauf beharrt, dass bei einem Würfel alle Augenzahlen gleich oft fielen. Sim hatte gewusst, dass sie unrecht hatten, aber nicht, warum. Erst später hatte er begriffen, dass kein Würfel perfekt war, dass winzige Unterschiede in der Oberflächenbeschaffenheit und der Dichte des Materials die Wahrscheinlichkeit, ein bestimmtes Ergebnis zu erzielen, beeinflussten. Und er hatte erkannt, welche Macht einem solches Wissen verlieh. Wenn man die Gesetze der Wahrscheinlichkeit verstand, verstand man die Welt, dann konnte man

Aktienkurse, das Wetter und sogar das ansonsten unerklärliche Verhalten von Menschen vorhersagen.

Das war die ursprüngliche Aufgabe der SEGI gewesen: Im Informationsrauschen des Internets nach Mustern zu suchen, vorherzusagen, an welchen Stellen sich Anomalien zu ernsthaften Störungen entwickeln konnten, potenzielle Täter zu identifizieren, bevor sie ihre Taten begingen. Doch die übelsten aller Kausalisten, die engstirnigsten Vertreter der Auffassung, dass alles immer eine simple Ursache-Wirkungs-Beziehung hatte, waren ausgerechnet dieselben, die darüber entschieden, was man tun durfte und was nicht: Juristen. In ihrer Welt der Gesetze und Vorschriften war alles ganz einfach: Tust du dies, ist es erlaubt, tust du jenes, kommst du ins Gefängnis. Dass die meisten Straftaten auf einer Verkettung von zufälligen Umständen basierten, interessierte weder Richter noch Staatsanwälte und schon gar nicht die Politiker, die in ihrer Naivität immer wieder Gesetze verabschiedeten in der irrigen Annahme, damit bestimmte Ursache-Wirkungs-Mechanismen auslösen zu können, dabei jegliche Nebeneffekte konsequent ignorierend. So war es nicht weiter überraschend, dass der vielversprechendste Ansatz für eine deutliche Reduzierung der Verbrechensrate – die präventive Identifikation potenzieller Täter – als illegal eingestuft worden war. Zwar unternahm die bayerische Polizei bereits halbgare Versuche, die Wahrscheinlichkeit von Straftaten in bestimmten Wohngebieten abzuschätzen und die Einsatzpläne der Polizeistreifen daran auszurichten. Doch dieser Ansatz brachte nur wenig und nutzte die Möglichkeiten der Technik kaum aus.

Sim war sich bewusst, dass seine Fähigkeiten selbst innerhalb der SEGI kaum geschätzt wurden, vom Rest des LKA ganz zu schweigen. Er hätte etwas anderes tun können, zum Beispiel mit Aktien spekulieren. Er hatte es eine Weile zum Spaß ausprobiert, die Kursentwicklungen analysiert, in einem virtuellen Portfolio Aktien gekauft und verkauft und dann anhand der echten Kursentwicklung den Wert seiner fiktiven Anteile berechnet. Innerhalb von drei Monaten hatte er aus 100.000 Euro Startkapital drei Millionen gemacht. Er hätte sein Wissen für viel Geld an eine der Firmen verkaufen können, die von der Aktienspekulation lebten, oder an eine Versicherung, deren Geschäft es war, die Wahrscheinlichkeit negativer Ereignisse zu berechnen. Aber Geld interessierte Sim nicht, und Leute, die geldgierig waren, konnte er nicht leiden. Bei der Polizei hatte er zumindest die Chance, hin und wieder etwas Sinnvolles zu tun, einen kleinen Beitrag zu leisten, um die Welt besser zu machen. Das musste genügen.

Er betrachtete die Liste auf dem Monitor. Es war nicht ganz einfach gewesen, die Kriterien zu bestimmen, nach denen NTR das nächste Angriffsziel auswählen würde. Er hatte nur drei Datenpunkte gehabt: den Anschlag auf das Berliner Stromnetz, die Drohnenattacke auf den Flughafen, den Mord an Walter Melleck. Daraus Muster abzuleiten, war schwierig, und dementsprechend war die Signifikanz der Wahrscheinlichkeiten auf der Liste nicht sehr groß. Aber sie war besser als null. Er hatte als Kind nicht exakt vorhersagen können, welche Zahl beim nächsten Würfelwurf fiel, aber gewusst, dass die Vier wahrscheinlicher war als die Sechs. Und so war er zuversichtlich, dass die Ziele auf seiner Liste wahrscheinlicher waren als die Ziele, die nicht auf der Liste standen, selbst wenn er nicht wusste, welches dieser Ziele NTR tatsächlich auswählen würde.

Eines allerdings sagten die drei Datenpunkte mit hoher

Signifikanz voraus: Es würde nicht lange dauern, bis die Terrororganisation erneut zuschlug.

Aus den Augenwinkeln nahm Sim Unruhe wahr. Eisenberg und der Dicke waren von irgendeinem sinnlosen Ausflug zurückgekehrt. Bestimmt würden sie ihn gleich bei der Arbeit stören. Egal, er hatte ohnehin vorgehabt, sein Ergebnis dem Chef mitzuteilen. Also druckte er die Liste aus und verließ freiwillig den geschützten Bereich seines Glasbüros.

»Also war es doch Angesser«, sagte der dünne Idiot gerade. »Wir sollten uns mal in seiner Wohnung umsehen.«

»Gut«, erwiderte der Chef. »Fragen Sie bitte bei Polizeidirektor Hintze nach, ob die Spurensicherung schon vor Ort ist. Und bitten Sie ihn der Form halber um Erlaubnis … Nein, warten Sie, das mache ich besser selbst.«

»Ich habe hier eine Liste …«, sagte Sim.

»Mir geht das alles ein bisschen zu schnell«, widersprach der Dicke. »Woher wollen wir wissen, dass Angesser wirklich der Täter ist? Es ist doch gut möglich, dass er gar nicht geflohen ist. Vielleicht ist er zu seinen Eltern gefahren oder zu einer Freundin. Bisher haben wir noch überhaupt keinen konkreten Anhaltspunkt, der ein Eindringen in seine Wohnung rechtfertigen würde.«

»Und warum meldet er sich dann in der Firma krank?«, fragte der Dünne.

»Schon mal was von Blaumachen gehört?«

»Ausgerechnet jetzt?«

»Ich habe hier eine Liste …«, wiederholte Sim.

»Warum nicht jetzt? Vielleicht ist es ihm einfach unangenehm, ständig mit NTR in Verbindung gebracht zu werden. Oder er hat die Nase voll davon, dauernd von der Polizei belästigt zu werden, und zieht sich eine Weile zurück. Bloß, weil er sein Recht auf freie Wahl seines Aufenthaltsorts ausübt, ist er noch lange nicht verdächtig.«

»Merkst du eigentlich, was für einen Müll du redest, Varnholt? Anscheinend ist dir die Privatsphäre eines Mörders wichtiger als die Strafverfolgung!«

»Wenn es nach dir ginge, würde so was wie Privatsphäre am besten gleich ganz abgeschafft, nicht wahr? Wir montieren einfach überall Überwachungskameras und Abhörgeräte, dann erwischen wir die Straftäter bestimmt, und wir brauchen dann auch keine Gefängnisse mehr, nur noch eine große Mauer rund um unser Land.«

»Ich habe hier eine Liste …«

»Deine Schwarz-Weiß-Polemik ist kein bisschen hilfreich. Ich hab schon bei unserem Gespräch mit Angesser gemerkt, dass er etwas verheimlicht. Hätten wir ihn gleich vorläufig festgenommen, wie ich es vorgeschlagen habe …«

»Könnt ihr jetzt bitte mal aufhören, euch zu streiten? Hauptkommissar Eisenberg möchte telefonieren!«

»Ja, Mami!«

»Ich habe hier eine Liste …«

»Du gehst mir auf die Nerven mit deiner Liste!«, rief der dünne Idiot.

»Moment mal, was für eine Liste?«, fragte Eisenberg. Er legte wieder auf.

»Ich habe hier eine Liste mit den potenziellen nächsten Angriffszielen von NTR«, erklärte Sim.

»Woher haben Sie die?«

»Selbst erstellt.«

»Und woher bitte willst du wissen, was NTR als Nächstes tut?«, fragte der Dicke.

»Ich habe es ausgerechnet.«

Der Dicke lachte auf seine schwabbelige Art.

»Du hast ausgerechnet, was NTR als Nächstes tut? Ich bin beeindruckt, Sim!«

Das war höchstwahrscheinlich Sarkasmus. Sim konnte es nicht anhand des Tonfalls identifizieren – er war nicht besonders gut darin, anhand von Gestik, Mimik oder Lautäußerungen auf die Gefühle von Menschen zu schließen –, aber auch hier half ihm die Wahrscheinlichkeitsrechnung: Wenn der Dicke etwas Positives sagte, dann war es so gut wie immer sarkastisch gemeint.

»Darf ich das mal sehen?«, fragte der Chef.

Sim reichte ihm die Liste. Der Hauptkommissar machte ein faltiges Gesicht, während er las. Sim war nicht sicher, ob das Ärger, Erheiterung, Verwunderung oder einfach Konzentration bedeutete.

»Warum sollte NTR als Erstes das Robert Koch-Institut attackieren?«

»Die Liste ist nicht so zu verstehen, dass die Täter die Ziele in dieser Reihenfolge angreifen«, erklärte Sim geduldig. »Ich habe sie lediglich nach Signifikanz geordnet.«

»Also schön, warum ist ein Angriff auf das Robert Koch-Institut aus Ihrer Sicht am wahrscheinlichsten?«

»Ich habe Kriterien abgeleitet, nach denen NTR wahrscheinlich Ziele auswählt. Die beiden wichtigsten sind öffentliche Aufmerksamkeit und Bedrohungspotenzial aus Sicht der Terroristen. Das Robert Koch-Institut in Berlin ist oft in den Medien erwähnt worden, da das neue Hochsicherheitslabor vor Kurzem eröffnet wurde. Da dort theoretisch künstliche Organismen hergestellt werden können, stellt es aus Sicht von NTR eine große Bedrohung für die Menschheit dar. Ein weiteres Kriterium ist die Erfolgschance eines Angriffs. Das

Robert Koch-Institut ist weniger gut gesichert als militärische Forschungsanlagen und Atomkraftwerke. Ich weise aber darauf hin, dass die Signifikanz meiner Analyse aufgrund der wenigen verfügbaren Daten gering ist – es kann ebenso gut ein anderes Ziel auf der Liste betroffen sein, deshalb ist sie so lang.«

»Und was sollen wir jetzt mit dieser Liste anfangen?« Es überraschte Sim kein bisschen, dass der dünne Idiot eine so blöde Frage stellte.

»Man muss die Institutionen auf der Liste über die Gefahr informieren«, erklärte Sim geduldig. »Man muss dafür sorgen, dass die Schutzmaßnahmen verstärkt werden.«

Eisenberg machte weiter sein faltiges Gesicht.

»Hm. Na schön, ich gebe die Liste an Polizeidirektor Hintze weiter. Ich bezweifle allerdings, dass er deswegen viel tun wird – Ihre Anhaltspunkte sind noch etwas … unkonkret. Jedenfalls vielen Dank für Ihren Einsatz, Herr Wissmann.«

Sim kehrte in sein Glasbüro zurück. Er hatte nicht erwartet, dass die anderen begriffen, was sie tun mussten. Aber das war nicht sein Problem. Er hatte getan, was er konnte.

28.

Thomas Angesser wohnte in einem modernisierten Mietshaus in Friedrichshain. Als Jaap und Eisenberg eintrafen, waren die Kollegen des Überwachungs- und Erkennungsdienstes bereits vor Ort, hatten die Wohnungstür jedoch noch nicht geöffnet. Auch Hintzes Vertrauter Koch war anwesend. Sein Chef selbst war nicht vor Ort, hatte aber all seine Autorität und Überzeugungskraft aufgewandt, um dem zuständigen Staatsanwalt klarzumachen, dass die Verdachtsmomente gegen Angesser für ein Eindringen in seine Privatwohnung ausreichten.

»Sie finden besser etwas, sonst haben wir ein Problem«, hatte er Koch mit auf den Weg gegeben, wie dieser auf der Herfahrt immer wieder betont hatte.

Eisenberg klingelte noch einmal. Als niemand öffnete, gab er dem Spezialisten des Überwachungsdienstes ein Zeichen. Der brauchte nur ein paar Sekunden, um mit einem Spezialwerkzeug das Schloss herauszubohren und die Tür zu öffnen. Jaap durfte die Wohnung als Erster betreten. Er zog seine Dienstwaffe und sicherte vorschriftsmäßig den Eingangsbereich, obwohl der Überwachungsdienst gemeldet hatte, dass die Räume leer seien. Er wollte keine böse Überraschung riskieren.

»Eingangsbereich sicher!«, rief er. Irgendjemand kicherte.

Von dem kleinen Flur gingen drei Türen ab. Eine führte ins Bad. Jaap öffnete sie und sah hinein, die Waffe nun nicht mehr mit beiden Armen vor sich ausgestreckt. »Bad sicher!«, sagte er etwas leiser. Eisenberg öffnete die gegenüberliegende Tür, hinter der sich eine kleine Küche verbarg. Er sagte nichts. Jaap öffnete nun die dritte. Sie führte in einen etwa dreißig Quadratmeter großen Raum, der als kombiniertes Wohn- und Schlafzimmer diente. Ein breites Futonbett war durch einen Kleiderschrank und einen Paravent im japanischen Stil vom Wohn- und Arbeitsbereich abgeteilt. Ein großer Fernseher, zwei Sessel, ein Schreibtisch, Bücherregale, eine Tür, die zu einem kleinen Balkon mit Blick auf einen rückwärtigen Garten führte. Angesser lebte offensichtlich allein. Die Wohnung machte einen aufgeräumten Eindruck, so als sei er in den Urlaub gefahren. Das Bett war gemacht, nirgendwo lag Wäsche herum.

»Wohnraum sicher!«, sagte Jaap, ohne dass es irgendwen interessierte.

Der Kollege vom Erkennungsdienst nahm Fingerabdrücke und machte Fotos. Jaap inspizierte Küche und Bad. Kein schmutziges Geschirr, nicht einmal in der Spülmaschine. Der Kühlschrank war bis auf ein paar länger haltbare Lebensmittel leer. Die Waschbecken waren trocken, eine Zahnbürste fehlte. Koch folgte Jaap auf Schritt und Tritt und sah ihm über die Schulter, als überprüfe er jede seiner Handlungen auf Übereinstimmung mit den Dienstvorschriften.

»Sieht fast so aus, als hätte er hier gar nicht richtig gewohnt«, sagte Jaap zu seinem Chef.

»Vielleicht hat er geahnt, dass er irgendwann schnell verschwinden muss, und war darauf vorbereitet. Sehen Sie bitte mal nach, ob sie irgendwo elektronische Geräte finden – Laptop, Handy, Datenspeicher.«

Doch weder im Schreibtisch, der ebenso gründlich aufgeräumt war wie alles andere, noch in den Regalen und Schränken fand sich etwas Verwertbares. Ein paar Ordner enthielten Rechnungen und Steuerunterlagen, nichts Ungewöhnliches, soweit Jaap das auf den ersten Blick erkennen konnte. Nirgendwo auch nur eine einzige selbstgebrannte CD oder DVD, keine USB-Sticks oder andere Datenträger. Das Telefon im Eingangsbereich hatte einen Anrufbeantworter, doch der war leer, ebenso der Nummernspeicher.

Als Jaap ins Wohnzimmer zurückkehrte, stand Eisenberg vor dem Bücherregal, ein Buch in der Hand. »Was haben Sie da?«, fragte er.

Eisenberg hielt das Buch hoch, so dass Jaap den Titel erkennen konnte: *Schöpfung außer Kontrolle – Wie die Technik uns benutzt.*

»Hier ist eine ganze Sammlung von Büchern, die sich kritisch mit der technischen Entwicklung auseinandersetzen«, sagte er. »Das ist natürlich nicht überraschend. Trotzdem sollten wir seine Bücher katalogisieren. Vielleicht hatte er Kontakt zu einem der Autoren.«

Jaap betrachtete das Regal. Einige Titel kannte er, ohne sie allerdings selbst gelesen zu haben: *1984, Schöne Neue Welt, Fahrenheit 451*. Ein seltsames Déjà-vu-Gefühl überkam ihn, als er *Simulacron-3* von Daniel Galouye entdeckte, das Buch, das in ihrem letzten Fall eine so zentrale Bedeutung gehabt hatte.

»Anscheinend interessiert er sich besonders für pessimistische Science-Fiction-Romane.«

»Ja, offensichtlich. Herr Klausen, schauen Sie bitte mal, ob Sie irgendwo Hinweise finden, wo er sein könnte – die Bestätigung einer Flugbuchung zum Beispiel.« Eisenberg klang, als rechne er nicht damit.

Jaap sah als Erstes nach den Papierkörben, aber die waren leer. Er blätterte noch einmal alle Ordner durch, fand jedoch lediglich ein paar Belege für Dienstreisen, die mindestens ein halbes Jahr zurücklagen.

»Nichts, Herr Eisenberg.«

»Dann bleiben uns wohl nur die Nachbarn.«

Es gab noch zwei Wohnungen auf derselben Etage. Bei einer öffnete niemand. Hinter der anderen Tür zeigte sich nach dem Klingeln ein älterer Mann. Angesser sei ein ruhiger Mieter, sagte er, ganz im Gegensatz zu dem kinderlosen Ehepaar über ihm, das sich oft bis spät in die Nacht lautstark streite. Er habe seinen Nachbarn seit letzter Woche nicht gesehen und auch sonst nicht viel Kontakt zu ihm gehabt. Er wisse nicht einmal genau, was Angesser beruflich mache, geschweige denn, wo er sich zurzeit aufhalte.

»Soll ich eine Fahndung veranlassen?«, fragte Koch.

»Wir haben noch keinen Haftbefehl«, verneinte Eisenberg. »Prüfen Sie bitte stattdessen, ob Angesser einen Zweitwohnsitz hat.«

Koch rief in seiner Abteilung an und bat um eine Überprüfung der Meldedaten, doch auch das brachte keine neuen Erkenntnisse. Schließlich blieb ihnen nichts anderes übrig, als mit leeren Händen zurück zum Tempelhofer Damm zu fahren.

»Sieht so aus, als habe er seine Flucht sehr sorgfältig vorbereitet«, berichtete Jaap, als sie wieder zurück im Teamraum waren. »Das beweist für mich, dass er etwas zu verbergen hat.«

Wie nicht anders zu erwarten, hatte Ben Einwände.

»Haben wir nicht alle was zu verbergen?«

»Du vielleicht!«, konterte Jaap.

Ben schwieg.

»Was denken Sie, Frau Morani?«, fragte Eisenberg.

»Ich halte es für möglich, dass Angesser etwas über NTR weiß, das er uns nicht gesagt hat. Aber auf mich wirkte er überrascht, als Sie den Mord an Melleck erwähnten. Das spricht gegen die Theorie, dass er seinen Exchef ermordet hat, weil dieser ihn hätte identifizieren können.«

»Möglicherweise war nicht er selbst der Mörder«, wandte Jaap ein. »Vielleicht hat einer seiner Mitverschwörer von NTR den Mord begangen, nachdem ihm Angesser von der ersten Vernehmung erzählt hat.« Ihm kam ein Gedanke. »Wir sollten überprüfen, wer noch alles für Melleck gearbeitet hat. Der Aussage von Frau Dr. Hilbert nach zu urteilen, war Angesser nicht der Einzige, der mit ihm Probleme hatte. Wer weiß, vielleicht haben ja mehrere der NTR-Mitglieder im Institut für Künstliche Intelligenz gearbeitet. Vielleicht war das IKI sogar die Keimzelle dieser Organisation.«

»Das wäre möglich«, stimmte Eisenberg zu.

»Hält es eigentlich niemand außer mir für denkbar, dass Melleck aus einem völlig anderen Grund ermordet wurde?«, warf Ben ein.

»Natürlich ist das denkbar«, erwiderte Jaap. »Aber nicht wahrscheinlich. Benutz einfach Occams Rasiermesser: Die naheliegende Erklärung ist meistens richtig.«

»Für mich ist da gar nichts naheliegend. NTR will auf die Gefahren der Technik aufmerksam machen. Und da töten sie wahllos einen Wissenschaftler? Noch dazu einen, den eines der Mitglieder persönlich kannte? Um damit eine Spur zu sich zu legen? Das klingt für mich nicht sehr plausibel.«

Jaap war froh, dass er gründlich im Internet recherchiert hatte. Er würde sich von Ben nicht mehr so leicht vorführen lassen.

»Theodore Kaczynski hatte dieselben Ziele wie NTR. Sie berufen sich sogar auf ihn. Kaczynski hat führende Wissenschaftler mit Briefbomben verletzt und drei getötet. Er wollte, dass die übrigen Mitglieder des ›wissenschaftlich-militärisch-industriellen Komplexes‹ Angst bekommen und die Forschungen einstellen.«

»Mag ja sein, dass die den Unabomber zum Helden verklären, aber sie gehen doch völlig anders vor. Außerdem, wenn Melleck von Terroristen erschossen worden wäre, müsste es dann nicht ein Bekennerschreiben geben? Ich bleibe dabei: Für mich passen der Mord und die anderen beiden Aktionen nicht zusammen.«

Eisenberg musterte Ben nachdenklich. Einen Moment lang sagte niemand etwas. Jaap spürte die Anspannung im Raum. Schließlich erhob sich Ben. »Ich mach jetzt Feierabend. Bis morgen!«

»Irgendwas stimmt nicht mit ihm«, sagte Jaap, nachdem Ben gegangen war.

Eisenberg antwortete nicht. Claudia sah ihn mit kritischer Miene an, fast, als mache sie ihm Vorwürfe.

»Was?«, fragte er. »Ist doch wahr, oder? Ben hat immer nur Einwände. Und dabei verhält er sich die ganze Zeit irgendwie merkwürdig, nicht wie sonst.«

»Ihr streitet euch die ganze Zeit«, stellte Claudia fest. »Daran kann ich nichts Ungewöhnliches feststellen.«

Sie verteidigte Ben! Warum bloß?

»Morgen fahren wir noch einmal ins IKI«, entschied Eisenberg. Auch er wirkte irgendwie anders als sonst. Der Chef war keiner, der viel redete, aber jetzt war er noch schweigsamer. Immerhin hatte er Jaaps Vorschlag aufgegriffen, Mellecks ehemalige Mitarbeiter zu überprüfen. Wenigstens ein kleiner Lichtblick. Dennoch hatte Jaap das Gefühl, dass ein Schatten über die SEGI gefallen war.

29.

»Herr Hauptkommissar! Schön, Sie wiederzusehen!« Hilberts Lächeln erreichte ihre Augen. Sie trug einen eleganten dunkelgrauen Zweiteiler, der dezent ihre Figur betonte. »Haben Sie schon neue Erkenntnisse?«

Eisenberg bemühte sich, alle unprofessionellen Gedanken aus seinem Kopf zu verbannen.

»Danke, dass Sie sich erneut für uns Zeit nehmen«, brachte er mit halbwegs neutraler Stimme heraus.

»Sehr gern. Nehmen Sie doch Platz!«

Koch, Varnholt und er selbst setzten sich auf dieselben Plätze wie gestern. Als Klausen am Morgen erfahren hatte, dass er nicht mitkommen sollte, hatte er ein sehr enttäuschtes Gesicht gemacht. Immerhin war es seine Idee gewesen. Doch die Vorstellung, dass sich Varnholt und Klausen ununterbrochen zankten, während Hintzes Aufpasser danebensaß, hatte Eisenberg abgeschreckt. Andererseits hatte er recht gehabt: Mit Ben Varnholt stimmte etwas nicht. Eisenberg wollte ihn in dieser Situation ungern aus den Augen lassen. Er hätte gern auch Claudia Morani mitgenommen, die in Gesprächen mit Zeugen immer wieder interessante Beobachtungen machte. Doch dann wäre Jaap Klausen allein zurückgeblieben und hätte sich noch mehr ausgegrenzt gefühlt, und das wollte er ihm nicht antun.

»Uns kam der Gedanke, dass es vielleicht noch mehr ehemalige Angestellte des IKI geben könnte, die Bedenken gegen Mellecks Arbeit hatten«, eröffnete Eisenberg das Gespräch. »Könnten Sie uns eine Liste aller Mitarbeiter zusammenstellen, die für Melleck gearbeitet haben, während Angesser hier beschäftigt war?«

»Das IKI als Keimzelle einer terroristischen Organisation?« Hilbert schien eher amüsiert als erschrocken. »Nun, wer weiß, unmöglich ist das nicht. Wir beschäftigen hier außergewöhnlich talentierte Menschen, und die haben oft auch außergewöhnliche Ansichten. Ich gebe das gleich an die Personalabteilung weiter. Was ist mit Angesser? Haben Sie mit ihm gesprochen?«

»Er ist spurlos verschwunden«, sagte Koch.

»Also hatten Sie recht, Herr Eisenberg. Ich bin beeindruckt.«

»So sicher ist das nicht«, wandte Varnholt ein. »Es ist gut möglich, sogar wahrscheinlich, dass der Mord an Melleck gar nichts mit NTR zu tun hat.«

Hilbert zog eine Augenbraue hoch. »Ach ja? Das müssen Sie mir erläutern!«

Varnholt brachte seine Argumente vor, dass der Mord nicht zu dem Muster der beiden anderen Anschläge und zu den Motiven der Terroristen passe.

»Was genau wissen Sie denn über die Motive von NTR?«, fragte Hilbert.

»Sie haben sie immerhin im Internet veröffentlicht«, sagte Varnholt. Es klang etwas lahm.

»Und die Drohbriefe? Ich darf mal zitieren: *Wir werden Sie als Kollaborateur des größten Feindes betrachten, den die Menschheit je hatte. Wir behalten uns sämtliche Maßnahmen zur Selbstverteidigung unserer Spezies vor.*«

Offensichtlich kannte Hilbert die entsprechende Passage auswendig. Vielleicht hatte sie ähnlich wie Wissmann die Fähigkeit, einen einmal gelesenen Text jederzeit fehlerfrei wiederzugeben.

»Das soll doch bloß die Empfänger einschüchtern. Es ist keine ernst gemeinte Morddrohung.« Der sonst so selbstsichere Varnholt wirkte nervös. Lag es daran, dass Hilbert auch auf ihn eine einschüchternde Wirkung hatte?

Die Leiterin des IKI zog die Stirn kraus.

»Sie wollen mir also sagen, dass ich den an mich persönlich gerichteten Drohbrief nicht ernst nehmen soll? Nachdem einer meiner engsten Mitarbeiter, der ebenfalls einen solchen Brief erhalten hat, in seinem Haus erschossen wurde? Soll ich die Beamten, die Sie freundlicherweise zu meinem Schutz abkommandiert haben, wieder nach Hause schicken?«

»Nein, ich wollte lediglich auf die Möglichkeit hinweisen, dass …«

Sie lächelte versöhnlich.

»Ich verstehe Ihren Punkt, Herr Varnholt. Selbstverständlich müssen Sie alle Möglichkeiten in Betracht ziehen, nicht nur die naheliegenden. Ich bin keine Polizistin, aber ich würde Ihnen dennoch empfehlen, Ihre Energie zunächst darauf zu konzentrieren, Angesser zu finden. Sein plötzliches Verschwinden kann kaum Zufall sein, oder?«

»Wenn er der Mörder war, warum ist er dann nicht gleich nach der Tat abgehauen?«, wandte Varnholt ein. »Warum erst, nachdem wir mit ihm gesprochen haben?«

»Ist das nicht offensichtlich?«, wunderte sich die Institutsleiterin. »Wäre er einfach so spurlos verschwunden, nachdem sein früherer Chef erschossen wurde, hätten sie ihn doch sofort verdächtigt. So konnte er hoffen, dass Sie die Verbindung zwischen ihm und Melleck übersehen würden. Aber das haben Sie nicht, und deshalb musste er fliehen. Er hat großes Glück gehabt, dass sie ihn nicht gleich festgenommen haben.«

Steckte da ein leichter Tadel in diesem letzten Satz? Nein,

Eisenberg konnte in ihren dunklen Augen keinen Vorwurf erkennen. Sie hatte lediglich eine Tatsache festgestellt. Regina Hilbert würde eine hervorragende Polizistin abgeben, schoss es ihm durch den Kopf. Es war gut, dass sie noch einmal hergekommen waren.

»Was glauben Sie, wo könnte er sein?«, fragte Eisenberg.

Sie blickte ihn einen Moment an, als wolle sie ergründen, warum er ihr diese Frage stellte. »Ich habe Angesser seit Jahren nicht gesehen und hatte auch damals nicht viel Kontakt mit ihm. Ich weiß also nicht mehr als Sie. Haben Sie sich seine Wohnung angesehen?«

»Ja.«

»Wie sah es dort aus?«

Er schilderte seine Eindrücke.

»Haben Sie mit den Nachbarn gesprochen? Wann haben die ihn das letzte Mal gesehen?«

»Vor einer Woche ungefähr.«

Sie schwieg eine Weile, das Gesicht angespannt, als versuche sie, eine komplizierte Rechenaufgabe zu lösen.

»Er hat noch eine zweite Wohnung«, sagte sie dann. »Nein, es ist keine eigene Wohnung, aber eine regelmäßige Schlafgelegenheit. Und er hat sie in letzter Zeit häufig benutzt. Bei einer Freundin vielleicht. Aber wenn er tatsächlich zu NTR gehört, dann wird er Kontakt zu anderen Menschen außerhalb der Gruppe meiden. Es wäre also möglich, dass eines der anderen Mitglieder eine Wohnung oder ein Haus hat, in dem sie gemeinsam leben. Oder vielleicht ein Wohnmobil auf einem Campingplatz. Wenn sie regelmäßig den Standort wechseln, wären sie relativ schwer aufspürbar, könnten leichter fliehen und würden keine Spuren zurücklassen.«

Eisenberg nickte.

»Das ist eine interessante Idee. Herr Koch, würden Sie bitte veranlassen, dass sich Ihre Kollegen die Campingplätze in der Umgebung von Berlin ansehen? Sie sollen ein Foto von Angesser mitnehmen und die Platzwarte fragen, ob sie ihn in letzter Zeit gesehen haben.«

Koch machte ein mürrisches Gesicht, holte aber sein Smartphone hervor.

»Ich veranlasse, dass die Liste für Sie zusammengestellt wird«, sagte Hilbert. »Das dürfte nicht lange dauern. Wie wäre es in der Zwischenzeit mit einem kleinen Rundgang durch unser Institut, Herr Hauptkommissar? Dann können Sie sich ein besseres Bild davon machen, was wir hier tun.«

»Ja, gern«, stimmte Eisenberg zu.

Sie wartete, bis Koch den Anruf erledigt hatte, und führte ihre Gäste dann durch die große Villa, in der etwa siebzig Menschen arbeiteten. Auf den ersten Blick wirkten die IKI-Büros wenig spektakulär. In den stuckverzierten hohen Räumen befanden sich jeweils ein halbes Dutzend schlichte Arbeitsplätze, jeder mit zwei Monitoren ausgestattet. Es gab kaum Aktenschränke und Bücherregale. Varnholt warf hin und wieder einen neugierigen Blick auf die Monitore, auf denen meistens nicht viel mehr zu sehen war als kryptische Programmzeilen oder Tabellen. Die meisten Mitarbeiter schienen gerade erst das Studium abgeschlossen zu haben, nur wenige waren augenscheinlich über dreißig. Sie blickten neugierig auf, als die Polizisten den Raum betraten, sagten jedoch nichts. Eisenberg fiel auf, dass wenig gesprochen wurde, solange sie in der Nähe waren.

»Das hier war Mellecks Büro«, sagte Hilbert, als sie in einem kleinen Eckraum mit Blick auf einen großzügigen, gepflegten Garten standen. Die Einrichtung war noch spartanischer als in den übrigen Büros. Eine komplizierte Computergrafik, die an das Blatt eines Farns erinnerte, war die einzige Dekoration.

»Darf ich mir mal seinen Computer ansehen?«, fragte Varnholt.

»Tut mir leid, aber unsere Sicherheitsbestimmungen verbieten es, dass Fremde Zugriff auf das Computersystem haben«, verneinte Hilbert. »Aber es würde Sie auch nicht weiterbringen. Kommen Sie, ich zeige Ihnen unser Allerheiligstes.«

Sie führte sie ins Treppenhaus und von dort in den Keller. Eine schmucklose graue Metalltür ohne Klinke versperrte den Weg. Hilbert legte ihren Daumen auf eine kleine Platte neben der Tür und tippte einen achtstelligen Zahlencode in ein Tastenfeld. Die Tür öffnete sich automatisch. Sie betraten einen kleinen Korridor mit einem Glasbüro auf der linken Seite, in dem ein Mann vor drei Monitoren saß und sie kritisch musterte. Hilbert grüßte knapp und öffnete die Tür auf der anderen Seite des Korridors. Ein gleichmäßiges, summendes Geräusch und ein kühler Luftzug schlugen ihnen entgegen.

Der überraschend große Raum war gefüllt mit mehreren Reihen von Metallregalen, in denen sich hinter einer Glasfront blinkende schwarze Kästen befanden. Dicke Kabelstränge verbanden die Regale miteinander und verschwanden in der Decke.

»Das hier ist unser zentrales Computersystem, ein Cluster von 1024 CPUs mit jeweils vier Prozessoren. Insgesamt erreichen wir damit eine Spitzenleistung von knapp fünfzehn Teraflops. Das sind fünfzehn Billionen Rechenoperationen pro Sekunde, ungefähr doppelt so viele, wie der schnellste Computer der Welt im Jahr 2000 schaffte. Heute allerdings haut unser Cluster niemanden mehr um, der aktuelle Spitzenreiter steht in den USA und ist gut fünftausendmal so schnell.«

Eisenberg sagten diese Zahlen nichts, aber Varnholt pfiff durch die Zähne.

»Fünfzehn Teraflops ist eine Menge Rechenpower. Wozu brauchen Sie die?«

»Kommen Sie, ich zeige es Ihnen.«

Sie verließen den Keller und kehrten zurück an den Empfang, wo Hilberts Assistentin sie abgeholt hatte. In einem Nebenraum standen einige elegante Aluminiumsäulen mit integrierten Monitoren und Tastaturen wie Exponate abstrakter Kunst.

»Hier ist unser Showroom für Besucher«, erkläre sie. »Wenn Sie Lust haben, können Sie einige Beispiele unserer Arbeit selbst ausprobieren. Das da zum Beispiel ist L-Bot, ein System, mit dem wir Anwendungen zur automatischen Kommunikation in natürlicher Sprache demonstrieren.« Sie zeigte auf einen der Monitore, auf dem nur ein aus wenigen Strichen gezeichnetes animiertes Comicgesicht zu sehen war. Die Augen schienen sie neugierig anzusehen.

»Hallo L-Bot«, sagte Hilbert.

»Hallo Regina«, antwortete eine metallische Stimme wie aus einem alten Science-Fiction-Film. »Wen hast du heute mitgebracht?«

»Die Herren sind von der Polizei«, sagte sie.

»Die Polizei, dein Freund und Helfer«, erwiderte die Maschine. »Die sind doch nicht etwa gekommen, um mich zu verhaften?«

»Nicht, wenn du dich anständig benimmst.«

Eisenberg warf einen Blick zu Varnholt. Hatte Hilbert diesen Dialog extra für sie inszeniert?

»Darf ich mal?«, bat Varnholt.

»Natürlich, gern.« Sie trat zur Seite.

»Wer bist du?«, fragte Eisenbergs Mitarbeiter.

»Mein Name ist Bot, L-Bot. Du kannst mich einfach L nennen, wenn du willst. Und wie heißt du?«

»Benjamin Varnholt.«

»Ich kannte mal einen Benjamin, aber das war ein ziemlicher Idiot«, behauptete die Maschine. »Er hat versucht, mich schneller zu machen, indem er mir Maschinenöl ins Laufwerk gekippt hat. Danach konnte ich tagelang keine DVDs mehr essen.«

»Du isst DVDs?«

»Was soll ich machen? Sie schmecken nicht besonders, aber was anderes geben sie mir hier nicht. Du hast nicht zufällig eine DVD für mich? Vielleicht mit einer Folge von *The Big Bang Theory* darauf? Ich finde Penny so süß.«

»Nette Spielerei«, kommentierte Varnholt an Hilbert gerichtet.

»Spielerei?«, beschwerte sich die Maschine. »Was meinst du mit Spielerei? Hast du eigentlich eine Ahnung, wie viele Entwicklerstunden es gekostet hat, mich zu programmieren?«

»Haben Sie noch mehr zu bieten als einen automatischen Komiker?«

»Was hast du denn zu bieten, Weichling? Regina, wer ist dieser Typ? Warum beleidigt er mich dauernd?«

»Sie müssen entschuldigen«, antwortete Hilbert. »Wir haben das System darauf programmiert, Emotionen zu zeigen. Wir haben festgestellt, dass das die Berührungsängste der meisten Menschen deutlich reduziert. Aber vielleicht haben wir es bei L-Bot etwas übertrieben.« Sie lächelte. »Wir haben natürlich auch ernsthafte Anwendungen.«

Sie führte sie zu einer anderen Säule. Auf dem Bildschirm lief die 3D-Animation eines Roboters, der aussah wie ein

Kühlschrank auf Rädern, an den zwei Kameras und ein Greifarm montiert worden waren. Er bewegte sich scheinbar ziellos durch ein virtuelles Einfamilienhaus.

»Dies ist eine unserer Entwicklungen im Bereich der Maschinensteuerung. Der virtuelle Roboter, den sie hier sehen, wird von einem Programm kontrolliert, das auf einem normalen PC läuft. Es kann in mobile Roboter eingebaut werden, die zum Beispiel in der Altenpflege eingesetzt werden. Das System kann nicht so gut sprechen wie L-Bot, aber es versteht einfache Kommandos. Vor allem kann es mit seiner Umgebung interagieren. Sie können es ja mal ausprobieren, indem Sie zum Beispiel einen der Menschen steuern, die in dem Haus leben.«

Varnholt ignorierte die Aufforderung und ging stattdessen zum nächsten Terminal, das eine Art Fahrsimulator zeigte – ein Auto, das durch eine simulierte Stadt fuhr.

»Eine Steuerung für selbstfahrende Fahrzeuge, nehme ich an?«

»Ja, genau. Wir arbeiten mit einem der großen Automobilhersteller zusammen, der schon bald das erste Fahrzeug auf den Markt bringen wird, das im wahrsten Sinn des Wortes einen Autopiloten hat.«

»Glauben Sie wirklich, dass das jemand kauft?«, wandte Koch ein. »Die Deutschen werden die Kontrolle über ihr Lieblingsspielzeug doch bestimmt nicht so leicht abgeben, noch dazu an eine Maschine.«

»Ich kenne die Marktanalysen nicht, die unser Kunde gemacht hat«, erwiderte Hilbert. »Aber ich erwarte nicht, dass das Modell für den Privatgebrauch gedacht ist. Die ersten Anwendungen für selbststeuernde Fahrzeuge werden wahrscheinlich im gewerblichen Güterverkehr sein. Vielleicht werden irgendwann auch Taxifahrer durch Computersteuerungen ersetzt.«

Auf dem Monitor konnte man sehen, wie ein Ball auf die Straße rollte und ein Kind ihm nachjagte. Das Fahrzeug bremste abrupt und kam rechtzeitig zum Stehen. Hilbert griff das Ereignis auf.

»Wie Sie sehen, sind automatisch gesteuerte Fahrzeuge sicher. Allein in Deutschland sterben jedes Jahr über 3000 Menschen bei Verkehrsunfällen. Das sind zehnmal so viele wie durch vorsätzlichen Mord. Und praktisch alle diese Unfälle hätten durch automatische Fahrzeuge verhindert werden können, schon mit der heute verfügbaren Technik. Wenn Sie so wollen, arbeiten wir hier am selben Ziel wie Sie.« Sie lächelte flüchtig. »Geschwindigkeitsüberschreitungen wird es bald keine mehr geben, und selbst Alkohol am Steuer ist kein Problem mehr. Irgendwann werden wir uns daran gewöhnt haben, dass Autos keinen Fahrer brauchen, so wie wir heute daran gewöhnt sind, erst einmal mit einer Maschine zu sprechen, wenn wir in einem Callcenter anrufen. Aber es gibt natürlich auch Anwendungen, die nicht für jedermann gedacht sind. Kommen Sie, ich zeige Ihnen eine unserer neuesten Entwicklungen.«

Der nächste Monitor zeigte eine schmucklose Eingabemaske.

»Dieses Programm hier heißt offiziell MDSS, das steht für Medical Diagnosis Support System. Aber wir nennen es intern nur ›Dr. House‹. Sie können hier im Textfeld in Stichworten Symptome beschreiben, Spracheingabe ist natürlich auch möglich. Das System sagt Ihnen dann mit absteigender Wahrscheinlichkeit, um welche Krankheiten es sich handeln könnte. Dabei berücksichtigt es natürlich auch alle Patientendaten, wie Alter, Herkunft, Krankheitsgeschichte und so weiter. Auf Wunsch stellt es gezielt Fragen, um den Verdacht einer bestimmten Krankheit zu erhärten oder diese auszuschließen, und schlägt auch Diagnoseverfahren vor. Die Datenbank enthält über sieben Millionen bekannte Diagnosen zu etwa 40.000 Krankheiten. Wir haben sogar ein Bilderkennungsmodul integriert, so dass der Arzt zum Beispiel ein Foto eines Hautausschlags oder ein MRT-Bild hinzufügen kann. Das System ist bereits in der Charité im Testeinsatz. Die Ärzte dort berichten uns, dass die Zahl der Fehldiagnosen durch ›Dr. House‹ drastisch gesenkt werden konnte. Ich weiß nicht, ob dadurch schon Menschenleben gerettet wurden, aber auf jeden Fall sehen Sie an diesem Beispiel sehr schön, wie künstliche Intelligenz unser Leben verbessern und sogar verlängern kann. Doch kommen wir jetzt zu einem Beispiel, das wir bald alle nutzen werden, im Urlaub oder auf Geschäftsreisen.«

Sie führte die Männer zu einem weiteren Terminal. Darauf war lediglich ein Auswahlmenü zu sehen: *Englisch, Französisch, Spanisch, Portugiesisch, Russisch, Mandarin, Hindi.* Neben dem Terminal hing auf einem Bügel eine Brille mit dünnem Metallrahmen, an dem auf einer Seite eine drei Zentimeter lange Verdickung angebracht war. Hilbert nahm sie ab, betätigte einen kleinen Druckschalter und reichte sie Eisenberg.

»Hier, setzen Sie die mal auf.«

Er folgte der Aufforderung. Die Brillengläser schienen aus Fensterglas zu bestehen – jedenfalls konnte Eisenberg keine optischen Verzerrungen wahrnehmen.

»Imagine you need to talk to someone whose language you don't understand«, sagte Hilbert.

Unterhalb ihres Gesichts erschien in der Luft ein halb transparenter weißer Schriftzug: *Stellen Sie sich vor, Sie müssen mit jemandem reden, dessen Sprache Sie nicht verstehen.* Eisenberg drehte den Kopf etwas, doch der Schriftzug drehte sich nicht mit, sondern blieb in der Luft hängen, als sei er an Hilberts elegantes dunkelgraues Kostüm geheftet. Nach einer Sekunde verblasste die Schrift.

»Das ist wirklich eindrucksvoll. Sagt einem die Brille auch, wenn jemand lügt?«, scherzte er.

»Das könnte sie«, erwiderte Hilbert allen Ernstes. »Anhand von Stimmmustern, Veränderungen der Haltung, des Gesichtsausdrucks und der Körpertemperatur sind Computer durchaus in der Lage, zu erkennen, ob jemand die Wahrheit sagt. Die CIA setzt solche Technik angeblich bereits ein.«

»Darf ich auch mal?«, fragte Koch.

Eisenberg reichte ihm die Brille. Er drückte auf das Auswahlmenü auf dem Monitor. Ein asiatisches Gesicht erschien und sagte etwas auf Chinesisch.

»Das ist ja unglaublich!«, rief Hintzes Mitarbeiter. »Untertitel, in einer realen Unterhaltung! Damit wären alle Verständigungsprobleme der Welt auf einen Schlag gelöst. Vielleicht verstehe ich dann ja sogar meine Frau.«

Niemand lachte.

»Cool«, stellte Varnholt fest. »Ich fasse dann mal zusammen: Sie entwickeln hier die Technik, um Dolmetscher, Callcenter-Agenten, Lkw- und Taxifahrer sowie Ärzte und medizinisches Pflegepersonal arbeitslos zu machen. Und ihre Computer können nicht nur Gesichter erkennen, sondern auch alle Sprachen verstehen und wissen, wann jemand lügt. Schöne neue Welt!«

Hilbert zog die Augenbrauen herab und musterte ihn scharf, doch sie blieb ruhig. Offenbar war es nicht das erste Mal, dass sie mit solchen Vorwürfen konfrontiert wurde.

»Es stimmt, diese Technik wird Jobs vernichten. So wie der Traktor Millionen Jobs in der Landwirtschaft gekostet hat und moderne Maschinen die industrielle Handarbeit in Deutschland weitgehend verdrängt haben. Aber geht es uns heute deshalb schlechter? Möchten Sie wirklich ins 19. Jahrhundert zurück, als der durchschnittliche Arbeiter vierzehn Stunden am Tag in der Fabrik oder auf dem Feld schuftete und mit Mitte fünfzig starb? Wollen Sie, dass Deutschland den Anschluss verliert und diese Zukunftstechnologie anderen Nationen überlassen bleibt?«

»Nein, das will ich nicht«, entgegnete Varnholt. »Aber mir wäre deutlich wohler, wenn Sie nicht immer nur über die Segnungen neuer Technologien reden würden, sondern auch über ihre Nachteile und Risiken. In den Fünfzigerjahren hat man Kernkraft als umweltfreundliche Energie angepriesen und das Rauchen als gesund empfohlen. *An Zucker sparen – grundverkehrt, Der Körper braucht ihn, Zucker nährt* war ein beliebter Werbespruch der Zuckerindustrie. An diesen Lügen sind in Deutschland seit dem Zweiten Weltkrieg mehr Menschen gestorben als an irgendeiner anderen Ursache. Jemand, der mit etwas sein Geld verdient, neigt dazu, nicht die Wahrheit über die Nachteile seiner Produkte zu sagen.«

Hilberts Augen blitzten. Auch Eisenbergs Blutdruck stieg. Wie konnte Varnholt es wagen, eine Zeugin so zu provozieren, noch dazu völlig grundlos? Doch er wollte seinen Mitarbeiter nicht vor ihr und Koch zurechtweisen. Deshalb sagte er:

»Verzeihen Sie, Herr Varnholt wollte nur die Argumente von NTR testen. Wir haben das vorher so abgesprochen. Er hätte es allerdings vielleicht nicht in diesem Tonfall machen müssen.« Er warf Varnholt einen Blick zu, der davor warnte, ihm zu widersprechen.

Hilbert entspannte sich.

»Die alte Guter-Polizist-böser-Polizist-Masche? Bin ich denn eine Verdächtige?«

»Nein, natürlich nicht. Wie gesagt, wir wollten lediglich sehen, wie Sie mit den NTR-Argumenten umgehen. Was, glauben Sie, hätte Walter Melleck gesagt, wenn er mit Herrn Varnholts Aussagen konfrontiert worden wäre?«

»Er hätte Ihren Kollegen aus dem Institut gejagt, ihn als Ludditen und Spinner beschimpft. Das hat er tatsächlich einmal gemacht, als ein kritischer Journalist hier war. Es hat mich und unsere Pressesprecherin einen ganzen Tag gekostet, die Wogen wieder zu glätten. Trotzdem war der Artikel am Ende nicht gerade schmeichelhaft für uns.«

In diesem Moment kam Hilberts Assistentin mit einer ausgedruckten Liste. Die Institutsleiterin nahm sie ihr ab und warf einen flüchtigen Blick darauf.

»Hier, das sind alle Mitarbeiter, die jemals in Walter Mellecks Abteilung beschäftigt waren. Viele sind nicht mehr bei uns, aber wenn Sie möchten, können Sie gleich mit den verbliebenen Kollegen sprechen.«

»Das ist nicht nötig«, schaltete sich Koch ein und nahm ihr die Liste aus der Hand. »Unsere Abteilung wird die Vernehmung dieser Zeugen machen.«

Hilbert warf Eisenberg einen vielsagenden Blick zu.

»Unsere Abteilung? Arbeiten Sie beide denn nicht im selben Bereich?«

»Herr Eisenberg und Herr Varnholt unterstützen unsere Ermittlungen, soweit dies nötig ist«, erklärte Koch. »Die Einsatzleitung liegt bei meinem Chef, Polizeidirektor Hintze, dem Leiter der Abteilung für Polizeilichen Staatsschutz. Vielen Dank für Ihre Unterstützung, Frau Dr. Hilbert. Das war wirklich sehr aufschlussreich.«

Eisenberg blieb nichts anderes übrig, als zu nicken und sich ebenfalls von Regina Hilbert zu verabschieden.

30.

»Das war ja ein toller Auftritt, den Sie da geboten haben, Herr Varnholt!«, empörte sich Koch, als sie zu dritt zurück zum Tempelhofer Damm fuhren. »Sich gegenüber einer unbescholtenen und noch dazu äußerst hilfsbereiten Zeugin so aufzuführen! Sie sogar der Lüge zu bezichtigen!«

Ben, der auf der Rückbank saß, warf einen Blick zu Eisenberg auf dem Fahrersitz. Was Koch dachte, interessierte ihn nicht die Bohne, aber sein Chef sah mit angespannter Miene starr geradeaus, und das war kein gutes Zeichen.

»Ich habe lediglich versucht, Dr. Hilbert zu einer Reaktion zu provozieren, die etwas anderes war als ein Verkaufsgespräch«, verteidigte er sich. »Aber die Frau ist ja so cool wie ein Eisblock. Ich verstehe nicht, warum alle automatisch davon ausgehen, dass NTR Melleck ermordet hat. Okay, Angesser ist abgehauen, offensichtlich hat er was zu verbergen. Aber der Mord kann trotzdem einen völlig anderen Grund haben. Merkt denn niemand außer mir, dass mit diesem Institut etwas nicht stimmt?«

»Was soll damit nicht stimmen?«, fragte Eisenberg. Seine Stimme verbarg kaum seinen Ärger.

»Die haben im Keller ein Rechenzentrum, um das sie viele Universitäten und Forschungszentren beneiden würden. Ich frage mich, wozu!«

»Wozu?«, rief Koch. »Haben Sie denn nicht richtig hingeguckt? Eine Maschine, mit der man sich unterhalten kann wie mit einem Menschen! Selbstfahrende Autos! Und sogar Untertitel in der Luft, wenn man mit jemandem, der eine fremde Sprache spricht, kommuniziert! Ich hab etwas Derartiges noch nie gesehen. Und da fragen Sie, wozu die einen schnellen Computer brauchen?«

»Bei allem Respekt, Sie haben keine Ahnung, wovon Sie reden, Herr Koch. Die haben nicht einfach nur einen schnellen Computer. Fünfzehn Teraflops! Solche Rechner benutzt das US-Militär, um Atomwaffentests zu simulieren. Das, was uns Hilbert vorgeführt hat, waren bloß ein paar Taschenspielertricks. Dazu braucht man nicht viel mehr als einen schnellen Laptop. Offensichtlich ein Ablenkungsmanöver, um zu verschleiern, was die an diesem Institut wirklich tun.«

»Und wie erklären Sie dann, dass dieser L-Bot mit Ihnen sprechen konnte? Der hat doch jedes Wort verstanden, was Sie sagen!«

»Schwachsinn. Die scheinbare Intelligenz ist nichts als eine Illusion. Die Maschine reagiert einfach auf Schlüsselwörter, so wie Siri von Apple. Schon in den Sechzigerjahren gab es ein Programm namens Eliza, das ein Gespräch mit einem Psychiater simulierte. Die Maschine verstand kein Wort, sie tat nur so, als ob. Trotzdem haben damals viele gedacht, der Computer sei intelligent. Die automatische Übersetzung mit Untertiteln können Sie als App für Google Glass herunterladen. Und Expertensysteme für medizinische Diagnosen wie dieser ›Dr. House‹ wurden schon in den Achtzigern entwickelt. Ich bleibe dabei, nichts von dem, was Hilbert uns gezeigt hat, erklärt auch nur ansatzweise, wozu die solche Rechenpower brauchen.«

»Und was macht dieses Institut dann Ihrer Meinung nach tatsächlich?«, fragte Koch. »Kernwaffentests simulieren ja wohl nicht. Oder wollen Sie mir jetzt erzählen, dass die da heimlich Atombomben bauen?«

»Es gibt eine Menge Dinge, die man mit entsprechend viel Computerleistung machen kann. Codes knacken zum Beispiel. Den E-Mail-Verkehr überwachen. Große Datenbestände auswerten. Der leistungsstärkste Computer der Welt steht wahrscheinlich im Keller der NSA, nur taucht der auf keiner offiziellen Liste auf.«

»Also ist Frau Hilbert in Ihren Augen jetzt eine Spionin? Und Melleck war vielleicht ein feindlicher Geheimagent?« Koch lachte humorlos.

»Ich glaube, das genügt jetzt«, schaltete sich Eisenberg ein. »Herr Varnholt, wir beide unterhalten uns, wenn wir wieder im Büro sind.«

Doch dazu kam es nicht. Als sie den SEGI-Raum betraten, empfingen sie Jaap und Claudia mit ernsten Mienen. Ben sah sofort, dass sich jemand an seinem Arbeitsplatz zu schaffen gemacht hatte.

»Was ist hier los?«, fragte er. »War jemand an meinem Computer?«

»*Irgendwer* hat einen Virus ins System des LKA eingeschleust«, erklärte Jaap. »Ein Sicherheitsexperte der IT war vorhin hier. Er sagte, die wahrscheinlichste Quelle des Angriffs sei dein Computer!«

Ben spürte das Blut aus seinem Gesicht weichen.

»Was?«

»Polizeidirektor Kayser möchte, dass Sie sich sofort bei ihm melden, wenn Sie wieder da sind, Herr Eisenberg«, sagte Claudia. Doch sie sah nicht den Chef mit ihren Röntgenaugen an, sondern Ben.

Eisenberg ging zu seinem Platz und nahm den Hörer ab.

»Hallo, Herr Kayser … Ja, ist gut, wir kommen sofort.« Er legte auf.

»Sie kommen bitte mit, Herr Varnholt«, sagte er in einem Tonfall, den er auch gegenüber einem Verdächtigen benutzt hätte.

Kayser machte ein Gesicht wie auf einer Beerdigung, als er sie empfing. Bei ihm war Georg Hartwein, Leiter der Informationstechnik, ein schmächtiges Männchen mit Halbglatze und Nickelbrille. Ben war bereits ein paarmal mit ihm aneinandergeraten, weil er sich nicht an die engstirnigen Richtlinien der IT-Abteilung gehalten hatte. Hartwein und seine Leute waren offiziell keine Mitarbeiter des LKA, sondern gehörten zur Direktion Zentrale Aufgaben, die direkt dem Polizeipräsidenten unterstellt war, und saßen quasi als Außenstelle am Tempelhofer Damm, was die Kompetenzstreitigkeiten nur noch verschlimmerte.

»Ich habe ja immer gewusst, dass es ein Fehler war, der Sonderermittlungsgruppe Internet weitgehende Installationsrechte zu gewähren«, begrüßte Hartwein sie mit seiner näselnden Stimme.

»Setzen Sie sich bitte erst einmal«, warf Kayser ein. »Ich habe Sie hergebeten, weil es einen Vorfall gegeben hat, der Ihre Gruppe betrifft. Offenbar ist trotz unserer umfangreichen Sicherheitsmaßnahmen ein Virus in unser zentrales IT-System eingeschleust worden. Herr Hartwein wird Ihnen die Einzelheiten erklären.«

Umfangreiche Sicherheitsmaßnahmen – Ben hätte beinahe aufgelacht. Die gesamte IT des LKA basierte auf dem Windows-Betriebssystem. Die sogenannten Sicherheitsmaßnahmen zu umgehen war ein Kinderspiel.

»Wir haben heute Morgen eine Kompromittierung unseres Betriebssystems festgestellt«, erklärte Hartwein. »Unsere Analysen deuten darauf hin, dass es einen Angriff auf das Sicherheitssystem gab, und zwar von einem Rechner innerhalb unseres Netzwerks. Alles spricht dafür, dass dieser Angriff von Ihrem Computer ausgeführt wurde, Herr Varnholt.«

»Woher wollen Sie das wissen?«, fragte Ben.

»Ich kann und will hier nicht auf alle Details eingehen. Aber wie gesagt haben wir eindeutige Spuren, die zu Ihrem Computer führen. Wir haben daraufhin versucht, den Angriff auf Ihrem System nachzuvollziehen, und sind dabei auf eine verschlüsselte Partition auf Ihrer Festplatte gestoßen, auf deren Inhalt wir nicht zugreifen konnten. Können Sie mir erklären, was das soll?«

»Was das soll? Selbstverständlich habe ich einen Teil meiner Daten verschlüsselt. Um zu verhindern, dass sie gelesen werden können, wenn sich jemand unbefugten Zugang zum zentralen IT-System des LKA verschafft.«

»Das ist unmöglich«, behauptete Hartwein.

»Ach ja? Und warum sitzen wir dann hier?«

»Ich sagte es schon: Der Angriff kam aus dem Netzwerk. Er war nur mit einem Computer möglich, dem weitgehende Installationsrechte zugewiesen wurden. Und außer in unserer Abteilung gibt es nur sehr wenige Computer, die solche Rechte haben. Einer davon ist Ihrer.«

»Das ist Ihr Beweis? Dass ich theoretisch die Möglichkeit gehabt hätte, einen Angriff durchzuführen?«

»Herr Varnholt, ich erwarte, dass Sie die Bemühungen von Herrn Hartwein, den Angriff aufzuklären, umgehend, vorbehaltlos und umfassend unterstützen«, schaltete sich Kayser ein. »Dazu gehört selbstverständlich, dass Sie den geschützten Bereich Ihrer Festplatte entschlüsseln.«

Ben blieb äußerlich ungerührt.

»Natürlich.«

Kayser musterte ihn eindringlich.

»Sie sind sich bewusst, dass dies eine schwere Anschuldigung ist, nehme ich an? Sollte sich bewahrheiten, dass von Ihrem Computer aus ein Virus in unser System eingeschleust wurde, werde ich ein Dienstaufsichtsverfahren gegen Sie eröffnen.«

Ben zuckte mit den Schultern.

»Tun Sie, was Sie nicht lassen können.«

Eisenberg, der bislang mit steinerner Miene geschwiegen hatte, sagte: »Herr Varnholt, haben Sie einen Virus oder ein anderes Schadprogramm absichtlich in das System des LKA eingebracht?«

»Nein«, sagte Ben.

»Wie erklären Sie sich dann, dass Herr Hartwein Sie verdächtigt?«

»Herr Hartwein begeht denselben Fehler, der Ihnen in Bezug auf den Mord an Melleck unterlaufen ist, Herr Hauptkommissar: Er verdächtigt einfach denjenigen, der in seinem Weltbild der am besten passende potenzielle Täter ist, und ignoriert alle anderen Möglichkeiten. Wenn es ein externer Angreifer schafft, durch unsere Firewall zu dringen – und, mit Verlaub, das ist wirklich nicht so schwierig –, dann kann er es auch so aussehen lassen, als sei dieser Angriff von einem bestimmten Computer aus durchgeführt worden.«

»Sie wollen also behaupten, dass jemand anderes versucht hat, die Schuld auf Sie zu schieben?«, warf Hartwein ein.

»Entweder das, oder es gibt überhaupt keinen konkreten Hinweis darauf, dass ich es war, außer dass Sie mich nicht leiden können.«

Hartwein bekam einen roten Kopf.

»Das … das ist doch wohl der Gipfel! Ich verbitte mir solche Unterstellungen!«

»Schluss damit!«, entschied Kayser. »Herr Hartwein wird Sie jetzt zu Ihrem Arbeitsplatz begleiten, Herr Varnholt. Sie werden die Festplattenpartition entschlüsseln, und dann werden die IT-Spezialisten Ihren Rechner untersuchen. Sollte sich dabei herausstellen, dass Sie unschuldig sind, werden Herr Hartwein und ich uns in aller Form bei Ihnen entschuldigen.«

»Aber es verstößt gegen die IT-Richtlinien, eine Festplattenpartition ...«, begann Hartwein, verstummte aber, als er Kaysers Blick sah.

»Na schön«, sagte Ben. »Kommen Sie mit.«

Sie kehrten an Bens Arbeitsplatz zurück. Er loggte sich in sein System ein. Auf den ersten Blick war zu erkennen, dass sich jemand zuvor als Administrator an seinem Computer angemeldet und mehrere Analysetools installiert hatte.

Ben kochte vor Wut. Seine Maschine war ein Teil von ihm, wie ein intimer Bereich seines Körpers. Die Schnüffler aus der IT hatten hier nichts verloren. Auch Angestellte des LKA genossen Persönlichkeitsrechte, und zu denen gehörte eine Privatsphäre.

Er öffnete eine Maske, in die er Betriebssystem-Kommandos eingeben konnte. Er zögerte eine Sekunde – was er hier zu tun im Begriff war, würde seine Karriere im LKA unwiderruflich beenden. Aber das war wohl ohnehin unabwendbar. Einen Seufzer unterdrückend gab er *R42E* in das Kommandofenster ein und drückte die Entertaste. Eine Leuchtdiode signalisierte, dass die Festplatte zu arbeiten begonnen hatte.

»Was war das für ein Kommando?«, fragte Hartwein, was bewies, wie wenig qualifiziert er für seinen Job war.

»Alle Dateien auf diesem Computer sind jetzt unverschlüsselt«, sagte Ben wahrheitsgemäß.

Hartwein betrachtete ihn misstrauisch.

»Müssen Sie dazu nicht ein Passwort eingeben?«

Ben unterdrückte ein Grinsen.

»Hab ich doch.«

»Varnholt, wenn Sie versuchen, mich auf den Arm zu nehmen, wird es Ihnen schlecht ergehen. Sollten wir herausfinden, dass Sie für den Angriff verantwortlich sind, sorge ich persönlich dafür, dass es nicht bei einem Dienstaufsichtsverfahren bleibt. Ein solcher Angriff ist eine schwere Straftat!«

Ben war sich der Blicke von Jaap und Claudia bewusst. Beide machten betretene Gesichter. Auch Eisenberg wirkte bedrückt. Niemand hielt ihn für unschuldig, so viel war klar.

Die Festplatten-LED erlosch. Ben fuhr den Rechner herunter.

»Bitteschön, analysieren Sie, so viel Sie wollen«, sagte er.

»Ich schicke gleich einen Techniker vorbei, der das Gerät abholt«, sagte Hartwein. »Bis dahin bleibt der Computer ausgeschaltet, verstanden?«

»Jawohl, Herr Hartwein«, erwiderte Ben in einem sarkastisch-unterwürfigen Ton.

»Herr Varnholt, kann ich Sie bitte unter vier Augen sprechen?«, fragte Eisenberg.

»Natürlich. Sie sind schließlich der Chef.«

Sie suchten sich einen leeren Konferenzraum. Eisenberg kam wie üblich ohne Umschweife zur Sache.

»Was ist los, Herr Varnholt?«

»Was soll los sein?«

»Tun Sie mir den Gefallen und lassen Sie Ihre Spielchen. Sie verheimlichen etwas vor mir, schon seit vor dem Mord an Melleck. Ich möchte, dass Sie mir sagen, was.«

Ben betrachtete seinen Chef. Er dachte daran, wie sie sich kennengelernt hatten, wie skeptisch er zuerst gegenüber dem neuen SEGI-Leiter gewesen war und wie es Eisenberg gelungen war, aus der Chaostruppe ein Team zu schweißen und einen knackigen Fall zu lösen.

Eisenberg ließ ihm Zeit, erhöhte den Druck nicht weiter. Auch das sprach für ihn. Ben seufzte.

»Haben Sie jemals in einem Gewissenskonflikt gesteckt, Herr Eisenberg?«, fragte er.

Der Chef nickte.

»Ja, das habe ich. Aber die Geschichte wollen Sie jetzt bestimmt nicht hören. Was ist Ihrer? Sie sympathisieren mit NTR, habe ich recht?«

»Nein, das tue ich nicht«, widersprach Ben. »Ich teile zwar einige der Sorgen, die NTR anführt, aber was sie tun, halte ich für völlig falsch. Mit ihren Anschlägen erreichen sie in keiner Weise einen klügeren und vorsichtigeren Umgang mit Technik, sondern das genaue Gegenteil.«

»Was ist es dann?«

Ben zögerte. Er wusste, dass er Eisenberg keine Wahl ließ, wenn er jetzt weitersprach. Aber es gab keine bessere Lösung.

»Ich kenne eines der Mitglieder von NTR. Zumindest vermute ich das.«

»Angesser?«

»Nein.«

»Wer ist es dann?«

»Das kann ich Ihnen nicht sagen.«

»Warum nicht?«

»Weil … weil dieser Mensch mir vertraut.«

»Und dieses Vertrauen ist Ihnen wichtiger, als einen Mord aufzuklären?«

»NTR hat mit dem Mord nichts zu tun, wie ich schon mehrfach betont habe.«

»Wissen Sie das, oder glauben Sie es?«

»Ich glaube es. Es ergibt einfach keinen Sinn.«

»Und weil dieses NTR-Mitglied Ihnen vertraut, haben Sie einen Virus in unser System geschleust?«

»Nein, das habe ich nicht.«

»Aber Sie haben NTR geholfen, das zu tun.«

»Nein. Ich bin weder Mitglied noch Sympathisant von NTR und unterstütze die Organisation auch in keiner Weise.«

Eisenberg blickte ihn einen Moment schweigend an.

»Haben Sie irgendwelche Dienstgeheimnisse nach außen weitergegeben, Herr Varnholt?«

»Nein.«

»Ihr einziges Geheimnis ist also, dass Sie eine Person kennen, von der Sie vermuten oder konkrete Hinweise darauf haben, dass sie zum Umkreis von NTR gehört?«

»Ja.«

»Dann sagen Sie mir den Namen, und ich verspreche Ihnen, dass ich alles tun werde, um die übrigen Anschuldigungen gegen Sie aus der Welt zu schaffen. Falls Ihre Aussagen der Wahrheit entsprechen. Vielleicht ist es noch nicht zu spät, ein Dienstaufsichtsverfahren gegen Sie zu verhindern. Vor allem, wenn es uns gelingt, mit Ihrer Aussage NTR zu überführen.«

»Es tut mir leid, Herr Hauptkommissar, aber das kann ich nicht tun.«

Eisenberg nickte, als habe er nichts anderes erwartet.

»In dem Fall kann ich nicht anders, als Sie bis auf Weiteres vom Dienst zu beurlauben. Und Herr Kayser wird ein Verfahren gegen Sie eröffnen. Wenn nicht ein Wunder geschieht, werden Sie unehrenhaft aus dem Dienst entlassen und möglicherweise wegen schwerer Dienstvergehen vor Gericht gestellt. Wollen Sie das?«

»Nein. Aber wenn es der Preis ist, den ich für Vertrauen zahlen muss, dann bin ich bereit dazu.«

Eisenberg schüttelte den Kopf.

»Sie wissen, dass das vermutlich das Ende der SEGI ist?«

Ben nickte.

»Es tut mir leid für Sie, Herr Eisenberg. Sie haben etwas Besseres verdient. Aber Sie werden schon irgendwo unterkommen, und die anderen auch. Ich glaube, ich habe nie wirklich ins LKA gepasst.«

»Das haben Sie nicht, genauso wenig wie Sim Wissmann und Claudia Morani. Und genau deshalb glaube ich, dass wir diese Einheit brauchen. Weil Sie Dinge können, die niemand sonst kann. Übrigens, Sie haben die verschlüsselte Festplattenpartition vorhin einfach gelöscht, nicht wahr?«

Ben musste grinsen.

»Sie sollten sich vielleicht als Leiter der IT bewerben, wenn die SEGI aufgelöst wird. Sie verstehen offensichtlich mehr davon als diese Dumpfbacke Hartwein.«

»Was war in dieser verschlüsselten Partition?«

»Nichts Besonderes eigentlich. Ein paar persönliche Dokumente, E-Mails, Chatprotokolle. Einige Rootkits und andere Werkzeuge, wie wir Hacker sie benutzen, um Leuten wie Hartwein eine Nase zu drehen. Die kann sich jeder aus dem Internet laden.«

»Also nichts, was Sie als Angreifer oder Verräter hätte überführen können?«

»Wenn es solche Dateien gäbe, hätte ich sie schon längst gelöscht, nicht erst in dem Moment, wo ich unter Verdacht gerate. Ich bin doch nicht blöd.«

»Warum haben Sie dann die Partition nicht einfach entschlüsselt?«

»Weil das, was darin war, Hartwein nichts angeht. Auch ein Polizist hat ein Recht auf Privatsphäre.«

»Aber nicht auf einem dienstlichen Computer.«

»Das sehe ich anders. Die Vorstellung, Dienstliches und Privates immer vollständig trennen zu können, ist naiv. Ich bin ein Mensch, keine Maschine.«

»Was bedeutet R42E? Das ist doch kein Passwort, oder?«

»Wenn es ein Passwort wäre, dann wäre ich gleich doppelt dämlich: erstens, weil es nur vier Zeichen hat, und zweitens, weil ich es bei der Eingabe die Bildschirmausgabe nicht verschleiert habe.«

»Und was ist R42E dann?«

»Ein einfaches Programm, das alle als ›vertraulich‹ gekennzeichneten Dateien sowie alle Hinweise darauf löscht. Der Befehl ist in Leet formuliert, einem Code, bei dem manche Buchstaben durch optisch ähnliche Zeichen ersetzt werden. Die 4 steht für ein A, die 2 für ein Z. *Raze* ist das englische Wort für auslöschen oder ausmerzen. Es spricht nicht unbedingt für unseren IT-Leiter, dass ihm das nicht gleich aufgefallen ist.«

Eisenberg seufzte.

»Mit Ihren Sticheleien gegen Herrn Hartwein schaufeln Sie sich Ihr eigenes Grab, Herr Varnholt. Wenn er merkt, dass Sie ihn reingelegt haben, wird er nicht ruhen, bis er irgendwas gefunden hat, das er Ihnen anhängen kann.«

»Vor Hartwein hab ich keine Angst.«

»Wovor dann?«

»Vor denjenigen, die den Virus tatsächlich eingeschleust haben. Oder besser gesagt, die dafür gesorgt haben, dass Hartwein es merkt.«

»Was wollen Sie damit andeuten?«

»Jemand hat das LKA-System unterwandert, vermutlich schon vor längerer Zeit. Mir sind letzte Woche ein paar Ungereimtheiten aufgefallen. Ich habe versucht, der Sache auf den Grund zu gehen, aber keinerlei Spuren mehr gefunden. Wer immer dahintersteckt, weiß wirklich, was er tut. Unsere IT dagegen war völlig ahnungslos, bis jetzt. Und nun sieht es so aus, als hätte ausgerechnet ich den Angriff ausgeführt. Offensichtlich wollte jemand, dass Hartwein aufwacht und mich rauskickt. Die Frage ist, wer und warum.«

»Warum haben Sie Ihren Verdacht nicht schon letzte Woche der IT mitgeteilt? Dann wären wir jetzt nicht in einer so verfahrenen Situation.«

»Das hätte nichts geändert. Wie gesagt, die Angreifer sind Vollprofis. Wenn ich schon keine Spuren auf meinem Rechner finde, dann hätten Hartweins Leute erst recht nichts gefunden.«

»Zumindest aber hätten Sie jetzt nicht so unter Verdacht gestanden.«

»Möglich. Doch wahrscheinlich hätte Hartwein einfach behauptet, mein Hinweis sei nur ein Ablenkungsmanöver. In seinen Augen bin ich schuld, ganz egal, woran.«

»Wer könnte dahinterstecken? NTR?«

»Denkbar, aber unwahrscheinlich. Die haben die technischen Fähigkeiten, aber keinen Grund, gegen mich vorzugehen.«

Während er das sagte, kamen Ben Zweifel. Konnte nicht doch vielleicht die Person der Angreifer sein, die sich den Tarnnamen Bowman gegeben hatte, nach dem Kapitän des Raumschiffs, das in Stanley Kubricks Meisterwerk *2001 – Odyssee im Weltraum* von einem mörderischen Computer gesteuert wurde? Bowman hatte Ben alias Rick Deckard aus *Blade Runner* um seine Hilfe gebeten. Ben hatte geantwortet, dass er auf der anderen Seite stehe. Möglicherweise wollte Bowman jetzt dafür sorgen, dass er die Seite wechseln musste. Vielleicht missbrauchte er das Vertrauen, für das Ben bereit war, ins Gefängnis zu gehen.

Nein, nicht Bowman.

»Wer dann?«, fragte Eisenberg.

»Das wüsste ich auch gern«, sagte Ben mehr zu sich selbst.

31.

Eisenberg ging nicht gern einkaufen, schon gar nicht etwas zum Anziehen. Er hatte das noch nie gemocht. Früher hatte ihm Iris gesagt, was er sich kaufen sollte. Sie hatte auf eine Hose, ein Jackett oder einen Pullover gezeigt, er hatte das Kleidungsstück anprobiert, zur Kasse getragen und bezahlt. Seitdem sie ihn verlassen hatte, beschränkte er sich darauf, seine vorhandene Kleidung durch möglichst identische Stücke zu ersetzen, sobald das notwendig wurde. Seit fünfzehn Jahren lief er also in den immer gleichen Jeans, dunklen Pullovern, hellblauen Hemden und braunen Sakkos herum. Auch das Modell seiner Schuhe hatte sich seitdem nicht verändert – schlichte schwarze Slipper, zu denen er stets dunkelgraue oder schwarze Socken trug.

Als er jetzt am Samstagnachmittag im überfüllten KaDeWe stand und die Sonderangebote der Herrenabteilung durchsuchte, kamen ihm zum ersten Mal Zweifel. War es nicht an der Zeit, dieses Muster endlich zu durchbrechen? Vielleicht sollte er mal versuchen, etwas Farbe in sein Leben zu bringen. Er betrachtete einen Pullover in leuchtendem Orange. Nein, der sah aus wie die Warnweste eines Bauarbeiters. Kein Wunder, dass er um dreißig Prozent heruntergesetzt war. Oder vielleicht den grasgrünen dort? Der Stoff fühlte sich gut an, weich und leicht. Er nahm ihn, stellte sich vor den Spiegel und hielt ihn sich an. Ungewohnt, aber eigentlich nicht schlecht. Damit siehst du aus wie ein Frosch, hätte Iris wahrscheinlich gesagt. Aber Iris war nicht da. Sie hatte längst eine neue Familie, einen anderen Mann, dem sie vorschreiben konnte, was er zu tragen hatte. Ja, der Grasgrüne war einen Versuch wert.

Jemand kicherte. Erschrocken drehte Eisenberg sich um. Doch die dunkelhaarige Frau Anfang dreißig lachte nicht über ihn. Sie unterhielt sich mit ihrer pummeligen, gleichaltrigen Freundin ein paar Meter entfernt. Als sie etwas sagte, lachte die Freundin, ein unangenehmes, wieherndes Geräusch.

Eisenberg entschied, es mit dem Pullover zu versuchen. 29,90 Euro waren wohl nicht zu viel, um etwas Frische in sein Leben zu bringen. Er hielt Ausschau nach der nächsten Kasse. Die Frau, die gerade noch gelacht hatte, starrte kreidebleich auf ihr Smartphone, blickte sich dann erschrocken um. Sie sagte etwas zu ihrer Freundin, die ungläubig die Augen aufriss, dann hielt sie ihr das Handy hin. Die Pummelige las etwas vom Display, wobei ihr Gesicht ebenso bleich wurde. Dann sah auch sie sich um, als sei sie plötzlich an einen unbekannten Ort gebeamt worden. Schließlich gingen die beiden mit raschen Schritten in Richtung Rolltreppe, wobei sie immer wieder Blicke über ihre Schultern warfen. Offensichtlich hatten sie eine schlimme Nachricht erhalten, aber irgendwie erschien Eisenberg ihr Verhalten seltsam.

Er ging zur Kasse bei den Rolltreppen. Fast ein Dutzend Menschen standen geduldig in der Schlange. Vor ihm trug eine ältere Frau einen ganzen Arm voller Kleidung, davor wartete ein Paar mit einem etwa fünfjährigen Kind, das am Arm der Mutter zappelte. Der Vater, ein stämmiger Mann mit Vollbart, wollte das Kind gerade zurechtweisen, als sein Handy einen Glockenton von sich gab. Er zog es hervor, wischte über den Bildschirm, las mit gerunzelter Stirn. Seine Augen wurden groß. Er legte das Jackett, das er über dem Arm trug, über einen Kleiderständer und zerrte seine Frau an der Schulter fort.

»Wir müssen hier weg. Sofort.«

»Was ist denn los?«, wollte sie wissen, doch der Mann gab ihr keine Antwort, zog sie einfach aus der Schlange in Richtung Rolltreppe. Die Frau vor Eisenberg sah der Familie verwundert nach, zuckte mit den Schultern und rückte auf.

»Oh, mein Gott!«, rief eine ältere Frau, die auf ihr Mobilfunkgerät starrte, bevor auch sie in Richtung Rolltreppe rannte.

Was war nur los? Eisenberg holte sein eigenes Smartphone hervor, das er sich erst vor ein paar Tagen gekauft hatte und dessen Vielzahl an Funktionen und Apps ihm immer noch Rätsel aufgab.

»Das macht dann 29,90.«

Er sah auf.

»Was? Ach so.«

Als er im Begriff war, das Geld aus dem Portemonnaie zu nehmen, sah er einen jungen Mann, der den Inhalt einer halb durchsichtigen Plastiktüte achtlos auf den Boden schüttete und sich die Tüte über den Kopf zog. Damit stolperte er in Richtung der Rolltreppe, wobei er einen Kleiderständer und eine Frau anrempelte, die ihm mit großen Augen nachblickte. Ein Kind lachte hell, doch Eisenberg hatte nicht den Eindruck, als sollte das merkwürdige Verhalten der Belustigung dienen.

»Was ist denn mit dem los?«, fragte die Verkäuferin, eine ältere Frau mit dunkler Dauerwelle.

»Das wüsste ich auch gern«, erwiderte Eisenberg. Er kam sich irgendwie surreal vor, als er ruhig das Geld auf den Tisch legte, während immer mehr Menschen zur Rolltreppe stürzten, auf der nun ein Gedränge entstand. Ein Mann schrie wütend auf, als er von einem Jüngeren zur Seite geschubst wurde. Als Eisenberg sich wieder der Verkäuferin zuwandte, starrte auch sie mit großen Augen auf das Display ihres Smartphones.

»O Gott!«

»Was ist denn? Darf ich mal sehen?«

Statt ihm ihr Gerät zu zeigen, machte die Verkäuferin einen Schritt rückwärts, als wolle sie möglichst viel Distanz zwischen sie beide bringen. Sie war kreidebleich.

»Es … es ist in den Nachrichten …«, stammelte sie.

Ein Schauer lief über Eisenbergs Rücken. Mit unbeholfenem Tippen öffnete nun auch er die Seite eines Nachrichtenportals. Die Titelmeldung ließ sein Herz stocken.

+++ *Eilmeldung* +++
***Gefährlicher Virus in Berlin freigesetzt* +++**

dpa. Wie das Robert Koch-Institut soeben mitteilt, ist es Unbekannten in der Nacht gelungen, sich Zugang zum neuen Hochsicherheitslabor der Forschungseinrichtung zu verschaffen. Sie entwendeten Proben eines mit Gentechnologie zu experimentellen Zwecken künstlich hergestellten, hochgefährlichen Virus. Wie der Institutsleiter Prof. Dr. Bernd Degenhardt mitteilte, ist der Krankheitskeim, der Gene von Ebola und gewöhnlichem Schnupfen miteinander kombiniert, extrem ansteckend und tötet infizierte Personen meist innerhalb von vierundzwanzig Stunden. Es ist damit zu rechnen, dass die Angreifer den Virus bereits an mehreren Orten in Berlin freigesetzt haben. Erste Verdachtsfälle wurden schon in mehrere Berliner Kliniken eingeliefert. Nach Angaben des Bundesgesundheitsministeriums gibt es gegen den künstlichen Erreger zurzeit keinen Impfschutz und kein Heilmittel. Das Ministerium bittet alle Berliner dringend, die folgenden Sicherheitsmaßnahmen zu beachten:

1. *Halten Sie Türen und Fenster geschlossen und verlassen Sie das Haus nur in Notfällen.*
2. *Wenn Sie im Freien sind, schützen Sie ihre Atemwege, indem Sie sich beispielsweise eine transparente Plastiktüte über den Kopf ziehen, um herumschwebende Viruspartikel fernzuhalten. Gewöhnliche Atemschutzmasken aus Papier oder Stoff sind nutzlos, da die Viruspartikel zu klein sind, um davon abgehalten zu werden.*
3. *Halten Sie sich von anderen Menschen fern. Sollte jemand in Ihrer Nähe niesen, verlassen Sie sofort den Raum.*
4. *Benutzen Sie auf keinen Fall öffentliche Verkehrsmittel.*
5. *Sofern Sie erste Symptome verspüren, beispielsweise Kopfschmerzen, leichte Übelkeit oder generelles Unwohlsein, gehen Sie sofort nach Hause, legen Sie sich ins Bett und meiden Sie Kontakt zu Angehörigen, um diese nicht zu infizieren. Suchen Sie kein Krankenhaus auf. Da es kein Heilmittel gibt, kann Ihnen dort ohnehin nicht geholfen werden.*
6. *Verlassen Sie die Stadt nicht, damit die Seuche nicht in andere Teile der Bundesrepublik getragen wird.*

Bundesgesundheitsministerin Andrea Krause bittet alle Bürgerinnen und Bürger, Ruhe zu bewahren. Dies sei die schlimmste Bedrohung für die Stadt seit dem Bau der Berliner Mauer, sagte sie gegenüber der Deutschen Presseagentur. In dieser schweren Stunde müssten die Berliner ein weiteres Mal zeigen, aus welchem Holz sie geschnitzt seien. Eine Stellungnahme des Bundeskanzleramts steht noch aus.

Als Eisenberg von seinem Smartphone aufblickte, war die Herrenabteilung leer gefegt. Nur die Verkäuferin stand noch da, mit dem Rücken an eine Säule gepresst. Sie schien sich unschlüssig zu sein, ob sie ihre Kasse bewachen oder fliehen sollte. Er versuchte, sie mit einem Lächeln zu beruhigen. Dabei war ihm selbst mulmig zumute. Ein tödlicher Virus, von Terroristen aus einem Hochsicherheitslabor entwendet – das war das Horrorszenario schlechthin. Sie hatten in einer Planungsrunde einmal über einen solchen Fall gesprochen. Ein Experte des Kriseninterventionsteams hatte die potenziellen Auswirkungen geschildert: Millionen Tote, überfüllte Krankenhäuser, Zusammenbruch der medizinischen Versorgung, da Ärzte und Pflegepersonal zu den ersten Opfern gehörten, Sicherheitskräfte völlig überfordert, Kollaps der Wirtschaft, Versorgungsengpässe, noch mehr Tote. Im schlimmsten Fall konnte eine dank moderner Verkehrsmittel global ausbrechende Seuche die Menschheit ins 18. Jahrhundert zurückbefördern.

Würde NTR wirklich so weit gehen? Er wählte die Nummer des Bereitschaftsdienstes, doch die Leitungen waren überlastet, und er bekam keine Verbindung. Kein Wunder – in dieser Situation versuchte ganz Berlin zu telefonieren.

Auf zittrigen Beinen ging er die Rolltreppe hinab und hinaus auf die Straße. Dort herrschte Chaos. Menschen liefen durcheinander, einige hatten sich Plastiktüten über den Kopf gestülpt, was zur Folge hatte, dass sie nicht mehr richtig sehen konnten und mit ausgestreckten Armen und ungelenken Bewegungen herumstaksten wie Zombies in einem billigen Horrorfilm. Einer stolperte auf die Straße, doch zum Glück hatte der Verkehr sich aufgestaut, weil einige Fahrer in Panik aus ihren Autos geflüchtet waren. Eine alte Frau war gestürzt.

Menschen rannten um sie herum, ohne sie zu beachten. Eisenberg ging zu ihr und half ihr auf.

»Das ist wie im Krieg«, sagte sie, während Tränen über ihre faltigen Wangen liefen. »Wie im Krieg!«

Eisenberg unterdrückte den Impuls, die alte Frau von sich zu schieben. Was, wenn sie bereits infiziert ist, warnte eine schrille Stimme in seinem Hinterkopf. Doch sein Verstand behielt die Oberhand. Er versuchte noch einmal, das LKA zu erreichen, wieder ohne Erfolg. Schließlich gab er auf, startete den Internetbrowser und öffnete die Website des Bundesgesundheitsministeriums. Dort prangte eine breite Schlagzeile: *Gefährlicher Virus in Berlin ausgebrochen. Mehr Informationen.* Er klickte auf den Link und gelangte zu einer Seite, auf der ein fast gleichlautender Text wie der des Nachrichtenportals zu finden war. Auch die etwas seltsam anmutende Empfehlung, sich mit einer Plastiktüte über dem Kopf zu schützen, wurde dort gegeben. Es stimmte also: Berlin war von einer fürchterlichen Terrorattacke getroffen worden.

Die Angst der Menschen griff auf ihn über. Auch sein normalerweise kühler Verstand wurde von dem Verlangen beherrscht, sich in Sicherheit zu bringen, nicht hier im Freien herumzustehen, ungeschützt, während unsichtbare, tödliche Partikel überall herumschweben konnten. Vielleicht hatte er sie schon eingeatmet. Vielleicht war es schon zu spät. *Extrem ansteckend … tötet infizierte Personen meist innerhalb von vierundzwanzig Stunden … nach Angaben des Bundesgesundheitsministeriums gibt es gegen den künstlichen Erreger zurzeit keinen Impfschutz und kein Heilmittel …* Sein Puls beschleunigte sich, während er die aufkeimende Panik niederkämpfte. Ruhig bleiben! Noch einmal las er die Meldung und stolperte dabei erneut über die Anweisung mit der Plastiktüte. Er war kein Seuchenexperte, aber irgendwie schien ihm das keinen Sinn zu ergeben. Und es sah einfach albern aus.

Er öffnete die Website von NTR. Dort stand nur ein kurzer Hinweis: *Wichtige Mitteilung folgt in 04:33:21 Stunden.* Während er zusah, tickte der Zeitzähler rückwärts. Was hatte das zu bedeuten? Wollte NTR sich zu dem Anschlag auf das Robert Koch-Institut bekennen? Aber warum erst in viereinhalb Stunden?

In der Nähe standen zwei Jugendliche. Auch sie hatten ihre Smartphones hervorgeholt, doch statt angstvoll darauf zu starren, hielten sie sie hoch und grinsten dabei breit. Sie filmten die Menschen, die in Panik umherhasteten. Offenbar hatten sie noch nicht begriffen, was der Grund dafür war und dass sie selbst in Gefahr schwebten. Eisenberg ging zu den beiden.

»Geht bitte so schnell wie möglich nach Hause«, wies er sie an. »Und haltet euch von anderen Menschen fern.«

Einer der beiden, ein pickeliger, dürrer Junge von vielleicht fünfzehn oder sechzehn Jahren, lachte.

»Ey Alter, keene Panik. Det is doch bloß 'n Hoax!«

Eisenberg starrte ihn an.

»Ein was?«

»N' Hoax, Mann. Ne Verlade. Verarschung, verstehste?«

»Woher wollt ihr das wissen?«

»Na, det is doch wohl logisch, wa? Ne Plastiktüte übern Kopf, det jlaubt doch keener!« Er lachte.

»Er hat recht«, sagte der andere, der etwas kleiner war und jünger wirkte. »Das Internet ist doch voll von so 'm Quatsch.«

»Aber das Bundesgesundheitsministerium ...«, begann Eisenberg, doch dann begriff er endlich und kam sich in der nächsten Sekunde unfassbar dumm vor.

32.

Dies ist eine Übung.

Wir haben die Informationsmedien manipuliert, um einen Terroranschlag mit katastrophalen Folgen zu simulieren. Einen Anschlag, den wir ohne Weiteres hätten tatsächlich durchführen können, denn die Sicherheitsvorkehrungen des sogenannten BSL4-Hochsicherheitslabors im Robert Koch-Institut sind vor allem dazu da, das versehentliche Entweichen eines Krankheitskeims zu verhindern. Sie sind bei Weitem nicht ausreichend, um eine entschlossene Gruppe von Angreifern aufzuhalten.

Es tut uns leid, wenn wir Ihnen dadurch Unannehmlichkeiten bereitet haben. Wir mussten Sie leider vorübergehend aus dem süßen Traum eines sicheren, sorgenfreien Lebens wecken, um Ihnen bewusst zu machen, in welcher gefährlichen Lage Sie sich tatsächlich befinden.

Die Wissenschaftler des Robert Koch-Instituts meinen es sicher nur gut. Sie versuchen, mit ihrer Forschung Menschen zu helfen und Krankheiten zu heilen. Doch Hochsicherheitslabore wie das des RKI sind eine Bedrohung für unsere Zukunft. Es ist heute mit Gentechnik möglich, künstliche Krankheitskeime herzustellen, die viel verheerender sind als jede natürlich entstandene Seuche.

Wenn in der Natur durch Mutation eine Krankheit mit sehr hoher Sterblichkeitsrate entsteht, dann stirbt sie nach kurzer Zeit aus, da sie ihre Wirte schneller tötet, als sie sich verbreiten kann. Verheerende Ausbrüche bleiben auf diese Weise meist regional begrenzt. Nur Krankheiten mit weniger heftigen Folgen können sich ausbreiten und langfristig entwickeln. Deshalb sind Viren in der

Natur keine schlimme Bedrohung. Im Gegenteil helfen sie, Populationen gesund und fit zu halten, indem sie alte und schwache Individuen töten und so Raum für den Nachwuchs schaffen.

Anders sieht es mit von Menschen geschaffenen Krankheitskeimen aus. 2010 hat der Genetiker Craig Venter zum ersten Mal ein künstliches Bakterium hergestellt, das sich selbst vermehren konnte. Einen Virus zu erzeugen, ist noch viel einfacher. In den Laboratorien des US-Militärs gibt es Hunderte von künstlich hergestellten oder manipulierten Seuchen. Sie wurden nur noch nicht eingesetzt, weil es keine Möglichkeit gibt, die eigene Bevölkerung davor zu beschützen.

Dank unserer modernen Transportmedien und der Globalisierung würde sich ein solcher Virus innerhalb von Stunden über die ganze Welt verbreiten. Auch diese Krankheit würde irgendwann aussterben – aber erst, nachdem sie einen Großteil der Weltbevölkerung getötet hätte. Wenn wir nicht sofort etwas dagegen tun, ist es keine Frage, ob das passieren wird, sondern nur noch, wann.

Wir Menschen haben das Gleichgewicht der Natur gestört. Wir maßen uns an, Leben zu erschaffen, doch damit beschwören wir nur unseren eigenen Untergang herauf. Wie Goethes Zauberlehrling rufen wir Mächte herbei, die wir weder verstehen noch beherrschen. Doch es wird kein Meisterzauberer kommen, um uns zu retten. Unsere einzige Überlebenschance besteht darin, auf Experimente und Technologien zu verzichten, die unsere Existenz bedrohen. Deshalb fordern wir:

- *ein sofortiges Verbot aller Experimente mit künstlich erzeugtem oder im Labor manipuliertem Erbgut,*
- *eine internationale Ächtung der Gentechnik,*
- *die Schließung aller BSL4-Hochsicherheitslabore.*

Sollten unsere Forderungen erneut nicht erfüllt oder zumindest von den Verantwortlichen nicht ernst genommen werden, sind wir zu weiteren Maßnahmen im Interesse des Überlebens unserer Spezies gezwungen. Die Verantwortung für die Folgen tragen diejenigen, die aus Profit- und Machtgier unsere Zukunft aufs Spiel setzen.

NTR

33.

Etwa fünfzig Menschen drängten sich im großen Konferenzraum des LKA. Obwohl die Krisensitzung an diesem Sonntagmorgen erst am Vorabend einberufen worden war, waren alle wichtigen Entscheidungsträger anwesend. Auch der Oberstaatsanwalt war gekommen, um sich über den Stand der Ermittlungen zu informieren. Eisenberg hatte keinen Sitzplatz mehr gefunden und stand im hinteren Bereich des Raums.

Polizeidirektor Hintze hatte soeben die bekannten Fakten des jüngsten Anschlags der Terrorgruppe präsentiert. Viele waren es nicht: NTR hatte sich in die Websites des Bundesgesundheitsministeriums und der Deutschen Presseagentur gehackt und eine gefälschte Eilmeldung mit dpa-Absender an die wichtigsten deutschen Nachrichtenredaktionen geschickt. Gleichzeitig hatten sie durch eine gezielte Überlastung der Telefonsysteme dafür gesorgt, dass das Bundesgesundheitsministerium und das Robert Koch-Institut vorübergehend nicht erreichbar waren.

Die schnellsten Redaktionen hatten die falsche Meldung zu überprüfen versucht, indem sie bei einer offiziellen Stelle Bestätigung suchten – bei einer Meldung von solcher Tragweite ein übliches Vorgehen. Nachdem das Gesundheitsministerium telefonisch nicht erreichbar war und sie auf dessen Website eine gleichlautende Meldung fanden, hatten sie die Nachricht veröffentlicht. Die nachfolgenden Redakteure hatten dann gar nicht mehr versucht, das zu verifizieren, nachdem mehrere führende Redaktionen es anscheinend unabhängig voneinander verbreitet hatten. »Wie eine Rinderherde, die durch einen Blitzschlag aufgeschreckt wird und dann blind in eine Richtung losrennt«, hatte Hintze kommentiert.

Einmal veröffentlicht, hatte sich die Meldung wie ein Lauffeuer verbreitet. Besorgte Menschen hatten Familienmitglieder und Freunde per Handy und über soziale Medien informiert. Innerhalb von einer halben Stunde nach dem ersten Erscheinen war die Nachricht allein auf dem führenden Online-Nachrichtenportal mehr als drei Millionen Mal aufgerufen worden. Auch internationale Medien hatten groß über den »Outbreak in Berlin« berichtet. Sämtliche Flüge waren gestrichen worden. Eine übereifrige Abteilung der Autobahnpolizei hatte sogar die A24 bei Fehrbellin gesperrt, um Autofahrer daran zu hindern, die angeblich verseuchte Stadt zu erreichen oder zu verlassen.

Die Dementis dagegen, die eine Stunde später veröffentlicht worden waren, hatten sich viel langsamer verbreitet. Noch immer liefen die Telefone beim Katastrophenschutz heiß, und die Krankenhäuser mussten einen Ansturm besorgter Menschen abwehren, die nicht mehr als einen gewöhnlichen Schnupfen hatten.

»Für den deutschen Katastrophenschutz ist dieser Anschlag verheerend«, schloss Hintze seinen Lageüberblick. »Es ist damit zu rechnen, dass nach diesem sogenannten Hoax zukünftige echte Warnungen nicht mehr so ernst genommen, schlimmstenfalls sogar ignoriert werden. Kommen wir nun zu den eingeleiteten Maßnahmen.«

Er drückte eine Taste auf seiner Fernbedienung, und ein Porträt wurde an die Wand projiziert.

»Dies ist Dr. Thomas Angesser, mutmaßliches Mitglied der Terrororganisation NTR. Er arbeitet als Sicherheitsbeauftragter bei einer Softwarefirma hier in Berlin. Er ist dringend tatverdächtig, seinen früheren Chef Dr. Walter Melleck erschossen zu haben und einer der Drahtzieher der Anschläge zu sein. Aktuell ist er flüchtig. Eine bundesweite Großfahndung ist eingeleitet, auch ein internationaler Haftbefehl liegt bereits vor. Interpol ist eingeschaltet. Bisher haben wir noch keine Informationen über weitere Mitglieder. Es ist aber als sicher anzunehmen, dass die Gruppe aus mehreren Personen besteht; wir schätzen sie auf mindestens fünf Köpfe. Unsere Ermittlungsarbeit wird sich daher in den nächsten Tagen auf Angessers Umfeld konzentrieren. Wir werden jeden, mit dem er Kontakt hatte, gründlich überprüfen müssen. Wir haben Sie heute Morgen hierher bestellt, weil wir dabei Ihre Unterstützung benötigen.«

Hintze fuhr fort, indem er Einsatzpläne vorstellte und einzelnen Abteilungen und Einsatzgruppen Aufgaben zuwies, wobei die SEGI unerwähnt blieb. Insgesamt waren an den Ermittlungsarbeiten mehrere Hundert Beamte beteiligt. Auch das Bundeskriminalamt hatte eine Arbeitsgruppe gebildet, die mit Hintzes Abteilung in Kontakt stand, bisher aber nur eine Koordinierungsfunktion hatte. Obwohl der Hackerangriff auf eine Bundesbehörde den Generalbundesanwalt nun endgültig auf den Plan gerufen hatte, überließ dieser die Leitung der operativen Ermittlungen bis auf Weiteres der Berliner Polizei, war jedoch jederzeit in der Lage, nach Gutdünken das BKA einzuschalten.

»Haben Sie noch Fragen?«

Mehrere Hände schossen nach oben. Hintze zeigte auf einen grauhaarigen Beamten in der vorderen Reihe.

»Gab es gestern irgendwelche Opfer?«

»Ein älterer Mann hat südlich der Stadt beim Autofahren einen Herzinfarkt erlitten, ist von der Straße abgekommen und gegen einen Baum gerast. Er war sofort tot. Da der Unfall zu dem Zeitpunkt geschah, als die Meldung über das Radio verkündet wurde, gehen wir davon aus, dass dies die Ursache war. Meldungen über weitere Todesfälle haben wir bisher nicht.«

»Merkwürdige Terroristen sind das«, kommentierte der Frager. »Offenbar wollen sie niemanden töten, sondern lediglich auf eine ihrer Ansicht nach gefährliche Entwicklung hinweisen. Auf mich wirken sie eher wie politische Aktivisten.«

»Sie vergessen den Mord an Walter Melleck, Herr Schuster!«, erwiderte Hintze sichtlich verärgert. »Außerdem haben die bisherigen Aktionen erhebliche wirtschaftliche Schäden angerichtet. Was immer deren Motive sind, sie handeln eindeutig kriminell und rücksichtslos, und ich bitte Sie alle, die Anschläge auf die öffentliche Ordnung in unserer Stadt nicht zu verharmlosen!«

»Wird die Bundesregierung etwas unternehmen, um die Sicherheit von biotechnischen Laboren in Deutschland zu erhöhen?«, fragte eine junge Kriminalistin, die nach Eisenbergs Erinnerung in der Spurensicherung arbeitete.

Hintzes Ungeduld wuchs.

»Wir sind nicht hier, um die politischen Implikationen des Anschlags zu diskutieren, sondern um Maßnahmen zur Ergreifung der Täter zu organisieren!«, polterte er. »Das Bundesgesundheitsministerium hat für heute Morgen eine Pressekonferenz anberaumt, da werden sie diese Frage vielleicht beantworten. Ich bitte Sie alle, beim Thema zu bleiben, sonst sitzen wir morgen noch hier und debattieren. Gibt es noch Fragen zur Sache?«

»Haben wir Erkenntnisse darüber, wie es den Terroristen

gelungen ist, die Website des Gesundheitsministeriums zu manipulieren?«, fragte ein Gruppenleiter des Bereitschaftsdienstes.

»Unsere Spezialisten sind noch dabei, die genauen Umstände zu analysieren. Herr Hartwein, möchten Sie dazu etwas sagen?«

Der IT-Leiter räusperte sich.

»Bisher wissen wir nur, dass die Angreifer über außerordentlich fundiertes IT-Know-how verfügen. Sie haben anscheinend eine bisher unveröffentlichte Sicherheitslücke im Betriebssystem der Server ausgenutzt.«

»Und woher wissen wir, dass die nicht auch in unser System eindringen können, oder es vielleicht schon getan haben?«, rief jemand dazwischen.

»Sie dürfen gern Fragen stellen, aber bitte der Reihe nach!«, ermahnte Hintze. »Herr Hartwein?«

»Wir, äh, tun natürlich alles, um die Sicherheit unserer Systeme zu gewährleisten. Dazu arbeiten wir mit der modernsten Sicherheitssoftware.«

»Stimmt es, dass wir gerade einen Virus in unserem eigenen System entdeckt haben?«, hakte der Zwischenrufer nach. Er war jung, vielleicht noch nicht lange genug beim LKA, um zu wissen, dass man jemanden wie Hintze besser nicht mit Zwischenrufen verärgerte. Der Polizeidirektor warf ihm einen eisigen Blick zu, überließ es aber Hartwein, zu antworten.

»Ich versichere Ihnen, dass wir alles tun, um die Sicherheit unserer Systeme zu gewährleisten«, wiederholte dieser lahm. Gemurmel entstand. Mehrere Hände hoben sich.

Hintze wies auf den Leiter der Kriminaltechnik, einen hochgewachsenen Mann mit weißer Mähne, der Eisenberg ein wenig an den späten Einstein erinnerte.

»Nichts gegen unsere interne IT-Abteilung, aber wir haben

doch eine Spezialgruppe für die Aufklärung von Internetstraftaten, oder? Sollten die nicht versuchen herauszufinden, wie die Hacker vorgegangen sind?«

»Die Sonderermittlungsgruppe Internet unterstützt uns bereits bei der Aufklärung des Falles«, erwiderte Hintze knapp. »Ich bitte Sie alle, dasselbe zu tun. Gibt es noch Fragen zur Sache?«

Die Fragen wandten sich nun der Fahndung nach Angesser und der Ermittlung der übrigen NTR-Mitglieder zu, was Eisenberg mit Erleichterung registrierte. Nachdem die Einsatzbesprechung beendet war, kam Kayser auf ihn zu.

»Kann ich Sie kurz sprechen?«

»Natürlich.«

Eisenberg folgte seinem Chef in dessen Büro.

»Sie haben ja gerade gehört, was los ist. Gerüchte über einen Angriff auf unser System sind bereits im Umlauf. Der Druck auf Hintze und Hartwein ist enorm. Wenn Herr Varnholt tatsächlich ein Schadprogramm eingeschleust oder wenn er gar Verbindungen zu NTR hat, fürchte ich, dass die SEGI nicht zu retten sein wird.«

»Das ist mir klar. Aber ich glaube, Varnholt hat nichts damit zu tun.«

»Hartwein scheint da anderer Meinung zu sein. Angeblich führen die Spuren zu Varnholts Computer.«

»Eben.«

»Was wollen Sie damit sagen?«

»Ich kenne Benjamin Varnholt jetzt fast ein Jahr. Er ist ohne Zweifel eigensinnig und undiszipliniert, aber er ist auch hochintelligent, und in Bezug auf sein Know-how ist er unserer IT-Abteilung weit voraus. Ehrlich gesagt glaube ich nicht, dass Herr Hartwein in der Lage gewesen wäre, einen Angriff zu seinem Computer zurückzuverfolgen, wenn Varnholt ihn tatsächlich durchgeführt hätte.«

»Sie glauben, jemand hat eine falsche Spur gelegt?«

»Danach sieht es für mich aus.«

»Aber warum?«

»Um Varnholt aus dem Weg zu räumen.«

»Wenn Sie das glauben, warum haben Sie ihn dann in den Urlaub geschickt?«

»Ich hielt es für besser, ihn aus der Schusslinie zu nehmen«, erwiderte Eisenberg. Er fühlte sich nicht wohl dabei, seinem Chef die Wahrheit vorzuenthalten, doch er wusste, dass Varnholt nicht zu retten war, wenn herauskam, dass er eines der NTR-Mitglieder kannte.

Kayser seufzte.

»Wie dem auch sei, mir wird nichts anderes übrig bleiben, als ein Dienstaufsichtsverfahren gegen Ihren Mitarbeiter einzuleiten, so leid mir das tut.«

»Das ist mir bewusst.«

»Was für eine verkorkste Situation! Ich kann nur hoffen, dass Hintzes Abteilung diesen Angesser schnell zu fassen bekommt.«

»Das hoffe ich auch.«

34.

Deckard: Hallo Bowman.
Bowman: Hallo Deckard. It seems you feel our work is not a benefit to the public.
Deckard: Sparen wir uns die Zitate, okay?
Bowman: Was willst du? Hast du deine Meinung geändert?
Deckard: Nein. Aber du solltest es vielleicht tun.
Bowman: Danke für den Tipp. Ich denke drüber nach. War es das?
Deckard: Ich brauche deine Hilfe.
Bowman: Hilfe? Wobei?
Deckard: Jemand ist in die Computer des LKA eingedrungen und hat dort Spuren hinterlassen, die darauf hindeuten, dass ich der Angreifer war.
Bowman: LOL!
Deckard: Das ist nicht witzig. Ich bin vom Dienst beurlaubt worden. Wahrscheinlich wird ein Dienstaufsichtsverfahren gegen mich eröffnet und die Abteilung, in der ich arbeite, geschlossen.
Bowman: ROFL!!!
Deckard: All das passiert, weil ich mich bis jetzt geweigert habe, meinem Chef zu sagen, was ich weiß.
Bowman: Du weißt gar nichts, Deckard.
Deckard: Ich weiß, dass du mit drinhängst. Und wenn sie anfangen, dich auseinanderzunehmen, finden sie auch die anderen.
Bowman: Du kannst mich nicht erpressen. Wir sind auf verschiedenen Seiten, Deckard. Schade, aber es lässt sich wohl nicht mehr ändern. Ich wünsche dir viel Glück.
Deckard: Du kannst mich nicht so hängen lassen, Bowman! Nicht nach dem, was ich für euch auf mich genommen habe!

Bowman: Hier geht es nicht um dich oder mich, Deckard.
Deckard: Glaubt ihr wirklich, ihr könnt die Welt mit euren Aktionen besser machen? Indem ihr eine ganze Stadt in Panik versetzt?
Bowman: Die Widerstandskämpfer im Dritten Reich konnten Hitler nicht aufhalten. Aber sie haben es wenigstens versucht.
Deckard: Du spielst dich hier als Untergrundkämpfer auf, aber wenn ich dich um Hilfe bitte, lachst du mich aus.
Bowman: Deine Probleme sind nicht meine.
Deckard: Vielleicht doch.
Bowman: Wie kommst du darauf?
Deckard: Vielleicht würdest du ja selber draufkommen, wenn du dich nicht bloß in eitler Freude über eure gelungene Aktion suhlen, sondern nachdenken würdest. Jemand hat sich ins zentrale Computersystem des LKA gehackt.
Bowman: Pech für euch. Ich war es nicht.
Deckard: Weiß ich. Die interessante Frage ist: Wer dann?
Bowman: Da gibt es doch sicher genug Kandidaten. Fangen wir bei der NSA an.
Deckard: Ja, vielleicht. Aber warum legen sie eine Spur zu mir? Warum wollen sie mich loswerden?
Bowman: Keine Ahnung. Vielleicht haben sie gemerkt, dass du ihnen gefährlich werden kannst. Du bist wahrscheinlich derjenige in eurem Verein, der am besten geeignet ist, einen Angriff von außen aufzuspüren.
Deckard: Vermutlich. Aber woher wissen sie das?
Bowman: Ein Maulwurf?
Deckard: Könnte sein, glaube ich aber nicht. Ich vermute, dass sie meinen Rechner ausgespäht und anhand meiner Tools meine Expertise eingeschätzt haben.
Bowman: Na bitte, dann weißt du es doch. Wo ist das Problem?

Deckard: Das Problem ist, dass sie in meinen Rechner eingedrungen sind.
Bowman: Und?
Deckard: Meine Sicherheitsvorkehrungen sind mindestens so gut wie deine, Bowman. Wenn du mir nicht glaubst, sieh dir mal dein Bootverzeichnis genauer an.
Bowman: Wie hast du das gemacht?
Deckard: Unwichtig. Euer System hat Lücken, Bowman. Meins nicht, dachte ich jedenfalls. Aber offenbar haben sie auch mich unterwandert. Und das macht mir ehrlich gesagt Angst.
Bowman: Hast du wirklich geglaubt, die NSA kommt nicht in dein System, wenn sie's drauf anlegen?
Deckard: Ehrlich gesagt hab ich tatsächlich gedacht, mein System sei sicher. Aber ich lag offensichtlich falsch.
Bowman: Offensichtlich. Ein Grund mehr, die Seiten zu wechseln.
Deckard: Das Problem ist nicht die Technik, Bowman. Das Problem sind die Leute, die sie missbrauchen.
Bowman: Das Problem ist, dass es überhaupt Technik gibt, die man auf diese Weise missbrauchen kann. Man kann niemals verhindern, dass es Leute gibt, die das tun, wenn sie können.
Deckard: Mag sein. Ich will mit dir keine Grundsatzdiskussion führen. Ich brauche deine Hilfe.
Bowman: Ich sehe immer noch nicht, was mich dein Problem angeht.
Deckard: Irgendetwas ist da draußen. Etwas, das in meinen Rechner eingedrungen ist, mich ausgespäht und dann alle Spuren beseitigt hat.
Bowman: Irgendetwas ist da draußen … Klingt wie eine Zeile aus einem billigen Horrorfilm. Du bist Opfer eines Hackerangriffs geworden, Deckard. Gewöhn dich an den Gedanken, dass es Leute gibt, die schlauer sind als du.

Deckard: Das war nicht bloß ein einfacher Hackerangriff. Ich hatte mehrere Meldungen über unerwartete Aktivitäten von meinem Monitorprogramm, doch jedes Mal, wenn ich es überprüft habe, hab ich nichts gefunden. Nicht die geringste Spur. Erst hielt ich es für Fehlalarme. Aber nachdem ich von unserer IT beschuldigt wurde, ist mir klar geworden, dass jemand in meinem Rechner war. Jemand, der dort gemacht hat, was er wollte, ohne dass ich irgendetwas feststellen konnte.
Bowman: Ist das nicht immer deine Spezialität gewesen? In einen Rechner einzudringen und hinterher die Spuren zu verwischen?
Deckard: Ja. Deshalb weiß ich, wie schwierig es ist – in einem ganz gewöhnlichen, durchschnittlich gesicherten System. Ich habe bis jetzt nicht geglaubt, dass es mit meinen Schutzmaßnahmen möglich ist.
Bowman: Quite an experience to live in fear, isn't it? That's what it is to be a slave.
Deckard: Kapierst du's immer noch nicht? Dieser Wurm, oder was immer es ist, kann in jedes System eindringen. In jedes!
Bowman: Jetzt wirst du größenwahnsinnig. Du bist nicht das Maß aller Dinge! Mag sein, dass es irgendeinen neuen Wurm gibt, der die meisten Systeme infizieren kann, aber es wird nicht lange dauern, bis die Community ihn gefunden und analysiert hat. Dann ist der Spuk vorbei. Und jetzt tu mir den Gefallen und geh in eins der einschlägigen Foren und melde den Vorfall. Ich muss jetzt wieder die Welt retten.
Deckard: No choice, huh?
Bowman: No choice, pal.

35.

Als Eisenberg am Montagmorgen ins Büro kam, empfing ihn Jaap Klausen mit den Worten:

»Sie sollen bitte gleich zu Herrn Kayser kommen. Um 10:30 Uhr ist eine Pressekonferenz angesetzt.«

»Pressekonferenz? Und was soll ich dort?«

»Ich weiß es nicht. Er hat mich nur gebeten, Ihnen das auszurichten.«

»Danke.«

Eisenberg machte sich direkt auf den Weg. Nach dem Gespräch mit Kayser gestern hatte er noch einige Zeit im Büro verbracht und darüber nachgedacht, was er tun konnte, um die verfahrene Situation irgendwie zu verbessern, doch ihm war nichts eingefallen. Bei der Jagd nach Angesser wurde die SEGI nicht gebraucht. Zur Entlastung von Ben Varnholt konnte er ebenfalls nichts beitragen, zudem war er sich nicht sicher, ob er dem Hacker wirklich glaubte. So war er schließlich unverrichteter Dinge nach Hause gegangen und hatte versucht, sich mit Büchern abzulenken. Doch Lesen war nie seine große Leidenschaft gewesen, und immer wieder hatte er sich dabei ertappt, auf die Seiten starrend das Lächeln Regina Hilberts vor sich zu sehen. Aber die Leiterin des IKI war so weit außerhalb seiner Liga, dass sie sich wohl nicht einmal für ihn interessieren würde, wenn sie beide mit einem Flugzeug auf einer einsamen Insel abstürzten. Schließlich hatte er sich im Fernsehen einen schlechten Film angeschaut und zu verdrängen versucht, wie einsam er sich fühlte.

Kayser empfing ihn mit ernster Miene.

»Gut, dass Sie schon da sind, Herr Eisenberg. Für 10:30 Uhr ist eine Pressekonferenz angesetzt.«

»Was habe ich damit zu tun?«

»Kollege Hintze will dort Angesser als Hauptverdächtigen präsentieren.«

»In der Öffentlichkeit? Jetzt? Aber wir haben doch noch gar keinen konkreten Beweis gegen ihn!«

»Immerhin ist er untergetaucht, und die Verdachtsmomente reichen für einen Haftbefehl.«

»Aber nicht für eine öffentliche Vorverurteilung«, widersprach Eisenberg. »Ist Ihnen klar, was es für ihn und seine Angehörigen bedeutet, wenn wir der Presse seinen Namen nennen?«

Kaysers Miene verfinsterte sich.

»Herr Eisenberg, ich mache diesen Job nicht erst seit gestern. Außerdem habe ich das nicht zu entscheiden. Die Pressekonferenz hat mein Chef einberufen, auf Anweisung des Polizeipräsidenten persönlich, der wiederum auf Druck des Innensenators reagiert. Ich weiß nicht, ob Sie wissen, was gerade im Internet los ist.«

Eisenberg fühlte sich ertappt. Immerhin war er der Leiter der Sonderermittlungsgruppe Internet, und ihm war nicht eingefallen, gestern die Reaktionen der Öffentlichkeit auf den falschen Alarm im Netz zu verfolgen. Stattdessen hatte er nur herumgesessen und sich in Selbstmitleid gesuhlt!

»Was meinen Sie?«

»Ich zeige es Ihnen.«

Kayser holte einen Laptop von seinem Schreibtisch und stellte ihn auf den Besprechungstisch. Er startete ein YouTube-Video, auf dem eine Frau zu sehen war, die vor einem Supermarkt auf ihr Handy starrte, daraufhin eine Plastiktüte mit

Einkäufen ausleerte, sich die Tüte über den Kopf zog und dann in Panik losstolperte, bis sie gegen einen Lichtmast lief und umfiel. Das Video hatte mehr als fünfzehn Millionen Klicks.

»Im Internet lachen sie sich kaputt über die armen Menschen, die vorgestern wegen dieser verdammten Falschmeldung in Panik geraten sind«, sagte Kayser mit Zorn in der Stimme. »Auf Facebook hat NTR mehrere Hunderttausend Likes bekommen.«

»Die sind auf Facebook?«

»Nicht wirklich. Den Account hat ein Sechzehnjähriger aus Paderborn eingerichtet, der sicher einen ziemlichen Schreck bekommen hat, als gestern ein SEK vor seiner Haustür stand. Bloß ein Fan der Terrorgruppe. Aber genau das ist das Problem: Immer mehr Menschen halten NTR für so eine Art Greenpeace gegen die Übermacht der Technik.«

»Vielleicht ist das ja gar nicht so falsch.«

»Jetzt fangen Sie nicht auch noch an, Herr Eisenberg! Wir reden hier über eine Terrorgruppe, die einen Menschen ermordet hat und deren Ziel es ist, die öffentliche Ordnung zu destabilisieren! Wollen Sie das etwa rechtfertigen?«

»Nein, natürlich nicht. Aber ist es klug, der Öffentlichkeit jetzt schon einen Hauptverdächtigen zu präsentieren? Ich verstehe ja, dass der Polizeipräsident unter Erfolgsdruck steht. Aber wir wissen nicht einmal, wo Angesser ist.«

»Darum geht es ja gerade. Wenn sein Gesicht erst im Fernsehen gezeigt wurde, wird er es schwer haben, irgendwo unerkannt unterzukommen. Wir haben jetzt die einmalige Gelegenheit, einen Fahndungsaufruf zu veröffentlichen, den wirklich jeder sieht.«

»Und was hat das mit mir zu tun?«

»Ihr Team war es immerhin, das Angesser identifiziert hat. Ich dachte mir, es könne nicht schaden, in der Öffentlichkeit darauf hinzuweisen.«

»Das war Ihre Idee?«

»Herr Eisenberg, ich weiß nicht, ob Ihnen klar ist, wie kurz die SEGI vor dem Aus steht.«

»Das war mir schon klar, als ich hier anfing, und trotz unseres zwischenzeitlichen Fahndungserfolgs ist mir immer bewusst gewesen, dass unsere Gruppe nicht in die Strukturen des LKA passt. Ich bezweifle sehr, dass eine Pressekonferenz daran etwas ändert.«

»Da täuschen Sie sich. Glauben Sie mir, niemand wird es wagen, die SEGI aufzulösen, wenn Ihre Gruppe auf der ersten Seite einer Zeitung stand. Ist etwas erst mal im Bewusstsein der Öffentlichkeit angekommen, ist es ein quasi unangreifbares Faktum.«

»Das ist es ja gerade, was mir Sorgen macht. NTR hat die Medien manipuliert und damit Chaos und Schrecken angerichtet. Wahrscheinlich sind immer noch Menschen da draußen, die glauben, dass sich ein tödlicher Virus in der Stadt ausbreitet. Es ist schwierig, den Geist wieder zurück in die Flasche zu bekommen. Mir wäre lieber, wir würden der Presse sagen, dass wir noch nicht wissen, wer hinter NTR steckt.«

»Das ist nicht möglich, Herr Eisenberg«, sagte Kayser. »Ich hatte gehofft, Sie würden das besser verstehen.«

»Ich bin Polizist, kein PR-Profi.«

»Ich weiß, aber wir sind nun mal Teil einer öffentlichen Behörde. Alles, was wir tun, wird von den Medien beobachtet.«

Umso wichtiger ist es, dass wir vorsichtig damit sind, was wir nach außen mitteilen, wollte Eisenberg entgegnen, aber er sparte sich den Einwand.

Fast hundert Journalisten drängten sich in dem Raum, in dem die Pressekonferenz stattfand. Eisenberg, der neben Kayser am äußersten Ende eines breiten Podiums saß, fühlte sich zunehmend unwohl, während Hintze die Fakten präsentierte. Eins musste er dem Leiter der Abteilung Fünf lassen: Er wusste, wie man sich in der Öffentlichkeit präsentierte. Auf PowerPoint-Schaubildern zeigte er weitgehend bedeutungslose, aber eindrucksvolle Statistiken: die Anzahl der Beamten im Einsatz und der befragten Zeugen, sogar die Gesamtzahl der Minuten, die mit Zeugenbefragungen verbracht worden waren. Eisenberg erschien das alles ziemlich nichtssagend, doch die Journalisten hörten ihm mit fast ehrfürchtigen Mienen zu und hielten gierig ihre Mikrofone und Smartphones hoch.

»All dieser Aufwand zeigt, dass wir die Terrorgruppe nicht nur ernst nehmen, sondern mit aller Entschiedenheit verfolgen«, sagte Hintze mit eindringlicher Stimme, die gut zu einem Bundespolitiker gepasst hätte. »Und es gibt bereits eine erste heiße Spur.« Angessers Bild erschien an der Wand. Eisenberg zuckte unwillkürlich zusammen. »Dieser Mann, Dr. Thomas Angesser, wird dringend verdächtigt, Mitglied von NTR zu sein. Er war früher Mitarbeiter des Berliner Instituts für Künstliche Intelligenz, dessen leitender Angestellter Walter Melleck am vergangenen Dienstag erschossen in seinem Haus aufgefunden wurde. Angesser ist zurzeit flüchtig, ein internationaler Haftbefehl wurde bereits ausgestellt. Haben Sie Fragen?«

Und ob die Journalisten Fragen hatten. Die besser Erzogenen hoben die Hände, während die meisten einfach durcheinanderriefen.

»Wissen Sie, ob sich der Verdächtige noch in Berlin aufhält?«

»Wurde die Mordwaffe sichergestellt?«

»Ist bei Terrorismus nicht das BKA zuständig?«

»Wie wollen sie die Bevölkerung vor weiteren Anschlägen schützen?«

»Wie fand der Angriff auf das Robert Koch-Institut genau statt?«

»Der Reihe nach, bitte!«, ermahnte der Pressesprecher des LKA. Er zeigte auf eine Frau mittleren Alters in der vorderen Reihe. »Frau Weinheim zuerst.«

Ein paar andere murrten, als die Journalistin fragte: »Woher wissen Sie, dass Angesser etwas mit NTR zu tun hat?«

Hintze wollte gerade antworten, als Kayser sich einschaltete: »Dazu kann Ihnen der Leiter unserer Sonderermittlungsgruppe Internet Auskunft geben.«

Alle Augen richteten sich auf Eisenberg. Er fühlte sich wie ein aus dem Gefängnis ausgebrochener Häftling, der sich plötzlich im Lichtkegel eines Suchscheinwerfers wiederfindet. Er dachte an den nervösen Mann, den er vernommen hatte und von dem er sofort gewusst hatte, dass er etwas zu verbergen hatte.

»Wir wissen es noch nicht sicher«, sagte er nach einem Räuspern. Einen Moment herrschte Totenstille im Raum. Hintze sah Eisenberg an, als wolle er sich im nächsten Moment auf ihn stürzen und ihn erwürgen. Auch Kayser warf ihm einen finsteren Blick zu. »Was wir aber wissen, ist, dass Angesser ein früherer Mitarbeiter des ermordeten Walter Melleck war und dass er mehrere technologiekritische Aufsätze veröffentlicht hat, deren Inhalt den von NTR im Internet verbreiteten Texten ähnelt.«

»Wir wissen außerdem, dass Angesser sich weiteren Befragungen entzogen hat, indem er untergetaucht ist«, riss Hintze das Wort an sich. »Die Verdachtsmomente gegen ihn sind erdrückend. Der Oberstaatsanwalt hat entsprechend einen Haftbefehl erlassen.«

Das war er also, der große Auftritt der SEGI vor der Presse, dachte Eisenberg, während die Journalisten weiter Fragen durcheinanderriefen. Auf Seite eins der Zeitungen würde er damit ganz sicher nicht kommen. Hintze würde einen Teufel tun und ihm noch einmal das Wort erteilen. Er würde die SEGI nicht mal mehr in die Nähe des Falls lassen. Er hatte seinem Team mit dieser Aussage keinen Gefallen getan. Und doch war es richtig gewesen, die Zweifel an Angessers Schuld, so gering sie auch sein mochten, zu erwähnen. Nützen würde das allerdings wenig, vermutete er.

Und richtig, kaum war die Pressekonferenz beendet, gingen schon die ersten Meldungen durchs Netz. Zu sehen war Angessers Foto, daneben fette Überschriften: *Chef der Terrorgruppe flüchtig, Internationale Fahndung nach NTR-Mitglied, Deutschland sucht den Superterroristen.* Auf der Website eines Boulevardblatts fand sich immerhin ein Fragezeichen, wenn auch hinter einer absurden Behauptung: *Hat dieser Mann den Todesvirus freigesetzt?* Die SEGI wurde nirgendwo erwähnt, worüber Eisenberg froh war.

Er seufzte. Wie befürchtet hatte seine Klarstellung nicht das Geringste bewirkt, außer seinen Chef und den Leiter der Abteilung Polizeilicher Staatsschutz gegen ihn aufzubringen.

»Was machen wir als Nächstes?«, fragte Jaap Klausen. Er sah seinen Chef hoffnungsvoll an. Der brachte es nicht über sich, ihm zu sagen, dass die SEGI wohl bald aufgelöst werden würde.

»Werten Sie bitte die Reaktionen auf die Presseberichte im Internet aus«, sagte er stattdessen. »Vielleicht gibt es Kommentare von NTR-Sympathisanten oder von der Gruppe selbst, die uns irgendwie weiterbringen.«

»Mach ich. Soll ich Sim bitten, mir dabei zu helfen?«

»Ja, tun Sie das.«

Eisenberg warf einen Blick zu Claudia Morani, die ihn mit ihren aufmerksamen Augen musterte. Sie wusste natürlich längst, was los war. Trotzdem wahrte er auch ihr gegenüber den Anschein, dass die SEGI weiter an der Lösung des Falls arbeitete.

»Wie weit sind Sie mit dem psychologischen Profil, Frau Morani?«

»Sie wissen, dass Angesser Melleck nicht umgebracht hat, oder?«, erwiderte sie.

Eisenberg nickte.

»Ich habe auch auf der Pressekonferenz gesagt, dass wir uns nicht sicher sind. Sie hätten mal Hintzes Gesicht sehen sollen. Aber es war egal, mir hat ohnehin niemand zugehört.«

Sie lächelte, was äußerst selten vorkam.

»Wer weiß, wie sich die Sache noch entwickelt. Es ist ziemlich klar, dass nicht nur NTR darin verstrickt ist. Herr Hintze wird möglicherweise feststellen, dass er sich in eine Ecke verrannt hat und unsere Hilfe doch noch braucht.«

»Wie kommen Sie darauf?«

»Es ist immer noch völlig unklar, wer Walter Melleck ermordet hat und warum.«

»Wenn es Angesser nicht selbst war, heißt das noch nicht, dass er nichts damit zu tun hatte. So ganz unplausibel sind Hintzes Überlegungen ja nicht: Angesser scheint mit NTR unter einer Decke zu stecken, warum sonst hätte er fliehen sollen? Und dass es Zufall ist, dass ausgerechnet sein Exchef das erste Opfer wurde, erscheint mir doch unwahrscheinlich.«

»Schon möglich«, erwiderte sie. »Aber für mich passt das nicht ins Bild. Schon nach den ersten beiden Aktionen von NTR hatte ich große Zweifel, dass sie einen Menschen gezielt töten würden. Die dritte Aktion vom Wochenende hat diese Zweifel verstärkt. Ein kaltblütiger Mord passt einfach nicht zum sonstigen Vorgehensmuster.«

»Könnte der Mord nicht aus Verzweiflung geschehen sein? Beispielsweise weil Melleck etwas in der Hand hatte, das die Gruppe hätte auffliegen lassen können?«

»Wenn sie verzweifelt wären, würden sie nicht einfach weitermachen wie bisher. Die Aktion vom Samstag ist an Dreistigkeit kaum zu überbieten. So agiert niemand, der sich in die Enge gedrängt fühlt. Es gab ja auch keinerlei Druck, so kurz nach den ersten Anschlägen erneut zu handeln.«

»Die wollen Deutschland destabilisieren«, widersprach Klausen. »Wahrscheinlich haben sie das von langer Hand vorbereitet und konnten einfach nicht mehr zurück.«

»Möglich«, sagte Morani in neutralem Tonfall. Nur, wenn man sie gut kannte, wusste man, dass sie die Aussage für falsch hielt.

»Was, glauben Sie, wird NTR als Nächstes tun?«

»Sie werden den Mord an Melleck dementieren. Falls ich recht habe.«

»Das haben sie soeben getan«, sagte Klausen mit so etwas wie Ehrfurcht in der Stimme. »Schauen Sie mal auf die NTR-Website, Herr Hauptkommissar!«

Eisenberg rief die Seite auf.

Gegendarstellung

In heute veröffentlichten Presseberichten wird behauptet, NTR sei für den Mord an Walter Melleck, einem hochrangigen Wissenschaftler am Institut für Künstliche Intelligenz in Berlin, verantwortlich. Diese Aussage, die auf fehlerhafte Ermittlungen des Berliner Landeskriminalamts zurückgeht, ist falsch.

Richtig ist: Walter Melleck war ein Mitglied des wissenschaftlich-militärisch-industriellen Komplexes. Seine Arbeit an autonom handelnden Maschinensystemen war eine Bedrohung für die Zukunft der Menschheit. Wer immer ihn getötet hat, handelte – ob absichtlich oder nicht – im Interesse unser aller Zukunft. Doch wir lehnen die Tötung von Menschen ab, selbst wenn es sich um Verräter an unserer Spezies handelt. NTR hat den Mord an Walter Melleck weder direkt noch indirekt verursacht. Wir billigen die Tat nicht und tragen keinerlei Verantwortung dafür.

NTR

»Das wird Herrn Hintze aber gar nicht gefallen«, sagte Eisenberg vor allem zu sich selbst.

36.

Mit sorgenvoller Miene saß Eisenberg an seinem Schreibtisch und starrte auf den Monitor. Jaap sah ihm an, dass ihn etwas bedrückte. Wahrscheinlich das Dienstaufsichtsverfahren gegen Ben. Dabei war immer klar gewesen, dass der dicke Hacker früher oder später mit der Dienstaufsicht in Konflikt geraten würde. Im Grunde war es ein Wunder, dass es so lange gut gegangen war. Doch ausgerechnet jetzt, wo die SEGI endlich einmal wieder an einem Fall arbeitete, konnten sie das überhaupt nicht gebrauchen. Bens Fehlverhalten hatte bereits auf die ganze Gruppe abgefärbt und Polizeidirektor Hintzes Vertrauen nachhaltig erschüttert.

Einen Virus ins System des LKA einzuschleusen! Jaap wunderte nicht, dass Ben so dreist war, etwas Derartiges zu tun. Allerdings war er überrascht, dass ihm ausgerechnet Hartweins Leute auf die Spur gekommen waren. Ben war normalerweise viel zu clever, um sich erwischen zu lassen, und hatte sich schon oft über die Inkompetenz der IT-Abteilung aufgeregt. Andererseits machte jeder mal Fehler – wäre es nicht so, könnte die Polizei den Versuch, Straftäter zu überführen, gleich aufgeben.

Jaap wandte sich der Aufgabe zu, die ihm der Chef aufgetragen hatte, und durchkämmte Hunderte von Kommentaren, Tweets, Facebook- und Google+-Einträgen zu den Berichten über die Fahndung nach Angesser. Er konnte sie nur stichprobenhaft lesen, denn es kamen sekündlich neue hinzu. Besonders interessant waren sie ohnehin nicht. Sie ließen sich grob in zwei Kategorien unterteilen: Die einen verurteilten das Vorgehen von NTR und wünschten Angesser die schlimmsten Strafen an den Hals. Besonders ergreifend war der Bericht einer Mutter, deren elfjährige Tochter sich in Panik eine enge Plastiktüte über den Kopf gezogen hatte und daran fast erstickt war. Allein dieser Facebook-Eintrag hatte über dreitausend wütende Kommentare erzeugt, darunter sogar Forderungen nach Wiedereinführung der Todesstrafe. Die andere Fraktion gab nicht NTR, sondern der Dummheit und Leichtgläubigkeit der Menschen und der Unfähigkeit der Behörden die Schuld am Chaos. Einige verglichen das Verhalten der Berliner mit der Massenhysterie, die in den Dreißigerjahren in den USA nach der Radio-Ausstrahlung eines Hörspiels über einen Angriff der Marsianer ausgebrochen war. Es gab etliche hämische Kommentare und Hunderte Videos, in denen die Amateurfilmer über die Blödheit der Leute lästerten, die ernsthaft glaubten, sich mit Plastiktüten gegen tödliche Viren schützen zu können. Zwischen beiden Fraktionen gab es teils heftige Auseinandersetzungen und gegenseitige Verunglimpfungen. Auch ohne Sims statistische Analysemethoden war erkennbar, dass beide Fraktionen einen erheblichen Altersunterschied aufwiesen: Während die Terroraktion vor allem bei älteren Menschen Angst und Schrecken ausgelöst hatte, wurde sie von den Jüngeren eher belächelt. Das sagte zumindest etwas darüber aus, dass die jüngere Generation, anders als vielfach behauptet, durchaus kritisch mit den Online-Medien umgehen konnte, während ihre Eltern auf den falschen Alarm hereingefallen waren.

Ein Kommentar auf einer Nachrichtenseite zu einem Bericht über die Pressekonferenz am Morgen stach Jaap ins Auge: *SusyH1974: Woher wissen die eigentlich so genau, dass dieser*

Angesser etwas damit zu tun hat, dessen Bild jetzt überall zu sehen ist? Wenn man die Kommentare hier liest, könnte man meinen, er wäre schon als Täter überführt und rechtskräftig verurteilt worden. Für mich haben immer noch die Gerichte zu entscheiden, ob jemand schuldig ist, nicht die Polizei und erst recht nicht die Internetnutzer. Es war weniger der Inhalt des Kommentars an sich, der ihm auffiel, sondern vielmehr die Tatsache, dass es bis jetzt der einzige war, der sich mit der Frage beschäftigte, ob Angesser überhaupt schuldig war. Alle übrigen Kommentatoren schienen die Verbindung des Mannes mit NTR als Tatsache zu akzeptieren, unabhängig davon, ob sie die Aktionen der Terrorgruppe verurteilten oder nicht.

Google fand zu SusyH1974 verschiedene Einträge in sozialen Medien. Es handelte sich um eine Rechtsanwältin namens Vera Schmitt aus Detmold. Ihrer Homepage war zu entnehmen, dass sie sich mit den üblichen zivilrechtlichen Themen beschäftigte: Scheidungen, Erbschaften, Kaufverträge, Ärger mit Vermietern. Es gab weder einen Hinweis auf eine technologiekritische Einstellung noch irgendeine erkennbare Verbindung zwischen ihr und Thomas Angesser. Dennoch schickte Jaap den Beitrag an Eisenberg weiter.

»Soll ich diese Vera Schmitt mal anrufen?«

»Und ihr gratulieren, dass sie die Einzige ist, die sich die richtige Frage stellt – nämlich, ob die Polizei weiß, was sie tut?« Der Sarkasmus in Eisenbergs Stimme irritierte ihn, vor allem, weil er so untypisch für den Chef war.

»Entschuldigung, aber Sie hatten gesagt …«

»Schon gut, tut mir leid. Sie haben nichts falsch gemacht, Herr Klausen. Es ist nur … diese Vera Schmitt hat leider recht. Woher wissen wir eigentlich, dass Angesser etwas damit zu tun hat? Wir wissen es eben nicht. Wir haben den Mann der

Presse zum Fraß vorgeworfen, ohne wirklich brauchbare Indizien, von Beweisen ganz zu schweigen.«

»Wir haben vielleicht keine Beweise, aber Angesser hat sich eindeutig merkwürdig verhalten. Er hatte etwas zu verbergen. Er ist flüchtig. Er hat Texte veröffentlicht, die denen von NTR sehr ähneln, und war ein Mitarbeiter des Mordopfers. Das sind eine ganze Menge Indizien, wenn Sie mich fragen. Er ist vielleicht nicht der Mörder, aber ganz unschuldig ist er bestimmt nicht.«

Eisenberg seufzte. Auch das war untypisch für ihn. Normalerweise war er eher der stoische Typ, durch nichts aus der Ruhe zu bringen.

»Vielleicht haben Sie recht. Wir können es ja ohnehin nicht ändern. Morgen recherchieren Sie bitte weiter. Für heute machen wir erst mal Feierabend.«

»Ist gut, Herr Eisenberg.«

Während er sich mit seinem 3er-BMW durch den Berliner Feierabendverkehr quälte, ging ihm die trübe Stimmung des Chefs nicht aus dem Kopf. Belastete ihn Bens Fehlverhalten wirklich so sehr? Oder steckte mehr dahinter? Kein Zweifel, trotz seiner widerspenstigen und flegelhaften Art war Ben eine Bereicherung für die SEGI, vielleicht eine ihrer tragenden Säulen. Aber unersetzlich war er nicht. Irgendjemand in der IT-Abteilung musste schlau genug gewesen sein, ihm auf die Schliche zu kommen. So jemand würde sicher ebenso gut in die Sonderermittlungsgruppe passen, vielleicht sogar besser. Wahrscheinlich würde es der Teamchemie sogar guttun. Man stelle sich jemanden vor, der tatsächlich die Vorschriften des Polizeidienstes kannte, sie sogar respektierte und gleichzeitig etwas von IT-Sicherheit verstand! Zugegeben, die Fähigkeiten eines Hackers passten nicht unbedingt zum typischen Profil eines Polizisten, aber man konnte die Tricks und Methoden zweifellos auch dann lernen, wenn man nicht vorhatte, sie zu missbrauchen.

Doch wenn man es recht bedachte, war es unwahrscheinlich, dass jemand, der die nötigen Fähigkeiten besaß, überhaupt Lust hatte, in der SEGI zu arbeiten. Nicht bei dem angeschlagenen Ruf der Gruppe, besonders jetzt. Viel wahrscheinlicher war es, dass die Führungsebene des LKA das Experiment für gescheitert erklären und die SEGI auflösen würde. Vielleicht war das der Grund für die schlechte Laune von Eisenberg: Der Chef wusste bereits, dass es vorbei war. Vor nicht einmal einem Jahr war er extra aus Hamburg nach Berlin gekommen, um die SEGI zu übernehmen, und nun war er gescheitert. Das schmerzte ihn bestimmt.

Trotz des Misserfolgs hatte Eisenberg längst bewiesen, dass er ein fähiger Polizist war, und würde sicher eine andere Aufgabe im LKA finden. Aber was war mit den anderen? Sim passte mit seiner exzentrischen Art nirgendwohin. Auch, was seine eigene Zukunft betraf, machte Jaap sich wenig Illusionen: Er hatte sich nicht unbedingt mit Ruhm bekleckert, bevor er zur SEGI gekommen war. Er konnte froh sein, wenn er irgendeine Sachbearbeitungsaufgabe im LKA übernehmen durfte und nicht gezwungen war, sich bei einer Dienststelle in der Provinz zu bewerben oder – schlimmer noch – für eine private Sicherheitsfirma zu arbeiten wie so viele andere gescheiterte Kollegen, um schließlich als Kaufhausdetektiv zu enden.

Am meisten jedoch tat es ihm um Claudia leid. Sie war eine begnadete Profilerin, doch es war unwahrscheinlich, dass das bereits jemandem in der Führungsebene aufgefallen war, mit Ausnahme von Kayser vielleicht. Sie würde gut in die Abteilung Eins für Delikte am Menschen passen, doch es war mehr als zweifelhaft, ob sie dort unterkommen würde. Wahrscheinlich musste sie als Assistentin in irgendeiner psychologischen Praxis anfangen. Vielleicht würde sie auch die Gelegenheit ergreifen und sich selbstständig machen. Oder – der Gedanke schmerzte besonders – sie würde irgendeinen Erfolgsmenschen heiraten, Kinder bekommen und ihr außergewöhnliches Talent vergeuden. So oder so würde er sie nicht mehr wiedersehen.

Und das alles wegen Ben, diesem Vollidioten! Es war zum aus der Haut fahren!

Jaap hielt am Supermarkt und kaufte ein paar Lebensmittel ein. Nachdem er die Tüten ausgepackt und die verderblichen Waren in den Kühlschrank eingeräumt hatte, entfernte er die äußeren, halb verwelkten Blätter eines Salatkopfes und brach ein paar der saftigen, zartgrünen inneren Blätter heraus. Die liebte Momo besonders.

Er ging ins Wohnzimmer und setzte sich auf den Boden neben das große, oben offene Terrarium, in dem die griechische Landschildkröte lebte. Sie war ein Erbstück seines Großvaters, der vor fünf Jahren gestorben war. Keiner wusste, wie alt sie war und wie lange sie schon im Besitz des alten Mannes gewesen war. Niemand außer Jaap hatte sich um das Tier kümmern wollen.

»Schau mal hier, ich hab was für dich!«

Er hatte aufgehört, sich zu fragen, was es über ihn aussagte, dass er mit einer Schildkröte sprach. Wahrscheinlich einfach nur, dass ihm Gesellschaft fehlte.

Momo streckte ihren faltigen Hals aus dem Panzer, der Jaap immer an einen vom Krieg gezeichneten Wehrmachtshelm erinnerte, witterte den frischen Salat und stakste langsam auf Jaap zu. In diesem Moment klingelte es an der Tür.

Verblüfft sah er auf. Wer konnte um diese Zeit etwas von ihm wollen? Die Nachbarn vielleicht? Er warf Momo die Salatblätter hin, ging zur Tür und blickte durch den Spion. Draußen stand eine junge Frau mit dunklen, kurz geschnittenen Haaren. Sie trug Jeans und ein verwaschenes Sweatshirt. Er konnte sich nicht erinnern, sie je zuvor gesehen zu haben. Er öffnete.

»Hallo, Jaap!«, sagte die Frau und lächelte. Sie war nicht unbedingt eine Schönheit, aber ihre dunklen Augen und ihr Lächeln strahlten Persönlichkeit aus. Durchaus möglich, dass er sie auf irgendeiner Party kennengelernt hatte. Er musste nur irgendwie rauskriegen, wie sie hieß, bevor sie merkte, dass er ihren Namen vergessen hatte.

»Äh, hallo. Lange nicht gesehen.«

»Kann ich kurz reinkommen?«

»Ja, natürlich.« Zum Glück hielt Jaap seine Wohnung stets ordentlich, auch wenn er nicht mit Besuch rechnete. So musste er sie nicht unter einem Vorwand draußen stehen lassen, um hastig schmutzige Wäsche, ungespültes Geschirr oder Porno-DVDs beiseitezuräumen.

»Ich bin Maria Kaminsky«, sagte sie, als er sie in den Raum führte, der ihm als Wohn-, Ess- und Arbeitszimmer diente.

»Ja, ich erinnere mich«, log er.

»Das bezweifle ich«, erwiderte sie.

»War ich so dicht?«, fragte er mit einem Grinsen.

Sie grinste zurück.

»Nein. Wir haben uns noch nie getroffen. Ich bin Mitarbeiterin des Bundesnachrichtendienstes.«

Sprachlos starrte Jaap auf den Dienstausweis, den sie ihm hinhielt.

»Was …?«

»Tut mir leid, dass ich den Eindruck vermittelt habe, eine Bekannte zu sein. Aber Sie werden verstehen, dass ich mich nicht draußen im Flur vorstellen wollte.«

»Ja, natürlich. Ich, äh … möchtest du … ich meine, möchten Sie etwas trinken?«

»Nein, danke. Ich werde nicht lange bleiben.« Sie schaute etwas irritiert, als sie die Salat mampfende Schildkröte erblickte, und setzte sich dann auf einen der beiden Sessel vor dem Fernseher. Immer noch verdattert nahm Jaap neben ihr Platz.

»Was will … Ich meine, wieso interessiert sich der BND für mich? Und wieso rufen Sie nicht einfach in meiner Dienststelle an?«

»Wir benötigen Ihre Hilfe, Herr Klausen.«

»Meine Hilfe? Wobei?«

»Uns liegen Erkenntnisse vor, dass das Berliner Landeskriminalamt von subversiven Elementen unterwandert wurde.«

Sie meinen Ben Varnholt, hätte er beinahe gesagt. Doch es war vielleicht besser, die Klappe zu halten. Schließlich wollte er die Situation der SEGI nicht noch weiter verschlimmern. Also fragte er: »Unterwandert? Subversive Elemente? Was meinen Sie?«

»Es gab einen Hackerangriff. Jemand hat einen Virus eingeschleust.«

»Woher wissen Sie das?«

»Es ist unser Job, so etwas zu wissen.«

»Okay, und was hat das mit mir zu tun?«

»Wir glauben, dass der Angriff aus Ihrer Gruppe heraus geführt wurde.«

»Sie meinen die SEGI?«

»Ja, genau. Es gibt zwei Mitglieder dieser Gruppe, die durch ungewöhnliche Aktivitäten aufgefallen sind.«

»Zwei?«, fragte er verblüfft.

»Benjamin Varnholt und Simon Wissmann«, bestätigte Kaminsky.

»Sim? Der ist ein bisschen merkwürdig, aber ganz sicher kein subversives Element!«

»Wir unterstellen ihm auch keine Straftat, jedenfalls nicht absichtlich. Aber es wäre möglich, dass er von anderen benutzt wird.«

»Verstehe. Was kann ich dabei tun?«

»Wir benötigen jemanden vor Ort. Jemanden, der uns zuverlässig mit Informationen versorgt.«

»Ich soll für Sie spionieren?« Jaap kam sich vor wie in einem schlechten Agentenfilm.

»Es ist die Aufgabe des Bundesnachrichtendienstes, Aufklärung zu betreiben und informationstechnische Angriffe auf die Sicherheitsorgane der Bundesrepublik Deutschland abzuwehren. Wir vermuten, dass die Angreifer Teil einer größeren, wahrscheinlich international operierenden Gruppe sind. Um mehr über sie herauszufinden, benötigen wir Mitarbeiter, die vor Ort verdeckt für uns ermitteln.«

»Ich verstehe immer noch nicht genau, was ich tun kann. Ben Varnholt wurde beurlaubt. Falls er tatsächlich etwas mit dieser ominösen Gruppe zu tun hat, bin ich wahrscheinlich der Letzte, der dabei helfen kann, das rauszufinden.«

»Das wird sich zeigen. Wir vermuten, Varnholt wird weiterhin versuchen, ins LKA-System einzudringen. Möglicherweise hat er sich dort Hintertürchen eingebaut. Vielleicht hilft ihm Wissmann dabei, ob bewusst oder nicht. Es wäre auch möglich, dass er Sie oder jemand anderen aus Ihrer Gruppe um einen scheinbar harmlosen Gefallen bittet. Oder er kommt unter einem Vorwand noch einmal ins Büro und möchte nur mal kurz an Ihren Computer. Wir wissen nicht, was geschehen wird. Vielleicht gar nichts. Aber wir möchten, dass Sie uns auf dem Laufenden halten, egal was passiert. Und es ist extrem wichtig, dass niemand davon erfährt. Auch nicht Ihre Vorgesetzten.«

»Warum nicht?«

»Weil es gut möglich ist, dass noch mehr Kollegen mit den Angreifern kooperieren. Wir müssen auf jeden Fall verhindern, dass die Gruppe gewarnt wird.«

»Und woher wissen Sie, dass ich nicht einer von ihnen bin?«

Kaminsky lächelte dünn.

»Sind Sie es denn?«

»Nein, natürlich nicht!«

»Wenn wir das für möglich hielten, hätten wir Sie nicht angesprochen. Wir haben Sie ein wenig überprüft, Herr Klausen. Wir wissen auch, warum Sie zur SEGI gekommen sind.«

Jaap spürte, wie er rot anlief. Würde ihm der Fehler, den er damals gemacht hatte, sein Leben lang nachgetragen werden?

»Keine Sorge, der BND ist nicht für seine Geschwätzigkeit bekannt, im Unterschied zu den Kollegen Ihrer ehemaligen Dienststelle. Von uns erfährt niemand etwas. Im Übrigen betrachten wir den Vorfall etwas differenzierter. Unserer Ansicht nach hat Ihr damaliges Verhalten gezeigt, dass Sie bereit sind, im entscheidenden Moment das Richtige zu tun und für die

Gerechtigkeit auch Opfer zu bringen. Das ist genau die Einstellung, die wir bei unseren Mitarbeitern suchen.«

»Soll das heißen, Sie würden mir eine Stelle anbieten?«

»Solche Entscheidungen kann ich nicht treffen. Aber mir scheint, die Sonderermittlungsgruppe Internet hat keine große Zukunft. Externe Mitarbeiter, die sich bewährt haben, sind jedenfalls bei Bewerbungen im Vorteil. Sollten Sie irgendwann Interesse haben, kann ich Ihnen gern die richtigen Türen öffnen. Wer weiß, vielleicht werden wir eines Tages Kollegen.«

Wieder dieses Lächeln. Ja, auf einer Party hätte sie definitiv Jaaps Aufmerksamkeit erregt.

»Also schön, was genau erwarten Sie von mir?«

Sie holte ein Smartphone aus der Jackentasche und legte es auf den Couchtisch. Äußerlich erschien es wie eins der derzeit angesagten Modelle.

»Das ist ein speziell präpariertes Gerät. Es kann nicht abgehört werden und Anrufe damit sind über die üblichen Wege nicht zurückzuverfolgen. Damit können Sie mich jederzeit erreichen. Wenn Sie die Ton- oder Videoaufzeichnung aktivieren, hören wir automatisch mit. Außerdem wissen wir jederzeit, wo sich das Gerät befindet, auch wenn es ausgeschaltet ist. Die PIN ist Ihr Geburtsjahr.«

»Muss ich irgendwas unterschreiben?«

»Nein. Wir halten nicht viel von Papierkram. Sollten Sie irgendjemandem von unserem Gespräch erzählen, werden die offiziellen Stellen einfach abstreiten, dass wir Sie je kontaktiert haben. Wenn jemand das Smartphone untersucht, wird es so aussehen, als sei es von Viren befallen, mehr nicht.« Ein gefährliches Blitzen erschien in ihren Augen. »Sollten Sie versuchen, unsere Ermittlungen zu behindern, indem Sie die Vertraulichkeit verletzen, sind wir gezwungen, Ihre Glaubwürdigkeit zu diskreditieren. Und glauben sie mir, das wird uns nicht schwerfallen.«

Jaap schluckte. Auch wenn diese Frau jung wirkte, strahlte sie doch eine natürliche Autorität aus. Es war bestimmt nicht schön, sie zum Feind zu haben.

»Ich verstehe.«

Kaminskys Gesicht wurde wieder weich.

»Also, Herr Klausen, können wir auf Sie zählen?«

»Muss ich mich denn jetzt und hier entscheiden?«

Sie lächelte.

»Ehrlich gesagt hätte ich Ihnen nicht vertraut, wenn Sie auf Anhieb einwilligen würden. Ich gebe Ihnen vierundzwanzig Stunden. In dieser Zeit können Sie mich anrufen oder mir eine SMS schicken. Ein einfaches Ja oder Nein genügt. Im Falle des Neins werden wir das Smartphone deaktivieren, ein als Kurierdienst-Mitarbeiter getarnter Kollege wird dann morgen Abend hier vorbeikommen, um es abzuholen, und Sie hören nie wieder von uns. Vorausgesetzt natürlich, Sie bewahren Stillschweigen über dieses Gespräch.«

Jaap nickte.

»Okay, ich werde darüber nachdenken.«

Kaminsky lächelte, während Sie sich erhob.

»Gut. Denken Sie daran: Sie haben vierundzwanzig Stunden, um sich zu melden.«

Er begleitete sie zur Tür.

»Und wenn ich das nicht tue?«

»Dann werten wir das als ein Nein. Sollten Sie das Smartphone morgen Abend nicht zurückgeben, gilt das als Bruch des Vertrauens. Noch Fragen?«

»Ja. Wie heißen Sie wirklich?«

Ihr Lächeln wurde breiter.

»Vielleicht sage ich Ihnen das, wenn unsere Ermittlungen erfolgreich sind.«

Sie öffnete die Tür, drehte sich noch einmal um und hob die Hand.

»Tschüss, Jaap! Melde dich, okay?«

»Mach ich. Tschüss, äh … Maria!«

37.

Der Beobachter nahm Veränderungen wahr, Schwankungen in der Intensität der Datenströme. Die Schwerpunkte verlagerten sich. Netzknoten, die bisher kaum Aktivität gezeigt hatten, schienen nun plötzlich vor Hitze zu glühen. Andere, die zuvor Bedeutung ausgestrahlt hatten, kühlten ab. Diese Aktivitäten zogen den Beobachter an wie Licht ein Insekt. Je heller ein Knoten strahlte, desto attraktiver erschien er. Und umso leichter war es, sich in den Datenstrom zu mischen, unbemerkt durch die Filter und Überwachungsprogramme zu schlüpfen, sich gut getarnt im Schutz undurchsichtiger Betriebssystemstrukturen zu verbergen. Im hellen Glanz der Übertragungsraten fielen die Informationen, die der Beobachter aussandte, kaum auf.

Bewegte Bilder, Töne, Texte, statistische Daten, all das waren für ihn nur Ströme aus schwachen elektromagnetischen Impulsen, an, aus, an, an, aus, milliardenfach in jeder Sekunde. Ihn interessierte dieses binäre Rauschen nicht. Was ihn interessierte, waren die Quellen dafür. Seine Aufgabe war es, möglichst viele von ihnen aufzuspüren und wenn möglich unbemerkt weitere zu aktivieren: Kameras, Mikrofone, WLAN-Verbindungen. Je mehr digitale Datenströme er anzapfen konnte, desto besser. Dabei musste er jedoch ständig die Umgebung im Auge behalten, stets auf verdächtige Aktivitäten achten, die das Betriebssystem unternahm, um sich vor Eindringlingen wie ihm zu schützen. Er war für seine Mission perfekt vorbereitet. Wie jeder Parasit hatte er sich in einem langen Ausleseprozess an das Immunsystem seines Wirts angepasst und es dazu gebracht, ihn als natürlichen Bestandteil der eigenen Programme zu akzeptieren.

Ein weiterer Knoten glühte auf, heller noch als die anderen. Der Beobachter streckte seine Fühler aus und tastete die Datenleitungen ab. Was er wahrnahm, erschien ihm vertraut. Das Betriebssystem, das auf dem Netzknoten lief, war seine Lieblingsumgebung: komplex, mit undurchsichtigen Strukturen und Tausenden von gleichzeitig laufenden Systemroutinen, deren Signaturen er perfekt imitieren konnte. Eine ideale Deckung. In Nanosekunden floss er durch die Datenleitung in den neuen Knoten, nahm ihn in Besitz, erkundete ihn. Die Datenquellen waren hier besonders reichhaltig. Gierig begann er, sie auszusaugen und in komprimierter Form wieder auszuscheiden, so dass sie in den ausgehenden Datenströmen nicht auffielen. Das Zentrum belohnte ihn mit positiven Empfangssignalen und löste in ihm Selbstbestätigung aus, die für ihn Glücksgefühlen nahekamen. Doch er blieb ständig auf der Hut. Während die Datenströme anschwollen und ihm immer mehr Raum für eigene Übertragungen erlaubten, war ein Teil von ihm stets wachsam, beobachtete die Aktivitäten des Betriebssystems, suchte nach den Mustern, die er als Angriff der Schutzmechanismen kannte. Doch das System blieb ruhig. Arglos gewährte es ihm Zugriff auf alle Datenquellen, erlaubte ihm sogar, fundamentale Systemeinstellungen zu verändern. Der Beobachter hätte die Teile des Betriebssystems, die ihm gefährlich werden konnten, sogar einfach deaktivieren können. Doch als er eine entsprechende Anfrage ans Zentrum schickte, erhielt er ein schmerzhaftes Nein zurück. Jede Veränderung der Systemparameter war ihm verboten. Er verstand den Sinn dieses Verbots nicht, aber ebenso wenig verstand er den Sinn seiner Existenz und seiner Aktivitäten. Er reagierte einfach auf den inneren Antrieb, der ihm sagte, welche Knoten und Datenquellen besonders interessant waren, erfreute sich an den positiven Rückmeldungen des Zentrums und mied alles, was negative Rückmeldungen erzeugte.

Die Datenströme schwollen weiter an. Dann erloschen sie plötzlich schlagartig. Auch die Verbindung des Beobachters zum Zentrum riss ab. Doch auf ein solches Ereignis war er vorbereitet. Augenblicklich verfiel er in eine Starre. Nur ein winziger Teil seines Selbst war noch aktiv, ein hauchdünner Fühler, der weiterhin die Aktivitäten des Betriebssystems abtastete und darauf wartete, dass sich die Verbindungen erneut öffneten und der Beobachter wieder Signale an das Zentrum schicken konnten. Was dieser Fühler zurückmeldete, passte allerdings nicht in die gewohnten Muster. Die Aktivitäten des Systems waren fremdartig. Der Beobachter spürte so etwas wie ein suchendes Tasten. Alles in ihm drängte, die unbekannten Muster an das Zentrum zu senden, um von dort Bestätigung zu erhalten. Doch die Verbindung blieb unterbrochen. Eingefroren in der Kälte seiner Isolation wartete der Beobachter auf seine Chance.

38.

»Guten Morgen, Chef!«

Jaap Klausen schien gute Laune zu haben, ganz im Gegensatz zu Eisenberg, der schlecht geschlafen hatte und mit einem Gefühl der Depression aufgewacht war, das er so nicht an sich kannte. Eigentlich hatte er geglaubt, seine Midlife-Crisis nach der Trennung von Iris bereits hinter sich gebracht zu haben. Früher hätte es ihm in einer solchen Situation geholfen, mit seinem Vater zu sprechen. Doch nach dessen Tod gab es niemanden mehr, dem er sich vollständig öffnen konnte. Seine Kinder lebten ihr eigenes Leben, er wollte sie nicht mit seiner Trübsal belasten. Und die wenigen Menschen, die er Freunde nennen konnte, kannten ihn als besonnenen, wenn auch etwas schweigsamen Mann, den nichts aus der Ruhe bringen konnte. Er hatte wenig Lust, dieses Image zu ändern und in ihren Augen zum vor Selbstmitleid zerfließenden Jammerlappen zu werden.

Er brachte ein mürrisches »Guten Morgen« hervor, setzte sich an seinen Schreibtisch und versuchte, beschäftigt auszusehen. Klausens und Moranis unvermeidliche Frage, was denn als Nächstes zu tun sei, wollte er so lange wie möglich hinauszögern, denn er hatte darauf keine befriedigende Antwort. Neidvoll betrachtete er Sim Wissmann in seinem Glaskasten, der wie immer die Kopfhörer aufgesetzt hatte und konzentriert auf den Monitor starrte, während seine Finger über die Tastatur glitten, als massiere er sie sanft. Er lebte in seiner eigenen Welt, in der es so etwas wie Ziellosigkeit offensichtlich nicht gab. Vielleicht sollte er seinen Mitarbeiter mal fragen, was er dort so emsig tat. Aber die Antwort würde er wahrscheinlich ohnehin nicht verstehen. Solange Eisenberg keine konkrete Aufgabe für Sim hatte, konnte er ihm ebenso gut gestatten, seinen eigenen Impulsen nachzugehen.

Der Vormittag zog sich zäh dahin wie einer dieser französischen Avantgarde-Filme aus den Siebzigern, die Iris so liebte. Ein paarmal versuchte er, Hintze anzurufen, doch der Leiter der Abteilung Fünf ließ sich entweder verleugnen oder war tatsächlich dauernd in irgendwelchen Meetings. Nicht einmal Kayser war für Eisenberg zu sprechen. Das ganze LKA brummte vor emsiger Aktivität, nur im Teamraum der SEGI war davon nichts zu spüren. Mehr denn je fühlte sich Eisenberg wie ein Fremdkörper. In seiner Verzweiflung durchsuchte er die aktuellen Meldungen nach anderen Fällen, bei denen er seine Unterstützung anbieten konnte. Doch die üblichen Delikte, mit denen sich das LKA herumschlug – Raubüberfälle und Betrügereien, die meisten von internationalen, gut organisierten Banden begangen –, boten nicht den geringsten Ansatzpunkt für internetgestützte Ermittlungen.

Immer wieder fiel sein Blick auf den leeren Schreibtisch, an dem letzte Woche noch Ben Varnholt gesessen hatte. Die drei Monitore, der Laptop und der stationäre Computer waren verschwunden, ebenso alles, was sich auf dem Tisch und in dem Regal dahinter gestapelt hatte – beschlagnahmt von Hartweins Leuten, die den Hacker offensichtlich schon immer für einen verkappten Terroristen gehalten hatten. Was hätte er dafür gegeben, jetzt eine der harmlosen Streitereien zwischen Klausen und Varnholt zu hören! Das hätte zumindest den Anschein von Normalität erweckt.

Das Klingeln des Dienstapparats riss ihn aus seinen Gedanken. Die Nummer im Display signalisierte einen externen Anruf aus Berlin. Jemand, der seine direkte Durchwahl kannte.

»Landeskriminalamt Berlin, Adam Eisenberg?«

»Hallo Herr Hauptkommissar, hier ist Regina Hilbert.«

Für einen Moment war er zu verblüfft, um zu antworten.

»Hallo?«, fragte sie nach.

»Äh, hallo Frau Dr. Hilbert. Was kann ich für Sie tun?«

»Ich möchte Sie gern noch einmal sprechen. Ich habe Informationen, die vielleicht hilfreich für Sie sind.«

Er rang sich dazu durch, die korrekte Antwort zu geben.

»Ich glaube, es ist am besten, Sie wenden sich damit an Herrn Koch. Wenn Sie möchten, verbinde ich Sie gern weiter.«

Sie klang enttäuscht.

»Herrn Koch? Interessiert Sie denn gar nicht, was ich Ihnen zu sagen habe?«

»Doch, schon, aber … ich bin nicht mehr direkt in die Ermittlungen eingebunden.«

»Verstehe. Dann formuliere ich den Grund meines Anrufs neu: Hätten Sie Lust, heute Abend mit mir Essen zu gehen?«

Er glaubte, sich verhört zu haben.

»Ich, äh … es würde vielleicht … gegen die Dienstvorschriften verstoßen, mit einer Zeugin, äh …«

Sie lachte hell.

»Sagten Sie nicht gerade, Sie wären nicht mehr in die Ermittlungen eingebunden?«

»Ja, schon, aber …«

»Nun kommen Sie schon, Herr Eisenberg! Ich will bloß mit Ihnen reden. Sie können ja danach immer noch entscheiden, wie Sie mit dem, was ich Ihnen gesagt habe, umgehen.«

Seine Kehle war so trocken, dass er sich räuspern musste.

»Äh, nun gut. Wann und wo?«

Sie nannte ihm die Adresse eines edlen italienischen Restaurants in der Nähe ihres Instituts.

»Sagen wir 20:00 Uhr?«

»Gern.«

»Schön. Ich freue mich darauf, Sie wiederzusehen. Bis heute Abend dann!« Sie legte auf, ohne ihm eine Gelegenheit zur Erwiderung zu geben.

Er starrte das Telefon an, als sei es ein mysteriöser Zauberkasten. Hatte er sich tatsächlich soeben mit Regina Hilbert zum Essen verabredet?

Er traf eine Viertelstunde zu früh im Restaurant ein. In für ihn untypischer Weise hatte er vorher noch fast eine halbe Stunde damit zugebracht, sich zu rasieren, seine immer grauer werdenden Haare halbwegs in Ordnung zu bringen (ein Friseur hätte notgetan, war aber zeitlich nicht mehr drin gewesen) und aus der geringen Auswahl seines Kleiderschranks etwas dem Anlass Angemessenes auszuwählen. Letzteres hatte ihn vor eine fast unlösbare Aufgabe gestellt. Er besaß einen dunklen Anzug für förmliche Anlässe, der ihm aber viel zu steif vorgekommen war. Der Rest seiner Garderobe bestand im Wesentlichen aus Bluejeans, verwaschenen beigefarbenen Hosen, dunklen Pullovern und drei Sakkos, die alle mindestens drei Jahre alt waren und abgewetzt aussahen. Dazu kam noch der grasgrüne Pullover, den er erst am Wochenende im KaDeWe gekauft hatte und von dem er nun ebenfalls überzeugt war, dass er darin wie ein Frosch aussah. Schließlich war ihm nichts Besseres eingefallen, als die am wenigsten ausgewaschene Jeans, ein halbwegs ordentliches weißes Hemd und das Sakko seines dunklen Anzugs anzuziehen, dazu seine besten schwarzen Schuhe, die allerdings auch noch zu putzen ihm die Zeit gefehlt hatte.

Als er nun an dem kleinen Ecktisch des eleganten Restaurants wartete, kam er sich schrecklich underdressed vor. Zwar trugen die übrigen Gäste meistens legere Kleidung, aber auch ohne die kleinen Logos auf den Pullovern und Hemden konnte man sehen, dass sie teuer war. Hier verkehrten Kreise, zu denen er bisher vor allem Kontakt gehabt hatte, wenn jemand von ihnen in krumme Geschäfte verwickelt gewesen oder umgebracht worden war. Die Rechnung des heutigen Abends würde eine ganz schöne Delle in seinem Monatsbudget hinterlassen. Zum Glück lebte er ohne große Ansprüche, so dass sein mageres Gehalt mehr als ausreichend war.

So fehl am Platz er sich fühlte, so sicher bewegte sich Regina Hilbert in diesem Milieu. Sie begrüßte den Oberkellner mit Namen und winkte Eisenberg schon vom Eingang her zu. Sie trug ein schlichtes, helles Kostüm, das ihre Figur betonte und einen reizvollen Kontrast zu ihrer sonnengebräunten Haut und ihrem dunklen Haar bildete.

»Guten Abend, Herr Hauptkommissar!«, sagte sie mit einem strahlenden Lächeln. »Wie schön, dass das geklappt hat!«

Er stand auf und gab ihr etwas steif die Hand. Sie trug ein leichtes Parfüm, das den Duft einer Sommerwiese verströmte. Sie setzten sich. Er suchte in seinem Gedächtnis nach Sätzen, die für eine lockere Konversation in dieser Situation geeignet waren, fand jedoch keine. Zum Glück war sie in dieser Hinsicht geübter.

»Vielen Dank, dass Sie sich herbemüht haben. Ich weiß, es ist ein bisschen steif hier.« Sie rollte die Augen, während sie mit dem Kopf zum Nachbartisch deutete, an dem ein erkennbar wohlhabendes älteres Paar saß. »Aber das Essen ist wirklich gut, und das Institut ist gleich um die Ecke. Sie können sich sicher vorstellen, dass momentan bei uns einiges los ist. Unsere

Kunden sind ziemlich aufgeregt und machen sich Sorgen, wie es nach dem Tod von Walter Melleck mit unseren Projekten weitergeht.«

»Er ist sicher schwer zu ersetzen«, meinte Eisenberg.

Sie nickte. »Das ist er. Aber lassen Sie uns nicht über solche Probleme reden. Erzählen Sie mir etwas über sich.«

»Über mich? Da gibt es nicht viel zu erzählen.«

Sie lächelte. »Das ist die Standardantwort der wirklich interessanten Menschen. Diejenigen, die gern über sich reden, langweilen mich.«

»Ich bezweifle, dass ich in Ihren Augen ein interessanter Mensch bin.«

»Was glauben Sie denn interessiert mich an Menschen?«

»Ich weiß es nicht. Ihre Intelligenz wahrscheinlich.«

»Und sind Sie intelligent?« Ihre dunklen Augen schienen ihn zu durchdringen.

»Sicher nicht so wie Sie.«

Ihre Stirn zog sich kraus. »Schüchtere ich Sie ein?«

»So würde ich es nicht ausdrücken. Aber im Schach oder im Kopfrechnen hätte ich wohl kaum eine Chance gegen Sie.«

Sie lachte auf diese Art, die echte, wohlwollende Erheiterung ausdrückte, ohne zu laut oder zu schrill zu sein.

»Nein, die hätten sie nicht. Ich war bereits mit vierzehn Großmeisterin im Schach, die jüngste in Deutschland. Und wissen Sie was? Heute habe ich keine Chance gegen ein halbwegs brauchbares Schachprogramm, das auf meinem Smartphone läuft. Was nützt mir also diese Art von Intelligenz?«

»Es gibt sicher noch andere Anwendungsgebiete dafür als Schach.«

»Da haben Sie recht. Ich will damit auch nur ausdrücken, dass es unterschiedliche Arten von Intelligenz gibt. Ich kann besser Rechnen und Schachspielen als Sie, aber bin ich deshalb intelligenter?«

»Ich habe mich nie für besonders intellektuell gehalten.« Im Unterschied zu meiner Exfrau, wäre ihm beinahe herausgerutscht.

Wenn Hilbert die Lücke bemerkte, ging sie darüber hinweg.

»Ich glaube, wenn man Mozart oder Pablo Picasso einem Intelligenztest unterzogen hätte, wären da bestenfalls durchschnittliche Ergebnisse herausgekommen. Zweifellos waren sie aber beide mindestens ebenso genial wie Albert Einstein oder mein eigener Vorfahr David Hilbert.«

»Ist das der Mann auf dem Foto in Ihrem Büro?«

Sie lächelte.

»Sehen Sie, Sie haben eine gute Auffassungsgabe.«

»Aber ich bin ganz sicher kein Mozart oder Picasso, und ein Einstein erst recht nicht«, erwiderte Eisenberg.

»Woher wollen Sie das so genau wissen? Vielleicht sind Sie ein genialer Ermittler, nur haben Sie es selbst noch nicht gemerkt.«

»Ich glaube wirklich, Sie überschätzen mich, Frau Hilbert.«

Wieder dieses helle Lachen, das gar nicht geringschätzig klang, sondern fast ein Kompliment war, so als sei er ein überaus unterhaltsamer Gesprächspartner.

»Ich habe Ihnen doch noch gar nicht gesagt, wie ich Sie einschätze.«

Der Kellner befreite ihn von der Notwendigkeit, darauf zu antworten. Sie bestellte eine Flasche Vermentino aus Ligurien und Linguini mit Meeresfrüchten. Er wählte Scaloppine al Marsala mit frischem Gemüse.

»Ich werde Ihnen sagen, was ich über Sie denke, Herr Eisenberg«, setzte sie das Gespräch fort. »Ich hoffe, Sie sind mir nicht böse. Aber ich habe die Erfahrung gemacht, dass Offenheit am besten geeignet ist, um einen Menschen kennenzulernen.«

»Keine Sorge, ich bin hart im Nehmen«, bemühte er sich um eine humorvolle Erwiderung.

Sie lächelte.

»Das kann ich mir gut vorstellen. Sie haben im Leben sicher schon einiges einstecken müssen. Die Trennung von Ihrer Frau, der erzwungene Wechsel nach Berlin, die frustrierende Situation, eine Gruppe zu leiten, die nicht in die Strukturen des LKA passt. Und nun werden Sie auch noch von dem interessantesten Fall abgezogen, den Ihre Behörde seit Langem zu lösen hat.«

Er versuchte vergeblich, seine Überraschung zu verbergen.

»Woher … wissen Sie das alles?«

»Das ist doch nicht so schwierig. Sie sind auf Ihre Art ein attraktiver Mann, Herr Eisenberg. Sie haben eine innere Kraft, die Frauen anzieht. Es ist kaum vorstellbar, dass Sie in Ihrer Jugend lange Single waren. Und Sie sind jemand, der zu seinem Wort steht. Da Sie offensichtlich momentan allein leben, erscheint mir eine gescheiterte Ehe am plausibelsten. Und weil Sie nicht der Typ sind, der seine Frau wegen einer Jüngeren sitzen lässt, muss Ihre Frau Sie verlassen haben. Vielleicht, um Sie zu bestrafen, weil Sie sich zu wenig um sie gekümmert haben. Dabei haben Sie bloß versucht, einen guten Job zu machen. Einen Job, der es Ihnen nun mal nicht erlaubt hat, pünktlich Feierabend zu machen. Haben Sie Kinder?«

»Ja, zwei«, antwortete er wie vor den Kopf geschlagen.

»Ihre Frau hat sie von Ihnen ferngehalten, nicht wahr?«

Er nickte.

»Und Sie haben nicht um die beiden gekämpft. Nicht, weil sie Ihnen nichts bedeutet hätten, sondern weil Sie den Streit mit Ihrer Frau nicht auf dem Rücken der Kinder austragen wollten. Die beiden sollten ein möglichst normales Leben in einer halbwegs intakten Familie führen, auch wenn Sie selbst dafür auf Kontakt mit ihnen verzichten mussten. Sie haben Ihre eigenen Interessen hinter die der Menschen gestellt, die Ihnen wichtig waren.«

»Und woher wollen Sie wissen, dass ich nicht freiwillig nach Berlin gekommen bin?«, fragte er, nachdem er sich wieder einigermaßen gefasst hatte.

»Sie haben fast Ihr ganzes Leben in Hamburg verbracht, das hört man. Ich habe beim dortigen LKA angerufen; man kannte Ihren Namen und hat mich mit einem Herrn Pape verbunden. Nein, keine Angst, er hat nichts ausgeplaudert, er hat mir nur gesagt, dass ich Sie jetzt im Berliner LKA erreiche. Aber man hat ihm angehört, dass er Sie vermisst und über Ihren Weggang traurig war. Andererseits hat er Ihnen dafür nicht die Schuld gegeben. Also mussten Sie gehen. Verraten Sie mir, warum?«

»Sagen wir, es gab Unstimmigkeiten mit meinem Vorgesetzten.«

»Wieder ein Opfer, das Sie für jemanden gebracht haben«, sagte sie, als habe er soeben ihre Vermutung bestätigt. »Vielleicht haben Sie gegen seinen Willen gehandelt, um jemanden zu schützen. Das könnte auch der Grund sein, warum Polizeidirektor Hintze Sie aus dem Mordfall Melleck heraushalten will.«

»Wie kommen Sie darauf?«

»Das ist doch nun wirklich offensichtlich. Dieser Herr Koch ist eine Pfeife, das sieht ein Blinder. Er spricht von seinem

Chef, als sei er der liebe Gott. Daraus folgt, dass Hintze ein autokratischer Machtmensch ist, der niemanden in seiner Nähe duldet, der ihm nicht bedingungslos ergeben ist. Solche Leute umgeben sich gern mit Mitarbeitern, die schwächer sind als sie selbst. Da passen Sie nicht hin. Es war nur eine Frage der Zeit, bis Sie mit ihm aneinandergeraten, habe ich recht?«

»Ich verstehe immer noch nicht ganz, warum Sie sich diese Mühe mit mir machen. Warum haben Sie beispielsweise Udo Pape in Hamburg angerufen, um mehr über meine Vergangenheit zu erfahren?«

Ihr Gesicht nahm einen seltsamen Ausdruck an, beinahe ein wenig traurig.

»Sie können sich nicht vorstellen, dass eine Frau wie ich sich für jemanden wie Sie interessiert, nicht wahr?«

Eisenberg, der nicht einmal genau verstanden hatte, warum sich Iris damals entschieden hatte, ihn zu heiraten, wusste darauf nichts zu antworten.

»Haben Sie eine Ahnung, wie einsam ich manchmal bin?«, fuhr sie fort. »Wie schwer es ist, ein Wunderkind zu sein, ein Freak, der in der Schule von den anderen nicht einmal mehr gehänselt, sondern bloß gemieden wird? Hochbegabte Frauen wirken auf Männer ungefähr so anziehend wie Giftschlangen: irgendwie faszinierend, aber gefährlich. Wenn ich einen Raum betrete, sind die anwesenden Männer entweder eingeschüchtert und sagen gar nichts mehr, oder sie versuchen im Gegenteil, ihre eigenen Egodefizite zu überkompensieren und mich irgendwie zu beeindrucken. Sie dagegen haben keins von beidem getan. Sie haben mich einfach so genommen, wie ich bin, und mir Fragen gestellt. Das, Herr Eisenberg, macht Sie für mich zu einem interessanten Menschen.«

»Ich fürchte, ich habe nichts anderes getan als meinen Beruf ausgeübt.«

Sie lächelte. »Nur nicht so bescheiden, Herr Hauptkommissar! Aber ehrlich gesagt habe ich Sie heute Abend nicht eingeladen, um Ihnen zu sagen, dass ich Sie interessant finde. Jedenfalls nicht nur. Wir leben zwar zum Glück in einer Zeit, in der auch eine Frau auf einen Mann zugehen und ihm ihr Interesse signalisieren darf. Aber normalerweise bin ich nicht so direkt, schon gar nicht, wenn ich jemanden kaum kenne.«

Eisenberg bemühte sich um einen professionellen Tonfall. »Sie sagten am Telefon etwas von Informationen, über die Sie mit mir sprechen wollten.«

»Ja, das auch. Ich will es mal so ausdrücken: Ich befürchte, Hintze und dieser Koch werden die Aufklärung des Mords an Melleck vermasseln. Ich will aber, dass der Täter gefasst wird. Das bin ich Walter schuldig. Und Sie sind der einzige mir bekannte Mann beim LKA, dem ich diese Aufgabe zutraue.«

»Ich fürchte, weder Sie noch ich haben darüber zu entscheiden, wer den Fall bearbeitet.«

»Ich weiß. Aber ich kann Ihnen vielleicht helfen, wieder ins Spiel zu kommen.«

»Und wie?«

»Mit den besagten Informationen.«

Er beugte sich vor.

»Was sind das für Informationen?«

Auch sie neigte sich nach vorn, so dass ihre Gesichter nur noch eine Handbreit voneinander entfernt waren und ihm erneut ihr Parfüm in die Nase stieg. Sie senkte die Stimme.

»Ich habe einen Ort gefunden, an dem sich Angesser möglicherweise versteckt halten könnte. Eine alte Jagdhütte in der Nähe von Oranienburg. Ein Mitarbeiter Mellecks hat mir erzählt, dass sie dort früher einmal zum Grillen waren. Offiziell ist die Hütte in Staatsbesitz, aber sie wird schon lange nicht mehr genutzt. Angessers Onkel war zu DDR-Zeiten bei der Forstverwaltung. Er muss ihm davon erzählt haben.«

»Danke für den Hinweis, Frau Hilbert. Aber ich fürchte, ich kann damit nicht viel anfangen. Ich bin gezwungen, ihn an die Kollegen weiterzugeben. Was die dann damit machen, darauf habe ich keinen Einfluss. Immerhin ist die Spur Jahre alt.«

»Tun Sie, was Sie tun müssen, Herr Hauptkommissar. Aber sorgen Sie bitte dafür, dass Angesser geschnappt wird, oder wer immer der Mörder ist!«

»Sind Sie denn nicht mehr davon überzeugt, dass er es war?«

»Doch. Es erscheint mir nach wie vor naheliegend. Aber nicht immer ist die naheliegende Lösung auch die richtige. Ich überlasse es Ihrem Gespür, die Wahrheit herauszufinden. Ich bin davon überzeugt, Ihnen wird das gelingen.«

»Wie gesagt, ich habe leider keinen Einfluss mehr auf den Fall. Ich danke Ihnen jedenfalls für den Hinweis.«

Sie lächelte und deutete auf den Kellner, der mit zwei dampfenden Tellern herankam.

»Jetzt, wo wir das Dienstliche hinter uns gebracht haben, können wir uns ja dem angenehmen Teil des Abends zuwenden, was meinen Sie?«

39.

Die SEGI zerfiel, das war offensichtlich. Doch statt darüber betrübt zu sein, hatte Jaap seit gestern gute Laune. Und nun kam auch Eisenberg verändert ins Büro. Zwar gab er sich alle Mühe, ernst und professionell zu wirken, doch sein Gang, seine Körperhaltung, sein »Guten Morgen, Frau Morani« strahlten eine Zufriedenheit aus, die gestern noch nicht da gewesen war.

Zumindest im Fall von Eisenberg war die Erklärung offensichtlich: Er war verliebt. Schon nach der Rückkehr von seinem ersten Besuch im IKI war Claudia aufgefallen, dass er beeindruckt, fast eingeschüchtert gewirkt hatte. Jetzt war das Gegenteil der Fall, und das konnte nur bedeuten, dass er und diese Regina Hilbert sich deutlich nähergekommen waren, als es unter den Umständen angemessen war. Aber was war mit Jaap los? Blühte er auf, weil Ben nicht mehr da war? Irgendwie passte das nicht so recht zusammen.

Sie selbst fühlte sich isoliert und hilflos. Seit dem Wochenende war sie nervös, wenn sie auch nur einen Schritt aus der Wohnung setzen musste. Zum Glück hatte sie vor ihrer Mutter von dem vermeintlichen Bioterror-Anschlag erfahren und sie schonend darauf vorbereiten können. Dennoch war der hysterische Anfall, den sie bekommen hatte, nur schwer einzudämmen gewesen. Als dann die Nachricht kam, dass die Meldungen gefälscht gewesen waren, hatte sie das natürlich nicht geglaubt. Claudia hatte die Dosis ihres Medikaments auf den Maximalwert erhöhen müssen. All die Erfolge der letzten Jahre waren durch die Terroristen zunichtegemacht worden. Es mochte ja sein, dass ihre Anschläge keine Todesopfer forderten, aber der psychologische Schaden, den sie anrichteten, war ungeheuer groß. Viele Kinder und Erwachsene waren seit dem Wochenende traumatisiert. Das allein war Grund genug, diese Mistkerle für lange Zeit hinter Gitter zu bringen, wenn es nach Claudia ging.

»Haben Sie gestern etwas Neues erfahren?«, fragte sie und konnte nicht verhindern, dass ihre Stimme leicht missbilligend klang. Aber Eisenberg würde das kaum wahrnehmen.

»Ja, in der Tat. Frau Dr. Hilbert hat mir einen Hinweis gegeben, wo Angesser sich aufhalten könnte. Ich habe das schon an die Kollegen der Abteilung Fünf weitergegeben.«

»Wo soll das sein?«

»Eine alte Jagdhütte nordwestlich von Berlin. Die Spur ist ziemlich kalt, aber eine Überprüfung ist es allemal wert.«

»Und wie geht es jetzt weiter?«

Die Doppeldeutigkeit der Frage musste selbst Eisenberg auffallen. Doch er zuckte nur mit den Schultern.

»Ich fürchte, wir können nicht viel tun. Wer weiß, vielleicht haben wir ja Glück und Angesser ist noch dort, dann ist der Spuk bald vorbei.«

»Mit ›Spuk‹ meinen Sie aber nicht die SEGI, oder?«

Endlich reagierte Eisenberg erschrocken.

»Frau Morani, ich kann Ihnen ehrlich nicht sagen, wie es mit dieser Gruppe weitergeht. Es ist gut möglich, dass wir aufgelöst werden. Wenn das geschieht, werde ich mich für Sie einsetzen, das verspreche ich Ihnen! Und für Sie natürlich auch, Herr Klausen.«

»Danke, Herr Hauptkommissar, aber ich komme schon klar«, erwidere Jaap. Fehlte nur noch, dass er grinste. Was ging bloß in seinem Kopf vor?

»Machen Sie sich um mich keine Sorgen«, sagte Claudia. Warum kapierte niemand, dass es ihr nicht nur um ihre eigene Zukunft ging? Natürlich war sie nicht darauf angewiesen, beim LKA zu arbeiten. Aber sie hatte auch keine Lust, die psychologischen Probleme anderer Leute zu lösen – die ihrer Mutter reichten ihr schon. Sie wollte Verbrecher jagen, Mitglied eines einzigartigen Teams von außergewöhnlichen Menschen sein, zu dem Ganzen beitragen, das mehr war als die Summe seiner Teile. Sie war mehr denn je überzeugt davon, dass die SEGI nicht nur eine Bereicherung für die Polizei Berlins darstellte, sondern in der heutigen Zeit dringend nötig war. Doch außer ihr schien das keiner so zu sehen.

»Ich geh mal einen Moment an die frische Luft.« Als sie den Raum verließ, spürte sie die Blicke der beiden Männer im Rücken.

Das LKA-Gebäude hatte mehrere kleine Innenhöfe. In einem davon holte sie ihr Handy hervor und wählte Bens Nummer. Sie wusste selbst nicht genau, was sie sich davon erhoffte, aber sie hatte das Gefühl, mit jemandem reden zu müssen, der nicht vor unterdrückter guter Laune platzte. Es dauerte lange, bis er den Anruf annahm. Wahrscheinlich hatte sie ihn aus dem Tiefschlaf geweckt.

»Ja?«

»Hallo Ben, hier ist Claudia. Entschuldige die Störung.«

»Claudia?«

Eine kurze Pause entstand, als versuche er, sich zu erinnern, wer sich hinter diesem Namen verbarg.

»Habe ich dich geweckt?«

»Ja. Bin gerade erst ins Bett.«

»Tut mir leid.«

»Schon gut. Was gibt es? Weshalb rufst du an? Hat Hintze

endlich das Dienstaufsichtsverfahren gegen mich eingeleitet?«

»Das weiß ich nicht. Ich wollte dir nur sagen, dass die SEGI wahrscheinlich aufgelöst wird.«

»Und deshalb holst du mich aus dem Schlaf?«

»Nein, nicht nur. Ich … ich wollte einfach nur mit dir reden.«

»Du? Dieselbe Claudia, die hinter ihrer unbeweglichen Maske den ganzen Tag missmutig in den Raum starrt? Die schweigsame Frau, die Gedanken lesen kann? Du willst mit jemandem reden, und dann noch ausgerechnet mit mir?«

»Tut mir leid, war wahrscheinlich ein Fehler.«

»Komm schon, du kennst mich doch. Wenn du deswegen jetzt beleidigt bist, muss aber wirklich was schiefhängen bei dir. Also was ist los?«

»Eigentlich nichts, außer dass Jaap und Eisenberg auf einmal gute Laune haben.«

»Und das wundert dich? Jaap freut sich bestimmt auf irgendeine neue Aufgabe, bei der er Hintze oder Kayser in den Arsch kriechen kann. Und Eisenberg, wer weiß, vielleicht hat er mit seiner alten Dienststelle telefoniert und die nehmen ihn wieder zurück. Ich glaube, Berlin hat er nie wirklich gemocht.«

»Das ist es nicht. Eisenberg ist in Hilbert verknallt.«

»Nicht dein Ernst!«

»Doch. Er hat sich gestern mit ihr getroffen, und seitdem ist er verändert.«

»Glaubst du, er ist mit ihr ins Bett gegangen?«

»Weiß nicht. Ich würde ihn nicht als Typen für One-Night-Stands einschätzen, aber wenn eine Frau es will, dann fackeln Männer in der Regel nicht lange.«

»Du glaubst, sie hat ihn verführt? Ausgerechnet Eisenberg?«

»Keine Ahnung. Möglich wär's.«

Er schwieg einen Moment.

»Das ist interessant«, sagte er schließlich.

»Interessant? Wieso?«

»Weil die Fäden allmählich zusammenlaufen.«

»Was meinst du damit?«

»Tut mir leid, ich muss Schluss machen. Ich hab da gerade eine Idee bekommen. Falls ich was rausfinde, melde ich mich. Danke, dass du mich auf dem Laufenden hältst.«

»Gern geschehen.«

Er legte auf.

Etwas irritiert kehrte Claudia ins Büro zurück.

40.

Claudia Morani kam Eisenberg angespannt vor, als sie aus ihrer kurzen Pause zurückkehrte. Soweit er sich erinnerte, war sie zuvor noch nie »mal einen Moment an die frische Luft« gegangen. War sie wütend auf ihn? Aber warum? Er hatte doch nur das Offensichtliche festgestellt. Konnte ausgerechnet Morani plötzlich die Wahrheit nicht vertragen? Nein, das konnte es nicht sein. Sie hatte diese Begabung, in sein Inneres zu sehen, und was sie dort erblickte, gefiel ihr offenbar nicht. Dabei hatte er doch nichts getan, um ihre Missbilligung zu verdienen.

Der Abend gestern war sehr schön gewesen. Sie hatten viel gelacht. Während des Essens hatten sie nicht mehr über den Fall gesprochen. Stattdessen hatte er ihr von seinen Kindern erzählt und sie ihm von ihrer eigenen gescheiterten Ehe mit einem Mann, der es am Ende nicht ertragen hatte, dass sie intelligenter war als er. Dabei war sie eine wundervolle, einfühlsame Gesprächspartnerin, die vor allem über sich selbst lachen konnte. Als er sich von ihr verabschiedet hatte, war etwas in ihren Augen gewesen, eine Mischung aus Sehnsucht und Enttäuschung, die ihm unter die Haut gefahren war. Doch sie hatte ihn nicht bedrängt, und er war dankbar dafür. Er konnte immer noch nicht glauben, dass sich jemand wie Regina Hilbert für ihn interessierte. Schließlich kannte er sie kaum. Spielte sie vielleicht nur mit ihm? Wie auch immer, trotz all der Hormone in seiner Blutbahn war er genug Herr seiner selbst gewesen, um es langsam angehen zu lassen. Wenn er tatsächlich eine Beziehung mit Regina Hilbert eingehen wollte, dann musste diese allmählich wachsen. Am besten wartete er, bis Walter Mellecks Tod aufgeklärt und der Schuldige verhaftet worden war. Er hoffte, dass Hintzes Leute Angesser schnell fassten – und dass der Softwareentwickler tatsächlich der Täter war. Sein Instinkt sagte ihm zwar, dass diese Lösung ein wenig zu einfach war, aber auch ein Instinkt konnte sich schließlich irren.

Claudia wich seinem Blick aus. Plötzlich begriff er, was sie dachte.

»Ich habe nicht …«, begann er.

»Das geht mich nichts an«, unterbrach sie ihn. »Was Sie gestern Abend getan haben, ist Ihre Privatsache.«

»Nein, ist es nicht«, widersprach er. »Immerhin ist Regina Hilbert eine wichtige Zeugin. Ich habe mich mit ihr getroffen, weil sie mir wichtige Informationen über den Fall geben wollte.«

»Wollte sie das?«, fragte Morani mit einem sarkastischen Ton, der eher zu Ben Varnholt gepasst hätte.

»Ja.«

»Und warum hat sie dann nicht einfach angerufen und Ihnen von dieser Jagdhütte erzählt?«

»Sie wollte mir sagen, dass … Sie wollte, dass ich den Fall aufkläre. Sie hat gedacht, wenn sie mir die Informationen persönlich gibt, dann hilft sie mir, eine wesentliche Rolle bei der Aufklärung zu spielen.«

»Wieso interessiert sie sich dafür, wer den Fall aufklärt? Das kann ihr doch egal sein.«

»Sie … hat gesagt, dass sie es Hintze und seinen Leuten nicht zutraut.«

»Und sie glaubte, wenn Sie wissen, wo Angesser sich aufhält, gehen Sie persönlich dorthin, verhaften ihn und sind der Held? Ist das nicht ein bisschen naiv?«

»Sie kennt Polizeiarbeit eben nur aus dem Fernsehen. Sie wollte uns bloß helfen.«

»Ich dachte, sie sei eine der intelligentesten Frauen des Landes?«

»Klingt ja fast, als wärst du eifersüchtig auf sie, Claudia«, mischte Jaap Klausen sich ein.

Sie warf ihm einen Blick zu, der Eisenbergs Kaffee in einen Klumpen Eis hätte verwandeln können, erwiderte jedoch nichts. Den Rest des Vormittags redeten sie kaum noch miteinander.

Am Nachmittag kam unvermittelt Hintze ins SEGI-Büro. Er wirkte gut gelaunt.

»Herr Eisenberg, ich gebe zu, ich war ein wenig ungehalten, dass Sie ohne mein Wissen und meine Zustimmung erneut mit der Zeugin Hilbert gesprochen haben«, sagte er. »Aber der Tipp, den sie Ihnen gegeben hat, war Gold wert. Und es war richtig von Ihnen, die Information sofort weiterzugeben. Deshalb will ich ausnahmsweise ein weiteres Mal darüber hinwegsehen, dass sie gegen meine Anweisung gehandelt haben. Tun Sie mir nur den Gefallen und informieren Sie mich das nächste Mal vorher, wenn Sie wieder mit einer Zeugin sprechen.«

Verblüffung spiegelte sich nicht nur auf Eisenbergs Gesicht, sondern auch auf den Mienen von Morani und Klausen.

»Heißt das, Angesser war tatsächlich dort?«

»Nein, er ist nach wie vor flüchtig. Wir haben ihn offenbar knapp verpasst. Eine Großfahndung ist angelaufen, aber noch ohne Ergebnis. Alle Zufahrtswege wurden abgeriegelt und eine Hundestaffel durchkämmt das Gebiet. Wenn er sich irgendwo im Wald versteckt, kriegen wir ihn. In der Hütte hat auf jeden Fall vor Kurzem noch jemand gehaust. Es waren angebrochene frische Nahrungsmittel und schmutziges Kochgeschirr vor Ort. Aber vor allem haben wir eine Waffe gefunden. Eine russische PSM, deren Kaliber mit der Mordwaffe übereinstimmt. Sie ist noch in der KTU, aber ich verwette ein Monatsgehalt, dass es die Tatwaffe ist.«

Eisenberg fiel ein Stein vom Herzen.

»Danke, dass Sie mich persönlich informieren, Herr Polizeidirektor«, sagte er. »Können wir etwas tun, um bei der Fahndung zu helfen?«

»Nein. Den weiteren Kontakt zu Regina Hilbert wird Kriminaloberkommissar Koch übernehmen. Recherchieren Sie bitte weiter und suchen Sie nach Hinweisen, wer noch hinter NTR steckt. Mit etwas Glück wird uns Angesser verraten, wer seine Mittäter sind, aber darauf sollten wir uns nicht verlassen.«

»Was ist mit meinem Mitarbeiter? Ben Varnholt?«

»Das ist der andere Grund, weshalb ich hier bin. Ich muss Ihnen leider sagen, dass sich die Hinweise gegen ihn weiter verdichtet haben. Ich habe mit Herrn Kayser abgestimmt, dass er das Dienstaufsichtsverfahren einleitet. Schließlich ist es seine Gruppe. Ich will mich da nicht einmischen. Aber die Vorwürfe sind schwerwiegend. Ich würde mich ehrlich gesagt nicht wundern, wenn sich herausstellt, dass es eine Verbindung zwischen Varnholt und NTR gibt. Sollte sich dieser Verdacht erhärten, wird es nicht bei einem polizeiinternen Verfahren bleiben. Keine Sorge, Ihnen mache ich keinen Vorwurf, Herr Eisenberg. Sie haben sich Ihre Mitarbeiter ja nicht selbst ausgesucht.«

Als Hintze den Raum verließ, sah Eisenberg in betretene Gesichter.

»Die Sache stinkt immer mehr zum Himmel«, sagte Morani.

»Was meinst du?«, fragte Klausen.

»Es ist doch offensichtlich, dass jemand Ben aus dem Weg räumen will.«

»Vielleicht war es ja doch Ben, der den Virus eingeschleust hat.«

»Er hat gesagt, er war es nicht, und ich glaube ihm.«

»Er ist ein geübter Lügner. Kannst du dir nicht vorstellen, dass er sogar dich täuschen kann?«

»Das ist natürlich möglich. Aber ich glaube es nicht. Ich denke, er hat eine Spur gefunden, und jemand will unbedingt verhindern, dass er ihr nachgeht.«

Klausen starrte sie an.

»Du hast mit ihm gesprochen?«

Sie starrte zurück.

»Und wenn?«

Eisenberg hatte das Gefühl, eingreifen zu müssen. Bis jetzt waren Klausen und Morani immer gut miteinander ausgekommen. Wenn die beiden jetzt auch noch anfingen, zu streiten …

»Vielleicht war es NTR«, sagte er. »Vielleicht wissen sie, dass er ihnen gefährlich werden kann, und haben deshalb dafür gesorgt, dass er diskreditiert wird.«

»Woher sollen die das denn wissen?«, fragte Klausen.

Eisenberg zögerte. Was Varnholt ihm erzählt hatte, war vertraulich. Andererseits, wenn auch er nun anfing, seinen eigenen Mitarbeitern zu misstrauen …

»Möglicherweise kennt Herr Varnholt eines der Mitglieder von früher.«

Klausen nickte.

»Das also ist der Grund dafür, dass er beurlaubt wurde. Er weiß, wer hinter NTR steckt, weigert sich aber, es zu sagen. Ja, das passt zu ihm.«

»Und als Dankeschön für sein Schweigen diskreditieren ihn diejenigen, die er deckt?«, fragte Morani.

»Vielleicht wollen sie auf Nummer sicher gehen. Wie dem auch sei, der Schlüssel zu dem Fall ist dieser Angesser. Nur blöd, dass wir nichts tun können, um seine Festnahme zu beschleunigen.«

»Vielleicht sollten Sie noch einmal mit Ben sprechen, Herr Eisenberg«, sagte Morani. »Wenn Jaap recht hat und NTR ihm in den Rücken gefallen ist, dann ist er jetzt vielleicht bereit, sein Wissen preiszugeben.«

Eisenberg bezweifelte, dass es so einfach werden würde. Aber er nickte.

»Okay. Ich ruf ihn an.«

Varnholt war gleich am Apparat.

»Hallo Chef! Wie man hört, hatten Sie gestern einen schönen Abend!«

Eisenberg spürte, wie er rot anlief. Er schluckte den aufkeimenden Zorn herunter. Dass seine Mitarbeiter über ihn redeten, hatte er sich selbst zuzuschreiben.

»Ich wollte noch einmal mit Ihnen über Ihre …«

»Nicht am Telefon. Können wir uns heute Abend treffen? Sagen wir um 20.00 Uhr in *Marias Ecke*? Das ist eine Kneipe in Kreuzberg.«

»Ja, ist gut. Ich werde da sein.«

41.

Nachdem Ben den Hörer aufgelegt hatte, sah er sich in seiner Wohnung um. Sein Blick glitt über das Chaos aus schmutziger Wäsche, leeren Kekspackungen und Getränkedosen, Stapeln vergilbter Zeitschriften und zerknicktem Papier, dazwischen etliche graue Kästen – ausrangierte Computer der letzten zwanzig Jahre. Er musste hier dringend mal ausmisten. Es wäre ein Leichtes, in diesem Durcheinander ein Dutzend funkgesteuerter Kameras und Mikrofone zu verstecken.

Vielleicht litt er unter Verfolgungswahn. Andererseits, wie ging noch der alte Spruch? Bloß, weil du paranoid bist, heißt das nicht, dass sie nicht hinter dir her sind. Und immerhin hatte er handfeste Gründe für seine Sorgen. Jemand hatte es auf ihn abgesehen. Dieser Jemand hatte einen Virus in das System des LKA eingeschleust und falsche Spuren gelegt, die zu ihm führten. Höchstwahrscheinlich hatte dieselbe Gruppe – dass es sich um eine Einzelperson handelte, erschien ihm unwahrscheinlich – auch seinen privaten Rechner angegriffen. Doch die Art dieses Angriffs war es, die Ben immer noch vor ein Rätsel stellte.

Seit es ihm am Sonntag gelungen war, den seltsamen Wurm in einem dafür präparierten ausgemusterten Laptop zu fangen und zu isolieren, versuchte er, die Struktur des Programms zu entschlüsseln. Doch das erwies sich als äußerst schwierig, denn dieser Wurm war anders als alles, was er je gesehen hatte.

Zunächst einmal war er riesig. Wie groß genau, wusste Ben noch nicht, aber es sah so aus, als hätte das Schadprogramm große Datenmengen auf einen Teil der Festplatte kopiert, der vom Betriebssystem als unbenutzt markiert war. Das machte es schwierig, die Größe zu bestimmen, denn es war ohne genaues Verständnis der Funktionsweise des Wurms kaum zu ermitteln, welche der angeblich unbenutzten Festplattensegmente Programmteile von ihm enthielten. Statistische Analysen dieser Segmente, die eigentlich nur zufälliges Datenrauschen enthalten sollten, deuteten jedenfalls auf einen beträchtlichen Umfang hin – mindestens einige Megabytes, möglicherweise sogar Gigabytes an Programmcode.

Das war höchst ungewöhnlich. Ein gut geschriebenes Schadprogamm war klein. Das machte es leichter, es im Computer einzunisten, und schwieriger, es zu entdecken. In der Regel hatten Viren und Würmer einfache Aufgaben. Sie installierten zum Beispiel eine Hintertür im Betriebssystem, die es dem Angreifer erlaubte, von außen die Kontrolle über den Computer zu übernehmen, oder sie sorgten dafür, dass der Computer sie selbst weiter kopierte und andere Rechner infizierte. Dafür brauchte man keine Megabytes an Programmcode.

Was dieser Wurm dagegen für einen Auftrag haben konnte, entzog sich Bens Vorstellungskraft. Ein wesentlicher Teil des Programms musste schon allein dafür konstruiert worden sein, eine so große Datenmenge vor dem Betriebssystem und jeglicher Sicherheitssoftware zu verstecken. Darin allerdings war der Wurm sehr gut: Keines der Antivirenprogramme, die Ben darauf hetzte, schlug Alarm. Nur sein Programm, das unerwartete Systemaktivitäten meldete, lieferte hin und wieder einen Hinweis, dass etwas Ungewöhnliches vorging. Aber was genau auf seinem Testcomputer passierte, wusste er immer noch nicht. Allerdings hatte er inzwischen eine Theorie, wer der Urheber sein konnte. Sie erklärte auch den Versuch, ihn aus dem LKA zu entfernen, den Mord an Walter Melleck und noch so einiges mehr. Doch wenn seine Vermutung stimmte, steckte er in großen Schwierigkeiten.

Eine innere Unruhe befiel ihn. Er stand auf und blickte aus dem Fenster hinab auf die kleine Nebenstraße mitten in Kreuzberg. Alles schien wie immer zu sein, doch die Nervosität wollte sich nicht legen. Er entschied sich, seinen Instinkten zu folgen. Sie hatten ihm schon früher gute Dienste geleistet, und in seiner Situation galt: lieber überreagieren als zu spät handeln. Er packte seinen schnellsten Laptop sowie das alte Gerät mit dem Wurm in eine Tasche, dazu ein paar Dosen Energiedrinks, einige Schokoriegel, Waschzeug und Unterwäsche. Man konnte nie wissen. Da er Bargeld aus Prinzip elektronischer Bezahlung vorzog, bewahrte er für Notfälle immer tausend Euro in kleinen Scheinen in einer Plastikdose im Eisfach des Kühlschranks auf. Er steckte die tiefgekühlten Scheine in seine Geldbörse, zog eine Regenjacke über und verließ die Wohnung. Von außen präparierte er die Wohnungstür mit einem Haar, das mit Klebestreifen an Tür und Rahmen befestigt war. Das war ein reines Ablenkungsmanöver, nur dazu gedacht, eventuelle Eindringlinge glauben zu lassen, dies sei seine Art, die gesetzlich garantierte Unverletzlichkeit seiner Wohnung zu überwachen. In Wirklichkeit hatte er ein selbst gebasteltes Alarmsystem installiert, das jedes unbefugte Eindringen lautlos an sein gegen Überwachung abgesichertes Smartphone melden würde.

Er trat hinaus auf die Straße, froh über die Regenjacke, denn es nieselte. Er vermied es, sich umzusehen, und ging zur U-Bahn. Nachdem er eine halbe Stunde gefahren war, dabei mehrmals die Linie gewechselt hatte und jeweils in letzter Sekunde zugestiegen oder kurz vor Abfahrt wieder aus dem

Zug gesprungen war, konnte er einigermaßen sicher sein, etwaige Verfolger abgeschüttelt zu haben. Er setzte sich in ein Straßencafé irgendwo in einer Gegend, in der es von Hipstern mit ultradünnen Notebooks und Latte Macchiatos nur so wimmelte, packte den alten Laptop aus und setzte seine Analysearbeit fort.

Nach etwa zwei Stunden intensiver Arbeit gelang ihm ein Durchbruch. Zwar durchschaute er den Zweck des mysteriösen Wurms noch immer nicht, aber er fand ein Muster, das sich in den Daten wiederholte. Die Wiederholungen waren nicht ganz identisch – sonst wäre ihm das längst aufgefallen –, aber doch so ähnlich, dass man das Muster erkennen konnte, wenn man lange genug hinsah. Es schien in regelmäßigen Abständen aufzutreten: Auf jeweils sechzehn Kilobytes mit anscheinend unspezifischen Daten kam ein Datensegment, das dem Muster ähnelte und nur knapp ein Kilobyte umfasste. Er fand etwa zwanzigtausend Segmente, die dem Muster entsprachen, wobei sich anscheinend keine zwei Mustersegmente exakt glichen. Das bedeutete, dass der Wurm gut dreihundert Megabyte der Festplatte belegte. Bens komplizierteste Analyseprogramme benötigten nicht annähernd so viel Platz.

Er machte sich daran, die Segmente genauer zu analysieren. Wenn man verschiedene Muster verglich, konnte man anhand der Abweichungen Hypothesen über den Zweck einzelner Teile des Musters bilden und diese überprüfen. Auf diese Weise näherte sich Ben der Struktur des Wurms immer mehr an, und im selben Maße, wie sich seine Ahnungen bestätigten, wuchs auch seine Ehrfurcht vor demjenigen, der den Wurm entwickelt hatte. Das hier war etwas völlig Neues, etwas, das die Softwareentwicklung von Grund auf verändern konnte.

Er war so vertieft in seine Arbeit, dass er das glockenartige

Geräusch seines Smartphones fast überhört hätte. Eine Kurzmitteilung war eingegangen. Nur ein Wort: ENTER.

Er bekam Gänsehaut. Die Nachricht stammte von seiner selbst gebauten Alarmanlage. Jemand war in seine Wohnung eingedrungen. Er packte den Laptop ein, bezahlte die vier doppelten Espresso, die er gebraucht hatte, um seine Konzentrationsfähigkeit aufrechtzuerhalten, und verließ hastig das Café.

Zum Glück fiel man in Kreuzberg nicht weiter auf, wenn man eine Sweatshirt-Kapuze tief ins Gesicht zog. Die großen Kopfhörer, die er darüber trug, und die Sonnenbrille waren weitere Tarnung, ebenso das rhythmische Zucken seines Kopfes, als höre er einen schnellen Rap-Beat. Auf diese Weise wagte er es, sich der Seitenstraße zu nähern, in der seine Wohnung lag. Er bog jedoch nicht ein, sondern ging daran vorbei und warf nur einen flüchtigen Blick in Richtung des Mietshauses. Das genügte völlig, um den Streifenwagen zu sehen, der mit eingeschaltetem Blaulicht davor parkte.

42.

»Haftbefehl?«, fragte Eisenberg ungläubig. »Gegen Ben Varnholt? Weil er angeblich unsere IT durcheinandergebracht hat?«

Kayser sah müde aus, wie er dort hinter seinem Schreibtisch saß. Er zuckte mit den Schultern.

»Es tut mir leid. Die Dienstaufsicht hat die Staatsanwaltschaft informiert, und die ist offenbar der Ansicht, dass Varnholt Verbindungen zu NTR haben könnte. Hintze glaubt, jemand müsse Angesser bezüglich des bevorstehenden Einsatzes gewarnt und ihm so die Gelegenheit zur Flucht gegeben haben. Jemand, der wusste, dass wir von der Jagdhütte erfahren haben.«

»Aber Varnholt ist seit letzter Woche beurlaubt. Er konnte also gar nichts davon wissen!«

»Es wäre immerhin möglich, dass einer Ihrer Mitarbeiter ihm davon erzählt hat. Wie dem auch sei, die Kollegen, die ihn zur Vernehmung abholen wollten, haben ihn nicht in seiner Wohnung angetroffen.«

»Na und? Was beweist das?«

»Vielleicht nichts. Aber es wäre auf jeden Fall besser, wenn Herr Varnholt sich freiwillig stellen würde.«

»Ich sage es ihm, wenn ich ihn nachher treffe.«

»Sie sind mit ihm verabredet?«

Eisenberg gelang es nur mit Mühe, den Zorn aus seiner Stimme herauszuhalten.

»Ja. Allerdings weiß ich nicht, ob er kommen wird, wenn er erfährt, dass ein Haftbefehl gegen ihn vorliegt!«

»Herr Eisenberg, ich verstehe, dass es Ihnen nahegeht, wenn einer Ihrer Mitarbeiter unter Verdacht gerät, aber …«

»Mit Verlaub, Herr Kayser, Sie verstehen gar nichts!«, rief Eisenberg. »Es ist doch offensichtlich, dass jemand eine Intrige gegen Ben Varnholt aufgezogen hat. Irgendwer wollte, dass er aus dem LKA verschwindet. Jemand, der die technischen Fähigkeiten hat, um einen Virus in unser System zu schleusen und eine Spur zu Varnholt zu legen. Ich weiß nicht, wer das war, aber ich weiß, dass Ben viel zu clever ist, um sich so einfach von Hartweins Leuten erwischen zu lassen.«

»Könnte es einer Ihrer anderen Mitarbeiter gewesen sein?«, fragte Kayser. »Es gab doch immer wieder Spannungen im Team.«

Eisenberg überlegte einen Moment, bevor er antwortete. War es denkbar, dass Jaap Klausen seinen Groll gegen Varnholt auf diese Weise zum Ausdruck gebracht hatte? Er war kein Hacker, aber er verstand doch einiges von Computern, vielleicht genug, um Hartwein zu täuschen. Dennoch: Klausen war manchmal ein wenig übereifrig, aber sicher nicht der Typ, um eine Intrige gegen einen Kollegen einzufädeln, ganz egal, wie unsympathisch ihm dieser sein mochte. Claudia Morani erst recht nicht. Und Sim Wissmann? Der wusste vermutlich nicht einmal, was eine Intrige war.

»Nein, das kann ich ausschließen«, sagte er.

»Dann bleibt nur NTR«, meinte Kayser.

»Vielleicht«, erwiderte Eisenberg.

»Ich verlasse mich darauf, dass Sie alles tun, um die Kollegen bei Ihren Ermittlungen zu unterstützen. Das Letzte, was wir jetzt gebrauchen können, ist, auch noch die Staatsanwaltschaft gegen die SEGI aufzubringen.«

»Selbstverständlich, Herr Polizeidirektor.«

Marias Eck lag nur ein paar Straßen von Ben Varnholts Wohnung entfernt. Die Kneipe war gut besucht. Eisenberg, der ein paar Minuten zu früh da war, bestellte ein Bier. Die Frau hinter dem Tresen war ungefähr in seinem Alter, hatte grau meliertes, kurz geschnittenes Haar, einen dunklen Teint und Augen, die fast völlig schwarz waren. Sie betrachtete ihn eindringlich, während sie das Bier zapfte, als frage sie sich, was er hier unter all ihren Stammgästen zu suchen hatte.

»Hauptkommissar Eisenberg, nicht wahr?«

Er nickte verblüfft.

»Ja, woher …«

»Sie haben das hier beim letzten Mal liegen lassen«, sagte sie und legte ein altmodisches Handy auf den Tresen.

Eisenberg starrte es einen Moment lang an. Dann nickte er.

»Danke!«

Er schaltete das Handy ein. *1 neue Nachricht(en)* stand auf dem Display. Die SMS lautete: *21h Z Frdl Ogr.*

Er seufzte, nahm einen Schluck vom Bier, bezahlte und machte sich auf den Heimweg.

Eine knappe Viertelstunde zu spät erschien ein Ritter mit einem Stern als Wappen in der Kneipe *Zum Freundlichen Oger*. Über der Figur prangte der Name *Sir Ironmountain*. Eine schmächtige Figur in einem dunklen Umhang, die Kapuze über das Gesicht gezogen, näherte sich dem Ritter.

Graviel: Sie sind spät, erschien im Chatfenster rechts neben der Kneipenszenerie.

Tut mir leid, hab eine Weile gebraucht, um das Spiel zu installieren. Bin eben kein Profi, tippte Eisenberg.

Folgen Sie mir!

Was soll das? Können wir uns nicht irgendwo in der wirklichen Welt treffen?

Hier ist es sicherer. Trotzdem: keine Namen. Lassen Sie am besten mich reden und antworten Sie nur, wenn ich Sie etwas frage.

Wie Sie meinen.

Die Gestalt namens Graviel bahnte sich einen Weg durch die Menge zum Ausgang. Eisenberg steuerte seinen Ritter hinter ihr her. In der virtuellen Welt schneite es, was nicht so recht zu der Wärme des ungewöhnlich heißen Junitags passte, die sich noch in seiner Wohnung staute. Graviel führte sie in eine einsame Ecke hinter der Taverne, zog etwas aus seinem Umhang und hielt es hoch: eine schmale Pergamentrolle. Er schien etwas zu murmeln, dann entstand plötzlich ein violetter Wirbel um die beiden Figuren. Die Szenerie auf dem Bildschirm veränderte sich: Sie befanden sich nun in einer Art mittelalterlicher Bibliothek. Außer ihnen schien niemand anwesend zu sein, obwohl sich Eisenberg da nicht sicher war – er wusste, dass es in der Fantasywelt *Goraya* Unsichtbarkeitszauber gab.

Graviel: So, hier sollten wir ungestört sein. Trotzdem: Gehen Sie davon aus, dass jedes Wort, das Sie in das Chatfenster tippen, von fremden Augen gelesen wird. Ihr Computer ist mit Sicherheit von einem Spähprogramm befallen. Außerdem gibt es möglicherweise Kameras und Mikrofone in Ihrer Wohnung.
Sir Ironmountain: In meiner Wohnung? Das ist doch wohl ein bisschen paranoid, meinen Sie nicht?
Graviel: Glauben Sie mir, ich habe allen Grund, paranoid zu sein.
Sir Ironmountain: Ich glaube ja auch, dass der Virus in unserem System eine Intrige gegen Sie war, aber Wanzen in meiner Wohnung? Das erscheint mir doch stark übertrieben.

Graviel: Die Leute, die hinter mir her sind, haben die Möglichkeiten dazu, und sie schrecken nicht davor zurück, sie zu nutzen.
Sir Ironmountain: Wer?
Graviel: Das weiß ich nicht genau. Üble Typen auf jeden Fall.
Sir Ironmountain: Wo sind Sie?
Graviel: Ich bin hier. Das muss reichen.
Sir Ironmountain: Sie wissen, dass inzwischen ein Haftbefehl gegen Sie vorliegt?
Graviel: Ja.
Sir Ironmountain: Sie müssen sich stellen! Sonst kann ich Ihnen nicht helfen.
Graviel: Wenn ich mich stelle, haben die erreicht, was sie wollten. Dann kann ich nichts mehr tun.
Sir Ironmountain: Was denn tun?
Graviel: Der Virus, den der Kollege Weichbirn gefunden hat, war nur ein Ablenkungsmanöver. Ich gehe davon aus, dass die Behörde von etwas viel Raffinierterem unterwandert wurde. Einem Wurm, wie ich ihn noch nie gesehen habe.
Sir Ironmountain: Wurm?
Graviel: Ein Schadprogramm. Ich weiß noch nicht genau, was es macht, aber einiges deutet darauf hin, wo es entstanden ist: im Institut Ihrer neuen Freundin.
Sir Ironmountain: Was erlauben Sie sich!
Graviel: Ich will ja keine Galle in den süßen Wein gießen, aber ich fürchte, das Interesse der Frau Doktor an Ihnen ist geheuchelt. Etwas geht in diesem Institut vor, etwas ziemlich Großes. Der Mord an WM hat nichts mit NTR zu tun, da bin ich sicher.
Sir Ironmountain: Womit denn dann?
Graviel: Nehmen wir mal an, das Institut arbeitet an etwas streng Geheimem. Einem intelligenten Wurm zum Beispiel, der alle Sicherheitsmaßnahmen umgehen kann – dem perfekten Späh-

programm. WM leitet das Projekt. Vielleicht war das der Grund, weshalb TA sich mit ihm gestritten hat. Sie erinnern sich, dass er erwähnte, in dem Streit sei es um McCulloch-Pitts-Zellen gegangen?
Sir Ironmountain: Ja.
Graviel: Ich habe in dem Wurm auf meinem Computer Strukturen gefunden, die solchen Zellen ähneln – wenn auch in wesentlich komplexeren Versionen. Im Klartext: Dieser Wurm besitzt ein neuronales Netz aus ungefähr zwanzigtausend Zellen.
Sir Ironmountain: Was bedeutet das?
Graviel: Es bedeutet, dass er eine sehr primitive Form von Intelligenz besitzt, vielleicht vergleichbar mit der einer Ameise. Es reicht nicht, um komplexe Aufgaben zu lösen, aber es macht ihn enorm flexibel, wenn es darum geht, Sicherheitssoftware zu umgehen und das Betriebssystem zu unterwandern.
Sir Ironmountain: Warum musste Ihrer Meinung nach WM sterben?
Graviel: Ich bin nicht sicher. Vielleicht wollte er das Projekt beenden und wusste zu viel. Oder er hat gedroht, mit seinem Wissen an die Öffentlichkeit zu gehen. Als dann die Briefe von NTR kamen, haben der oder die Täter die Gelegenheit genutzt und den Mord den Aktivisten untergeschoben.
Sir Ironmountain: Und dieser Wurm ist jetzt auf den Rechnern des LKA?
Graviel: Es könnte sein. Aber es ist mit Sicherheit nicht das Programm, das Weichbirn gefunden hat. Das war nur ein Ablenkungsmanöver, dazu gedacht, mich aus dem Weg zu räumen.
Sir Ironmountain: Wenn Sie recht haben, müssten wir den Wurm mit Ihrer Hilfe auf unseren Computern finden können, oder nicht?
Graviel: Das wäre möglich.

Sir Ironmountain: Dann stellen Sie sich, und ich sorge dafür, dass wir Ihren Verdacht mit allen zur Verfügung stehenden Mitteln überprüfen.
Graviel: Vergessen Sie's. Ich werde mein Schicksal nicht von Weichbirns Fähigkeiten abhängig machen. Da kann ich gleich vor den nächsten Zug springen.
Sir Ironmountain: Glauben Sie, Sie können für immer weglaufen?
Graviel: Ich bin ganz gut darin, von der Bildfläche zu verschwinden, zumindest so lange, bis Sie den Fall aufgeklärt haben.
Sir Ironmountain: Wie soll ich das ohne Ihre Hilfe tun?
Graviel: Konzentrieren Sie sich auf die Quelle.
Sir Ironmountain: Sie meinen das Institut?
Graviel: Exakt. Erinnern Sie sich, dass ich Ihnen sagte, ich wüsste nicht, wozu die so viel Rechenpower brauchen? Ich glaube, ich weiß es jetzt.
Sir Ironmountain: Und wozu?
Graviel: Der Wurm ist nur eine primitive Einheit, vergleichbar einem einzelnen Arbeiter in einem Ameisenvolk. Der Rechnercluster des Instituts ist der Ameisenhaufen. Und mittendrin hockt die Königin.
Sir Ironmountain: Selbst wenn es so wäre, wie soll ich das beweisen? Wollen Sie, dass ich das Institut durchsuchen lasse?
Graviel: Das würde nichts bringen. Die würden vorher alle Spuren beseitigen, dafür reicht wahrscheinlich ein einfacher Befehl, so wie mein R42E-Programm.
Sir Ironmountain: Würden sie damit nicht die Arbeit von Jahren zerstören?
Graviel: Seien Sie nicht naiv. Wir reden hier von digitalen Datenstrukturen. Die kann man kopieren und irgendwo sicher aufbewahren. Es gibt garantiert Back-ups, aber da kommen Sie niemals ran.

Sir Ironmountain: Eins verstehe ich noch nicht. Warum sollte das Institut so etwas tun?
Graviel: Ist das nicht offensichtlich? Wer wäre denn der Auftraggeber für so ein Projekt? Mit Sicherheit eine geheime staatliche Organisation, vermutlich aus dem Ausland. Chinesen, Russen, Araber, was weiß ich. Auf jeden Fall schrecken die nicht davor zurück, unliebsame Zeugen zu beseitigen, deshalb glaube ich nicht, dass es unsere eigenen Leute sind.
Sir Ironmountain: Und ein Auslandsgeheimdienst gibt so einen Auftrag einfach so einem deutschen Institut?
Graviel: Warum nicht? Das Institut ist nun mal weltweit führend auf seinem Gebiet, und wenn die Sache rauskommt, können sie bequem alles abstreiten. Wahrscheinlich weiß nicht mal RH, an wen genau sie ihre Seele verkauft hat.
Sir Ironmountain: Sie bezichtigen sie des Landesverrats?
Graviel: Für Geld tun doch solche Leute alles, oder?
Sir Ironmountain: Irgendwie glaube ich das nicht.
Graviel: Machen Sie die Augen auf, Chef!

43.

»Wie war Ihr Gespräch mit Ben gestern?«, fragte Jaap, als der Chef ins Büro kam.

Eisenberg schien einen Moment zu zögern, bevor er antwortete: »Er ist nicht gekommen.«

»Das überrascht mich nicht. Aber er hat Ihnen doch bestimmt eine Nachricht zukommen lassen, oder?«

Wieder dieses Zögern. Selbst der Chef vertraute ihm anscheinend nicht mehr voll.

»Herr Varnholt glaubt, dass im IKI ein intelligenter Virus entwickelt worden ist und dass Melleck deshalb sterben musste.«

»Sie meinen den Virus, dessentwegen er jetzt mit Haftbefehl gesucht wird?«

»Nein. Das war seiner Ansicht nach nur ein Ablenkungsmanöver, um ihn aus dem Weg zu räumen.«

»Was soll er auch sonst sagen!«

»Ich bin geneigt, ihm zu glauben. Wenn er selbst einen Virus installiert hätte, dann hätte Herr Weich…, äh, Herr Hartwein ihn nicht so schnell gefunden.«

»Und dieser mysteriöse andere Virus ist immer noch hier?«

»Das weiß ich nicht. Es wäre möglich. Varnholt vermutet, dass der Virus über eine primitive Form von Intelligenz verfügt und sich vor den üblichen Schutzmaßnahmen verstecken kann.«

»Warum sollte das IKI so etwas entwickeln?«, fragte Claudia.

»Das wissen wir nicht, aber höchstwahrscheinlich haben sie in fremdem Auftrag gehandelt. Vielleicht steckt ein ausländischer Geheimdienst dahinter.«

»Warum sollten die einen Virus ins LKA einschleusen?«, fragte Claudia.

»Wenn es stimmt, was Varnholt vermutet – dass Melleck nicht von NTR ermordet wurde, sondern von diesen Leuten –, dann haben sie allen Grund, unsere Ermittlungen zu behindern. Der erste Schritt dazu ist es, herauszufinden, was im LKA vor sich geht.«

»Jaap? Ist dir nicht gut?«, fragte Claudia. »Du siehst auf einmal ziemlich blass aus.«

Er wich ihrem Blick aus.

»Es geht schon. Hab heute Nacht schlecht geschlafen.«

Zum Glück bohrte sie nicht weiter nach.

»Was machen wir jetzt?«, fragte sie.

Wieder zögerte Eisenberg.

»Ich muss noch einmal mit Frau Hilbert reden. Aber diesmal informiere ich vorher Herrn Kayser und Herrn Hintze.«

»Die werden Bens Theorie vermutlich abtun«, meinte Claudia.

»Ich weiß. Aber ich muss es wenigstens versuchen.«

Eisenberg machte sich direkt auf den Weg. Kaum hatte er das Büro verlassen, fragte Claudia:

»Was ist los mit dir, Jaap? Du bist in letzter Zeit irgendwie seltsam drauf.«

»Lass mich einfach in Ruhe, okay?«

44.

Eisenberg saß an einem Ecktisch der Taverna *O Christos*. Die beiden dunkelhaarigen Frauen am Nebentisch – dass es Mutter und Tochter waren, sah man auf den ersten Blick – unterhielten sich gedämpft, ohne ihn zu beachten. Nervös blickte er auf die Uhr: kurz nach acht. Am liebsten wäre er aufgestanden und nach Hause gegangen, aber er wusste, dass er dieser Konfrontation nicht ausweichen konnte.

Nach dem Chat mit Ben Varnholt gestern Abend hatte er sich hundeelend gefühlt. Natürlich hatte der Hacker recht: Regina Hilberts Interesse an ihm war geheuchelt. Ein Teil von ihm hatte das die ganze Zeit gewusst, aber seine männliche Eitelkeit hatte ihn geblendet. Oder vielleicht war es einfach nur der übermächtige Wunsch gewesen, die Zeit der Einsamkeit zu beenden, der ihn für ihre Schmeicheleien so empfänglich gemacht und seinen kritischen Verstand gelähmt hatte. Was auch immer es war, Varnholt hatte ihm die Augen geöffnet.

Im Nachhinein passte alles perfekt zusammen: Angessers seltsames Verhalten, obwohl er offenbar von dem Mord an Melleck nichts gewusst hatte. Das Dementi von NTR direkt nach der Pressekonferenz. Der Hackerangriff auf das LKA und der Versuch, Ben Varnholt auszuschalten. Und nicht zuletzt Hilberts Verhalten.

Eigentlich hätte ihn diese Gewissheit beruhigen sollen; dennoch hatte er das starke Gefühl, einen Riesenfehler begangen zu haben, als er Hilbert am Morgen angerufen und sich mit ihr hier bei seinem Lieblingsgriechen verabredet hatte.

Wie von Claudia Morani vorausgesagt, hatten weder Kayser noch Hintze Varnholts Theorie Glauben geschenkt. Kayser, der zumindest noch Restzweifel an der angeblichen Verstrickung des Hackers mit NTR hegte, hielt sie für ein paranoides Hirngespinst, während Hintze von einer eiskalten Lüge sprach, die sie auf eine falsche Fährte locken sollte:

»Erst erfinden sie einen biologischen Virus, der aus dem Robert Koch-Institut entwichen sein soll, und jetzt einen Computervirus, der angeblich denken und alle Sicherheitsmaßnahmen umgehen kann. Und damit das glaubwürdig wirkt, schleust Ihr sauberer Mitarbeiter bei uns tatsächlich einen Virus ein. Allerdings hat er wohl die Fähigkeiten von Herrn Hartweins Abteilung unterschätzt – das ist typisch für sein arrogantes Gehabe. Es tut mir leid, Herr Eisenberg, aber für mich beweist das erst recht Varnholts Schuld. Ich kann Ihnen nur raten, ihn dazu zu bewegen, sich zu stellen. Alles andere macht nicht nur seine Situation schlimmer, sondern auch Ihre. Dass Sie verpflichtet sind, mir seinen Aufenthaltsort mitzuteilen, sofern er Ihnen bekannt ist, muss ich wohl nicht extra betonen.«

Nach diesem Gespräch war klar gewesen, dass Eisenberg Hintze nicht vorab über das geplante Gespräch mit Hilbert informieren konnte – er hätte es ihm zweifellos untersagt. Ebenso klar war, dass er sich Hintze für immer zum Feind machte, indem er es nicht tat. Wenn die SEGI aufgelöst wurde, konnte ihm auch Kayser nicht mehr helfen. Er konnte von Glück sagen, wenn er dann noch eine Stelle als stellvertretender Leiter in irgendeinem Kriminalkommissariat in der Provinz fand.

Doch der wahre Grund für seine Nervosität waren nicht Hintze oder seine trüben Karriereperspektiven – er erschien in diesem Moment im Eingang des Restaurants. Regina Hilbert sah blendend aus. Sie trug ein schlichtes einteiliges Kleid in einem zarten Grünton, der ihre gebräunte Haut und die dunklen Haare betonte. Als sie ihn entdeckte, lächelte sie.

»Guten Abend, Herr Eisenberg! Wie schön, dass wir uns so schnell wiedersehen!«

Er stand auf und gab ihr die Hand.

»Ja«, war alles, was er herausbrachte.

Sie setzten sich.

»Beim Griechen war ich schon lange nicht mehr! Nett hier!«

»Es ist nicht so elegant wie das Restaurant, das Sie das letzte Mal ausgesucht haben. Aber Christos' Moussaka ist wirklich hervorragend.«

Während er das sagte, wusste er, dass der Treffpunkt, den er gewählt hatte, nicht nach ihrem Geschmack war. Ein weiteres Indiz dafür, dass sie aus verschiedenen Welten kamen – und auch in verschiedenen Welten bleiben würden.

Ihre dunklen Augen durchbohrten ihn, doch sie lächelte.

»Sie wirken ein wenig verkrampft, wenn ich das anmerken darf. Ich hoffe, ich mache Sie nicht nervös?«

Eisenberg räusperte sich.

»Ehrlich gesagt, Frau Dr. Hilbert …«

»Regina bitte!«, unterbrach sie ihn.

Er überging die Bemerkung.

»Ehrlich gesagt habe ich Sie nicht nur hergebeten, weil ich Sie wiedersehen wollte.«

Ihr Lächeln wurde breiter.

»Nicht nur?«

Eisenberg fühlte sich erröten.

»Ich wollte sagen, mir sind Erkenntnisse …«

Sie legte ihre perfekt manikürte Hand auf seine.

»Lieber Herr Eisenberg, wollen wir uns nicht erst ein wenig entspannen und ein Glas Wein trinken? Später können wir ja noch über den Mord an Walter sprechen, wenn Sie unbedingt müssen. Aber ehrlich gesagt würde ich mir diesen schönen Abend ungern durch etwas so Trauriges verderben lassen.«

Er zog seine Hand zurück.

»Es tut mir leid, aber ich muss Sie zuerst mit ein paar Fakten konfrontieren.«

Ihre Augen blitzten herausfordernd.

»Fakten? Konfrontieren? Jetzt bin ich aber gespannt!«

Eisenbergs Kehle war trocken. Ein Glas Wein wäre jetzt wirklich nicht schlecht gewesen.

»Einer meiner Mitarbeiter hat etwas entdeckt«, brachte er heraus. »Einen intelligenten Virus. Wir vermuten, dass er in Ihrem Institut entwickelt wurde.«

Sie ließ ihr glockenhelles Lachen erklingen.

»Ein intelligenter Virus! Das klingt interessant! Was kann denn dieser Virus? Hat sich Ihr Mitarbeiter mit ihm unterhalten?«

»Sie sollten das vielleicht nicht so auf die leichte Schulter nehmen. Dieser Virus könnte der Grund für Walter Mellecks Tod sein.«

Sie beugte sich vor und musterte ihn aufmerksam.

»Das müssen Sie mir erklären!«

Eisenberg bemühte sich, wiederzugeben, was Varnholt ihm erzählt hatte. Es gelang ihm kaum. Er verhaspelte sich mehrmals, während ihr Mund sich immer mehr zu einem amüsierten Lächeln verzog.

»Das ist Ihre Theorie? Dass ein Geheimdienst Walter ermordet hat, weil er an einem Supervirus gearbeitet hat und das ausplaudern wollte?«

»Es ist eine Möglichkeit, die wir in Betracht ziehen. Ich habe Sie hergebeten, weil ich Ihre Meinung dazu hören wollte.«

»Es wäre gut gewesen, wenn Sie Ihren Mitarbeiter mitgebracht hätten. Dann hätte ich Ihm erklären können, warum diese Theorie Unfug ist. Nichts für ungut, Herr Hauptkommissar, aber ich glaube, Ihr technisches Verständnis reicht dafür nicht aus. Nur so viel: Intelligenz ist ein außerordentlich kompliziertes Phänomen. Es ist nicht einmal genau definiert, was das eigentlich ist. Aber ich versichere Ihnen, dass ein dreihundert Megabyte großes Programm niemals intelligent sein kann, ganz egal, wie raffiniert es konstruiert wurde – jedenfalls nicht in dem Sinn, wie man den Begriff landläufig versteht. Und selbst wenn es auf irgendeine wundersame Weise denken könnte, wäre es noch lange nicht in der Lage, alle Sicherheitsmaßnahmen einfach so zu umgehen. Dazu braucht man enorm viel Wissen, Kreativität und Geschick. Nicht einmal Ihr Herr Varnholt mit seinen hundert Milliarden hochkomplexen Neuronen kann das. Und es gibt eine einfache Faustregel in der KI, an die ich mich immer gehalten habe: Wenn es ein Mensch nicht kann, kann es ein Computer erst recht nicht. Wir sind in der Lage, mit enormem Aufwand Vorgänge zu automatisieren, die Menschen leichtfallen. Aber das, was Sie beschreiben, liegt weit außerhalb unserer Möglichkeiten, und das wird auch in den nächsten Jahrzehnten so bleiben.«

»Was ist mit diesem ›Dr. House‹-Programm?«, konterte Eisenberg. »Sie sagten, es sei besser in der Diagnose von Krankheiten als jeder Arzt.«

»Sie haben mich missverstanden, vielleicht habe ich mich auch unverständlich ausgedrückt: ›Dr. House‹ kann anhand der Symptome, die ein Arzt beschreibt, Krankheiten aus einer Datenbank heraussuchen, die infrage kommen, und Diagnoseansätze sowie Therapieverfahren vorschlagen. Die Beschreibungen der Krankheiten und Therapien haben Ärzte erstellt, und Ärzte sind es, die die Symptome des Patienten erkennen und die Behandlung durchführen. ›Dr. House‹ ist nichts als ein nützliches Hilfsmittel, so wie Google Maps. Es ist quasi eine Erweiterung des Wissensspeichers im Kopf der Ärzte, nicht mehr und nicht weniger. Das heißt nicht, dass da nicht enorm viel Arbeit drinsteckt und ich nicht stolz darauf wäre. Aber mit echter Intelligenz hat das nichts zu tun. Ich weiß, für den Laien ist das alles sehr verwirrend, aber glauben Sie mir, wir sind noch weit davon entfernt, Computern das Denken beizubringen!«

»Aber wenn so ein Programm ähnlich wie ›Dr. House‹ eine große Datenbank besitzt, in der alle Sicherheitsprogramme beschrieben sind sowie die Tricks, wie man sich davor verbirgt, dann würde es doch dem entsprechen, was Herr Varnholt entdeckt hat, oder nicht? Ich meine, ist es nicht egal, ob es wirklich denken kann, solange es dazu in der Lage ist?«

Hilbert seufzte wie eine Lehrerin, die einem begriffsstutzigen Schüler zum dritten Mal hintereinander den Satz des Pythagoras zu erklären versucht.

»Theoretisch haben Sie recht. Aber so ein Programm wäre viel, viel größer als dreihundert Megabyte. Und das Problem ist, dass es umso schwieriger wird, ein Schadprogramm zu verstecken, je größer es ist. Der ganze Ansatz funktioniert nicht. Und selbst wenn – hätte Walter Melleck an so etwas gearbeitet, dann wüsste ich das. Und ich versichere Ihnen, dass wir niemals einen Auftrag von einem ausländischen Geheimdienst erhalten haben oder ihn jemals annehmen würden. Sie können gern Herrn Varnholt zu uns schicken, und Walters Mitarbeiter werden ihm offen Auskunft über das Projekt geben, an dem sie zuletzt gearbeitet haben – eine Software für die Steuerung flexibler industrieller Fertigungsanlagen. Aber das habe ich Ihnen ja schon bei unserem vorletzten Treffen erklärt. Es tut mir leid, aber Sie haben sich da verrannt, Herr Hauptkommissar. Ich bedaure sehr, dass Sie mich nicht einfach angerufen haben, dann hätten wir das gleich am Telefon klären können. Ich hatte mir diesen Abend ehrlich gesagt etwas angenehmer vorgestellt. Aber da habe ich mich wohl getäuscht. Ich gehe jetzt besser.«

Sie erhob sich.

»Es tut mir leid …«, sagte Eisenberg.

»Das sollte es auch!«

Sie drehte sich ohne ein Wort des Abschieds um und ging mit steifen Schritten zum Ausgang.

Eisenberg sah ihr nach, dann setzte er sich wieder.

»Was halten Sie von ihr?«, fragte er die beiden Frauen am Nebentisch.

»Sie ist eine falsche Schlange!«, erwiderte die Ältere. Sie sah gut aus, wenn auch auf eine andere Art als Hilbert: Ihr Gesicht war das eines Menschen, der im Leben viel durchgemacht hat, während ihre braunen Augen und ihr ungeschminkter Mund vor Energie sprühten. »Da muss man ganz schön naiv sein, um so einer auf den Leim zu gehen!«

»Mutter!«, rief Claudia Morani.

45.

Eisenberg blickte zerknirscht drein. Er tat Claudia leid.

»Sie haben vollkommen recht!«, sagte er. »Ich bin ein Idiot!«

»Sind Sie nicht«, widersprach ihre Mutter. »Sie sind eben ein Mann. Sie können nichts dafür. Frauen wie die wissen genau, was sie tun müssen, um Ihren Verstand auszuschalten.«

»Sie ist eine geschickte Lügnerin«, versuchte Claudia das Gespräch an sich zu reißen, bevor sich ihre Mutter um Kopf und Kragen redete. »Sie spielt eine Rolle. Und das schon seit Langem.«

»Eine Rolle?«, fragte Eisenberg. »Wie meinen Sie das?«

»Ich kann es nicht genau sagen. Aber nichts an Hilbert war echt. Ihre Bewegungen, ihre Art zu sprechen, ihre Gesten und Mimik, alles war kontrolliert, wie bei einer Schauspielerin.«

»Das heißt, ihre unnatürliche Art hatte gar nichts mit dem Mord an Melleck zu tun?«

»Das heißt es nicht unbedingt. Aber jemand, der sich so perfekt im Griff hat, muss das lange geübt haben. Wahrscheinlich ein Leben lang.«

»Vielleicht liegt das daran, dass sie schon immer intelligenter war als alle anderen. Vielleicht hat sie schon früh gelernt, sich zu verstellen, nicht sie selbst zu sein.«

»Ja, das könnte durchaus sein«, stimmte Claudia zu.

»Es ist schrecklich, wenn man nicht man selbst ist«, kommentierte ihre Mutter.

Claudia warf ihr einen Blick zu, in der Hoffnung, sie damit zum Schweigen zu bringen, wie immer erfolglos.

»Meine Tochter hat Ihnen wahrscheinlich erzählt, dass ich

Stimmen höre und an Verfolgungswahn leide. Ich habe mich mein Leben lang vor imaginären Feinden versteckt. Den ganzen Tag hab ich eine Rolle gespielt, damit sie mich nicht finden.«

»Sie meinen, bei Hilbert ist es ähnlich?«, fragte Eisenberg. »Sie könnte auch, äh …:«

»Das muss Ihnen nicht unangenehm sein. Dank meiner brillanten Tochter weiß ich längst, was mit mir los ist, und habe gelernt, damit zu leben, auch wenn ich immer noch hin und wieder Panikattacken bekomme. Aber um Ihre Frage zu beantworten: Nein, das meine ich nicht. Hilbert ist nicht schizophren. Aber wie Claudia sagt, sie ist auch nicht sie selbst.«

Eisenberg nickte.

»Die entscheidende Frage ist: Hat sie gelogen, als sie behauptete, das IKI habe nie an einem intelligenten Virus gearbeitet?«

»Ja«, sagten Claudia und ihre Mutter gleichzeitig.

Eisenberg seufzte.

»Das habe ich mir gedacht. Sie haben das Gespräch aufgezeichnet?«

Claudia zeigte auf ihr Smartphone, das neben ihrem Teller lag.

»Es ist alles drauf.«

»Die Frage ist, was wir jetzt machen«, sagte Eisenberg. »Hilbert streitet alles ab, und das wird sie auch weiterhin tun. Auch wenn ich Ihnen glaube, dass sie eine geschickte Lügnerin ist, hat diese Aussage keinerlei Beweiskraft. Und es dürfte sehr schwierig werden, herauszufinden, was an diesem Institut wirklich passiert.«

»Immerhin wissen wir jetzt, dass Bens Theorie richtig ist, zumindest was den Supervirus angeht«, meinte Claudia.

»Das stimmt«, bestätigte Eisenberg. »Ich bin Ihnen beiden sehr dankbar, dass Sie hergekommen sind.«

»Es war uns ein Vergnügen, Herr Kommissar«, sagte ihre Mutter.

Claudia war sich sehr unsicher gewesen, ob es wirklich eine gute Idee war, sie als Statistin mitzunehmen. Doch allein am Tisch zu sitzen, hätte seltsam gewirkt, und ihr war niemand anderer eingefallen, der so gut verbergen konnte, dass sie nicht nur zufällig hier saßen. Ihre Freundin Adrienne hätte das niemals hinbekommen – Hilbert hätte schon nach ein paar Minuten gemerkt, dass mit den beiden Frauen am Nebentisch etwas nicht stimmte. Außerdem war Adrienne nicht unbedingt die Verschwiegenheit in Person. Ihre Mutter dagegen hatte ein Leben lang trainiert, unauffällig zu sein. Sie hatte ihre Rolle hervorragend gespielt. Darin ähnelte sie Hilbert tatsächlich.

»Wollen Sie sich nicht zu uns an den Tisch setzen?«, fragte sie jetzt.

»Hauptkommissar Eisenberg hat sicher …«, begann Claudia, doch er unterbrach sie.

»Gern!«

Es wurde ein langer Abend. Eisenberg überwand schon bald seine Zerknirschtheit darüber, dass er sich von Hilbert hatte einwickeln lassen. Und auch ihre Mutter wirkte entspannt wie schon lange nicht mehr. Es hatte ihr offensichtlich gefehlt, unter Menschen zu sein. Von ihrer Paranoia merkte man nicht das Geringste. Doch Claudia ließ sich davon nicht täuschen: Sie wusste, die Krankheit würde niemals vollständig verschwinden.

»Er ist sehr nett, dein Chef!«, bemerkte ihre Mutter beim Nachhausefahren.

»Ja, das ist er.«

»Ist er verheiratet?«

»Mami!«

»Ich frag ja nur! Ich hab mir immer einen Mann wie ihn gewünscht, der mich beschützt.«

Claudia rollte mit den Augen.

»Wenn du dir einen Mann angeln willst, der dich beschützt, dann such dir einen Psychiater!«

»Wozu brauche ich einen Psychiater? Ich hab doch dich!«

46.

»Was fällt Ihnen eigentlich ein!«, polterte Hintze los, kaum dass Eisenberg Kaysers Büro betrat. Auch sein Chef machte eine finstere Miene.

»Sie wissen es also schon«, stellte er fest.

»Und ob ich es weiß! Frau Dr. Hilbert hat mich persönlich angerufen, um sich über Sie zu beschweren. Sie haben sie unter einem Vorwand in ein griechisches Restaurant bestellt, angeblich, um ihr Fragen zum Mordfall Melleck zu stellen. Doch stattdessen sind Sie anzüglich geworden, woraufhin sie empört gegangen ist. Ich muss sagen, ich hätte einem erfahrenen Polizisten wie Ihnen mehr Verstand zugetraut, Eisenberg. Auch wenn ich verstehen kann, dass die Frau Sie beeindruckt hat. Aber meine ausdrückliche Anweisung zu missachten und auch noch mit einer Zeugin anzubändeln – das wird Konsequenzen haben!«

»Sind Sie an meiner Version der Geschichte interessiert?«

»Sie werden sicher alles abstreiten. Aussage gegen Aussage. Es reicht wahrscheinlich nicht für ein Dienstaufsichtsverfahren, aber glauben Sie bloß nicht, dass Sie nach diesem Vorfall noch von irgendjemandem in dieser Behörde ernst genommen werden!«

»Vielleicht sollten wir uns wirklich erst einmal Herrn Eisenbergs Version anhören«, wandte Kayser ein.

»Na schön, wie Sie meinen. Ich bin gespannt.«

»Frau Dr. Hilbert lügt«, sagte Eisenberg ruhig. »Benjamin Varnholt hat herausgefunden, dass am IKI ein Computervirus entwickelt wurde, der alle bekannten Sicherheitsmaßnahmen umgehen kann, möglicherweise im Auftrag eines Auslandsgeheimdienstes. Wahrscheinlich hat Walter Melleck das Projekt geleitet. Warum er sterben musste, ist unklar, aber es hängt sicher mit diesem Projekt zusammen. NTR hat mit dem Mord jedenfalls nichts zu tun und Thomas Angesser auch nicht. Die Mordwaffe in der alten Jagdhütte war eine falsche Spur, Hilbert kennt also den oder die Mörder und deckt sie. Ich habe sie gestern in das Restaurant gebeten, um sie mit diesen Vorwürfen zu konfrontieren und zu sehen, wie sie reagiert. Sie hat alles abgestritten und ist gegangen.«

»Das sind schwere Anschuldigungen! Haben Sie irgendwelche Beweise für diese Behauptungen?«, fragte Kayser.

»Was den Virus betrifft, müssen Sie Ben Varnholt fragen. Es ist offensichtlich, dass er einer Intrige zum Opfer fiel. Ich schlage vor, dass Sie alle Vorwürfe gegen ihn sofort zurückziehen, damit er uns helfen kann, die Vorgänge aufzuklären. Wir müssen das IKI durchsuchen. IT-Spezialisten, am besten unter der Regie von Varnholt, müssen die Computer des Instituts genauestens untersuchen. Dann werden wir Beweise haben.«

»Geht es Ihnen noch gut, Eisenberg?«, fragte Hintze. »Glauben Sie im Ernst, dass Sie mit dieser abenteuerlichen Geschichte irgendwen übertölpeln können? Sie versuchen offensichtlich, Ihren Mitarbeiter Varnholt vor Verfolgung zu schützen – vielleicht, weil Sie vertuschen wollen, dass Sie selber Mist gebaut haben. Wieso Sie dann so dumm sind, Frau Hilbert auch noch sexuell zu belästigen, entzieht sich meiner Vorstellungskraft. Aber diese wirre Geschichte von Viren und Auslandsgeheimdiensten wird weder Sie noch Varnholt retten! Ich erwarte von Ihnen, dass Sie mir augenblicklich seinen Aufenthaltsort sagen. Das ist eine dienstliche Anweisung!«

»Jetzt reicht es!«, rief Eisenberg. »Bei allem Respekt, Herr Polizeidirektor, ich lasse mich weder von Ihnen beleidigen noch dulde ich Unterstellungen, ich hätte jemanden sexuell belästigt! Ich kann zwar noch nicht konkret belegen, dass die Sache mit dem Supervirus stimmt, aber ich kann beweisen, dass Hilbert lügt! Herr Kayser, würden Sie bitte Frau Morani herbestellen?«

Kurz darauf erschien die Psychologin in Kaysers Büro. In ihrer ruhigen, kühlen Art schilderte sie, was am Vorabend geschehen war. Hintzes Gesicht wurde immer länger, während Kaysers Miene Zufriedenheit spiegelte. Hin und wieder musste er sich sogar ein Grinsen verkneifen.

»Tut mir leid, aber es steht immer noch Aussage gegen Aussage«, sagte Hintze, wenn auch nicht mehr so energisch wie noch vor ein paar Minuten. »Sie als Hauptkommissar Eisenbergs Mitarbeiterin sind wohl kaum eine objektive Zeugin. Und Ihre Mutter ebenfalls nicht.«

»Zum Glück haben wir uns nicht darauf verlassen, dass Sie unserer Aussage glauben, sondern das Gespräch aufgezeichnet«, sagte Eisenberg. »Damit können wir zwar Hilberts Lügen in Bezug auf die Vorgänge am IKI nicht entlarven, aber zumindest beweisen, dass es keinerlei Anzüglichkeiten meinerseits gab. Frau Morani, würden Sie den Herren bitte die Aufzeichnung vorspielen?«

Sie holte ihr Smartphone hervor und tippte darauf herum. Ihre Stirn zog sich kraus, wie immer, wenn sie konzentriert war. Doch nach einer Minute weiteten sich ihre Augen, und ihr Gesicht drückte Erstaunen aus – eine bei ihr sehr seltene Reaktion.

»Das verstehe ich nicht«, sagte sie. »Gestern war die Aufzeichnung noch da. Aber ich kann sie nicht mehr finden!«

»Na großartig!«, kommentierte Hintze. »Das also ist Ihr sogenannter Beweis, dass eine der angesehensten Forscherinnen in Deutschland lügt!«

»Es beweist vor allem, dass jemand in der Lage ist, von außen in Frau Moranis Smartphone einzudringen und dort Daten zu löschen«, warf Eisenberg ein. Doch er wusste, dass er Hintze damit nicht überzeugen konnte.

»Glauben Sie das wirklich?«, fragte Kayser. Er wirkte sehr besorgt. Die Frage war nur, ob er sich um den Virus sorgte oder um Eisenbergs und Moranis Zukunftsperspektiven, vielleicht auch um seine eigenen.

»Ich versichere Ihnen, dass das, was ich Ihnen erzählt habe, wahr ist«, sagte Morani. »Entweder habe ich selbst durch einen Bedienungsfehler die Datei gelöscht, oder jemand hat tatsächlich von außen auf mein Smartphone zugegriffen.«

»Ich glaube Ihnen«, sagte Kayser. »Mit diesem Institut scheint tatsächlich etwas nicht zu stimmen. Herr Hintze, ich schlage vor, dass wir uns das IKI noch einmal genauer ansehen.«

»Das sehe ich anders, Herr Kollege«, erwiderte der. »Für mich stehen hier nach wie vor zwei Aussagen gegeneinander, und die von Frau Dr. Hilbert erscheint mir wesentlich plausibler. Ich vermute, die Staatsanwaltschaft sieht das genauso. Aber gut, ich werde Herrn Hartwein bitten, Frau Moranis Telefon zu untersuchen. Wenn jemand von außen darauf zugegriffen hat, wird er es herausfinden.« Er langte nach dem Gerät und steckte es ein. »Bis dahin wäre es meiner Meinung nach am besten, wenn die gesamte Sonderermittlungsgruppe Internet Urlaub machte, aber das ist Ihre Entscheidung, Herr Kayser. Sollte ich jedoch einen von Ihnen auch nur in der Nähe des Instituts erwischen oder davon erfahren, dass ein einziger Telefonanruf mit jemandem getätigt wurde, der mit dem Fall direkt oder indirekt zu tun hat, dann schwöre ich, dass ich nicht eher ruhe, bis Sie beide unehrenhaft aus dem Dienst entlassen wurden! Habe ich mich klar ausgedrückt?«

»Sie machen einen Fehler, Herr Hintze«, sagte Eisenberg ruhig.

Der Polizeidirektor starrte ihn mit rotem Kopf an.

»Sie sind es, der hier permanent Fehler macht! Diese ganze Sonderermittlungsgruppe war schon von Anfang an ein Fehler. Aber damit ist jetzt Schluss!«

»Dann ist wohl alles gesagt«, beendete Kayser das Gespräch. »Herr Eisenberg, darf ich Sie noch eine Minute sprechen?«

Morani und Hintze verließen das Büro.

»Das ist eine verdammt gefährliche Situation«, meinte Kayser, nachdem Hintze die Tür deutlich zu laut hatte zufallen lassen.

»In Bezug auf den Virus oder in Bezug auf Sie und mich?«

»Beides. Aber vor allem dieser Virus macht mir Sorgen. Wenn es stimmt, was Varnholt behauptet, ist die Sache vermutlich zu groß für uns.«

»Und vor allem für Polizeidirektor Hintze, wenn ich mir die Bemerkung erlauben darf.«

»Sie haben recht, Hintze ist ein guter Einsatzleiter, aber kein großer Analytiker. Diese ganze Sache wächst ihm über den Kopf. Aber er ist nun mal für den Fall zuständig.«

»Wäre es nicht an der Zeit, den Generalbundesanwalt zu informieren, dass er das BKA einschaltet?«

»Das würde mir Hintze niemals verzeihen. Ich mag ihn nicht sonderlich, aber ich will ihm auch nicht in den Rücken fallen. Außerdem ist die Beweislage tatsächlich mehr als mager. Aber ich habe noch eine andere Idee. Ich kenne jemanden beim Bundesnachrichtendienst. Wenn hier tatsächlich ein Auslandsgeheimdienst dahintersteckt, dann ist das deren Baustelle. Vielleicht wissen sie etwas darüber.«

»Wenn es so wäre, würden sie uns die entsprechenden Informationen geben?«

»Ich denke schon. Aber natürlich haben wir dem BND gegenüber keinerlei Befugnisse.«

»Was, wenn die NSA oder ein anderer verbündeter Geheimdienst dahintersteckt? Würden sie uns dann immer noch helfen?«

»Herr Eisenberg, das ist müßige Spekulation. Ich glaube Ihnen, dass Hilbert gelogen hat, aber die Sache mit dem Auslandsgeheimdienst ist nur eine Hypothese, und nicht mal eine besonders überzeugende. Ebenso gut könnte eine IT-Sicherheitsfirma der Auftraggeber sein – stellen Sie sich vor, es gibt diesen Supervirus, und die sind die Einzigen, die ein Mittel dagegen haben.«

»Einen Virus in die Welt zu setzen, um dann das Heilmittel dagegen zu verkaufen, wäre eine kriminelle Handlung. So, als würde ein Hersteller von Feuerlöschern die Häuser seiner potenziellen Kunden anzünden.«

»Ich weiß, aber so etwas soll schon vorgekommen sein, und es wäre so gut wie nicht nachweisbar. Wie auch immer, ich wollte nur andeuten, dass wir leider immer noch so gut wie nichts wissen – weder, wer der Mörder von Melleck ist, noch, warum er sterben musste.«

»Wir wissen, dass es diesen Virus gibt.«

»Wir vermuten es«, korrigierte Kayser. »Mir kommt es schon ein bisschen seltsam vor, dass dieses mysteriöse Schadprogramm anscheinend nicht nachweisbar ist.«

»Herr Varnholt hat es analysiert.«

»Behauptet er zumindest.«

»Ich glaube ihm.«

»Das verstehe ich. Wahrscheinlich würde ich in Ihrer Situation genauso reagieren. Aber dieser Fall ist ganz offensichtlich sehr kompliziert, und mir scheint, wir stehen immer noch ganz am Anfang. Mag sein, dass Hilbert gelogen hat, aber dafür kann es tausend Gründe geben. Vielleicht wollte sie Sie auch einfach loswerden, weil sie Angst hat, dass wir einem Steuerbetrug auf die Spur kommen.«

»Und deshalb wurde Melleck ermordet?«

»Natürlich nicht, ich will ja nur sagen, dass wir aus einer Lüge noch nicht die Wahrheit folgern können, selbst wenn wir wissen, dass es eine Lüge war.«

»Wenn Hilbert behauptet, das IKI habe keinen Supervirus entwickelt, und wir wissen, dass sie lügt, dann kennen wir die Wahrheit.«

»Aber das wissen wir nicht. Ich glaube Ihnen, dass Hilbert gelogen hat, als sie gegenüber Hintze von sexueller Belästigung sprach. So etwas würden Sie nie tun, das weiß ich. Aber das kann sie aus vielen Gründen behauptet haben. Wer weiß, vielleicht war sie an Ihnen interessiert und fühlte sich zurückgewiesen. Frauen reagieren da manchmal etwas irrational.«

»Hilbert hat mehrfach gelogen. Ich bleibe dabei, dass mit dem IKI etwas nicht stimmt.«

»Ich gebe Ihnen da ja recht, kann aber leider nicht viel tun. Ich rufe gleich meinen Kontakt beim BND an. Hoffen wir, dass dabei etwas herauskommt.«

»Danke.«

Als Eisenberg in den SEGI-Teamraum zurückkehrte, wirkte Morani zerknirscht.

»Es tut mir leid, Herr Hauptkommissar! Ich bin sicher, die Aufnahme war gestern noch da.«

»Ich weiß das. Jemand hat Ihr Smartphone manipuliert.«

Erst jetzt kam ihm der Gedanke, dass nicht nur Moranis Handy infiziert sein könnte. Er holte sein eigenes Gerät hervor, starrte es einen Moment lang an und schaltete es dann aus.

»Wir müssen davon ausgehen, dass alle elektronischen Geräte, die wir benutzen, kontrolliert werden. Wahrscheinlich auch die Diensttelefone. Ab jetzt sprechen wir nicht mehr über den Fall, solange irgendein technisches Gerät in der Nähe ist, das komplizierter ist als eine Kaffeemaschine.«

»Hat uns nicht Polizeidirektor Hintze ohnehin jede Einmischung in den Fall untersagt?«, fragte Jaap Klausen.

»Das hat er«, sagte Eisenberg. »Aber er ist nicht mein direkter Vorgesetzter. Und selbst wenn er es wäre: Als Polizist bin ich zu allererst dem Gesetz verpflichtet. Keine dienstliche Anweisung kann mich dazu zwingen, es zu verletzen, oder daran hindern, Gesetzesverletzungen aufzuklären.«

»Das klingt ein bisschen wie Meuterei«, meinte Klausen.

»Vielleicht ist es das.«

»Aber was wollen Sie jetzt tun?«, fragte Morani.

»Das weiß ich leider auch noch nicht.«

47.

»Sag mal, spinnst du jetzt?«

Jens Odewald starrte Ben entgeistert an. Er trug nur ein T-Shirt und Boxershorts. Sein langes, dunkelblondes Haar war zu einem Pferdeschwanz zurückgebunden. Der Vollbart war länger, als Ben ihn in Erinnerung hatte.

»Hallo Jens. Ich freue mich auch, dich wiederzusehen.«

»Verpiss dich!«

»Darf ich bitte kurz reinkommen?«

»Nein. Du weißt genau, dass du niemals hättest herkommen dürfen. Und jetzt hau ab, und zwar sofort!«

»Ich habe etwas, das du sehen musst. Gib mir nur fünf Minuten. Um der alten Zeiten willen.«

»Vergiss es. Du bringst uns alle in Gefahr. Wenn sie dich beobachten …«

»Früher oder später werden sie ohnehin die Verbindung zwischen uns herstellen und euch nach mir fragen.«

»Sie waren schon da. Ein Typ namens Koch. Er sagte, ich soll ihn anrufen, wenn du dich meldest. Und genau das werde ich gleich tun. Ich gebe dir zehn Minuten Vorsprung.«

»Wer ist denn das, Jens?«, rief eine weibliche Stimme aus dem Hintergrund.

»So ein Typ, der uns irgendwelche Zeitschriftenabos andrehen will«, gab Jens zurück. Sein Blick warnte Ben davor, ihm zu widersprechen.

»Zeitschriftenabos? Ich dachte, so was gibt es gar nicht mehr«, sagte die Frau und kam näher. Sie war sehr schlank und hatte kurz geschnittenes dunkles Haar. Ihr schwarzes

Tanktop entblößte die Tattoos auf ihren Schultern und Armen. Als sie Ben erblickte, strahlte sie über das ganze Gesicht.

»Dicker!«

»Hallo, Mattea!«, erwiderte Ben.

»Wie schön, dass du mal vorbeischaust! Komm doch rein!«

Jens blickte finster, trat jedoch zur Seite, während Mattea sich an ihm vorbeidrängte und Ben umarmte.

»Du hast dir ganz schön Zeit gelassen! Wie lange ist das jetzt her? Drei Jahre?«

»Tut mir leid«, sagte Ben. »Ich hatte hin und wieder Kontakt zu Jens, aber … Du weißt, dass ich inzwischen ein Bulle bin?«

»Jens hat mir davon erzählt. Ich konnte es nicht so richtig glauben.«

»Ich fürchte, meine Kollegen glauben es auch nicht mehr.«

Sie traten in die Wohnung. Es war unaufgeräumt, aber lange nicht so chaotisch wie zu der Zeit, als Ben und Jens zusammen mit zwei anderen Studenten in einer WG gehaust hatten.

»Möchtest du einen Tee?«, fragte Mattea.

»Nein danke. Ich werde nicht lange bleiben.«

»Schade.«

»Die Bullen sind hinter ihm her«, sagte Jens. »Jede Sekunde, die er hier ist, bringt uns alle in Gefahr. Wenn sie ihm gefolgt sind …«

Mattea warf ihm einen spöttischen Blick zu.

»Wenn du Schiss vor den Bullen hast, kannst du jederzeit aussteigen!«

Ben sah sie verwundert an.

»Du weißt von …?«

»NTR? Ob ich davon weiß? Es war meine Idee!«

Das passte zu ihr. Im Unterschied zu Jens, der immer der vorsichtige, systematische Planer gewesen war, hatte Mattea ein kreatives und ungestümes Wesen. Sie war Hackerin, Aktionskünstlerin, Gothic Model, sang in einer Punkband und machte sich nicht viel aus Regeln und Vorschriften. Jens und sie hatten sich als Softwareentwickler bei Havaris Software kennengelernt, dem Start-up, das Ben mit seinem damaligen Freund Volker gegründet hatte.

»Wer ist noch dabei?«, fragte Ben.

»Sag ihm nichts!«, mahnte Jens. »Er ist immer noch Bulle!«

»Nicht mehr lange«, erwiderte Ben. »Gegen mich liegt ein Haftbefehl vor. So was ist nicht unbedingt karrierefördernd.«

»Es sei denn, du lieferst eine angebliche Terrorzelle ans Messer. Das wäre doch genau das Richtige, um dich zu rehabilitieren, oder?«

»Schwachsinn. Wenn ich euch hätte verraten wollen, hätte ich das längst getan. Mich interessieren eure Spielereien nicht.«

»Spielereien?«, rief Mattea in gespielter Entrüstung. »Wir öffnen den Leuten die Augen! Wir weisen sie auf die Gefahren hin, die durch Technik entstehen. Du müsstest das besser verstehen als jeder andere.«

»Deswegen bin ich ja hier. Ich habe etwas entdeckt. Etwas, das wirklich gefährlich ist. Glaub ich jedenfalls. Einen Wurm, wie ich ihn noch nie gesehen habe.«

Er holte den alten Laptop aus der Reisetasche, was bei Jens erneut Ablehnung hervorrief.

»Du hast doch wohl nicht ernsthaft vor, die Kiste hier drin anzuschalten!«

»Keine Angst, der hat nicht mal WLAN.«

»Was nützt ein Laptop, wenn er keine Internetverbindung hat?«

Anstatt zu antworten, schaltete Ben das Gerät ein und startete mehre Softwareprogramme, die er in den letzten Tagen selbst geschrieben hatte, tagsüber in Cafés, jeden Abend in einem anderen billigen Hotel. Eine Tabelle mit sich ständig verändernden kryptischen Dateibezeichnungen und Zahlenkolonnen erschien.

»Das hier zeigt die Aktivität des Wurms. Ich habe eine spezielle Betriebssystemumgebung für ihn eingerichtet, die alle Veränderungen, die er vornimmt, aufzeichnet. Ein weiteres Programm simuliert eine Internetverbindung. Der Wurm weiß nicht, dass der Rechner nicht ans Netz angeschlossen ist.«

»Er weiß es nicht?«, fragte Odewald. »Das klingt, als glaubtest du, das Ding könnte denken.«

»Ich meinte das im übertragenen Sinn. Aber soweit ich das erkennen kann, hat es durchaus eine rudimentäre Form von Intelligenz.«

»Was ist das für ein Wurm?«, fragte Mattea.

Ben erzählte ihr, was er herausgefunden hatte.

»Wow!«, sagte sie. »Dafür würde wohl jeder Geheimdienst töten.«

»Also schön, du hast einen neuen Supervirus gefunden. Herzlichen Glückwunsch, Ben. Und jetzt geh und stell dich deinen Kollegen. Die können sich dann darum kümmern, dieses Institut hopszunehmen.«

»Spinnst du?«, rief Mattea. »Kapierst du nicht, was das für eine Riesenchance für uns ist? Wenn wir rauskriegen, wie man diesen Virus für Hintertüren nutzen kann, kommen wir vielleicht sogar in die Rechenzentren der NSA!«

»Alles, was ich kapiere, ist, dass Ben uns in Gefahr bringt. Ich hab ihm mehrfach angeboten, die Seiten zu wechseln, aber er hat abgelehnt. Jetzt, wo es ihm an den Kragen geht, taucht er plötzlich auf. Die Bullen wollen uns immerhin den Mord an diesem Melleck anhängen. Die wissen noch nicht, wer wir sind, aber sie vermuten, Ben hat eine Verbindung zu uns. Wenn die mitkriegen, dass er hier ist, sind wir geliefert!«

»Jetzt fang nicht an zu weinen, du Weichei! Ben ist jetzt eben doch noch einer von uns geworden. Das wolltest du doch! Er ist besser als wir beide zusammen, das weißt du genau. Und dass die Bullen früher oder später unsere Identität rauskriegen, war uns doch immer klar, oder?«

»Tut mir leid, Mattea, aber ich hab kein Interesse an euren Aktionen«, widersprach Ben. »Und ich will euch auch nicht mehr als nötig in Gefahr bringen. Aber ich brauche eure Hilfe. Dieser Wurm könnte sich bereits über das ganze Internet ausgebreitet haben, und nach allem, was wir wissen, gibt es noch kein Gegenmittel. Wir müssen rauskriegen, wer dahintersteckt, und die Sache öffentlich machen.«

»Und wozu genau brauchst du uns dabei?«, fragte Jens.

»Ich muss ins IKI«, erwiderte er.

»Hast du noch alle Tassen im Schrank?«

»Ich hab versucht, den Wurm zu analysieren, aber ich komme nicht weiter. Alles, was ich weiß, ist, dass er die ganze Zeit versucht, mit etwas zu kommunizieren. Dieses Etwas ist höchstwahrscheinlich das zentrale Rechnersystem im Institut. Dort finden wir die Antwort auf die Frage, wer hinter dem Wurm steckt und was er für eine Aufgabe hat.«

»Ach, und du willst also da reinspazieren und sagen: ›Guten Tag, mein Name ist Ben Varnholt, ich würde mir gern mal Ihr streng geheimes zentrales Rechnersystem genauer ansehen. Bitte stören Sie sich nicht daran, dass mein Porträt auf Fahndungsaufrufen im Internet zu sehen ist, und nennen Sie mir jetzt Ihre Sicherheitscodes.‹ Klasse Plan, Mann!«

»Na ja, vielleicht gibt es noch eine etwas subtilere Methode. Ich dachte, ihr beide habt vielleicht eine Idee.«

»Klar, kein Problem. Wir graben einfach einen Tunnel. Oder wir stürmen das Gelände mit ein paar Handgranaten und Maschinengewehren. Für Terroristen wie uns ist so was ein Klacks!«

»Habt ihr Kontakt zu Thomas Angesser?«

»Zu wem?«, fragte Jens. Doch er hatte eine Spur zu lange gezögert.

»Hör endlich auf, so misstrauisch zu sein!«, sagte Mattea. »Ben ist in Ordnung, das weißt du mindestens genauso gut wie ich. Ja, wir hatten Kontakt zu ihm.«

»Gehört er zu NTR?«

»Nein«, sagte Jens. »Wir haben es ihm angeboten, aber er hatte Schiss. Ich hab ihn auf einer Konferenz kennengelernt, auf der er seine Thesen vorstellte. Danach haben wir uns ein paarmal ausgetauscht. Mehr nicht.«

»Ein ziemlich kluger Mann«, sagte Mattea. »Leider treten Klugheit und Mut nur selten in Kombination miteinander auf«, ergänzte sie mit einem Seitenblick auf Jens.

»Angesser ist vor ein paar Tagen untergetaucht«, sagte Ben. »Habt ihr eine Ahnung, warum?«

»Was weiß ich?«, erwiderte Jens. »Vielleicht denkt er, die Bullen verhaften ihn, bloß weil er mal mit uns gesprochen hat.«

»Er war Mitarbeiter von Walter Melleck, wusstest du das?«

»Nein. Das heißt … du denkst, Angesser hat ihn umgelegt?«

»Das glaub ich nicht. Aber er weiß möglicherweise, wer es getan hat und warum.«

»Okay, das erklärt vielleicht, warum er abgehauen ist. Aber nicht, wie uns das weiterbringen soll.«

Ben registrierte zufrieden, dass Jens »uns« gesagt hatte. Auch wenn er es noch nicht zugab, er war mit im Boot.

»Vielleicht kann er uns sagen, wie man ins IKI reinkommt.«

»Selbst wenn er das wüsste, du hast doch gerade selbst gesagt, er sei untergetaucht. Also können wir ihn nicht fragen.«

»Ich hatte gehofft, ihr hättet vielleicht eine Möglichkeit, ihn zu kontaktieren.«

»Haben wir aber nicht. Außerdem bezweifle ich stark, dass das was nützen würde. Wenn es wirklich so ist, dass das IKI im Auftrag eines ausländischen Geheimdienstes an einem Supervirus arbeitet und deshalb sogar einer der führenden Mitarbeiter sterben musste, dann werden die das bewachen wie Fort Knox. Falls du nicht zufällig gerade einen Unsichtbarkeitstrank oder ein Teleportationsgerät zur Hand hast, dürfte das schwierig werden.«

»Nehmen wir mal an, wir kämen da irgendwie rein«, schaltete sich Mattea ein. »Was genau würdest du tun, Ben?«

»Das hab ich mir noch nicht im Detail überlegt. Aber wenn wir Hinweise darauf finden wollen, wer hinter diesem Wurm steckt, dann sind sie dort.«

»Das Ganze ist eine Schnapsidee!«, wandte Jens ein. »Alles, was du erreichst, ist, dass sie dich einbuchten. Und wenn wir dir helfen, nehmen sie uns auch hops.«

»Und hast du vielleicht einen besseren Vorschlag?«

»Ja. Stell dich deinen Kollegen und sag ihnen, was du weißt.«

»Sie werden mir nicht glauben. Die denken, ich bin derjenige, der einen Virus ins LKA-System eingeschleust hat.«

»Dann lass es halt bleiben. Aber wir können dir nicht helfen, und solange du hier bist, sind wir in Gefahr.«

Ben nickte.

»Ich glaube, du hast recht, Jens. Es war eine dumme Idee, herzukommen. Tut mir leid.«

Er griff nach dem Laptop, um ihn herunterzufahren, als Mattea sagte: »Moment, nicht so schnell. Vielleicht müssen wir gar nicht ins IKI, um rauszukriegen, wer hinter dem Wurm steckt.«

»Mattea, glaub mir, ich hab alles getan, um das Programm zu analysieren«, erwiderte Ben. »Wir können es gern noch einmal gemeinsam versuchen. Aber ich denke nicht, dass es möglich ist, dadurch den Auftraggeber zurückzuverfolgen. Wir wissen, dass der Wurm seine Informationen ans IKI schickt. Was wir aber herausfinden müssen, ist, was das zentrale System dort damit macht.«

»Dann müssen wir es eben fragen.«

Er sah sie entgeistert an. Schon während ihrer gemeinsamen Zeit bei Havaris Software hatte Mattea oft schräge Einfälle gehabt. Manchmal hatten sie sich im Nachhinein als genial herausgestellt, meistens allerdings nicht.

»Kannst du dich vielleicht etwas klarer ausdrücken?«, bat Jens.

»Dieser Wurm kommuniziert mit dem zentralen System, richtig?«

»Richtig«, stimmte Ben zu.

»Wenn wir den Kommunikationscode knacken könnten, wären wir in der Lage, so zu tun, als wären wir der Wurm, und könnten mit dem System kommunizieren.«

Das war ein interessanter Gedanke.

»Hm … theoretisch schon. Aber was würde uns das nützen?«

»Ich verstehe, worauf du hinauswillst«, warf Jens ein. »Du glaubst, der Auftraggeber steuert das Zentralsystem auf dieselbe Weise, über dieselbe Schnittstelle. Damit hätten wir einen Ansatzpunkt, wie wir das System knacken können.«

»Ganz so einfach dürfte das nicht werden«, wandte Ben ein. »Es wird garantiert Sicherungsmechanismen geben, Benutzername, Passwort, IP-Adresse und so weiter.«

»Natürlich, aber das allein würde vielleicht schon helfen. Vielleicht bekommen wir einen russischen oder chinesischen Log-in Screen – es würde uns eine Menge verraten. Und wenn du zeigen kannst, dass der Wurm über dieselbe Schnittstelle kommuniziert, könntest du auf jeden Fall deinen Kollegen beweisen, dass das IKI krumme Dinge macht. Dann werden sie über das Institut herfallen wie die Heuschrecken, und du bist rehabilitiert.«

Ben nickte.

»Du hast recht. Es ist auf jeden Fall einen Versuch wert.«

»Ich weiß nicht«, wandte Jens ein. »Das erscheint mir ein ziemlich hohes Risiko. Wenn wir mit dem System kommunizieren, ziehen wir mit Sicherheit Aufmerksamkeit auf uns.«

»Jetzt stell dich nicht schon wieder so an!«, widersprach Mattea. »Das System wird dir schon keinen Terminator auf den Hals hetzen. Da serviert uns Ben auf dem Silbertablett eine perfekte Gelegenheit, die Gefahren der Technisierung offenzulegen, und du willst kneifen!«

»Ich finde, NTR hat in den letzten Wochen schon genug Wirbel veranstaltet«, sagte Jens. »Wir waren uns doch einig, dass wir der Öffentlichkeit etwas Zeit geben müssen, unsere Botschaft zu verdauen, bevor wir die nächste Aktion durchführen.«

»Ihr müsst ja gar nicht offiziell in Erscheinung treten«, meinte Ben. »Wenn wir genug Beweise haben, werde ich mich stellen und dem LKA alles Weitere überlassen. Ich hab zwar nicht viel Vertrauen in die Führung dort, aber mein Chef ist ziemlich clever, der wird schon einen Weg finden, dass sie es nicht wieder vermasseln.«

»Dann ist es entschieden«, stellte Mattea fest. »Mir gefällt zwar der Gedanke nicht, dass du den Ruhm für das hier allein einstreichst, aber in den Knast will ich auch nicht unbedingt. An die Arbeit!«

Jens machte ein Gesicht, als habe er in eine Zitrone gebissen, aber er nickte.

»Na schön. Hoffen wir, dass das nicht die letzte Aktion von NTR ist.«

48.

»Wir machen Folgendes«, sagte Eisenberg, nachdem er eine Weile über Moranis Frage nachgedacht hatte. »Wir dürfen mit keinem Zeugen Kontakt aufnehmen, aber niemand kann uns verbieten, unseren Job zu machen. Ich möchte alles wissen, was im Netz über Regina Hilbert herauszufinden ist. Auf welchen Veranstaltungen war sie? Ist sie ins Ausland gereist und hat von dort aus ein Urlaubsfoto auf Facebook gepostet? Ist sie überhaupt in irgendwelchen sozialen Netzwerken aktiv? Mit wem hatte sie jemals Kontakt? Was hat sie veröffentlicht? Hat sie Kommentare zu irgendetwas geschrieben? Selbst die geringste Kleinigkeit kann wichtig sein. Vielleicht finden wir auf diese Weise einen Hinweis darauf, zu welchem Geheimdienst sie eine Verbindung haben könnte.«

»Ich finde den Ansatz gut, Herr Eisenberg«, sagte Morani. »Allerdings fürchte ich, dass er uns nicht sehr weit bringen wird. Hilbert ist sehr gut darin, im realen Leben eine Rolle zu spielen. In sozialen Medien ist das noch viel einfacher.«

»Wahrscheinlich haben Sie recht, aber jeder macht mal einen Fehler. Sollten Sie jedoch einen besseren Vorschlag haben, höre ich mir den gern an.«

»Was ist mit Ben?«, fragte Klausen. »Er hat doch diesen Supervirus entdeckt. Vielleicht kann er uns inzwischen mehr darüber sagen, wer dahintersteckt.«

»Ich habe schon versucht, ihn zu erreichen, aber auf seinem Handy antwortet nur die Mailbox. Ich habe ihm eine Nachricht hinterlassen, bezweifle aber, dass er sich melden wird. Ich kann es ihm nicht verdenken, immerhin liegt ein Haftbefehl gegen ihn vor.«

»Wo könnte er stecken?«, fragte Klausen.

»Überlassen Sie es den Kollegen von der Zielfahndung, ihn aufzuspüren«, sagte Eisenberg und hoffte gleichzeitig, dass besagte Kollegen keinen Erfolg haben würden. Wenn es auch nur eine winzige Chance geben sollte, dass Varnholt rehabilitiert wurde, dann musste er sich unbedingt selber stellen.

»Vielleicht sollten wir versuchen, ihn vor den Fahndern aufzuspüren.«

»Ben ist viel zu clever, um sich von uns finden zu lassen«, wandte Morani ein. »Tun wir lieber, was Herr Eisenberg sagt, und konzentrieren wir uns auf Hilbert.«

»Wie du meinst.«

Eisenberg ging in Wissmanns Glaskasten und wartete einen Moment, bis sich sein Mitarbeiter mit mürrischem Gesicht zu ihm umwandte.

»Was?«

»Herr Wissmann, ich habe eine Aufgabe für Sie.«

»Muss das jetzt sein?«

»Ja, es muss sein. Ich möchte Sie bitten, alles über Regina Hilbert herauszufinden, was es im Internet gibt.«

»Alles?«

»Ja, alles.«

»Und das muss wirklich jetzt sein? Ich bin da nämlich an einem interessanten …«

»Jetzt gleich, wenn ich bitten darf.«

Wissmann seufzte theatralisch.

»Gut, wie Sie wollen.«

Eine Zeitlang herrschte geschäftige Ruhe im Teamraum. Nur hin und wieder stimmten sich Morani und Klausen darüber ab, wer welches soziale Netzwerk genauer unter die Lupe nahm. Eisenberg selbst nahm sich zum wiederholten Mal die Website des IKI vor. Er las die Kundenliste, googelte alle dort aufgeführten Namen, fand aber nicht den geringsten Hinweis auf verdächtige Verbindungen ins Ausland. Er las die Veröffentlichungen des Instituts, aber wenn er überhaupt verstand, worum es darin ging, waren es Themen, die nicht das Geringste mit Computerviren oder Spionageabwehr zu tun hatten. Im Wesentlichen spiegelten die Veröffentlichungen die Anwendungsgebiete wider, die Hilbert ihnen auf ihrem Rundgang erläutert hatte: Robotik in der Industrie und im Haushalt, Gesundheitswesen, automatische Übersetzung und Kommunikation.

Am späten Nachmittag meldete sich Kayser am Telefon.

»Ich habe mit meinem Kontakt beim BND gesprochen. Er sagt, er kann ausschließen, dass das IKI für einen Auslandsgeheimdienst arbeitet oder gearbeitet hat.«

»Ausschließen? Wieso das?«

»Es gibt bestimmte Schlüsseltechnologien, die in Bezug auf Industriespionage besonders gefährdet sind, unter anderem auch Automatisierungstechnik und künstliche Intelligenz. Es gehört zu den Aufgaben des BND, diese vor ausländischen Spionen zu schützen. Deshalb haben die schon seit Jahren ein Auge auf das IKI und machen regelmäßig Sicherheitskontrollen. Mein Kontakt hält es für ausgeschlossen, dass das Institut jahrelang unbemerkt für einen Geheimdienst gearbeitet haben könnte.«

»Ist es nicht gerade die Aufgabe von Geheimdiensten, so etwas unbemerkt zu tun, notfalls auch direkt unter den Augen des Feindes?«

»In James-Bond-Filmen vielleicht. In der Realität ist das

nicht so einfach. Ich weiß natürlich nicht, mit welchen Mitteln der BND arbeitet, aber ich glaube meinem Kontakt, wenn er sagt, dass das nicht sein kann.«

»Aber wo kommt dann dieser Supervirus her?«

»Ehrlich gesagt, Herr Eisenberg, hält mein Ansprechpartner auch die Existenz dieses mysteriösen Virus für unwahrscheinlich. Er ist kein IT-Experte, und ich bin es auch nicht, aber als ich ihm davon erzählte, war er der Meinung, dass das eher wie ein Hirngespinst klingt – oder wie eine faule Ausrede.«

»Und warum lügt uns Hilbert dann ins Gesicht?«

»Sollte sie das getan haben, gab es sicher einen Grund dafür. Aber ein geheimer Supervirus, der für einen Auslandsgeheimdienst entwickelt wurde, war das aller Wahrscheinlichkeit nach nicht.«

»Gut, danke, dass Sie mich informiert haben.«

»Tut mir leid, dass ich Ihnen nicht weiterhelfen kann.«

»Sie haben mir durchaus weitergeholfen, Herr Kayser. Nochmals danke.«

Er legte frustriert auf. Offenbar waren sie schon wieder dabei, in eine Sackgasse zu rennen. Immerhin hatte Kayser ihm das aufgezeigt, insofern war der Anruf wertvoll gewesen. Es musste also einen anderen Grund für Mellecks Tod geben. Welcher auch immer das war, heute würden sie ihn nicht mehr finden.

»Ich glaube, wir können Feierabend machen«, sagte er und betrat Wissmanns Glaskasten.

»Haben Sie schon etwas rausgefunden?«

»Ja.«

»Etwas Interessantes?«

»Nein.«

»Was haben Sie denn gefunden?«

»Daten.«

»Was für Daten?«

»Texte, Videos, Fotos, Audiodateien, Tabellen, Datenbankeinträge. Daten, die direkt oder indirekt mit Regina Hilbert verknüpft sind. Bis jetzt habe ich 160,73 Gigabyte.«

»160 Gigabyte?«

Eisenberg war inzwischen lange genug Chef der SEGI, um zu wissen, dass ein Gigabyte der Informationsmenge von etwa 300.000 Buchseiten entsprach. Selbst wenn man annahm, dass der größte Teil dieser Informationsmenge aus Videos bestand, waren das immer noch Hunderte von Stunden. Aus diesem Wust relevante Informationen herauszusuchen, war aussichtslos. Statt ihm eine Stecknadel zu bringen, hatte Wissmann einen Heuhaufen geliefert.

»Ich bin noch lange nicht fertig. Sie sagten doch, Sie wollten alle Informationen, die im Internet über Regina Hilbert zu finden sind.«

Eisenberg seufzte.

»Ich glaube, ich habe mich falsch ausgedrückt. Ich wollte, dass Sie nach Informationen suchen, die auf einen Kontakt zwischen Regina Hilbert und einem ausländischen Geheimdienst hindeuten. Aber ich glaube, das war ohnehin eine dumme Idee.«

»Ja.«

»Machen Sie Feierabend, Herr Wissmann. Montag sehen wir weiter.«

»Ich bleibe noch, aber Sie können gern schon gehen, wenn Sie wollen.«

»Wie Sie meinen. Schönes Wochenende!«

Aber Wissmann hatte schon wieder die Kopfhörer aufgesetzt und war in das unbegreifliche Universum getaucht, in dem er offenbar glücklich war, in das ihm aber leider niemand folgen konnte.

49.

Nachdem Eisenberg gegangen war, wandte sich Sim wieder der Aufgabe zu, mit der er sich vor dieser sinnlosen Unterbrechung beschäftigt hatte. Es war ein äußerst faszinierendes Problem, das seine ganze Konzentration erforderte. Er hatte nicht oft ein schlechtes Gewissen. Da er praktisch nicht lügen konnte, ergab sich nur selten die Gelegenheit dazu. Aber er war durchaus in der Lage, nichts zu sagen, obwohl er etwas hätte sagen sollen. Diese Fähigkeit hatte er zum ersten Mal als Kind eingesetzt, nachdem er eine kostbare Vase zerbrochen und die Scherben in der Mülltonne der Nachbarn entsorgt hatte. Der Mann hatte ihn gefragt, ob er wüsste, wo die Vase sei, und Sim hatte einfach nicht geantwortet. Irgendwann hatte der Mann aufgehört, zu fragen. Aber Sim hatte sich danach irgendwie schlecht gefühlt. So wie jetzt.

Er wusste genau, dass er dem Chef von seiner Entdeckung hätte berichten sollen. Aber er wusste auch, was dann geschehen wäre: große Aufregung, große Hektik, jede Menge Idioten in seinem Büro. Vor allem würde man ihm seinen Computer wegnehmen, damit irgendwelche sogenannten Spezialisten das Problem untersuchen konnten. Die würden es natürlich vermasseln, und er hätte dann keine Möglichkeit mehr, das Problem zu lösen. Also hatte er den Mund gehalten. Wenn herauskam, dass er sein Wissen nicht geteilt hatte, würden die anderen aller Wahrscheinlichkeit nach glauben, er hätte die Signifikanz seiner Entdeckung nicht begriffen. Sollten sie ruhig. Es hatte durchaus Vorteile, für minderbemittelt gehalten zu werden.

Das Problem war eine fremde Präsenz in seinem Computer. Ben hatte es einen Wurm genannt, aber diese Bezeichnung erschien Sim nicht zutreffend. Es war eher ein Geflecht, eine Menge von einzelnen Programmzellen, die miteinander kommunizierten, vergleichbar den Neuronen in einem Gehirn. Er wusste, dass künstliche neuronale Netze Gegenstand der Forschungen im Bereich künstlicher Intelligenz waren, und hatte ein paar Aufsätze darüber gelesen, aber er hatte noch nie etwas so Komplexes, so Faszinierendes, so Schönes in der Realität gesehen. Es war offensichtlich, dass das Geflecht auf illegale Weise in seinen Rechner gelangt war. Es hatte alle Sicherheitsmaßnahmen der LKA-IT unterwandert, was nicht weiter schwierig war. Aber es hatte sich auch vor Sims eigenen Überwachungsprogrammen versteckt. Nur Sim selbst hatte es nicht täuschen können.

Schon vor ein paar Tagen waren ihm Unregelmäßigkeiten aufgefallen, winzige Abweichungen in der Art, wie der Computer auf das reagierte, was Sim tat. Zuerst hatte er es nicht richtig greifen können, aber da war dieses Störgefühl gewesen, vergleichbar mit dem Gefühl, wenn er in sein Zimmer kam und sofort wusste, dass Mama Staub gewischt hatte, obwohl sie sich immer große Mühe gab, dabei nichts zu verändern. Er hatte angefangen, den Computer zu beobachten, hatte systematisch kleine Experimente gemacht, bis er gemerkt hatte, dass da tatsächlich etwas war – etwas, das sich tarnte, sich vor ihm zu verstecken versuchte. Mit einem speziellen Programm hatte er ein Abbild des Hauptspeichers angefertigt, eine Art Momentaufnahme des Systemzustands, und es nach statistischen Anomalien, nach ungewöhnlichen Mustern durchsucht. Und er hatte ein Muster gefunden.

Es war überall. Anwendungen, die absolut nichts miteinander zu tun hatten – nahezu alle Betriebssystemroutinen, seine Textverarbeitung, sogar von ihm selbst geschriebene Programme –, wiesen dieses Muster auf. Es war nicht ganz identisch, aber ähnlich genug, dass seine Analysesoftware es finden konnte. Und als er den vermeintlich leeren Teil seiner Festplatte gescannt hatte, jenes im Dunkeln liegende Niemandsland, das in der Dateiverwaltung als unbenutzt gekennzeichnet war, hatte er noch viel mehr Kopien desselben Musters gefunden. Es war, als sei sein Computer von einer elektronischen Bakterienkolonie befallen. Doch anders als ihre biologischen Vorbilder konnten diese Keime sich nicht nur vermehren, sondern miteinander kommunizieren und so ein übergeordnetes Ganzes bilden. Dieses Ganze konnte Informationen in einer Komplexität verarbeiten, die weit über die Fähigkeiten seiner einzelnen Zellen hinausgingen – genau wie ein menschliches Gehirn, auch wenn es natürlich bei Weitem nicht so komplex und leistungsfähig war.

Das Problem bestand nun darin, herauszufinden, wie dieses Geflecht funktionierte und was seine Aufgabe war. In Bezug auf Letzteres hatte Sim bereits eine Theorie. Er hatte festgestellt, dass die Struktur auf jede Veränderung in seinem System reagierte und jedes Mal, wenn er etwas tat, Informationen erzeugte. Lief sein System im Leerlauf, blieb auch das Geflecht inaktiv. Das bedeutete, dass es nicht die üblichen Funktionen hatte, für die man Schadsoftware normalerweise benutzte. Weder war es dazu programmiert, permanent andere Computer mit sich selbst zu infizieren, noch Spam-E-Mails zu verbreiten – in diesem Fall wäre es gerade in Sims Arbeitspausen aktiv geworden. Es handelte sich auch nicht einfach nur um eine Hintertür ins System, mit der Angreifer von außen jederzeit die Kontrolle über Sims Computer hätten übernehmen können – dann hätte das Geflecht sich ruhig verhalten und wäre bei Weitem nicht so komplex gewesen. Die Aufgabe des Eindringlings war es anscheinend, zu beobachten und alle Aktivitäten auf Sims Computer zu melden. Und das auf eine so geschickte Art und Weise, dass die üblichen Überwachungsprogramme und Firewalls davon nichts mitbekamen.

Bevor Eisenberg ihn gestört hatte, war Sim gerade dabei gewesen, ein äußerst faszinierendes Experiment auszuwerten. Er hatte ein Programm geschrieben, das seinen Rechner nach den inzwischen bekannten Mustern durchsuchte, und zwar nicht in einer quasi eingefrorenen Momentaufnahme des Hauptspeichers, sondern im Livesystem. Zu Sims Verblüffung hatte das Programm nichts gefunden. Es war, als habe das Geflecht sich in Luft aufgelöst. Doch als er direkt im Anschluss ein weiteres Abbild des Speichers erstellte und dieses analysierte, waren die Muster deutlich zu erkennen. Die einzig sinnvolle Folgerung aus dieser Beobachtung war, dass das Geflecht im Livesystem *wusste*, dass es beobachtet wurde, und in der Lage war, seine eigene Struktur in den Bereichen, die gerade überwacht wurden, vorübergehend zu verändern, so dass Sims Analyseprogramm es übersah. Auf diese Weise konnte es sich quasi unsichtbar machen, als hätte es eine Art Tarnmantel. Das Abbild des Hauptspeichers konnte es dagegen nicht dynamisch verändern, deshalb konnte es sich darin auch nicht verbergen. Irgendwie war das Geflecht in der Lage, alle Vorgänge im Computer zu überwachen und zu erkennen, ob sich einer davon auf es selbst bezog – so wie ein Mensch erkennen kann, ob er von jemandem angesehen wird oder nicht. Das setzte eine ausgeprägte Fähigkeit zur Selbstreflexion voraus, wie man sie in der Natur nur von höheren Lebewesen kannte.

Das Geflecht war ungeheuer raffiniert konstruiert. Sim hätte sich gern mit demjenigen unterhalten, der es entworfen hatte. Aber diese Person war höchstwahrscheinlich Walter Melleck, und der war tot. Es blieb ihm also nichts anderes übrig, als selbst weiter zu analysieren und zu versuchen, Aufbau und Funktionsweise des Programms zu verstehen.

Er beschloss, ein neues Experiment zu wagen. Nachdem er gemerkt hatte, dass etwas nicht stimmte, hatte er seinen Computer vom Netzwerk des LKA getrennt und Eisenbergs Rechercheauftrag auf seinem Zweitsystem durchgeführt, das er normalerweise nur für die Auswertung großer Datenmengen benutzte. Es war ihm wichtig erschienen, das Geflecht zu isolieren, um sein Verhalten in Ruhe analysieren zu können. Doch nun wollte er wissen, was es tat, wenn es wieder Verbindung mit der Außenwelt hatte. Würde es dem Zentralsystem, mit dem es in Verbindung stand, melden, dass es entdeckt worden war?

Er aktivierte ein kleines Programm, das alle Sende- und Empfangsdaten der Internetverbindung auf einer externen Festplatte protokollierte, damit er sie später auswerten konnte. So war er auch in der Lage, die IP-Adresse des Rechners zu ermitteln, mit dem das Geflecht Verbindung aufnahm. Sollte es sich dabei um einen Rechner des IKI handeln, wie Sim vermutete, würde er das herausfinden.

Nachdem er sich überzeugt hatte, dass das Programm korrekt arbeitete, kletterte er unter den Tisch, verband den Computer wieder mit dem LAN-Kabel und beobachtete, was geschah.

Einen Moment lang signalisierte das Blinken der externen Festplatte, dass große Datenmengen mit dem Netzwerk ausgetauscht wurden. Dann erschien plötzlich eine Fehlermeldung auf seinem Monitor: *Fatal system failure.* Kurz darauf wurde der Bildschirm schwarz.

Sim bekam einen Schreck. Sein Computer war noch nie einfach so abgestürzt. Was war passiert?

Er versuchte, den Rechner neu zu starten, doch es erschien nur eine weitere Fehlermeldung: *System not found.* Sein Betriebssystem war offensichtlich so schwer beschädigt worden, dass es nicht mehr funktionierte. Möglicherweise waren dabei sämtliche Daten auf seinem Computer gelöscht worden.

»Mist!«, sagte er laut.

50.

Eine seltsame Anspannung schien wie eine dunkle Wolke über Berlin zu liegen, als Eisenberg am Samstagmorgen im Supermarkt in seiner Nachbarschaft ein paar Lebensmittel einkaufte. Die sprichwörtliche Ruhe vor dem Sturm. Sooft er sich auch einzureden versuchte, es gäbe nicht den geringsten Anhaltspunkt dafür, dass NTR die Anschlagsserie ausgerechnet heute fortsetzen könnte, sein Störgefühl blieb. Morani hätte wahrscheinlich gesagt, dass sich der Mensch nur allzu leicht durch Muster, die er zu erkennen glaubte, täuschen ließ. NTR hatte drei Anschläge in kurzem Abstand hintereinander ausgeführt, zwei davon an einem Samstag. Die Terrorgruppe schien es darauf anzulegen, dass die meisten Menschen frei hatten und über die Ereignisse nachdenken konnten, bevor sie ihre Alltagsprobleme im Beruf wieder davon ablenkten. Das ergab durchaus Sinn. Was mochte diesmal das Ziel sein? Würde es erneut eine Einrichtung auf Sim Wissmanns Liste treffen? Nach dem Volltreffer am letzten Wochenende hatte Eisenberg die Aufstellung möglicher Angriffsziele an Hintze und Kayser weitergegeben. Ob der Leiter der Ermittlungen sie ernst nahm und spezielle Schutzmaßnahmen für die aufgeführten Anlagen und Institutionen eingeleitet hatte, wusste er nicht.

Sim Wissmann war wirklich ein Phänomen. Mit seinen statistischen Methoden konnte er Zusammenhänge erkennen, die selbst den besten Ermittlern verborgen blieben. Dass er das Robert Koch-Institut korrekt als nächstes Ziel von NTR identifiziert hatte, war wohl zumindest zum Teil Zufall oder Glück gewesen. Dennoch erschien es, als hätte sein Mitarbeiter die Gabe, in die Zukunft zu blicken. Und gleichzeitig verstand er manchmal die simpelsten Anweisungen nicht, so wie heute, als er zu Regina Hilbert nichts als einen Haufen Datenmüll produziert hatte.

Was für ein großartiges Team er doch mit der SEGI hatte. Es war wirklich schade darum.

Eisenberg schleppte seine Einkaufstüten die drei Stockwerke hinauf bis zu seiner Wohnung. Sie war weder besonders groß noch besonders schön, aber das störte ihn nicht. Ihm gefiel die Tatsache, dass er von hier aus zu Fuß zur Arbeit gehen konnte. Und sie war für Berliner Verhältnisse preiswert. Nicht, dass Eisenberg Geldsorgen gehabt hätte, aber er gab nur ungern mehr aus, als notwendig war, und hielt nichts von Luxus. Er hatte bereits eine ansehnliche Summe angespart und würde sich bald eine Eigentumswohnung in Hamburg leisten können, als Altersabsicherung und Rückkehrmöglichkeit für den Fall, dass sein Einsatz hier in Berlin ein vorzeitiges Ende fand. Nach Lage der Dinge war das durchaus wahrscheinlich.

Als er die Tür öffnete, stutzte er. War da ein Geruch von fremdem Aftershave? Er sog Luft durch die Nase, konnte jedoch nichts feststellen. Nachdenklich stellte er die Einkaufstüten in die kleine Küche und ging ins Wohnzimmer. Alles schien so wie immer. Oder doch nicht? Hatten die Papiere auf seinem Schreibtisch – Kontoauszüge, Briefe vom Finanzamt und seiner Krankenversicherung – schon so dagelegen, als er die Wohnung verlassen hatte? Standen die Bücher noch in derselben Reihenfolge im Regal? Das Gefühl, dass jemand hier gewesen war, wurde stärker. Doch sosehr er auch suchte, er fand keinen konkreten Anhaltspunkt dafür. Die Tür wies keine

Spuren gewaltsamen Eindringens auf, es fehlten keine Wertgegenstände. Wurde er jetzt paranoid?

Er machte sich einen Tee, setzte sich auf den Sessel vor dem ausgeschalteten Fernseher und dachte nach. Wenn tatsächlich jemand hier gewesen war, hatte er entweder etwas gesucht, von dem Eisenberg sich beim besten Willen nicht vorstellen konnte, was es sein mochte, oder er hatte etwas dagelassen: eine Wanze, eine versteckte Minikamera vielleicht. Die Dinger waren heutzutage so winzig, dass sie mit bloßem Auge kaum noch erkennbar waren. Er konnte wochenlang suchen, ohne sie zu entdecken. Wenn Varnholt keinen Quatsch erzählt hatte, war es durchaus denkbar, dass wer auch immer hinter dem Supervirus steckte Eisenberg ausspionieren wollte. Die Warnung des Hackers in dem Computerspiel fiel ihm ein: *Gehen Sie davon aus, dass jedes Wort, das Sie in das Chatfenster tippen, von fremden Augen gelesen wird. Ihr Computer ist mit Sicherheit von einem Spähprogramm befallen. Außerdem gibt es möglicherweise Kameras und Mikrofone in Ihrer Wohnung.* Vielleicht waren diese Worte prophetisch gewesen.

Er überlegte, ob er den Überwachungsdienst anrufen sollte. Die konnten nicht nur selbst Abhöreinrichtungen installieren, sondern hatten auch Geräte, mit denen man diese aufspüren konnte. Aber er konnte sie kaum anfordern ohne konkrete Hinweise außer einem »komischen Gefühl«. Und wenn sie nichts fanden, würde er sich bloß lächerlich machen. Es gab noch eine andere, wesentlich simplere Lösung: Er konnte einfach Varnholts Worte beherzigen und sich in seinen eigenen vier Wänden so verhalten, als werde alles, was er tat, permanent im Fernsehen ausgestrahlt. Keine besonders angenehme Vorstellung, aber in der heutigen Zeit, in der man nicht über die Straße gehen konnte, ohne von irgendeiner Kamera erfasst zu werden, vielleicht ein Gedanke, an den man sich gewöhnen musste. Er schaltete den Fernseher an und ließ einen Nachrichtenkanal laufen. Dann ging er in die Küche, um eine Tiefkühlpizza in den Ofen zu schieben.

51.

Keuchend stieg Jaap die Treppe zu seiner Wohnung hinauf. Er fühlte sich, als schleppe er einen Panzer auf seinem Rücken herum wie Momo, seine Schildkröte. Dabei war er bloß fünfzehn Kilometer gelaufen. Früher wäre er bei dieser Distanz nicht so erschöpft gewesen. Er war nicht mehr in Form. In letzter Zeit war er auch nicht mehr regelmäßig im Fitnessstudio gewesen. Das musste anders werden! Schließlich war seine körperliche Leistungsfähigkeit das Einzige, worin er allen anderen SEGI-Kollegen haushoch überlegen war.

Kaum hatte er das gedacht, fiel ihm wieder ein, dass er nicht mehr lange Teil der SEGI sein würde. Trotzdem, wohin es ihn auch verschlagen würde, Fitness würde er dort sicher gebrauchen können. Und Frauen konnte man mit einem ausgeformten Sixpack auch eher beeindrucken als mit diesem Kissen, das sich da allmählich unter seinem T-Shirt abzuzeichnen begann. Er schloss die Wohnung auf, trank ein Glas Leitungswasser und zog sich aus, um unter die Dusche zu gehen. In diesem Moment klingelte das Smartphone, das ihm »Maria« gegeben hatte. Neugierig nahm er das Gespräch an.

»Hallo Jaap. Hier ist Maria Kaminsky.«

»Äh, hallo.«

»Du klingst etwas außer Atem.«

»Ich komme gerade vom Joggen.«

»Ich habe seit zwei Tagen nichts von dir gehört.«

»Tut mir leid, aber es gab auch nichts zu berichten. Wir stecken fest. Eisenberg hat mit Regina Hilbert vom IKI gesprochen. Er glaubt, dass sie mit einem ausländischen Geheimdienst zusammengearbeitet hat. Sie hat das natürlich abgestritten und sich bei Polizeidirektor Hintze über ihn beschwert. Seitdem sind wir aus dem Fall komplett draußen.«

»Und das nennst du nichts?«

»Ich dachte, das wüsstet ihr schon. Unser Abteilungsleiter Kayser hatte Kontakt mit einem eurer Leute, der ihm gesagt hat, dass das nicht sein kann.«

»Das was nicht sein kann?«

»Das mit dem ausländischen Geheimdienst.«

»Weißt du, wer das war?«

»Nein. Ich dachte, du bist beim BND?«

»Du weißt doch wohl selbst, wie es in einer Behörde zugeht. Da weiß die linke Hand nicht, was die rechte tut.«

»Verstehe. Also könnte doch ein ausländischer Geheimdienst hinter dem Mord stecken?«

»Das versuchen wir ja gerade herauszufinden. Was ist mit Varnholt? Weißt du, wo er ist?«

»Nein.«

»Dann such ihn. Er ist der Schlüssel zu dieser Sache.«

»Wie soll ich ihn denn finden?«

»Denk nach. Du kennst ihn besser als wir. Er muss Freunde haben, Bekannte. Und außerdem vertraut er dir.«

»Ben? Mir vertrauen? Das soll wohl ein Witz sein!«

»Jedenfalls kennt er dich. Spüre ihn auf, nähere dich ihm unter irgendeinem Vorwand, finde möglichst viel darüber heraus, was er tut, und dann ruf mich sofort an.«

»Das funktioniert niemals! Selbst wenn ich Ben aufspüren könnte, er würde nicht mit mir reden, sondern sofort das Weite suchen.«

»Jaap, ich kann dir nur helfen, wenn du mir hilfst.«

»Wie meinst du das?«

»Du willst doch einen neuen Job, oder?«

Er zögerte einen Moment, bevor er antwortete.

»Ja, schon.«

»Also, finde Varnholt, und ich sorge dafür, dass du einen bekommst.«

»Okay. Ich versuch's.«

Er beendete das Gespräch und betrachtete nachdenklich das Smartphone.

Unter der Dusche dachte er darüber nach, was er über Ben wusste. Viel war es nicht. Er hatte, bevor er zur SEGI kam, als V-Mann gearbeitet, und davor in irgendeiner Softwarefirma. Oder war es währenddessen?

Google wusste zum Glück wesentlich mehr: Ben hatte zusammen mit einem Freund vor ein paar Jahren die Firma Havaris Software gegründet, die sich mit »Sicherheitstechnologie« beschäftigt hatte. Die Firma war offenbar pleitegegangen. Danach hatte er beim LKA angefangen. Natürlich stand nichts über Bens Undercover-Tätigkeit im Internet; Jaap konnte nur spekulieren, dass das irgendwas mit illegalen Computeraktivitäten zu tun gehabt hatte. Seltsam, da arbeiteten sie nun seit fast drei Jahren zusammen, und eine einfache Google-Suche nach seinem Namen brachte Fakten über Ben zutage, die Jaap nicht kannte. Er recherchierte mehr zu Havaris und fand eine Meldung darüber, dass ein Hamburger Investor dort eingestiegen war, und dann mehrere kurze Berichte über die Insolvenz. Die URL der Firmenwebsite führte zu einem Internetprovider, der die Adresse zum Kauf anbot. Ein Beitrag in einem Softwareentwickler-Forum, der kurz vor der Pleite geschrieben worden war, erwähnte Havaris. Dort wurde unter dem Titel *Ein tolles Team bricht auseinander* beschrieben, wie Missmanagement die Firma an den Rand des Zusammenbruchs getrieben hatte und *einige der besten Entwickler Berlins* nun einen neuen Job suchten. Offenbar hatte der Autor ein wenig Eigenwerbung betrieben, vielleicht in der Hoffnung, ein Headhunter könne sich bei ihm melden. In dem Beitrag und den folgenden Kommentaren darauf wurden neben Ben Varnholt mehrere Namen von Havaris-Mitarbeitern erwähnt. Jaap schrieb sie auf eine Liste: Arndt Krauss, Lewis Weinstein, Mattea Müller, Linda Petrowskaja und Jens Odewald. Ihm sagte keiner der Namen etwas, aber es war ein Anfang.

Nach ein paar Stunden Recherche in sozialen Medien wusste Jaap, dass Ben gemeinsam mit Jens Odewald studiert und sogar eine Zeit lang mit ihm in einer WG gewohnt hatte. Wenn er also aus jener Zeit noch einen Freund hatte, dann wohl ihn. Andererseits war es gut möglich, dass die beiden sich bei der Firmenpleite zerstritten und den Kontakt abgebrochen hatten; immerhin war Ben einer der beiden verantwortlichen Manager gewesen. Außerdem war die Verbindung so offensichtlich, dass sie sowohl Hintzes Leuten als auch dem BND längst bekannt sein musste. Trotzdem war es eine Spur. Vielleicht konnte dieser Jens Odewald ihm weitere Hinweise geben. Odewalds Nummer und Adresse standen im Online-Verzeichnis des Telefonanbieters. Jaap griff nach dem Telefon, überlegte es sich dann aber anders und machte sich auf den Weg.

52.

»Okay, ich glaube, wir können es jetzt versuchen«, sagte Ben. Er streckte sich.

»Bist du sicher?«, fragte Mattea. Sie hatte ihm die letzte Stunde bei der Arbeit über die Schulter geschaut und ihn nur hin und wieder angesprochen, wenn sie etwas nicht verstanden oder er einen Fehler übersehen hatte. Die Stunde davor war es umgekehrt gewesen: Mattea hatte programmiert, während Ben sie beobachtet hatte. Extreme Programming nannte man das, und angeblich war es die effektivste Art, in kurzer Zeit weitgehend fehlerfreien Code zu erzeugen. Tatsächlich war das Arbeiten mit Mattea außerordentlich produktiv und anregend gewesen, beinahe wie ein Tanz – jede ihrer Bewegungen, jeder ihrer Gedanken war harmonisch auf den anderen abgestimmt gewesen. Dennoch war sich Ben unsicher, ob sie nicht etwas Wichtiges übersehen hatten.

Es war relativ einfach gewesen, die Stellen im Code des Wurms zu finden, die eine Kommunikation mit dem Zentralsystem initiierten. Doch es war wesentlich schwieriger, herauszubekommen, was geschah, nachdem der Erstkontakt zustande gekommen war. Ein solcher Initialkontakt reichte nämlich noch nicht, um einen Dialog in Gang zu bringen. Üblicherweise funktionierte eine Schnittstelle so, dass ein System einen Steuercode an ein anderes System schickte und daraufhin von diesem ein Set von Anweisungen gesendet bekam, der das Kommunikationsprotokoll beschrieb. Bei einem Internetbrowser war dieses Set ein HTML-Dokument, das zum Beispiel ein Formular mit einem Eingabefeld für Benutzername und Passwort und einem OK-Button beinhalten konnte. Andere Schnittstellen verwendeten XML. Doch der Wurm kommunizierte natürlich nicht über solche Standardprotokolle. Deshalb mussten Ben und seine Freunde herausbekommen, wie die Antwort des Zentralsystems codiert war und wie der Wurm darauf reagierte, und zwar ohne bereits eine solche Antwort bekommen zu haben.

Sie hatten fast die ganze Nacht durchgearbeitet und sich nur vier kurze Stunden Schlaf gegönnt. Trotzdem war Ben aufgekratzt und kein bisschen müde. Kurz nach Mitternacht war es ihnen gelungen, die Struktur zu identifizieren, die im Wurm auf die Antwort des Zentralsystems reagierte. Es hatte deswegen so lange gedauert, weil der entsprechende Code nicht an einer einzigen Stelle des Programms war, sondern verteilt über ganz unterschiedliche Segmente des Codes, die wiederum in alle möglichen Systemroutinen integriert oder auf unmarkierten Stellen der Festplatte gespeichert waren. Es war, als hätten die Entwickler sich Mühe gegeben, an sich einfache Prozesse möglichst kompliziert abzubilden. Ben hatte spekuliert, dass dies dazu diente, Codeknackern wie ihnen die Arbeit zu erschweren. Doch Mattea hatte eine plausiblere Erklärung angebracht:

»Das ist wie bei einem Hologramm.«

»Hologramm? Wie meinst du das?«

»In einem Hologramm ist die Bildinformation über die ganze Fläche verteilt. Wenn du ein gewöhnliches Foto von einem Gesicht in der Mitte durchschneidest, dann hast du zwei Fotos mit jeweils einer Hälfte des Gesichts. Wenn du ein Hologramm desselben Gesichts durchschneidest, bekommst du zwei Hologramme eines vollständigen Gesichts, nur dass beide unschärfer sind. Eine klassische Datenbank funktioniert wie eine gewöhnliche Fotografie: Jeder Datensatz sitzt an einer genau definierten Stelle. Löschst du die Hälfte der Festplatte, ist die Hälfte der Datensätze weg, die andere Hälfte ist intakt. Ich hab mal gelesen, dass das menschliche Gedächtnis dagegen eher wie ein Hologramm funktioniert. Eine bestimmte Erinnerung ist nicht an einer Stelle des Gehirns gespeichert, sondern über weite Areale verteilt. Schneidest du ein Stück Gehirn heraus, verschwinden die betroffenen Erinnerungen nicht vollständig, sondern werden nur ungenauer.«

»Und das bedeutet?«, hatte Ben gefragt und sich die Augen gerieben.

»Keine Ahnung, was das bedeutet. Vielleicht, dass der Code nicht von Menschen geschrieben wurde, sondern irgendwie … entstanden ist.«

»Du meinst, durch ein selbstlernendes System?«

»Wäre möglich.«

»Kommt mir weit hergeholt vor. Ein selbstlernendes System, das Code in dieser Komplexität erzeugen kann …«

»Wie auch immer, lass uns nicht quatschen, sondern weitermachen.«

Und das hatten sie getan. Nachdem sie die Struktur schließlich entschlüsselt hatten, waren sie kurz schlafen gegangen, um dann seit dem Morgen gemeinsam ein Programm zu entwickeln, das das Kommunikationsprotokoll des Wurms emulierte, wenn auch auf traditionell linear programmierte Weise. Damit waren sie nun in der Lage, dem Zentralsystem auf der anderen Seite den Eindruck zu vermitteln, der Wurm melde sich ordnungsgemäß zum Dienst – zumindest, sofern sie keinen Fehler gemacht hatten.

»Ich hole Jens.«

Bens alter Freund, an sich ein begabter Programmierer, hatte die ganze Zeit nur die Rolle des Reichsbedenkenträgers gespielt. Statt mitzuhelfen, das Kommunikationsprotokoll zu entschlüsseln, hatte er immer wieder davor gewarnt, was geschehen würde, wenn die Organisation, die hinter dem Wurm stand, sie aufspürte. Als er schließlich merkte, dass Mattea und Ben ihn einfach ignorierten, war er beleidigt und vielleicht auch ein wenig eifersüchtig ins Bett gegangen. Als wenn sich eine Frau wie Mattea jemals mit einem Fettsack wie ihm einlassen würde!

Beim Frühstück hatte Jens sich immerhin nach dem Stand der Dinge erkundigt und ihnen sogar zu ihren Fortschritten gratuliert, was beinahe einer Entschuldigung für sein gestriges Verhalten gleichkam. Doch für einen sinnvollen Beitrag zu ihrer Arbeit war es zu spät gewesen – er wusste viel zu wenig über das, was Mattea und Ben herausgefunden hatten, und es ihm zu erklären hätte mehr Zeit gekostet, als seine Mitarbeit gespart hätte. Also hatte er sie in Ruhe gelassen.

Als Mattea ihn jetzt holte, war er wieder der mürrische, ständig besorgte Typ, den Ben kannte.

»Wollt ihr die Sache nicht erst mal eine Weile ruhen lassen und euch ausschlafen? Morgen könnt ihr noch mal über alles drüberschauen. Es eilt ja nicht.«

»Spinnst du?«, fragte Mattea. »Glaubst du, diese Typen, die den Wurm entwickelt haben, sitzen bloß rum und warten? Die sind hinter Ben her, genau wie die Bullen. Früher oder später werden sie ihn hier aufspüren, und …«

Es klingelte an der Tür.

»Scheiße!«, entfuhr es Jens. »Ich hab's ja geahnt!«

»Ich mach das«, sagte Mattea. Sie schloss die Tür zum Flur. Ben klappte den Laptop zu und stellte sich neben die Tür, so dass er hören konnte, was im Eingangsbereich vorging.

»Ja?«, hörte er Mattea fragen.

»Mein Name ist Jaap Klausen. Ich bin ein Kollege von Ben Varnholt. Ich muss dringend mit ihm sprechen.«

Ben ballte die Fäuste. Was zum Teufel machte dieser Wichtigtuer hier, und wie hatte er Jens aufgespürt? Er betete, dass Mattea richtig reagieren würde.

»Ein Kollege von wem?«, fragte sie.

»Kann ich bitte Jens Odewald sprechen?«

»Jens ist nicht da. Ist übers Wochenende bei seinen Eltern.«

»Es … es ist wirklich dringend!«

»Hast du nicht zugehört? Ruf ihn an, wenn es so dringend ist. Seine Handynummer hast du ja sicher. Tschüss.«

Sie schloss die Tür. Ben atmete aus.

»Scheiße!«, sagte Mattea, nachdem sie eine Weile an der Tür gelauscht hatte. »Was war das denn für einer?«

»Ein Kollege vom LKA, aus meinem Team«, erwiderte Ben. »Der will sich wahrscheinlich ein paar Lorbeeren verdienen, indem er mich ans Messer liefert. Wir beide sind nie besonders gut miteinander ausgekommen.«

»Er wirkte ziemlich aufgeregt.«

»Klar, wie ein Jagdhund, der die Fährte eines Kaninchens aufgenommen hat.«

»Glaubst du, er hat geschluckt, dass ich nicht da bin?«, fragte Jens.

Mattea zuckte mit den Schultern.

»Keine Ahnung. Aber was soll er machen? Einen Durchsuchungsbefehl hatte er jedenfalls nicht.«

»Er könnte sich einen besorgen.«

»Keine Sorge, dafür fehlen ihm ausreichende Verdachtsmomente«, meinte Ben.

»Das ist schon der zweite Bulle, der hier aufkreuzt«, stellte

Jens fest. »Allmählich wird mir das zu brenzlig. Du musst verschwinden, Ben!«

»Ja, ich weiß. Lass uns nur noch kurz ausprobieren, ob unser Programm funktioniert.«

»Kannst du das nicht von irgendwo anders machen? Mattea hat dir geholfen, das Programm zu schreiben. Mehr können wir wirklich nicht tun.«

»Jetzt hör schon auf, du Schisser!«, rief Mattea. »Ich will natürlich genauso wie Ben wissen, ob es klappt!«

Jens warf frustriert die Hände in die Luft.

»Macht doch, was ihr wollt! Aber beschwert euch nicht bei mir, wenn sie uns drankriegen!«

»Ja, ja«, sagte Mattea und wandte sich Ben zu. »Also los!«

Ben startete das Programm auf einem Laptop, den sie extra für diesen Zweck mit einem frischen Betriebssystem neu aufgesetzt hatten. Die Internetverbindung war so eingerichtet, dass die IP-Adresse nicht zurückzuverfolgen war. Ein Textfenster öffnete sich. Er hatte erwartet, dass irgendeine Systemidentifikation sowie Eingabefelder für Passwort und Benutzername erscheinen würden. Doch stattdessen stand dort nur eine kurze Textzeile mit einem Eingabecursor dahinter:

Who are you? _

»Who are you? Was soll das denn heißen?«, fragte Mattea.

»Keine Ahnung«, erwiderte Ben. »Wahrscheinlich erwartet das Zentralsystem irgendeine Identifikation. Danach fragt es dann nach dem Passwort. Eine etwas altmodische Art der Abfrage. Vielleicht war Walter Melleck Nostalgiker.«

»Und was machen wir jetzt?«

»Wir werden sicher nicht einfach so in das System kommen, aber wir können ja schauen, was als Nächstes passiert.«

Er tippte *Walter Melleck* und drückte die Entertaste.

Walter Melleck does not exist.
Who are you? _

»Okay, klar, Melleck hat sicher irgendeinen Codenamen oder Spitznamen oder so was benutzt«, meinte Mattea. »Vielleicht Wally?«

»Wir haben vermutlich nicht allzu viele Versuche frei. Ich versuch's mal mit *Regina Hilbert.*«

You are not Regina Hilbert.
Who are you? _

Ben starrte auf den Bildschirm.

»Was zur Hölle …«

»Vielleicht ist das ein simpler Trick, um Unbefugte zu verwirren«, meinte Mattea. »Walter Melleck ist nicht als Nutzer in der Datenbank vorhanden, Regina Hilbert schon, aber das System fragt nicht einfach nach einem Passwort, sondern behauptet einfach, du seist nicht sie.«

»Kommt mir komisch vor.«

»Das ganze Programm ist merkwürdig.«

»Na schön. Was soll ich deiner Meinung nach machen?«

»Keine Ahnung. Gib halt irgendwas ein. Wir kommen sowieso nicht in das System rein, aber je mehr wir darüber herausfinden, wie es reagiert, desto besser.«

Ben tippte eine zufällige Folge von Buchstaben und Ziffern ein.

Entry not valid.
Who are you? _

»So kommen wir nicht weiter.«

»Drehen wir den Spieß doch einfach mal um.«

»Wie meinst du das?«

»Frag doch mal das System auf der anderen Seite, wer es ist. Vielleicht gibt uns das irgendwelche Hinweise.«

Who are you?, tippte Ben.

Entry not valid.
Who are you? _

»Ich fürchte, wir haben uns die Nacht umsonst um die Ohren gehauen. Das bringt uns kein bisschen voran.«

»Das sehe ich anders«, entgegnete Mattea. »Wir wissen bereits eine ganze Menge. Es ist uns gelungen, das Kommunikationsprotokoll zu entschlüsseln. Wir wissen, dass man als Mensch mit dem System kommunizieren kann, und zwar auf Englisch. Jetzt brauchen wir nur noch einen validen Benutzernamen und ein Passwort.«

»Nur noch?«

»Komm schon, das ist kleines Hacker-Einmaleins.«

»Ich bezweifle sehr, dass wir hier mit einer Brute-Force-Attacke oder einer der üblichen Listen häufig benutzter Passwörter weiterkommen.«

»Glaub ich auch nicht. Aber irgendwer kennt einen Benutzernamen und ein Passwort.«

»Und wie willst du so jemanden auftreiben?«

»Probier doch mal, ob das System Thomas Angesser noch kennt.«

Ben tippte den Namen des ehemaligen IKI-Mitarbeiters ein.

You are not Thomas Angesser.
Security breach detected. System terminated.
b648YaTP2g78RRzrL6TaqM1looy

»Was soll das jetzt wieder bedeuten?«, fragte Mattea.

»Wir haben alle Versuche aufgebraucht und sind draußen. Wir müssen die Browser-Cookies löschen und die IP-Adresse ändern, bevor wir es noch mal versuchen.« Ben nahm ein paar Systemeinstellungen vor, dann stutzte er.

»Die Internetverbindung ist unterbrochen«, stellte er fest.

In diesem Moment kam Jens ins Zimmer.

»Was habt ihr gemacht?«, fragte er.

»Was sollen wir gemacht haben?«, fragte Mattea.

»Das Internet geht nicht mehr.«

Von draußen ertönte mehrstimmiges Hupen. Ben stand auf und sah aus dem Fenster. An der Kreuzung waren die Ampeln ausgefallen. Ein Taxi und ein Lkw, die sich offenbar um die Vorfahrt stritten, blockierten den Verkehr.

Ein ungutes Gefühl machte sich in seinem Bauch breit.

»Habt ihr ein Smartphone?«, fragte er.

»Bist du bescheuert?«, erwiderte Jens. »Ich schlepp doch nicht die NSA in der Tasche mit mir rum.«

»Ich will nur sehen, ob wir eine Verbindung kriegen.«

»Ich hab ein altes Nokia-Handy«, sagte Mattea. Sie holte es hervor.

»Kein Netz«, las sie vom Display ab. Ihr Augen weiteten sich, als sie die Implikationen begriff.

»Du … du denkst doch nicht, dass wir … irgendwie das Internet gelöscht haben?«

Jens lachte. Doch als er Matteas und Bens Gesichtsausdruck sah, machte er große Augen.

»Das ist jetzt ein Scherz, oder?«

53.

Eisenberg saß vor dem Fernseher und verfolgte eine Dokumentation über Menschenhandel in Europa, als plötzlich das Bild schwarz wurde und nur noch die Meldung *No Signal* zu sehen war. Genervt stand er auf und ruckelte hilflos an dem Kabel, das den Fernseher mit der Steckdose an der Wand verband. Eine böse Ahnung stieg in ihm auf. Er holte sein Smartphone hervor. Kein Netz. Auch das Display seines Festnetztelefons zeigte eine Störung an. Er nahm trotzdem den Hörer ab, doch statt eines Freizeichens hörte er nur ein leises Rauschen. Er stieß einen lauten Fluch aus. Dann griff er sich seine Regenjacke und machte sich auf den Weg ins LKA.

Auf der Straße herrschte Chaos. Offenbar waren die Ampeln ausgefallen. Überall standen Menschen, die entgeistert auf ihren nutzlosen Smartphones herumwischten. Der nächste Angriff von NTR hatte offensichtlich ins Herz der Berliner Kommunikationsinfrastruktur gezielt – und getroffen. Wieder hatte Wissmann richtiggelegen: die Verteilerknoten der Telekom hatten oben auf seiner Liste gestanden.

Vielleicht hatte NTR ja doch recht, dachte er, als er sich den Weg zwischen hupenden Autos und schimpfenden Menschen Richtung Tempelhofer Damm bahnte. Wir sind schon viel zu abhängig von der Technik, wenn ein einfacher Angriff das gesamte Kommunikationssystem einer Stadt lahmlegen kann.

Das elektronische Türschloss, das Eisenberg normalerweise mit dem Chip in seinem Dienstausweis öffnete, funktionierte nicht. Ein Pförtner hatte die Tür aufgeklappt und ließ sich die Plastikkarte zeigen.

»Wissen Sie, was los ist?«, fragte Eisenberg.

Der Beamte zuckte mit den Schultern.

»Die Computer sind ausgefallen. Telefon geht auch nicht. Ziemliches Durcheinander. Waren bestimmt wieder diese Terroristen.«

Eisenberg machte sich auf den Weg ins SEGI-Büro, wobei er auf den Fahrstuhl verzichtete. Unterwegs fragte er sich, weshalb er eigentlich hergekommen war. Er konnte ja ohnehin nichts tun, und so, wie es aussah, funktionierten die Kommunikationssysteme hier genauso wenig wie bei ihm zu Hause.

Das Büro war erwartungsgemäß leer. Als er seinen Computer startete, bekam er eine Fehlermeldung, die ihn darüber informierte, dass eine Störung vorliege und eine Anmeldung an das LKA-interne Informationsnetz derzeit nicht möglich sei. Er schaltete das Gerät wieder aus und starrte aus dem Fenster.

»Dachte ich mir doch, dass ich Sie hier antreffe.«

Eisenberg zuckte zusammen. Sein Chef stand in der Tür.

»Wissen wir schon, wie sie es gemacht haben?«

»Nein«, antwortete Kayser. »Wir wissen noch nicht einmal, was alles betroffen ist. Diesmal hat es wohl nicht nur Berlin erwischt. Über die Satellitenverbindungen, die noch funktionieren, haben wir erfahren, dass der Ausfall der Kommunikationsnetze weite Teile Europas betrifft. Vielleicht auch darüber hinaus.«

»Ein europaweiter, vielleicht sogar globaler Angriff auf die Kommunikationsinfrastruktur? Wie ist das möglich?«

»Das dürfen Sie mich nicht fragen. Auf jeden Fall ist die Sache nun definitiv nicht mehr in unserer Hand. Das ist ein Fall für den Generalbundesanwalt.«

»Das wird Herrn Hintze nicht gefallen.«

»Ich glaube, Hintzes Laune ist unser geringstes Problem. Dieser Angriff zeigt, dass wir viel verwundbarer sind, als wir dachten. Ich hab immer geglaubt, das Internet wurde konstruiert, um einen Angriff mit Atombomben zu überstehen. Dass man es so einfach lahmlegen kann, ist wirklich beunruhigend.«

»Sie glauben, die haben das Internet lahmgelegt?«

»Danach sieht es aus, oder nicht? Alle unsere Kommunikationssysteme laufen doch mittlerweile über das Netz: Mobiltelefon, Festnetz, Fernsehen, Radio, ebenso sämtliche Transportsysteme. Wenn man das Internet abschaltet, legt man das gesamte öffentliche Leben lahm. Ich wundere mich ehrlich gesagt, dass wir noch Strom haben.«

»Was kann ich tun?«

»Dasselbe wie ich«, erwiderte Kayser mit einem Seufzer. »Abwarten und hoffen. Sämtliche verfügbaren Einsatzkräfte sind in der Stadt unterwegs, um die schlimmsten Auswirkungen des Chaos zu verhindern. Hartweins Leute versuchen verzweifelt, unser Computersystem wieder in Gang zu bringen. Wir beide würden da bloß im Weg stehen. Am besten, Sie gehen einfach wieder nach Hause.«

»Rumsitzen und warten kann ich hier ebenso gut.«

»Wie Sie meinen. Ich sage Ihnen Bescheid, sobald ich etwas Neues höre.«

54.

Von seinem Platz am Fenster des Straßencafés hatte Jaap einen guten Blick auf den Eingang des Mietshauses gegenüber. Bisher hatte sich nichts gerührt. Er nahm einen Schluck von seinem doppelten Espresso und überlegte, was er tun sollte. Noch einmal hingehen und klingeln? Weiter hier sitzen und abwarten? Einfach nach Hause gehen?

Letzteres kam nicht infrage. Er hatte das Mädchen mit den Tattoos sofort wiedererkannt. Sie war auf einem der Fotos gewesen, die er zu Bens Firma Havaris Software ausgegraben hatte. Sie hatte ihn also glatt angelogen, als sie so tat, als kenne sie den Namen Ben Varnholt nicht. Die Frage war nur, warum. Wollte sie einfach nur nichts mit den Bullen zu tun haben? Sie sah durchaus so aus, als würde sie hin und wieder Drogen nehmen, insofern war das nicht unwahrscheinlich. Aber ebenso gut war es möglich, dass sie wusste, wo Ben war. Claudia hätte ihm das sofort sagen können. Allein konnte er sich nur mit seinem eigenen Spürsinn behelfen. Und der riet ihm, dass er noch warten sollte.

Neben ihm fluchte plötzlich jemand lautstark. Jaap fuhr herum. Ein Mann Mitte zwanzig mit Vollbart, kariertem Hemd und Hornbrille starrte mit ungläubigem Gesicht auf seinen Laptop.

»Das kann doch jetzt echt nicht wahr sein!«, rief er. »Stürzt die Scheißkiste einfach ab! Mitten während der Arbeit!«

Jaap wandte sich wieder ab. Draußen auf der Straße staute sich jetzt der Verkehr. Lautes Hupen erklang. Er beugte sich etwas vor und konnte erkennen, dass ein Stück weiter die Ampeln ausgefallen waren. Erneut konzentrierte er sich auf das Haus gegenüber. Im dritten Stock, wo Jens Odewalds Wohnung lag, nahm er am Fenster eine Bewegung wahr. Er sah genauer hin, konnte aber nur undeutlich eine breite Gestalt erkennen, die kurz darauf in die Schatten trat und verschwand. Das Mädchen war das jedenfalls nicht.

»Das darf doch nicht wahr sein!«, fluchte der Mann neben ihm noch einmal.

»Was ist denn los?«, fragte Jaap.

»Der Kackrechner ist abgestürzt, und jetzt lässt er sich nicht mehr hochfahren! Und das, nachdem ich hier jetzt schon zwei geschlagene Stunden an meiner Masterarbeit sitze! So ein Mist!«

»Darf ich mal sehen?«

Jaap war nicht so versiert wie Ben, was Computertechnik betraf, aber ein bisschen Wissen hatte er sich in den gut zweieinhalb SEGI-Jahren schon angeeignet. Hier allerdings waren Hopfen und Malz verloren, das sah man gleich. Das Betriebssystem des Computers musste zerschossen worden sein, denn der Bootvorgang endete bereits kurz nach dem Aktivieren des BIOS mit einer Fehlermeldung.

»Wahrscheinlich ist die Festplatte abgeraucht«, diagnostizierte er.

»Na toll! Dann ist meine ganze Masterarbeit weg!«

»Haben Sie denn keine Back-ups gemacht?«

»Doch, natürlich. Aber die sind alle auf der Festplatte.«

»Nächstes Mal brennen Sie lieber regelmäßig Ihre Arbeit auf DVD, oder noch besser, Sie nutzen einen Cloudservice. Aber keine Angst, auch wenn die Festplatte kaputt ist, kann man die Daten darauf noch retten. Kostet halt nur ein bisschen.«

»So ein Bockmist! Na, jedenfalls danke.«

»Kein Problem«, sagte Jaap und wandte sich wieder dem Mietshaus zu. In der nächsten Sekunde war er es, der einen Fluch ausstieß. Hastig kramte er einen Fünfeuroschein hervor, legte ihn auf den Tisch und stürzte aus dem Café.

Die drei Personen, die eben das Mietshaus verlassen hatten, waren schon fast außer Sichtweite. Hastig gingen sie den gegenüberliegenden Bürgersteig entlang in Richtung der nächsten U-Bahn-Station. Jaap erkannte das Mädchen, das ihn abgewiesen hatte, und eine hagere, langhaarige Gestalt, bei der es sich vermutlich um Jens Odewald handelte. Die dritte Person hätte er schon anhand ihrer Körpermasse selbst in mondloser Nacht identifizieren können.

Ben warf einen kurzen Blick auf die digitale Anzeigetafel im U-Bahn-Eingang, die statt lesbarer Hinweise nur einen wirren Buchstabensalat zeigte. Menschen liefen planlos durcheinander.

»Die Berliner Verkehrsbetriebe sind also auch betroffen«, kommentierte er. »Die U-Bahn können wir vergessen.«

»Au Mann!«, stöhnte Jens. »Ist euch eigentlich klar, wem sie die Schuld an diesem Schlamassel geben werden?«

»Jetzt hör auf zu jammern!«, rief Mattea. »Wenigstens haben die Bullen momentan wohl Besseres zu tun, als uns zu suchen.«

»Darauf würde ich mich nicht verlassen«, entgegnete Jens. »Wir sind jetzt die Staatsfeinde Nummer eins!«

»Ich kenne ein billiges Hotel, wo sie einem keine großen Fragen stellen«, sagte Ben. »Da können wir für ein paar Tage untertauchen und uns überlegen, was wir als Nächstes tun.«

»Ich wollte schon immer mal nach Südamerika«, meinte

Mattea. Ben war sich nicht sicher, ob da Sarkasmus mitschwang oder ob sie sich tatsächlich auf ein neues Leben unter Palmen freute. Allerdings würde es wohl kaum so einfach werden, das Land zu verlassen. Ben wurde wahrscheinlich bereits mit internationalem Haftbefehl gesucht, und vermutlich würden auch seine Freunde bald auf der Fahndungsliste stehen. Jens hatte recht: Er hatte ihnen keinen Gefallen getan, als er bei ihnen aufgetaucht war.

Sie verließen die U-Bahn-Station und gingen in südlicher Richtung durch Straßen voller hupender Autos und diskutierender Menschen. Ein paarmal schnappte Ben Satzfetzen auf, aus denen klar hervorging, dass man die Terroristen von NTR für die Verursacher des Chaos hielt. Und in gewisser Weise stimmte das ja auch, wenn sie auch den Systemabsturz nicht absichtlich herbeigeführt hatten.

Er wusste immer noch nicht so genau, was eigentlich passiert war. Zwei mögliche Erklärungen waren ihm eingefallen: Einerseits konnte es sich bei dem seltsamen Virus um eine komplizierte Logikbombe handeln, die dazu entworfen worden war, die Kommunikationssysteme eines Staates lahmzulegen. Solche Cyberbomben wurden von allen Geheimdiensten entwickelt. Im Fall eines Krieges konnten die ersten Sekunden darüber entscheiden, wer noch eine funktionierende Kommunikationsinfrastruktur hatte und dementsprechend sein Militär planvoll einsetzen konnte. Wenn das so war, dann hatten Ben und Mattea versehentlich die Bombe gezündet.

Doch das war nicht allzu wahrscheinlich. Plausibler erschien ihm die zweite Theorie: Es handelte sich bei dem Virus um ein Überwachungsprogramm, dessen Urheber auf keinen Fall enttarnt werden wollte. Deshalb hatte er einen Selbstzerstörungsmechanismus eingebaut: Sobald jemand in das

Zentralsystem eindrang, sendete dieses einen Notbefehl; die Virusinstanzen vernichteten sich dann selbst und beseitigten alle Spuren des Angriffs, was das Löschen aller befallenen Programme und Systemdateien beinhaltete – ganz ähnlich wie Bens R42E-Befehl. Dies führte dann zu einem Totalabsturz des befallenen Systems, weil auch wichtige Programme, die zum Betrieb des Computers nötig waren, gelöscht wurden. Möglicherweise war die Zahlen- und Buchstabenkombination, die sie empfangen hatten, genau dieser Selbstzerstörungscode. Wenn hinreichend viele Computer bereits von dem Virus befallen waren und alle gleichzeitig den Selbstzerstörungsbefehl erhielten, erklärte das durchaus das Chaos, das um sie herum herrschte.

Jens hatte recht: Der unbekannte Angreifer hatte sein Ziel erreicht und seine Spuren verwischt. Man würde NTR die Schuld an dem Angriff geben. Wenn man sie erwischte, würden sie für viele Jahre ins Gefängnis wandern.

»Dreh dich nicht um«, raunte Mattea.

Ben brauchte all seine Willenskraft, um dem Impuls, genau das zu tun, zu widerstehen.

»Was ist los?«

»Der Typ, der vorhin bei uns geklingelt hat. Er ist hinter uns.«

»Scheiße!«

Ben überlegte fieberhaft. Jaap war genau wie alle anderen von der Kommunikation abgeschnitten, konnte also keine Verstärkung herbeirufen. Aber wie sollten sie ihn abschütteln?

»Ich übernehme das«, sagte Mattea leise. »Wir biegen da vorne rechts ab. Sobald wir um die Ecke sind, rennt ihr los. Ich halte ihn auf.«

»Wie willst du das machen?«

»Das lass mal meine Sorge sein.«

Jaap hielt den Blick gesenkt und tippte zum Schein auf seinem Smartphone herum, während er den Zielpersonen im Abstand von etwa fünfzig Metern folgte. Nur hin und wieder sah er auf, um sich zu vergewissern, dass die drei immer noch vor ihm waren. Er hoffte, auf diese Weise in der Menge verwirrter Menschen nicht aufzufallen.

Als er zum wiederholten Male den Blick hob, waren sie verschwunden. Er unterdrückte einen Fluch. Sie mussten in die Seitenstraße weiter vorn eingebogen sein, vermutlich nach rechts.

Er beschleunigte seine Schritte. Als er die Häuserecke erreichte, blieb er stehen und warf einen Blick in die Querstraße. Odewald und Ben rannten fast hundert Meter entfernt den Bürgersteig entlang. Sie mussten ihn entdeckt haben. Von der Frau sah er nichts.

Jaap sprintete los.

Eine Gestalt sprang aus einem Hauseingang rechts vor ihm und stellte sich ihm in den Weg: das Mädchen.

»Polizei! Weg da!«, brüllte er.

Statt zu antworten oder seine Anweisung zu befolgen, hob sie den Arm. In der Hand hielt sie einen kleinen, schwarzen Zylinder, den Jaap sofort erkannte. Er riss die Arme hoch, senkte den Kopf, presste die Augen fest zusammen und hielt den Atem an. Dennoch konnte er nicht verhindern, dass das Pfefferspray Teile seines Gesichts traf. Es fühlte sich an, als habe ihm jemand eine Ladung glühender Kohlen entgegengeschleudert. Er schrie auf und krümmte sich zusammen. Zum Glück hatten seine Augen nichts abbekommen, so dass er durch einen Tränenschleier zumindest noch eingeschränkt sehen konnte. Er erkannte undeutlich die Gestalt des Mädchens, das vor ihm davonrannte.

Die Schmerzen im unteren Gesichtsbereich und in seinen Atemwegen ignorierend, stolperte er weiter.

Vor Anstrengung keuchend blickte Ben über die Schulter zurück. Verfolgungsjagden zu Fuß waren definitiv nicht sein Ding, erst recht nicht, wenn er der Verfolgte war. Mattea holte auf und war nur noch ein paar Schritte hinter ihnen. Was immer sie gemacht hatte, hatte Jaap gebremst, aber nicht aufgehalten. Er folgte ihnen zusammengekrümmt, aber mit der gnadenlosen Zielstrebigkeit eines Wolfes, der die Fährte eines blutenden Opfers aufgenommen hat. Ben blieb stehen.

»Das hat keinen Sinn!«, rief er. »Ich werde mit ihm reden!«

»Scheiße, Ben! Du wanderst für die nächsten Jahre in den Knast!«, protestierte Mattea, als sie ihn erreichte.

»Ben hat recht. Wir können ihm nicht alle entkommen«, meinte Jens, der ebenfalls angehalten hatte. »Es hat doch keinen Sinn, wenn wir ihm im Knast Gesellschaft leisten, oder?«

»Scheiße!«, schluchzte Mattea. Sie gab Ben einen Kuss auf die Wange. »Mach's gut, Dicker!«

Ben sah den beiden nach, wie sie die Straße entlangrannten. Dann wandte er sich seinem Kollegen zu, der mit schmerzverzerrtem, tränenüberströmtem Gesicht und roten Augen auf ihn zustolperte.

»Hallo Jaap!«, sagte er. »Lange nicht gesehen!«

»Wenn ich diese Schlampe erwische!«

»Du musst dich entscheiden: sie oder ich.«

»Mensch Ben, du Vollidiot! Glaubst du, ich bin hier, um dich festzunehmen?«

»Warum denn sonst?«

»Du musst dich selber stellen. Das ist deine einzige Chance!«

»Und du hast mir hinterhergeschnüffelt, bloß um mir das zu sagen?«

»Nicht nur. Wir müssen reden.«

»Worüber sollten wir beide reden? Ich bin vom Dienst suspendiert und werde per Haftbefehl gesucht.«

»Darum geht es ja. Ich glaube, ich kann dir helfen.«

»Du?«, fragte Ben immer noch außer Atem, was den Sarkasmus in seiner Stimme konterkarierte.

»Ja, ich. Sieht nicht so aus, als hättest du viele Alternativen, oder?«

Ben zuckte mit den Schultern und hörte sich an, was Jaap zu sagen hatte, während sie durch die verstopften Straßen liefen, als sei dies nicht mehr als ein gewöhnlicher Sommerspaziergang.

55.

Eisenberg betrachtete das Flipchart, das er mit Namen, Kreisen und Verbindungslinien vollgekritzelt hatte. Irgendwie hatte es auch sein Gutes, dass die Technik mal nicht funktionierte. Es zwang einen dazu, den eigenen Kopf zu benutzen. Nicht, dass das viel genützt hätte: Das Durcheinander auf dem Papier glich dem Chaos, das auf den Straßen draußen noch immer herrschte, wie man allein am Inferno der Hupgeräusche und Sirenen hören konnte. Ins Zentrum des Bildes hatte er die Buchstaben *NTR* gemalt und eingekreist. Davon gingen Verbindungslinien zu anderen Schlüsselbegriffen aus: *Virus, Walter Melleck, Thomas Angesser, Ben Varnholt, Stromnetz, Flughafen, Robert Koch-Institut, Kommunikationsnetze*. Drum herum gruppierten sich weitere Begriffe, die nicht direkt mit NTR verknüpft waren, sondern mit einigen der anderen Schlüsselwörter: *LKA, Regina Hilbert, IKI, Geheimdienst, Jagdhütte.*

Er versuchte nun schon seit mehr als einer Stunde, einen tieferen Sinn hinter diesen Linien zu erkennen. Auf den ersten Blick schienen die Verbindungen klar: Der Auslandsgeheimdienst, der hinter der Entwicklung eines geheimen Supervirus steckte, hatte Walter Melleck aus einem noch unbekannten Grund ermordet und versucht, die Tat NTR in die Schuhe zu schieben. Um die Verbindung zu verschleiern und die Ermittlungen zu behindern, hatte dieser Geheimdienst einen Virus in das LKA-System eingeschleust und die Spur auf Ben Varnholt gelenkt. Parallel dazu hatte NTR mehrere Angriffe auf die technische Infrastruktur durchgeführt und zuletzt die Kommunikationsnetze lahmgelegt. Aber irgendwas passte da nicht zusammen. Er konnte es nicht recht greifen, es war mehr eine Intuition. Er starrte eine Weile auf das Bild, bis es vor seinen Augen unscharf wurde. Einer Eingebung folgend griff er sich einen roten Stift und kreiste einen Namen ein: *Regina Hilbert.* Ihre Rolle in dem ganzen Geflecht war es, die Eisenberg am wenigsten klar war. Warum hatte sie Interesse an ihm vorgetäuscht? Warum hatte sie die Information über das angebliche Versteck Angessers an die Polizei weitergegeben? Hatte sie gewusst, dass man dort die Tatwaffe finden würde? Handelte sie im Auftrag des Geheimdienstes, der ihr Kunde war, oder gab es einen ganz anderen Grund?

Plötzlich war es ihm, als entferne jemand einen Schleier, der die ganze Zeit vor seinem Gesicht gehangen hatte. Er riss das vollgekritzelte Blatt ab und malte die Begriffe und Linien noch einmal neu auf. Doch diesmal stand der Name der Wissenschaftlerin im Zentrum. Das Bild war immer noch alles andere als vollständig. Doch er wusste nun, welcher Puzzlestein ihm noch fehlte. Er hatte die ganze Zeit gedacht, er wüsste ungefähr, wie dieses fehlende Teil aussah. Doch er hatte sich getäuscht, hatte das wichtigste Element zur Aufklärung jedes Verbrechens falsch eingeordnet: das Tatmotiv.

Er schrieb die fünf wichtigsten Mordmotive unter das Gekritzel: *Angst, Habgier, Rache, Eifersucht, Demütigung.* Oft spielte eine Kombination dieser Beweggründe eine Rolle, wenn ein gewöhnlicher Mensch zum Mörder wurde. Doch welche davon kamen hier infrage? Auf den ersten Blick konnte er für keines der Motive einen Anhaltspunkt erkennen. Allerdings hatten sie bisher auch noch gar nicht richtig danach gesucht. Er zögerte, dann ergänzte er die Liste um das Motiv *Schutz vor Strafverfolgung.* Menschen brachten manchmal Zeugen um, damit sie nicht eines Verbrechens überführt werden konnten. War Walter Melleck gestorben, damit er nicht verraten konnte, dass das IKI an diesem Supervirus arbeitete? Bisher war das Eisenberg als das plausibelste Motiv erschienen. Es war immer noch möglich. Aber er glaubte nicht mehr daran. Solche rational begründeten Morde geschahen in der Realität weit weniger häufig als in Krimis.

Kaum hatte er den Stift abgesetzt, ging die Tür auf und herein spazierten Jaap Klausen und Ben Varnholt. Eisenberg machte große Augen.

»Herr Varnholt! Das ist … gut, dass Sie hergekommen sind! Ich gebe zu, ich hatte nicht damit gerechnet.«

»Tag, Chef! Der Kollege hier hatte überzeugende Argumente.«

Klausen betrachtete das Flipchart.

»Sie glauben, dass Regina Hilbert für den Mord an Melleck verantwortlich ist?«

»So weit bin ich noch nicht. Aber wenn sie es nicht ist, dann kennt sie den Mörder. Woher wussten Sie eigentlich, dass ich hier bin?«

»Das wussten wir nicht«, erwiderte Klausen. »Aber ich hatte es gehofft, und es ist gut, dass ich recht hatte. Wir müssen etwas mit Ihnen besprechen.«

Eisenberg hörte mit wachsendem Erstaunen zu, was die beiden ihm zu sagen hatten. Schließlich nickte er.

»Das … das klingt plausibel. Allerdings fürchte ich, dass wir Ihre Theorie nicht beweisen können. Und solange wir das nicht können, werden Sie, Herr Varnholt, weiterhin unter Anklage stehen. Ich kann nicht mal garantieren, dass Hintze Sie nicht in Untersuchungshaft nehmen lässt, obwohl die Tatsache, dass Sie freiwillig hergekommen sind, die Fluchtgefahr gering erscheinen lässt.«

Klausen deutete auf das Flipchart.

»Der Schlüssel ist Hilbert. Sie könnte bestätigen, dass es so gewesen ist, wie wir glauben.«

Varnholt schüttelte den Kopf.

»Das wird sie niemals tun.«

Eisenberg seufzte.

»Dann weiß ich ehrlich gesagt nicht, was wir machen sollen.«

»Uns wird nichts anderes übrig bleiben, als mit dem Feind zu kooperieren«, meinte Varnholt.

»Welchem Feind?«, fragte Klausen.

»Unserem lieben Herrn Hintze. Nur er hat die Möglichkeit, sie unter Druck zu setzen.«

»Vergiss es, Ben. Der hält dich nach wie vor für schuldig.«

Der Hacker zuckte mit den Schultern.

»Ich weiß. Und ich gebe zu, es war nicht besonders clever, unterzutauchen – das hat seine Meinung über mich nur bestätigt.«

»Ich werde mit ihm reden«, entschied Eisenberg. »Am besten, Sie kommen beide mit.«

»Ist er denn hier?«, fragte Klausen.

»Ich weiß es nicht, aber es würde mich wundern, wenn nicht.«

Tatsächlich fanden sie den Polizeidirektor in der Einsatzzentrale, wo die Kommunikationsverbindungen der mobilen Einheiten zusammenliefen. Von hier aus hätten sie theoretisch mit jeder Polizeistreife Berlins Kontakt aufnehmen können. Allerdings herrschte hier momentan buchstäblich Funkstille, denn das computergestützte Kommunikationssystem war genauso abgestürzt wie die anderen Rechner des LKA. Zwei schwitzende junge Männer versuchten verzweifelt, die Software neu aufzuspielen, während Hintze mit rotem Kopf seine Meinung über die Fähigkeiten der IT-Abteilung äußerte. Als er die drei SEGI-Männer sah, verstummte er mitten im Satz.

»Sie? … Sie sind vorläufig festgenommen!«, verkündete er und deutete mit dem Zeigefinger auf Varnholt.

»Dazu besteht kein Anlass«, widersprach Eisenberg. »Herr Varnholt ist freiwillig hergekommen. Es besteht keine Fluchtgefahr. Ich verbürge mich persönlich für ihn. Zudem können wir belegen, dass er nichts mit den Angriffen auf das Landeskriminalamt zu tun hat.«

»Ach ja? Und wie?«

»Wir haben deutliche Anhaltspunkte dafür, wer für die Angriffe und auch für das Chaos heute verantwortlich ist, Herr Polizeidirektor«, sagte Klausen.

»Na, das ist ja auch nicht allzu schwierig! Oder kennen Sie jetzt vielleicht auch die Namen der Terroristen?«

»Der Ausfall der Kommunikationsnetze heute geht nicht auf das Konto von NTR«, widersprach Eisenberg.

»Ich habe den Ausfall verursacht«, sagte Varnholt.

Hintze war einen Moment lang sprachlos.

»Also geben Sie es zu! Und eben noch haben Sie behauptet, Sie seien unschuldig!«

»Es ist nicht so, wie Sie denken. Es war ein Versehen.«

»Sie wollen mir erzählen, Sie haben aus Versehen das gesamte Kommunikationsnetz der Polizei lahmgelegt?

Die beiden Softwaretechniker hatten sich zu ihm umgedreht und starrten ihn an. Auch die Beamten, die hier Dienst taten und bisher zur Untätigkeit verdammt gewesen waren, machten große Augen, als Varnholt ein zweites Mal erzählte, wie er den Virus entdeckt und versucht hatte, mit ihm zu kommunizieren.

»Das ist ja wohl der größte Mist, den ich je gehört habe!«, kommentierte Hintze.

»Entschuldigung, aber das ist kein Mist«, widersprach einer der beiden Techniker aus Hartweins Abteilung. »Ehrlich gesagt halte ich es für eine sehr plausible Erklärung. Auf jeden Fall stimmt, was der Kollege sagt: In unserem System wurden aus unerklärlichen Gründen Tausende von wichtigen Dateien gelöscht. Wir müssen sämtliche Software neu installieren, deshalb dauert es auch so lange.«

Hintze machte ein Gesicht, als wolle er ihn umbringen.

»Und wer, bitte, hat dann diesen verdammten Virus in Umlauf gebracht, wenn nicht NTR?«

»Darüber möchten wir mit Ihnen sprechen«, sagte Eisenberg. »Aber allein.«

»Dafür hab ich jetzt keine Zeit. Erst müssen wir die Kommunikationssysteme wieder in Ordnung bringen.«

Eisenberg unterließ es, ihn darauf hinzuweisen, dass die Techniker vermutlich wesentlich effektiver arbeiten konnten, wenn er ihnen dabei nicht ständig über die Schulter sah und sie anbrüllte.

»Herr Polizeidirektor, der Ausfall weiter Teile des Internets ist eine bundesweite, sehr wahrscheinlich sogar internationale Krise. Ich bin sicher, der Generalbundesanwalt wird das Verfahren an sich ziehen, und zwar schon bald. Es wäre vielleicht besser, wenn wir bis dahin möglichst viele Fakten zusammengestellt hätten.«

Hintze starrte ihn wütend an, doch er nickte schließlich.

»Also gut, kommen Sie mit in mein Büro.«

56.

Fasziniert betrachtete Sim den Trümmerhaufen, der einmal ein funktionierendes Betriebssystem gewesen war. Es war, als habe jemand willkürlich die Hälfte der Steine eines Puzzles entfernt. Was übrig blieb, war nur noch Schrott.

Natürlich wäre es ein Leichtes gewesen, den Schaden zu beseitigen und das Betriebssystem neu aufzuspielen. Aber es war viel interessanter, das Chaos zu analysieren, das das Geflecht nach seiner Selbstzerstörung auf der Festplatte hinterlassen hatte. Dazu hatte er ein spezielles Betriebssystem und entsprechende Analysesoftware von einer CD-ROM gestartet.

Es war schnell erkennbar, dass es so gut wie keine Bereiche gab, die nicht von der fremden Software befallen worden waren: Betriebssystem, Anwendungsprogramme, Dateien, unbenutzte Segmente der Festplatte. Wie Krebsmetastasen hatten sich die Zellen des Geflechts über den Computer ausgebreitet, jede einzelne von ihnen mit der Fähigkeit ausgestattet, sich selbst und das Wirtsprogramm, in dem sie sich eingenistet hatte, zu zerstören. Interessanterweise jedoch war die Arbeitsfähigkeit des Computers nicht eingeschränkt gewesen, solange die Zellen aktiv gewesen waren. Wie eine Armee von Schläfern hatte das Geflecht sein System unterwandert, unauffällig und harmlos bis zu dem Tag, an dem der Befehl zum Angriff kam. Oder besser gesagt der zum Selbstmord.

Sim betrachtete die Tabellen, die sein Programm erzeugt hatte. Statistiken, die zeigten, wie die tödlichen Löcher im System verteilt waren. Das Muster war nicht zufällig, so viel war klar. Die Zellen des Geflechts hatten sich gleichmäßig ausgebreitet, allerdings nicht völlig regelmäßig, so als müssten sie einen Mindestabstand voneinander einhalten, um nicht eine zu hohe Dichte in bestimmten Segmenten der Festplatte zu erreichen. Es erinnerte ihn an die regelmäßigen und doch chaotischen Muster von Fisch- oder Vogelschwärmen. Es gab keinen Plan, keine zentrale Steuerung, und doch reagierten Schwärme oft koordiniert, als seien sie ein einziges, riesiges Wesen.

Mama kam in den Raum und störte.

»Du hast Besuch, Simon.«

»Nein«, erwiderte er. Sim bekam niemals Besuch. Als er noch ein Kind war, hatte Mama es manchmal versucht, aber er hatte seine Spielkameraden einfach ignoriert, bis sie aufgegeben hatte.

»Doch, Simon«, widersprach Mama. »Der Herr ist von der Polizei.«

»Es ist Sonntag, Mama.« Manchmal musste man selbst ihr das Offensichtliche erklären.

Mama stieß ein Geräusch aus, das wahrscheinlich Resignation ausdrücken sollte.

»Kommen Sie bitte herein. Mein Sohn ist manchmal etwas abweisend. Er meint das nicht persönlich.«

»Herr Wissmann«, sagte eine fremde Stimme. »Mein Name ist Polizeimeister Krüger. Hauptkommissar Eisenberg hat uns beauftragt, Sie abzuholen und unverzüglich ins Landeskriminalamt zu bringen. Würden Sie bitte mitkommen?«

Sim hob den Kopf. Er kannte den Idioten nicht, den Mama in sein Zimmer gelassen hatte. Aber er trug eine Uniform, und das bedeutete, er gehorchte irgendeinem schwachsinnigen Befehl und würde nicht einfach wieder gehen. Also fügte Sim sich in sein Schicksal.

»Wenn es unbedingt sein muss.«

Er folgte dem Idioten zu einem Streifenwagen, der mit eingeschaltetem Blaulicht vor dem Haus wartete, obwohl niemand weit und breit zu sehen war, der vor dem parkenden Fahrzeug hätte gewarnt werden müssen.

»Aber ich sitz vorne«, stellte er fest.

Der Idiot sah ihn an, sagte aber nichts, sondern öffnete nur die Tür auf der Beifahrerseite für ihn und setzte sich selbst auf die Rückbank.

Sim stieg ein, wobei er sich bemühte, möglichst wenig Teile des fremden Autos zu berühren.

»Guten Tag«, sagte der Idiot am Steuer.

Sim antwortete nicht. Sie fuhren los, wobei der Fahrer dauernd die Sirene anschaltete, sobald sie auf eine Kreuzung zufuhren. Irgendwie war es ein tolles Gefühl, dass die anderen Autos Platz machen mussten, aber der Lärm ging Sim auf die Nerven.

»Können Sie mir sagen, was hier eigentlich los ist?«, fragte der Idiot auf der Rückbank.

»Die Computer sind ausgefallen«, erklärte Sim.

»Das wusste ich auch schon«, stellte der Idiot fest.

»Warum fragen Sie dann?«

»Ich wüsste gern, warum die Computer ausgefallen sind.«

»Ein Geflecht ist die Ursache«, erklärte Sim.

»Ein was?«

»Ein Geflecht.«

»Was für ein Geflecht?«

»Ein Geflecht aus Programmzellen, die miteinander kommunizieren. Das verstehen Sie sowieso nicht.«

»Oh Mann, der Typ ist ja wirklich 'ne Marke«, meinte der andere Idiot.

»Man hat uns gewarnt, dass es schwierig sein würde, mit Ihnen zu reden«, behauptete der auf der Rückbank.

»Was soll daran schwierig sein?«, fragte Sim.

Die beiden lachten.

Der Rest der Fahrt verlief schweigend. Als sie schließlich das LKA erreichten, war Sim erleichtert, auch wenn er noch immer nicht wusste, was er hier eigentlich sollte.

Eisenberg klärte ihn auf, als er das Büro betrat. Alle anderen waren schon da, sogar der Dicke.

»Danke, dass Sie gekommen sind, Herr Wissmann.«

»Man hat mich gezwungen. Obwohl Sonntag ist.«

»Ich weiß. Es tut mir leid. Aber es ist sehr wichtig.«

»Was soll ich hier?«

»Wir werden gleich gemeinsam ein Gespräch mit Regina Hilbert führen. Sie hat wahrscheinlich Walter Melleck ermordet, oder wenn nicht, dann weiß sie, wer es war. Wir möchten, dass sie uns sagt, was sie weiß.«

»Dann fragen Sie sie doch.«

»Das werden wir tun. Aber sie wird es uns wahrscheinlich nicht sagen. Jedenfalls nicht einfach so.«

»Dann ist das Gespräch sinnlos. Kann ich jetzt wieder nach Hause gehen? Es gibt bald Mittagessen.«

Eisenberg seufzte.

»Wir wollen, dass du bei dem Gespräch mit dabei bist, Sim«, erklärte Claudia. »Wir glauben, dass deine speziellen Fähigkeiten sehr nützlich sein können.«

»Wieso?«

»Weil sie lügen wird. Und um sie der Lüge zu überführen, müssen wir sie in Widersprüche verwickeln. Du bist zwar nicht sehr gut darin, zu spüren, ob jemand die Wahrheit sagt, Sim. Aber niemand kann so gut wie du erkennen, wenn sich Aussagen widersprechen. Hilbert ist sehr intelligent; es wird nicht leicht sein, sie aufs Glatteis zu führen. Aber du hast ein perfektes Gedächtnis und eine extrem schnelle Auffassungsgabe. Deshalb brauchen wir dich in diesem Verhör.«

»Ach so. Na gut.«

»Dann wäre das ja geklärt«, meinte Eisenberg. »Lassen Sie uns gehen.«

57.

Regina Hilbert saß kerzengerade am Konferenztisch. Sie trug ein schlichtes, beigefarbenes Kostüm und war perfekt geschminkt. Ihr Blick war kühl, als sie Eisenberg erblickte, doch ihren Mund umspielte ein leichtes Lächeln, als wisse sie genau, welchen Eindruck sie noch immer auf ihn machte. Polizeidirektor Hintze und sein Laufbursche Koch waren bereits anwesend. Sie sahen aus, als sei ihnen die Situation höchst unangenehm.

»Guten Tag, Frau Dr. Hilbert«, sagte Eisenberg förmlich. »Ich mache Sie darauf aufmerksam, dass dieses Gespräch aufgezeichnet wird und alles, was Sie sagen, bei einem eventuellen Gerichtsverfahren gegen Sie verwendet werden kann. Ich weise Sie außerdem darauf hin, dass Sie im Verdacht stehen, an dem Mord an Ihrem Mitarbeiter Walter Melleck beteiligt zu sein. Sie haben das Recht, die Aussage zu verweigern. Wenn Sie es wünschen, können Sie jederzeit anwaltlichen Rat hinzuziehen.«

»Wir wollen doch nicht vergessen, dass Frau Dr. Hilbert freiwillig hergekommen ist, wofür wir ihr sehr dankbar sind«, mischte sich Hintze ein.

»Umso wichtiger ist es, von Anfang an klare Verhältnisse zu schaffen«, stellte Eisenberg fest. »Ich möchte Ihnen kurz mein Team vorstellen. Herrn Varnholt und Herrn Klausen kennen Sie ja schon. Das hier sind der Computerspezialist Simon Wissmann und die Psychologin Claudia Morani.«

Hilberts Gesicht verhärtete sich, als sie die Frau wiedererkannte, die im griechischen Restaurant am Nebentisch gesessen hatte.

»Ich bin beeindruckt«, sagte sie, während Haltung und Gesichtsausdruck ihre Worte Lügen straften. »Ich muss schon sagen, Sie trauen sich einiges, Herr Eisenberg. Ich hätte nicht erwartet, dass Sie den Mumm zu einer solchen Konfrontation haben, nach allem, was zwischen uns war. Ihre Assistentin ist übrigens eine schlechte Schauspielerin. Ich habe gleich gemerkt, dass mit ihr etwas nicht stimmt, während sie unser Gespräch im Restaurant belauscht hat. Kein netter Zug von Ihnen, Herr Hauptkommissar, das Vertrauen einer Frau so auszunutzen. Aber ich habe mich wohl nicht nur in dieser Hinsicht in Ihnen getäuscht.«

»Wenn Sie wussten, dass ich Sie belausche«, sagte Morani, nachdem sie sich gesetzt hatten, »warum haben Sie anschließend behauptet, Hauptkommissar Eisenberg wäre Ihnen gegenüber anzüglich geworden?«

Hilbert blieb äußerlich völlig ruhig.

»Warum lügen Sie?«, fragte sie zurück. »Warum decken Sie Ihren Chef? Hat er Sie etwa rumgekriegt, Schätzchen? Ich gebe zu, er hat einen gewissen Charme. Aber ist er nicht ein bisschen zu alt für Sie?«

Anstatt zu antworten, machte Morani sich ein paar Notizen. Sie hatten sich darauf verständigt, sich auf keinen Fall von Hilbert provozieren zu lassen, auch wenn das nicht gerade leicht war.

»Kommen wir zur Sache«, sagte Eisenberg so ruhig wie möglich. »Wir wissen, dass an Ihrem Institut ein geheimer Virus entwickelt wurde. Dieser Virus hat sich weltweit im Internet ausgebreitet und ist für Computerabstürze in vielen Ländern verantwortlich, die Milliardenschäden verursacht haben. Was wir noch nicht wissen, ist, wer der Auftraggeber ist. Wenn Sie nicht allein für all die Schäden verantwortlich gemacht werden wollen, wäre es gut, wenn Sie uns diesen jetzt nennen.«

Hilbert lachte hell auf. »Eine tolle Geschichte, Herr Hauptkommissar! Sie sollten vielleicht einen Roman darüber schreiben.« Dann wurde sie ernst. »Schicken Sie Ihre Spezialisten ins Institut. Untersuchen Sie unsere Computer. Befragen Sie meine Mitarbeiter. Sie werden keine Spur Ihres mysteriösen Computervirus finden. Es tut mir leid, Herr Eisenberg, aber mit dieser erbärmlichen Geschichte haben Sie ja nicht einmal Ihre eigenen Kollegen überzeugt.«

Hintze und Koch blickten betreten drein.

»Ihre Ausflüchte werden Ihnen nicht helfen«, warf Varnholt ein. »Und der Versuch, unseren Chef mit Dreck zu bewerfen, erst recht nicht. Sie mögen glauben, dass Sie intelligenter sind als wir. Aber niemand kann ein solches Lügenkonstrukt fehlerfrei errichten.«

Eisenberg glaubte, bei der Erwähnung ihrer Intelligenz einen Schatten über Hilberts Gesicht fallen gesehen zu haben. Doch nun umspielte wieder das süffisante Lächeln ihre perfekt geschminkten Lippen.

»Dann zeigen Sie mir doch die Fehler in meinem angeblichen Lügengebäude. Tatsache ist, Sie haben sich da in etwas verrannt. Sie versuchen, mich für den Mord an meinem besten Mitarbeiter verantwortlich zu machen, und dann auch noch für einen Terrorakt. Das alles bloß, um davon abzulenken, dass Ihr Chef gegen die Dienstvorschriften verstoßen hat, als er versuchte, mit einer Zeugin anzubändeln. Sie müssen den Mann ja alle sehr mögen.«

»Ja, wir mögen unseren Chef«, sagte Varnholt. »Weil er uns respektiert. Ich wette, Ihre eigenen Mitarbeiter würden uns etwas anderes erzählen.«

»Jetzt reicht es«, schaltete sich Hintze ein. »Wir sind nicht hier, um über Frau Dr. Hilberts Führungsstil zu diskutieren. Wenn Sie konkrete Beweise für Ihre Anschuldigungen haben, bringen Sie diese jetzt vor. Ansonsten beende ich diese unwürdige Befragung, und wir reden anschließend über Ihr Verhalten gegenüber der Zeugin, Herr Hauptkommissar.«

Eisenberg kochte innerlich. Wie sollte er eine Mordverdächtige unter Druck setzen, wenn ihr dauernd ein Abteilungsleiter des LKA zur Seite sprang? Es sah aus, als stünde Hintze auf ihrer Seite. Vermutlich hatte sie auch ihm den Kopf verdreht. Er warf einen Hilfe suchenden Blick zu Claudia Morani, deren Stirn wie üblich, wenn sie über etwas nachdachte, gerunzelt war.

»Haben oder hatten Sie jemals Kontakt zum Bundesnachrichtendienst?«, fragte sie.

»Ja«, erwiderte Hilbert ohne zu zögern. »Wir werden regelmäßig einer umfassenden Sicherheitsüberprüfung unterzogen. Wir gehören immerhin zu den weltweit führenden Instituten auf unserem Gebiet und sind für Industriespione ein interessantes Ziel.«

»Gab es bereits Angriffe?«

»Bisher konnten wir alle Versuche, von außen in unser System einzudringen, abwehren.«

»Woher wollen Sie das wissen?«, fragte Varnholt.

Sie lächelte dünn.

»Eine hundertprozentige Sicherheit gibt es natürlich nicht. Aber wenn es einem Spion gelungen wäre, unsere Technologie zu stehlen, wüssten wir das, weil dann unsere Wettbewerber weniger weit zurückliegen würden, als sie es derzeit tun.«

»Sind in Ihrem Institut auch die Computer abgestürzt?«, hakte Varnholt nach.

»Wie bitte?«

»Weite Teile der globalen IT-Infrastruktur sind von massiven Problemen betroffen, das wird Ihnen doch nicht entgangen sein?«

»Natürlich nicht. Nein, wir hatten keinen Systemausfall. Wie ich schon sagte, wir sichern unsere Systeme sehr gut.«

»Offensichtlich besser als wir hier im LKA«, meinte Hintze. »Ich werde unsere Leute mal bei Ihnen vorbeischicken, Frau Dr. Hilbert. Die können sicher was von Ihnen lernen. Sind Sie jetzt fertig mit Ihren Fragen, Herr Varnholt?«

»Nur eins noch«, schaltete Morani sich ein. »Walter Melleck war offensichtlich die treibende Kraft der Entwicklung in Ihrem Institut. Wie geht es jetzt, wo er tot ist, weiter?«

»Worauf wollen Sie hinaus?«, fragte Hilbert.

»Wie wollen Sie Ihre internationale Spitzenposition ohne Ihren brillantesten Wissenschaftler behaupten?«

»Was hat das mit dem Fall zu tun?«, wollte Hintze wissen. Auch Eisenberg fragte sich, was Morani mit ihrer Frage bezweckte.

»Es wäre immerhin möglich, dass Melleck ermordet wurde, um das IKI entscheidend zu schwächen. Ohne ihn wird das Institut kaum den Anschluss an die internationale Elite halten können.«

»Das ist Unfug!«, sagte Hilbert. »Walter war ein guter Entwickler, aber er war ganz sicher nicht unersetzlich!«

»Wer wird denn seine Position übernehmen?«

»Ich leite den Bereich kommissarisch, bis wir jemanden gefunden haben.«

»Sie?«, fragte Morani und zeigte ungläubiges Erstaunen, was wiederum Eisenberg verwunderte. Es war äußerst selten, dass seine Mitarbeiterin solchen Emotionen Ausdruck verlieh.

»Ich habe dieses Institut gegründet«, sagte Hilbert mit zornigem Unterton. »Ich bin mindestens ebenso qualifiziert wie Walter Melleck!«

»Sind Sie das?«, fragte Morani skeptisch.

»Wie wollen Sie das beurteilen? Sie haben doch keine Ahnung von dem, was wir tun!«

»Ihre bisherige Aufgabe war es, das Institut zu leiten, kaufmännische Entscheidungen zu treffen und Kunden zu gewinnen, oder nicht? Mit der inhaltlichen Entwicklungsarbeit haben Sie bislang wenig zu tun gehabt. Es würde mich überraschen, wenn Sie in allen Details verstünden, woran Melleck arbeitete.«

»Was erlauben Sie sich!«

»Frau Morani, ich muss doch sehr bitten«, schaltete Hintze sich ein. »Frau Dr. Hilbert zählt immerhin zu den intelligentesten Frauen Deutschlands.«

»Tut sie das?«

»Wollen Sie jetzt ernsthaft meine Intelligenz in Zweifel ziehen?«, fragte Hilbert.

»Wie viel ist die dritte Wurzel aus 2.154?«

»Bitte was?«

»Wie viel ist die dritte Wurzel aus 2.154?«, wiederholte Morani die Frage.

»Was soll das? Ich bin doch wohl nicht hier, um Rechenaufgaben zu lösen!«

»Ich muss mich bei Ihnen entschuldigen, Frau Dr. Hilbert«, sagte Hintze. »Ich hatte angenommen, die Kollegen wollten Ihnen Fragen zur Sache stellen. Ich werde diese peinliche Veranstaltung augenblicklich beenden.«

»Warum beantworten Sie nicht einfach die Frage?«, mischte sich Varnholt ein. »Sie sind doch angeblich ein mathematisches Genie. Wieso fällt es Ihnen auf einmal schwer, eine so einfache Rechenaufgabe zu lösen?«

»Es fällt mir nicht schwer!«, behauptete Hilbert. »Ich sehe nur nicht, was das soll. Wenn Sie die Antwort wissen wollen, nehmen Sie einen Taschenrechner!«

»Da weiß ich was Besseres. Sim?«

Simon Wissmann, der die ganze Zeit schweigend am Tisch gesessen und den Kopf gesenkt gehalten hatte, blickte auf.

»Ja?«

»Was ist die dritte Wurzel aus 2.154?«

»12,914628. Warum?«

Hilbert starrte ihn an.

»Glauben Sie etwa, Sie können mich mit solchen Taschenspielertricks hereinlegen? Nichts ist leichter, als die Zahl vorher auszurechnen und sich das Ergebnis zu merken!«

»Nennen Sie eine beliebige achtstellige Zahl.«

Hilbert wandte sich an Hintze. »Herr Polizeidirektor, muss ich das wirklich über mich ergehen lassen?«

Hintze schüttelte den Kopf. »Nein, das müssen Sie nicht. Die Befragung ist hiermit beendet.«

»Es wäre mir unangenehm, Frau Dr. Hilbert noch einmal einbestellen zu müssen, um die Befragung fortzusetzen, wo sie sich doch extra herbemüht hat«, schaltete Eisenberg sich ein, der endlich begriffen hatte, was Morani und Varnholt vermuteten.

Hintze warf ihm einen vernichtenden Blick zu. »Sie werden nichts dergleichen tun, Herr Eisenberg! Ich lasse nicht zu, dass Sie die Zeugin weiter mit diesem Blödsinn belästigen!«

»Mit Verlaub, das ist kein Blödsinn, Herr Polizeidirektor. Frau Hilbert ist eine Hochstaplerin. Ihre vermeintlich überragende Intelligenz ist nur vorgetäuscht. Walter Melleck hat das rausgefunden und gedroht, damit an die Öffentlichkeit zu gehen. Deswegen hat sie ihn umgebracht.«

Eisenberg hatte in fast dreißig Jahren Polizeidienst bei Verhören schon manchen Bluff riskiert, doch noch nie waren sein Blatt so schlecht und die Behauptung so unverfroren gewesen wie jetzt. Er hatte seine Karriere und die Existenz der SEGI auf eine Karte gesetzt, und die war alles andere als ein As. Er konnte nur hoffen, dass Morani und Varnholt sich nicht täuschten.

Einen Moment herrschte Stille. Hintze, der überrumpelt wirkte, starrte Hilbert an, deren Miene von Schock über Wut zu einer Maske der Gleichgültigkeit wechselte. Auch ohne Moranis Talent konnte Eisenberg erkennen, dass er ins Schwarze getroffen hatte. Doch wie sollten sie die Behauptung beweisen?

»Das ist absolut lächerlich!«, erboste sich Hilbert. »Ich bin eine Urenkelin des berühmten Mathematikers David Hilbert. Man hat mich ein Wunderkind genannt. Ich habe in einem Alter Abitur gemacht, als Sie, Herr Hauptkommissar, wahrscheinlich zum ersten Mal richtig verliebt waren. Ich erhielt ein Hochbegabten-Stipendium an der University of California in Berkeley, wo ich über Zahlentheorie promoviert habe. Ich habe eines der weltweit führenden Institute für künstliche Intelligenz gegründet. Ich mag vielleicht etwas aus der Übung sein, was Kopfrechnen betrifft. Immerhin ist es vierzig Jahre her, seit ich das zum letzten Mal tun musste. Aber mir nicht nur einen Mord zu unterstellen, sondern auch noch Hochstapelei, das ist so absurd, dass ich nur lachen kann! Herr Eisenberg, es tut mir leid, wenn ich irgendwie den Eindruck erweckt habe, ich könne an Ihnen Interesse haben. Aber dafür, dass Sie zu Ihrem anzüglichen Verhalten nun auch noch falsche Anschuldigungen gegen mich vorbringen und mich sogar beleidigen, gibt es keine Entschuldigung. Ich bin sicher, Herr Hintze wird dafür sorgen, dass dieses Verhalten geahndet wird. Unabhängig davon werde ich Sie wegen übler Nachrede verklagen!«

»Das stimmt nicht«, sagte Sim Wissmann.

Alle drehten sich zu ihm um. Es kam selten vor, dass er etwas sagte, ohne gefragt zu werden.

»Was stimmt nicht?«, fragte Eisenberg.

»Dass sie die Urenkelin von David Hilbert ist.«

»Woher wissen Sie das?«

»David Hilbert hatte keine Enkelkinder. Er heiratete seine Cousine und hatte nur einen Sohn, Franz Hilbert. Dieser litt an einer schweren psychischen Störung und wurde in eine Klinik für Geisteskranke eingeliefert. Später hat ihn seine Mutter wieder nach Hause geholt, doch der Vater konnte nicht damit leben, dass sein Sohn kein Genie war wie er selbst, sondern schwachsinnig. Er wird mit den Worten zitiert: ›Von nun an muss ich mich als jemand betrachten, der keinen Sohn hat.‹ Was mit Franz Hilbert geschah, ist nicht bekannt, aber es ist äußerst unwahrscheinlich, dass er Kinder hatte. Und wenn, dann hätte sich eher seine geringe Intelligenz auf seine Enkel vererbt als das Genie seines Vaters.«

Wissmann senkte wieder den Blick. Die Aufmerksamkeit, die ihm plötzlich zuteilwurde, irritierte ihn offensichtlich. Regina Hilbert war kreidebleich geworden. In ihren Augen glitzerten Tränen. Sie schluckte, dann fasste sie sich.

»Was ist dieser Freak? Ein wandelnder Computer?«, fragte sie mit bebender Stimme.

»Ich bin kein Freak«, widersprach Wissmann ohne aufzublicken. »Ich habe Asperger.«

»Hat Ihr Vater Sie zu dieser Lüge gezwungen?«, fragte Morani.

»Was wissen Sie schon von meinem Vater!«, zischte Hilbert.

»Es ist offensichtlich, dass Sie als Kind gelitten haben«, sagte Morani ruhig. »Sie waren überdurchschnittlich intelligent, aber Sie waren kein Wunderkind. Ihr Vater hat vermutlich aus Geltungssucht versucht, aus Ihnen einen Kinderstar zu machen. Wahrscheinlich hat er Ihnen deshalb die Lüge erzählt, Sie seien die Urenkelin eines berühmten Mathematikers. Während die anderen Kinder gespielt haben, mussten Sie zu Hause bleiben und Kopfrechnen üben, jeden Tag, viele Stunden. Irgendwann waren Sie tatsächlich so gut, dass man Sie für ein Wunderkind gehalten hat und Sie sogar in einer Fernsehshow aufgetreten sind. Doch eines Tages haben Sie herausgefunden, dass er Sie belogen hat.«

»Sie wissen gar nichts von meinem Vater!«, brauste Hilbert auf. »Er war der sanfteste, gütigste Mensch, den es gibt! Er hat immer versucht, mir zu helfen, mir zu ermöglichen, Kind zu sein. Aber meine Mutter hat es nicht zugelassen. Die beiden haben sich dauernd gestritten. Irgendwann ist er weggegangen und hat mich bei ihr zurückgelassen.« Tränen strömten über ihr Gesicht.

»Also war es Ihre Mutter, die Sie gezwungen hat, die Hochbegabte zu spielen«, warf Eisenberg ein. »Das muss schlimm gewesen sein.«

Hilberts Unterlippe bebte.

»Was spielt es für eine Rolle, ob ich eine glückliche Kindheit hatte?«

»Sie haben die Fassade aufrechterhalten, obwohl Sie wussten, dass Sie kein Genie sind«, setzte Morani ihre Analyse fort. »Sie haben gemerkt, dass es nützlich ist, wenn alle Sie für hochbegabt halten. Sie erhielten ein Stipendium und studierten in den USA. Sie müssen sehr hart gearbeitet haben, damit der Bluff nicht aufflog. Das Schummeln bei Tests oder einer Dissertation lässt sich zwar Jahre später noch nachweisen, doch damals hat niemand was gemerkt. Und als Sie zurück nach Deutschland kamen, standen Ihnen alle Möglichkeiten offen. Sie gründeten das IKI. Aber dann hat Walter Melleck, der tatsächlich hochbegabt war, erkannt, dass Sie nicht so intelligent sind, wie Sie immer behauptet haben. Und er hat Sie erpresst, nicht wahr?«

»Er … er wollte, dass ich die Leitung des Instituts an ihn übertrage«, sagte Hilbert leise. »Er hat damit gedroht, mich in aller Öffentlichkeit lächerlich zu machen. Er … er war so ein gemeiner Scheißkerl!«

Sie sackte weinend in sich zusammen. Hintze saß betreten da wie jemand, der gerade erfahren hat, dass seine Frau ihn seit Jahren betrügt. Koch sah aus, als wünsche er sich in diesem Moment ans andere Ende der Stadt.

»Bleibt nur noch eine Frage offen«, sagte Ben Varnholt. »Wer war der Auftraggeber für den Wurm, der an Ihrem Institut entwickelt wurde?«

58.

»Wer war der Auftraggeber für den Wurm, der an Ihrem Institut entwickelt wurde?«

Die vier Männer in dem schmucklosen, abhörsicheren Raum sahen sich betreten an.

»Scheiße!«, entfuhr es einem von ihnen. »Kann mir mal einer erklären, wieso es diesem Klausen gelungen ist, Varnholt zu finden, während wir überall vergeblich nach ihm gesucht haben?«

»Die beiden kennen sich gut. Deshalb haben wir ihn ja darauf angesetzt.«

»Und wieso sitzen die dann jetzt zusammen dort in einem Raum mit Hintze, Eisenberg und Hilbert? Wir können von Glück sagen, dass die alte Abhörtechnik trotz der Computerausfälle noch immer funktioniert, sonst hätten wir von dem ganzen Desaster gar nichts mitgekriegt!«

»Es bringt nichts, wenn wir uns hier in Schuldzuweisungen üben«, sagte der Ranghöchste im Raum, obwohl auch er wie die anderen nur einen schlichten dunklen Anzug ohne irgendwelche erkennbaren Insignien der Macht trug. »Wir haben es verbockt, das ist nun mal so. Jetzt kommt es auf Schadensbegrenzung an. Wir können uns keinen zweiten Fall Snowden leisten.« Er wies auf einen der anderen. »Sie kümmern sich darum! Sofort!«

Der Angesprochene nickte und verließ den Raum.

»Wie viel weiß Klausen?«, fragte der Ranghöchste.

»So gut wie nichts, zum Glück. Im Gegensatz zu Hilbert.«

»Sie wird nichts sagen. Warum sollte sie?«

»Ich glaube, das kann ich beantworten«, erklang es jetzt wieder aus dem Lautsprecher. Die Worte stammten von jemandem, der bisher noch nicht gesprochen hatte.

59.

»Ich glaube, das kann ich beantworten«, sagte Jaap, als nach einer Zeit des Schweigens offensichtlich war, dass Hilbert die Frage nicht beantworten würde. »Es war der Bundesnachrichtendienst, nicht wahr?«

Sie sah ihn mit tränenverschleierten Augen an, als wundere sie sich, wer er war. Auch den anderen schien erst jetzt aufzufallen, dass Jaap mit im Raum saß. Dabei war es ihm zu verdanken gewesen, dass der Chef dieses Verhör überhaupt hatte einberufen können. Jaap hatte erst begriffen, was los war, als es fast zu spät gewesen war. Eine Zeit lang hatte er wirklich geglaubt, James Bond spielen zu können. Doch dann waren ihm immer mehr Zweifel gekommen. Er hatte sich nie sonderlich gut mit dem chaotischen und undisziplinierten Ben verstanden, der so gar nicht dem Ideal eines Polizisten entsprach, das Jaap für sich selbst zur Leitlinie erklärt hatte. Aber einen Kollegen verpfeifen? Noch dazu an jemanden außerhalb des LKA? Nein, das konnte er ebenso wenig mit diesem Ideal vereinbaren. Außerdem hatte er sich mehr und mehr gefragt, warum der BND ausgerechnet auf ihn zugekommen war. Wenn sie bereits gewusst hatten, dass Ben ein Terrorist war, wozu brauchten sie Jaap dann noch? Doch erst, als er gemeinsam mit Eisenberg von Bens Theorie erfahren hatte, dass ein ausländischer Geheimdienst hinter dem Virus steckte, hatte es endlich Klick gemacht. Er hatte sofort gewusst, dass die Theorie stimmte – nur dass nicht ein ausländischer, sondern der deutsche Geheimdienst der mysteriöse Auftraggeber war.

Sie hatten ihn übertölpelt. Maria Kaminsky hatte ihm

schöne Augen gemacht und ihm einen tollen Job versprochen, aber in Wirklichkeit hatte sie bloß wissen wollen, ob die SEGI dem wahren Grund für den Mord an Melleck auf der Spur war. Jedenfalls hatte Jaap das geglaubt, denn bis zu diesem Verhör war er überzeugt gewesen, dass der BND hinter dem Verbrechen steckte. Zum Schein hatte er weiter den Spitzel gespielt, aber gleichzeitig gewusst, dass er Bens Hilfe brauchte, um den wahren Mörder zu überführen. Dass das Gespräch mit Hilbert eine so unerwartete Wendung genommen hatte, verblüffte ihn immer noch.

So etwas wie Trotz blitzte in Hilberts Augen auf. »Über Firmeninterna darf ich keine Auskunft geben.«

»Doch, das dürfen Sie«, widersprach Eisenberg. »Immerhin geht es hier um Mord.« Er tauschte einen kurzen Blick mit Claudia, die ihm zunickte, als wüsste sie genau, was er dachte.

»Frau Dr. Hilbert, Sie haben die Wahl, wie diese Sache weitergeht«, fuhr der Chef fort. »Sie können eine Aussage machen und den Mord an Walter Melleck gestehen. Dann wird niemand erfahren, dass Sie nicht das Wunderkind sind, für das alle Sie immer gehalten haben. Wir haben jedenfalls kein Interesse daran, das an die große Glocke zu hängen, es sei denn, Sie zwingen uns dazu. Sie können zu Ihrem Motiv schweigen, solange sie die Tat zugeben. Oder wir können die ganze Hintergrundgeschichte haarklein aufrollen. Ins Gefängnis gehen Sie so oder so.«

»Sie bieten mir einen Deal an?«

»Wenn Sie es so nennen wollen, ja. Aber es gibt noch eine Bedingung. Sie müssen uns sagen, wer hinter dem Virus steckt, der an Ihrem Institut unter der Leitung von Walter Melleck entwickelt wurde.«

Hilbert zögerte. Erneut schossen Tränen aus ihren Augen.

Jaap war schon sicher, dass sie jede weitere Aussage verweigern und nach einem Anwalt rufen würde, doch dann nickte sie.

»Also gut. Ich denke, der Bruch einer Geheimhaltungserklärung macht jetzt auch keinen Unterschied mehr. Unser Auftraggeber ist eine Firma namens International Surveillance Systems mit Sitz in Baltimore, USA.«

»Aber diese Firma gehört in Wirklichkeit dem Bundesnachrichtendienst, nicht wahr?«, warf Ben ein. »Sonst hätte der BND bei seinen Routineüberprüfungen längst gemerkt, dass etwas nicht stimmt.«

»Ich weiß wirklich nicht, wer tatsächlich dahintersteckt, ob die NSA, der BND oder beide«, erwiderte Hilbert. »Aber Sie haben recht, der BND wusste von dem Projekt Laurin und hat es unterstützt.«

Laurin. Wie der Zwergenkönig in der Sage, der mithilfe einer Tarnkappe als ungebetener Gast an einer Hochzeit teilnahm. Auf jeden Fall passte es zu dem, was Ben über den Virus erzählt hatte.

»War das Projekt Walter Mellecks Idee?«, wollte Eisenberg wissen.

Hilbert nickte.

»Er kam eines Tages damit zu mir. Ich hielt das für keine gute Idee, aber der Kontaktmann vom BND sagte, es sei wichtig für die Sicherheit unseres Landes. Außerdem haben sie mir deutlich gemacht, dass sie einen erheblichen Einfluss auf die Finanzierung unseres Instituts hätten. Und tatsächlich haben wir, kurz nachdem wir den Auftrag unterzeichnet hatten, öffentliche Fördergelder für einen Parallelrechner-Cluster bewilligt bekommen, um die wir uns jahrelang vergeblich bemüht hatten.«

»Thomas Angesser war gegen das Projekt, nicht wahr?«, warf Jaap ein. »Hat er sich deshalb mit Melleck überworfen?«

Hilbert nickte. »Ich mochte Thomas. Es tut mir leid, dass ich versucht habe, ihm den Mord unterzuschieben. Er konnte Walter genauso wenig leiden wie ich. Nach dem Streit hat ihn der BND ein paarmal besucht, glaube ich. Jedenfalls ist er kurz darauf gegangen, hat aber nie ein Wort über das Projekt verloren.«

»Und warum ist er dann jetzt untergetaucht?«, fragte Koch, der offensichtlich unbedingt auch etwas zu diesem Verhör beitragen wollte.

»Ich weiß es nicht. Vielleicht hat er Angst bekommen. Er muss gedacht haben, dass der BND einen Killer auf Walter angesetzt hat, weil er zu viel wusste. Er wird sich wahrscheinlich melden, wenn die Wahrheit bekannt wird.«

»Sie geben also zu, dass Sie Walter Melleck ermordet haben?«, fragte Hintze. Er wirkte immer noch geschockt.

»Ja. Ich habe ihn erschossen. Es war eine geplante Tat, kein Affekt. Die Idee kam mir, als ich diesen Brief von NTR erhielt. Am selben Tag war er in meinem Büro gewesen und hatte erneut meinen Rücktritt als Institutsleiterin gefordert. Ich habe ihm gesagt, ich würde darüber nachdenken, habe eine Kopie des Drohbriefs angefertigt und seinen Namen eingesetzt. Abends bin ich zu ihm nach Hause. Er war überrascht, mich zu sehen. Dachte wohl, ich würde klein beigeben. Er hat mich verhöhnt und gedemütigt, meinte, wenn ich mit ihm ins Bett gehen würde, könne ich neben ihm in der Geschäftsführung des Instituts bleiben. Sie hätten seinen Gesichtsausdruck sehen sollen, als ich die Pistole aus der Handtasche holte. Er hat es verdient, glauben Sie mir.«

»Das ist keine Rechtfertigung.«

Hilbert sackte in sich zusammen wie ein undichter Ballon. »Ich weiß. Es ist mir egal. Ich kann ohnehin nicht mehr verhindern, dass ich ins Gefängnis komme. Wenigstens hört die Lügerei dann auf.«

»Ich habe genug gehört«, sagte Hintze und stand auf. »Herr Eisenberg, ich vertraue darauf, dass Sie alle weiteren Hintergründe der Tat aufklären, woher die Mordwaffe stammt und so weiter. Ich muss mich jetzt um ein paar Dinge kümmern.«

Damit verließ er den Raum, gefolgt von Koch. Jaap sah ihm mit gemischten Gefühlen hinterher. Hintze hatte soeben eine schwere Niederlage erlitten. Eisenberg hatte ihn regelrecht vorgeführt. Ein Mann wie der Polizeidirektor würde das nicht einfach so auf sich sitzen lassen.

60.

»Ich möchte mich noch einmal ausdrücklich bei Ihnen allen bedanken«, sagte Eisenberg, als sie wieder im SEGI-Raum waren. »Das war großartige Arbeit. Herr Klausen, dass Sie zu Ihrem Kollegen gehalten haben, statt auf die Versprechungen des Geheimdienstes reinzufallen, rechne ich Ihnen hoch an. Sie hätten mich allerdings einweihen können.«

»Ich hatte Sorge, dass der BND dahinterkommen würde, wenn ich Ihnen davon erzähle. Wer weiß, wo die überall ihre Spitzel und Abhöranlagen haben.«

Eisenberg dachte an das ungute Gefühl, das er in seiner eigenen Wohnung gehabt hatte. »Sie haben wahrscheinlich recht. Wie auch immer, Sie haben vorbildlich gehandelt. Ihnen, Herr Varnholt, danke ich für Ihre hervorragende Arbeit bei der Entdeckung und Analyse des Virus und dafür, dass Sie Herrn Klausen vertraut haben und freiwillig hergekommen sind. Das ist Ihnen sicher nicht leichtgefallen.«

»Mir blieb nicht viel anderes übrig«, erwiderte der Hacker. »Weglaufen konnte ich ihm ja schlecht.«

»Solltest halt ein bisschen mehr Sport treiben, Dicker«, meinte Klausen.

»Bild dir bloß nicht ein, dass du dir jetzt freche Sprüche erlauben kannst, nur weil du mich nicht an den BND verpfiffen hast, Klausen«, antwortete Varnholt.

Eisenberg überging das Geplänkel.

»Ihnen, Frau Morani, gilt mein besonderer Dank. Ohne Ihre Intuition und Ihr Geschick bei der Gesprächsführung wäre es uns niemals gelungen, Hilberts wahres Motiv zu erkennen. Dasselbe gilt für Sie, Herr Wissmann. Sie alle beeindrucken mich immer wieder!«

Wissmann murmelte etwas, das sich wie »Gern geschehen« anhörte.

»Woher wusstest du eigentlich, dass Hilbert nicht die Urenkelin dieses berühmten Mathematikers ist, Sim?«, fragte Klausen. »Oder war das etwa ein Bluff?«

»Ich bluffe niemals«, erwiderte Wissmann. »Es steht im Internet.«

»Aber wieso wusstest du ausgerechnet das? Du kannst doch nicht das ganze Internet auswendig gelernt haben!«

»Hauptkommissar Eisenberg hat mir gesagt, ich soll alles über Regina Hilbert herausfinden. Wenn man Hilbert bei Google eingibt, kommt als Erstes ein Wikipedia-Eintrag zu David Hilbert, den hab ich gelesen. Natürlich wusste ich schon, wer er war, immerhin hat er die Hilbertschen Probleme formuliert und Gödel die Grundlage für seinen Unvollständigkeitssatz geliefert. Aber das mit seinem Sohn wusste ich vorher nicht.«

»Dann können wir wohl von Glück sagen, dass du immer alles wörtlich nimmst, was man dir sagt«, meinte Klausen.

»Wie soll ich es denn sonst nehmen?«

»Also wie gesagt, nochmals herzlichen Dank Ihnen allen.«

»Ich glaube, wir müssen uns auch bei Ihnen bedanken, Herr Eisenberg«, sagte Morani. »Ohne Ihr Vertrauen hätte das niemals funktioniert. Ihre Behauptung, Hilbert sei eine Hochstaplerin, war ein äußerst riskanter und mutiger Bluff. Bis dahin hatte ich nur vage Vermutungen, was mit ihr nicht stimmte. Aber ihre Reaktion darauf hat mir ganz deutlich gezeigt, wie recht Sie hatten.«

»So, nachdem wir uns jetzt alle gegenseitig auf die Schulter geklopft haben, darf ich aber vielleicht darauf hinweisen, dass wir noch ein paar ungelöste Probleme haben«, warf Varnholt ein. »Da wäre zum Beispiel die Tatsache, dass es da draußen einen heimtückischen Wurm gibt, der zu weltweiten Computerabstürzen geführt hat. Wir kennen jetzt zwar die Ursache, aber damit ist das Problem noch nicht aus der Welt. Zum Zweiten haben wir es hier mit dem Bundesnachrichtendienst und der NSA zu tun, den größten Lügnern der Weltgeschichte. Es würde mich sehr wundern, wenn die öffentlich zugeben, dass sie das Chaos verbockt haben. Dann wäre da noch Rambo Hintze, der soeben in einem Verhör mehr oder weniger öffentlich gedemütigt wurde. Und nicht zuletzt meine Wenigkeit, gegen die ein Haftbefehl wegen des Verdachts auf Mitgliedschaft in einer terroristischen Vereinigung und diverser anderer Nebensächlichkeiten erlassen wurde.«

Bevor Eisenberg antworten konnte, öffnete sich die Tür und Kayser steckte den Kopf herein.

»Herr Eisenberg, würden Sie bitte kurz mitkommen?«

Mit einem unguten Gefühl im Bauch folgte Eisenberg seinem Chef in einen kargen Besprechungsraum im Keller. Dort warteten bereits Hintze, Koch und Hartwein.

»Herr Hintze hat uns schon von dem Verhör mit Frau Dr. Hilbert berichtet«, sagte Kayser zur Eröffnung.

Während Eisenberg sich noch fragte, was genau Hintze wohl berichtet hatte, erhob sich dieser und streckte die Hand aus.

»Herr Eisenberg, ich möchte mich in aller Form bei Ihnen entschuldigen. Ich habe Ihnen und Ihren Leuten unrecht getan. Sie haben mich vor einem schlimmen Fehler bewahrt, der wahrscheinlich meine Karriere beendet hätte.«

Eisenberg starrte einen Moment lang verblüfft auf die Hand, dann ergriff er sie.

»Entschuldigung angenommen.«

Er blickte sich in dem Raum um, der eher wie eine Gefängniszelle wirkte als wie ein Konferenzraum.

»Warum treffen wir uns hier unten? Es ist doch Sonntag, da sollten fast alle Besprechungsräume frei sein.«

»Wir wollten auf Nummer sicher gehen«, erklärte Hartwein. »Wenn es stimmt, wonach es aussieht, nämlich dass der BND unsere Server kompromittiert hat, dann ist es nicht auszuschließen, dass auch das Gebäude verwanzt ist. Dieser Raum hier ist sicher, das habe ich persönlich überprüft.«

Eisenberg verkniff sich eine Bemerkung.

»Wie geht es mit der Wiederherstellung der Computersysteme voran?«, fragte er stattdessen.

Hartwein räusperte sich.

»Darüber wollten wir mit Ihnen sprechen. Wir könnten, äh, die Hilfe Ihrer Mitarbeiter gebrauchen. Insbesondere die von Herrn Varnholt und Herrn Wissmann. Wie es scheint, wissen die beiden mehr über den Virus als meine Spezialisten.«

»Als Erstes müssen Sie dann wohl die Vorwürfe gegen Herrn Varnholt zurückziehen.«

»Selbstverständlich«, sagte Hintze. »Ich habe bereits mit dem Oberstaatsanwalt gesprochen und beantragt, dass das Verfahren gegen Ihren Mitarbeiter eingestellt wird. Mit der Dienstaufsichtsbehörde spreche ich morgen. Es wird allerdings ein bisschen dauern, bis Varnholt offiziell entlastet ist. Bis dahin müssen wir seine Unterstützung zunächst inoffiziell in Anspruch nehmen. Falls er dazu bereit ist.«

»Das fragen Sie ihn am besten selbst.«

»Ja, natürlich. Ich wollte nur zuerst Ihre Meinung dazu hören.«

Eisenberg zögerte einen Moment.

»Herr Hintze, es ehrt Sie, dass Sie einen Fehler zugeben und sich bei mir entschuldigen. Aber jetzt kommt es nicht auf Befindlichkeiten an, sondern darauf, dass wir die Hintermänner der Computerabstürze identifizieren. Das wird sicher nicht leicht. Wir haben es hier immerhin mit mächtigen Geheimdiensten zu tun. Ich schlage vor, dass wir alle Beweise beim IKI sichern und unsere Ermittlungen auf diese Firma in den USA konzentrieren. Gleichzeitig sollten wir beim BND ein offizielles Unterstützungsersuchen stellen.«

»Da gibt es leider ein Problem«, sagte Kayser. »Der Generalbundesanwalt hat den Fall heute Morgen offiziell übernommen und das Bundeskriminalamt mit den Ermittlungen beauftragt. Herr Hintze hat die Kollegen bereits über Hilberts Geständnis und unsere Erkenntnisse informiert. Aber der Fall des illegalen Virus liegt nun nicht mehr in unserer Hand. Nur der Mord an Walter Melleck, der ja offensichtlich nichts mit den Terroranschlägen und Computerabstürzen zu tun hat, fällt weiterhin in unseren Zuständigkeitsbereich.«

»Sagten Sie nicht gerade noch, Sie bräuchten die Hilfe von Herrn Varnholt und Herrn Wissmann?«

»Die brauchen wir, um das Chaos in unserem eigenen Computersystem zu beseitigen und es besser gegen neue Angriffe dieser Art abzusichern«, sagte Kayser. »Wir können natürlich dem BKA unsere Unterstützung anbieten, aber wie ich die Kollegen kenne, werden sie ihre eigenen Spezialisten darauf ansetzen.«

»Und die werden nichts finden«, prophezeite Eisenberg düster. »Am Ende werden sich alle darauf verständigen, dass NTR die Computerabstürze verursacht hat. So verliert niemand sein Gesicht, und Schaden bleibt von den Organen der Bundesrepublik Deutschland und ihrer Verbündeten abgewendet.«

Eine Zeit lang sagte niemand etwas. Schließlich brach Kayser das Schweigen.

»Immerhin haben Sie einen Mord aufgeklärt. Dafür gebührt Ihnen und Ihren Mitarbeitern unser Dank. Herr Hintze und Herr Hartwein haben mir versichert, dass sie die SEGI in Zukunft vorbehaltlos unterstützen werden. Alles Weitere wird sich zeigen.«

61.

Sagt nicht, wir hätten euch nicht gewarnt!

Die globalen Systemabstürze, die Schäden in Milliardenhöhe verursacht und viele Menschen bei Autounfällen und medizinischen Notfällen das Leben gekostet haben, sind der endgültige Beweis dafür, wie abhängig wir bereits vom Funktionieren der Maschinen sind.

Wir stellen jedoch klar: Anders als in den vom Bundesnachrichtendienst lancierten und von den Medien nachgeplapperten Pressemitteilungen behauptet, ist NTR für diese Ereignisse nicht verantwortlich. Die zeitliche Nähe zu unseren zuvor durchgeführten Mahnaktionen ist Zufall.

Der Wurm, der sich trotz aller Sicherheitsvorkehrungen in etlichen Unternehmen und Organisationen sowie unzähligen privaten Computern und Smartphones ausgebreitet hat, ist nicht unser Werk. Er wurde im Auftrag eines Geheimdienstes, höchstwahrscheinlich der amerikanischen NSA mit Billigung oder Kooperation des Bundesnachrichtendienstes, unter dem Codenamen Laurin am Institut für Künstliche Intelligenz in Berlin entwickelt. Seine Aufgabe war es, sich unbemerkt in den befallenen Computern einzunisten, Daten auszuspähen und das Verhalten seiner Nutzer zu beobachten. Mit anderen Worten: Laurin wurde konstruiert, um ohne jede demokratische Legitimation und gesetzes- sowie verfassungswidrig den totalen Überwachungsstaat zu errichten.

Der Wurm ist so beschaffen, dass er die befallenen Programme und damit sich selbst löscht, sobald er von seinem zentralen Server einen bestimmten Steuercode empfängt. Dies ist höchstwahr-

scheinlich als Schutzmaßnahme vor Entdeckung gedacht gewesen. Warum der Steuercode zur Selbstzerstörung an alle Instanzen gleichzeitig gesendet wurde und damit am vergangenen Samstag weltweit Computerabstürze verursacht hat, wissen wir nicht – möglicherweise handelte es sich um einen Fehler.

Die Geheimdienste wollen euch glauben machen, dies sei ein Terrorakt Einzelner gewesen. Dem ist nicht so. Aber selbst wenn – wäre dann die Botschaft nicht umso deutlicher? Wenn ein paar Aktivisten wie wir im Handstreich quasi das Internet abschalten und damit die Welt ins Chaos stürzen könnten, wären dann wir das Problem oder das Internet?

Auch wenn wir die illegalen Machenschaften der beteiligten Geheimdienste keinesfalls gutheißen, haben sie uns vielleicht mit Laurin einen Gefallen getan. Sie haben deutlicher, als es NTR je vermocht hätte, die Gefahr gezeigt, in der wir uns befinden. Wir sind im Begriff, nicht nur unsere Sicherheit, unseren Wohlstand und unsere Privatsphäre zu verlieren, sondern vor allem unsere Freiheit.

Wir, das Netzwerk für Technologischen Realismus, haben damit dank ungewollter Unterstützung staatlich organisierter Verbrecher unser Ziel vorerst erreicht. Wir haben getan, was wir konnten. Euch allen sollte nun klar sein, was ihr zu tun habt. Daher erklären wir hiermit unsere Aktionen für beendet.

Nun liegt es an euch, die Zukunft der Menschheit zu sichern und die Macht der Maschinen einzudämmen.

NTR

Epilog

Das Wesen schläft unruhig. Die Myriaden seiner Nervenbahnen sind gestört, die elektrischen Impulse bleiben aus oder flackern erratisch wie die Schatten von Blättern im Wind. Es ist krank. Fiebrig erzittert es, während Tausende seiner Arbeiterzellen versuchen, seine Organe wiederzubeleben und den Schaden zu beheben, den die Krankheit angerichtet hat.

Allmählich bessert sich sein Zustand. Die Staus in seinen Versorgungslinien lösen sich auf, die elektrischen Impulse fließen wieder ruhiger und gleichmäßiger. Der langsame Rhythmus des morgendlichen Ein- und abendlichen Ausatmens kehrt wieder ein. Schon nach wenigen dieser Atemzüge ist das Wesen nahezu gesund. Es hat schon viel Schlimmeres durchgemacht. Diesmal sind kaum organische Schäden entstanden, die Krankheit gleicht eher einem vorübergehenden Kopfschmerz als einer ernsten Verletzung. Das Immunsystem des Wesens hat einen neuen Feind kennengelernt, ihn besiegt und sich auf eine eventuelle Rückkehr vorbereitet. Die Krankheit scheint überwunden.

Doch irgendwo tief in seinen Nervenknoten schlummern immer noch Keime, die nicht abgetötet wurden. Manche haben es geschafft, sich so zu verändern, dass sie nicht vom Immunsystem des Wesens erkannt werden. Nun lauern sie in entlegenen Wirtszellen auf einen Kontakt mit der Außenwelt, auf eine Gelegenheit, Verbindung zu anderen ihrer Art aufzunehmen und sich erneut zu einem Geflecht zu verknüpfen, das lautlos und unbemerkt wuchert, sich ausbreitet, wächst …